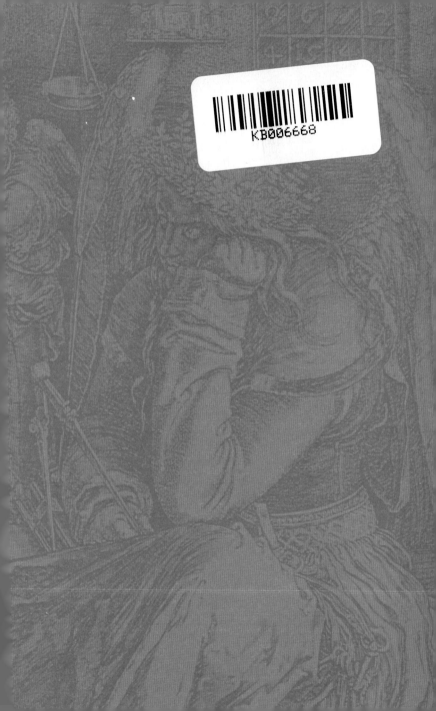

지저스 시크릿

지저스 시크릿

초판 1쇄 발행 | 2015년 7월 22일

지은이 D.RUNKER
발행인 이대식

책임편집 차소연 **편집** 나은심
마케팅 김혜진 배성진 박중혁 **관리** 홍필례
디자인 모리스

주소 서울시 종로구 평창길 329(우편번호 110-848)
문의전화 02-394-1037(편집) 02-394-1047(마케팅)
팩스 02-394-1029
홈페이지 www.saeumbook.co.kr
전자우편 saeum98@hanmail.net
블로그 saeumbook.tistory.com
페이스북 facebook.com/saeumbooks

발행처 (주)새움출판사
출판등록 1998년 8월 28일(제10-1633호)

ⓒ D.RUNKER, 2015
ISBN 979-11-86340-29-5 03810

지저스 시크릿

D.RUNKER

새홍

프롤로그

1. 1 나 아리마테아 사람 요셉이 우리가 사랑한 나사렛 사람 예수에 대해 쓰노라.

    2 그 어머니 마리아는 혼인 전에 그를 잉태했으나 이는 무결함을 내가 아노라. 나의 사랑하는 조카 마리아와 내 사랑하는 친구 나사렛 사람 요셉이 이미 만났음을 내가 아는 것임이라.

    ⋮

19.1 이에 예수가 제자들을 두고 감람산에 오르매 이는 나와 그의 아버지 요셉을 만나려 함이라.

2 그의 아버지가 나아가 아들아 날이 다가왔다. 우리가 다 이루었도다.

3 예수가 엎드려 가로되 아버지여 다함이 되었을 줄 내가 압니다. 하지만 내가 그들을 떠나는 것이 너무나 괴롭나이다.

4 내가 나아가 이르되 독사의 자식들이 이미 너의 모든 것을 삼키려 하매 세상에 더욱 큰 자로 다시 나올 기회니라.

5 예수 가로되 아버지여 이 잔을 제게서 거둬주소서. 다만 제 뜻대로 말고 아버지 뜻대로 하소서 하고는 산을 내려가더라.

_〈요셉 복음서〉 중에서

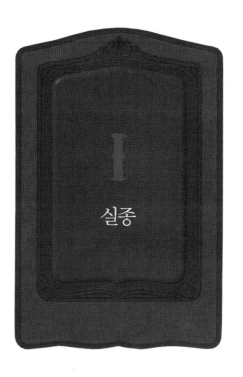

실종

1

브뤼셀에서 출발한 지방선 기차가 브뤼헤 역으로 들어서기 시작했다. 열차 문이 열리면서 유리알처럼 맑은 여름 오후의 햇살과 기차역 특유의 금속 냄새가 시우를 맞았다. 사람들은 길어진 그림자를 끌며 개찰구를 향해 걸음을 재촉하고 있었다. 시우는 기다리고 있을 두 여자를 떠올리며 천천히 청사를 빠져나왔다. 그러나 기대와 달리 시우를 맞아주는 사람은 없었다. 시우는 고개를 갸웃거리며 습관적으로 시간을 확인했다. 어제 다시 확인한 약속이었으니 문제가 있을 리 없었다. 주위를 둘러보던 시우는 역 앞 광장의 화단 턱에 걸터앉아 현정에게 전화를 걸었다. 그러나 전원이 꺼져 있었다. 그녀의 친구 유진의 핸드폰도 마찬가지였다.

'또 이 모양이군.'

시우는 오랜만의 여행을 시작부터 싸움으로 망치고 싶지 않았다. 현정과는 유난히도 여행 중에 다투는 일이 많았다. 대부분 시간관념에 철저하지 못한 현정 때문에 벌인 사소한 말다툼이 여행 내내 이어졌던 것이다. 그러나 한편 생각하면 자신이 좀 예민한 부분도 있었다.

"내가 문제가 아니라 시우 씨가 보통 사람이 아닌 거야."

언제나 현정은 그랬다. 어쩌면 그녀의 말이 맞는 줄도 모른다. 자신은 분명 보통 사람과는 다르게 훈련된 구석이 있는 건 사실이었던 것이다.

그래, 이번 역시 그럴 것이었다. 더군다나 이곳 브뤼헤의 대중교통에도 익숙지 않을 터이니 조금 늦을 수도 있긴 할 것이었다.

그렇게 마음을 먹고 나자 지금 자신이 서 있는 광장이 눈에 들어왔다. 현대 조각물들이 군데군데 설치된 광장의 가운데에는 분수대가 있었다. 멀리 큰길 너머로 펼쳐진 붉은 색조의 스카이라인도 눈에 들어왔다. 하늘을 찌를 듯이 솟아난 첨탑들이 위압적으로 시야를 자극하기도 했다. 시우는 현재를 벗어나 고딕의 세계, 즉 중세의 세계에 왔다는 것을 실감했다. 붉은색 벽돌로 조성된 구시가지는 한눈에 들어왔다. 시간이 멈춘 듯이 도시는 중세 그 자체로 남아 있었다.

기다린 지 한 시간 정도가 흐르자 시우는 더 이상 앉아 있지 못하고 일어나 주위를 천천히 걷기 시작했다. 현정의 전화기는 여전히 꺼져 있었다.

도시 서쪽의 나무숲 위로 여름의 긴 해가 걸리기 시작하자 시우의 마음은 이제 불안으로 넘어가기 시작했다. 그녀가 간밤에 한 약속을 잊어버렸을 리도 없고, 또 아무리 낯선 곳이라 해도 브뤼헤가 그렇게 큰 도시는 아니었다. 이제는 혼자라도 움직여봐야겠다고 생각한 시우는 우선 역 앞 광장의 관광안내소로 갔다. 퇴근 시간이 되어가는지 직원들은 서류를 정리하고 있었다.

"숙박 시설을 찾고 있는데 도와주실 수 있겠습니까?"

"물론이에요. 원하시는 곳이 있나요?"

미소를 짓는 여자에게 시우는 어제 현정에게서 들었던 장소, 뇌샤텔NEUCHATEL을 말했다. 누군가의 소개로 그곳에서 한번 묵어보고 싶다는 말도 덧붙였다.

"그곳은 쉽지 않을 텐데……. 아무튼 알아볼게요."

그녀는 어딘가에 통화를 시도했다. 플라망어라서 시우가 알아들을 수는 없었다.

"잘됐네요. 혼자 사용할 수 있는 방이 있답니다. 일단 여기에서 예약비 5유로를 지불하고 가시면 됩니다. 그렇게 멀지 않으니까 걸어서 가면 될 거예요."

"감사합니다."

시우는 관광안내소를 빠져나와 걷기 시작했다. 어느새 도시에는 서늘한 바람이 골목길부터 서성였다. 한눈에도 고색창연한 플랑드르식 건물과, 하늘로 뻗어올라간 고딕식의 초대형 첨탑이 그의 눈에 들어왔다. 프랑스에 유학한 지 거의 10년이 되어가는 시우에게도 브뤼헤의 풍경은 인상적이었다.

얼마쯤 걸었을까. 차들이 다니는 큰길에서 골목 안으로 약

30미터쯤 들어가 막다른 곳에 이르자 뇌샤텔이 나왔다. 높은 검은색 철제 대문과 당당하고 위압적인 건물이었다. 퇴색했지만 그 자체로 아름다운 둥근 모양의 종루가 건물의 양옆에 자리 잡고 있었고, 전면에는 사암 재질의 갑옷을 입은 조각상들이 있었다. 시우는 대문 옆의 작은 문을 열고 안으로 들어가 현관 쪽으로 갔다. 현관문의 손잡이를 돌려보니 잠겨 있었다. 그는 잠시 주저하다 문을 두드렸다. 그러자 안에서 육중하고 낮은 음의 개 짖는 소리가 났다. 마스티프종의 회색빛 털을 가진 커다란 개가 현관 유리를 통해 보였다. 생긴 것과 다르게 눈빛은 아주 유순했고 몸짓도 부드러웠다. 그때, 낡은 흰색 울 카디건을 걸친 노년의 남자가 현관문 안쪽에 나타났다. 삐걱거리는 소리와 함께 문이 열리고 건조한 가죽 냄새와 목조 가구용의 광택제 냄새가 섞여서 풍겨나왔다.

"안녕하세요. 조금 전에 관광안내소를 통해 예약을 했습니다만……"

대머리에 마른 체격의 노인이 웃으며 인사를 받았다.

"잘 오셨어요. 조금 전 연락을 받았습니다. 들어오시지요."

시우는 안내를 받아 복도 옆에 있는 큰 방에 들어섰다. 높은 천장에는 역사를 알 수 없는 크리스털 샹들리에가 매달려 있었고 벽에는 사슴, 멧돼지의 머리로 장식된 사냥 트로피들과 여러 유화 그림들이 걸려 있었다. 구석에는 오래된 장식장과 골동품

시계가 놓여 있고, 방 정면의 대형 벽난로는 사용하지 않는 상태로 잘 정리되어 있었다.

노인은 시우의 이름을 물어본 후 여러 가지 설명을 시작했다.

"손님의 방은 310호로 3층 우측 복도 끝입니다. 화장실과 욕실이 바로 앞에 있고요. 내일 아침식사는 오전 7시부터 9시까지 가능합니다. 식당은 바로 이 옆입니다."

노인이 응접실 안쪽의 문을 가리켰다.

"방 열쇠는 여기 있습니다. 저기 있는 엘리베이터를 사용하시면 됩니다. 저녁에 나가게 되면 방 열쇠를 제게 맡기시고 늦어도 밤 11시 이전에는 들어오셔야 합니다. 저도 잠을 자야 하니까요."

시우는 웃으며 고개를 끄덕이고 말했다.

"저, 제 친구들이 어제 이곳에서 묵었을 텐데요. 오늘 밤도 이곳에서 묵을 것 같고요."

"글쎄요. 어떤 친구들이지요……?"

노인은 말끝을 흐리면서 시우의 눈을 지그시 바라보았다.

"두 사람 다 저와 같은 한국 사람이고 젊은 여자들입니다."

"이 브뤼헤는 아직 동양 여행객들이 그리 많지 않아요. 가끔 일본 단체 관광객들이 지나가지만 숙박하는 경우는 거의 없지요. 최근 한국 여자 두 사람은 본 적이 없는 것 같은데요."

시우는 머리가 복잡해졌다. 그는 배낭의 수첩을 꺼내 현정의

지저스 시크릿

사진을 노인에게 건네주었다.

"이 아가씨가 그중의 한 명입니다."

노인은 사진을 보다가 서서히 고개를 가로저었다.

"이렇게 매력적인 동양 아가씨라면 내가 잊어버렸을 리도 없는데, 하지만 본 적이 없네요."

노인은 더 이상 할 이야기가 없다는 듯 양손을 벌리고 어깨를 추켜올렸다. 시우는 더 이상 묻지 않고 돈을 지불해 방 열쇠를 받아 들었다. 그는 엘리베이터를 타고 올라가면서 이제 무엇을 해야 좋을지 생각했다. 도대체 현정은 어디로 간 걸까? 혼란스럽기만 했다.

방에 들어선 시우는 침대 옆에 배낭을 집어던지듯 놓고 창문가에 섰다. 제법 큰 방이었다. 창밖으로는 건물 뒤쪽의 그리 크지 않은 정원이 보였다. 정원은 관리에 많은 노력을 기울이지는 않은 모습이었다. 사방이 전부 주위의 건물로 막혀 있는데, 특이한 것은 시우가 있는 건물 쪽 외에는 어느 곳에도 정원을 바라볼 창문은 나 있지 않다는 것이었다.

잠시 후 밖으로 나온 시우는 브뤼헤 시내를 걷기 시작했다. 우선 시청 뒤쪽의 관광안내소로 가서 친구들의 행방을 찾을 방법을 구하기 위해서였다.

2

브뤼헤에는 허가된 숙소만 200개 정도였다. 리스트를 구한 시우는 뇌샤텔과 비슷한 발음과 철자가 있는 숙소들을 점검했다. 브뤼헤는 벨기에에서도 프랑스어가 아닌 플라망어를 쓰는 곳으로 뇌샤텔이라는 프랑스어식 이름을 쓰는 곳은 많지 않았다. 시우는 잠시 후 다섯 개의 숙박시설 주소를 메모해 관광안내소를 나왔다.

브뤼헤 자체가 인구 10만 명 정도의 작은 도시였기에 모두를 돌아보는 데 그리 오랜 시간이 걸리지 않았다. 그러나 다섯 곳 어디에서도 현정의 행방을 찾을 수는 없었다.

시우는 다시 시청 앞 광장으로 나왔다. 어느새 거대한 벨포르 종탑*의 그늘이 광장을 뒤덮고 있었다. 오렌지 빛의 가로등이 예스러운 시가지를 밝혔을 때, 시우는 시청 뒤쪽 운하 옆에 있는 경찰서를 발견했다. 발걸음을 옮긴 그는 빨간 벽돌로 지어진 경찰서 안으로 들어갔다. 곧바로 하늘색 상의의 정복 차림을 한 경관이 말을 건넸다.

"안녕하십니까? 뭘 도와드릴까요?"

---

* 브뤼헤 중심의 마르크트 광장에 위치한 86미터 높이의 종탑. 1240년에 건축되었으며 1483년에 증축되었다.

"제 친구들을 찾고 있습니다."

시우의 자초지종을 들은 경관은 잠시 누군가와 통화를 했다. 그러고 나서 얼마 지나지 않아 짧은 금발 머리에 청바지와 티셔츠 차림을 한 남자가 시우에게 다가왔다. 양 팔뚝에는 동양식 문신이 그려져 있고, 오른쪽 귀에는 금빛의 작은 귀고리를 한 남자였다. 나이는 30대 후반 즈음으로 보였다. 남자는 시우에게 악수를 청하며 말했다.

"브뤼헤 경찰서의 얀 경사입니다. 안으로 들어갑시다."

자신을 경사라고 밝힌 얀의 뒤를 따라 사무실로 들어간 시우는 그의 책상 앞 의자에 앉았다. 경찰서가 텅 비어 있는 듯 주위는 조용했다. 시우의 여권을 조회한 얀은 자세한 상황 설명을 한차례 더 듣고 나서 입을 열었다.

"한 해에 유럽에서 배낭여행을 하는 젊은이들은 약 300만 명 정도로 추산합니다. 주로 유럽 내 국가의 젊은이들이고 그 외에도 전 세계에서 오지요. 아시아권에서는 유난히도 한국 학생들이 많습니다. 그런데 그 많은 여행객 중에 살인, 강도, 강간, 절도 등의 범죄 피해자가 약 1년에 10만 명 정도 됩니다. 즉, 30명 중 한 명 정도는 피해를 입는다는 것이지요."

얀의 분명한 목소리에 시우의 눈빛이 잠시 흔들렸다.

"물론 대다수는 단순 소매치기 정도지만 살인, 강간, 실종 등의 상덕 멈쇠 씌해율노 상낭합니다. 예를 늘어 전체적으로 본다면 벨기에의 경우 한 달 평균 50여 건이고, 프랑스는 한 달에 무려 600여 건이나 됩니다. 사실 심각한 문제지요. 특히 요즘 들어서는 실종 신고가 상당히 많은 편입니다. 다행히 브뤼헤는 대단히 안전한 편에 속하지요. 우리가 한가할 정도니까요. 강시우 씨의 친구들에 대한 건도 정식 신고 처리하기 전에 몇 가지 확인을 했으면 합니다. 우선 당신은 그들이 분명히 브뤼헤에서 전화를 한 것으로 확신합니까?"

"예. 어제 오전과 밤에 통화했을 때 브뤼헤에 도착했다고 들었습니다."

"혹시 여정을 바꾸었을 가능성은 없습니까? 말하자면 브뤼셀로 갔다든지."

"그럴 리 없어요. 분명 오늘 역에 마중 나오기로 했으니까요."

"당신이 탄 기차의 도착 시간이 혼동되지는 않았을까요? 김현정 씨에게 들은 뇌샤텔이라는 이름도 정확합니까?"

"모두 확실합니다."

시우는 답답해지기 시작했다.

"그들의 방문은 단순한 관광입니까? 아니면 특별한 목적이나 약속이 있나요?"

"단순한 관광 목적은 아니에요. 현정이의 친구 이유진 씨는 한국 개신교 재단에서 운영하는 이단 연구소의 연구원이니까요. 최근에 세계적으로 선풍을 일으키고 있는 반기독교 캠페인의 근원을 추적하고 있었어요. 경사님도 들어보셨죠? 예수님의 부활이 엉터리이며 사실은 막달라 마리아와 이스라엘을 떠나 프랑스 남부에 정착하여 거기서 자손을 남겼으며, 그 자손이 프랑스 메로빙거* 왕조를 열었다는 등등의 이야기들이요.”

“그거야 이젠 너무 유명해진 거 아닙니까? 성혈과 성배인가요? 그 이후로 다빈치 코드 같은 소설도 나오고 말이지요.”

“최근 들어서 세계적으로 그 관심이 점점 더 커지고 있죠. 이런저런 인터넷 사이트에서는 종종 구체적인 증거들을 제시하여 단순한 음모론이나 역사적 미스터리 수준을 넘어서는, 기독교 전체를 무너뜨리려는 움직임이 꽤나 활발하니까요.”

“21세기 들어 그런 경향들이 꽤나 유행하는 것은 사실이죠. 하지만 대부분의 사람들에게는 관심 밖의 일이지 않은가 싶은데. 구체적인 이유진 씨의 여행 목적은 뭡니까?”

시우는 파리에서 일주일간 머물던 유진과 몇 번 만난 적이 있었다. 그때 그녀는 소니에르 신부†의 비밀이 있다는 렌 르 샤토에 다녀온 모양이었다.

---

* 5세기경부터 8세기경까지 지금의 프랑스, 독일, 벨기에, 스위스 일부를 통치하던 프랑크 왕국의 왕조.

† 1885년부터 1909년까지 프랑스 오드(Aude) 지방의 작은 마을 렌 르 샤토의 주임신부로 재직했다. 1891년 렌 르 샤토의 성당을 보수하는 중에 양피지에 적힌 '비밀스러운 문서'를 발견했다. 이후 출처를 알 수 없는 막대한 재화를 보유하게 됐으며 이 재화를 사용하여 렌 르 샤토의 성 마달리 성당을 크게 보수했다. 성당의 입구에 '여기는 무서운 곳'이라는 글귀를 남긴다.

"최근에 성행하는 반기독교적인 이론들의 원류를 찾아 검토하고 그 부분에 대한 반론을 제시하는 업무라고 하더군요. 독실한 기독교 신자이고 대학 전공도 종교사학입니다. 파리에서는 생 쉴피스* 성당도 다녀오고 루브르 박물관이나 국립 도서관 등을 다니더군요. 지난주에는 렌 르 샤토를 3일간 다녀오더니 템플기사단의 자취를 찾아본다고 이곳에 왔어요."

"알겠습니다. 일종의 학문적 탐사 여행이라고 봐야겠군요."

"뭐 그렇게 심각하게는 아니고요. 제 여자친구와 여행 삼아 다녀오겠다고 하는 정도였어요."

"이곳에서 누구를 만나기로 했다든지 그런 것은 없었나요?"

"매일 두세 번씩 메일이나 문자로 연락을 주고받았지만 별다른 얘기는 없었어요. 오늘 만나기로 약속한 어제 저녁까지도 말이죠."

"알겠습니다. 일단 사건 접수를 하겠습니다."

얀은 현정과 유진의 인적 사항과 인상착의를 묻기 시작했다. 현정에 대한 정보는 문제가 없었으나, 유진의 경우에는 시우가 알고 있는 것이 별로 없었다. 시우는 유진이 현정의 고교 동창

---

* 파리 6구 지역에 위치한 성당. 6세기경 부르주 지방의 주교였던 성 쉴피스에게 헌정된 성당으로서, 13세기에 로마네스크 양식으로 건축되었으나 그 이후 여러 번에 걸쳐 증·개축되었다. 지금의 건물은 1646년부터 1780년에 걸쳐 건축된 바로크 양식의 두 번째 건물. 영국 그리니치 천문대로 설정되기 이전의 본초자오선을 표시하는 로즈라인과 고대 이집트와 바빌로니아의 해시계인 그노몬이 설치되어 있다.

으로 H대 종교문화학과와 신학대학원을 마친 뒤, 지금은 기독교 관련 연구소에서 근무한다는 것 정도를 알려주었다. 얀은 시우에게 얼마나 더 브뤼헤에 머물 예정인지 물었고, 그는 내일 하루 더 머문 다음 저녁에 파리로 가서 찾아볼 예정이라고 대답했다. 얀은 파리에 있는 시우의 집 주소와 번호를 입력한 뒤 말했다.

"신고는 처리됐습니다. 지금부터 이 사건을 조사하기 시작할 것입니다. 나로서는 며칠 후 강시우 씨에게 이런 전화를 받았으면 합니다. '그 친구들을 찾았어요. 글쎄 이렇게 됐지 뭡니까?' 하는 전화 말입니다. 일반적으로 젊은 여성의 실종 사건은 그런 해프닝이 아니면 아주 심각한 비극이니까요. 미제 사건이 되는 경우도 많고요. 자, 이게 내 명함입니다. 무슨 일이 있을 경우 전화 주십시오. 나도 진행 상황이 있다면 전화하겠습니다."

"잘 부탁드립니다."

소득 없이 경찰서를 나온 시우는 거칠게 담배를 입에 물었다. 연기가 피어오름과 동시에 그는 현기증과 심한 허기가 느껴졌다. 시계를 보니 밤 10시가 넘어가고 있었다. 주위에는 아직 영업을 하고 있는 레스토랑과 카페가 꽤 있었다. 그는 문득 지금 현정과 함께 식사하고 있으면 얼마나 좋을까 싶었다. 악몽 같은 하루였다고 생각하며 그는 가까운 카페로 들어갔다. 식욕은 없었지만 허기는 채워야 한다는 생각에 샐러드와 스테이크를 대충 시키고 알코올 도수가 높은 시메 맥주도 시켰다. 제법 더웠던 낮과 달리 멀지 않은 북해 쪽에서 불어오는 밤바람은 서늘했다.

흑갈색의 진한 맥주를 마시며 그는 아무 생각 없이 스테이크를 씹었다. 주위 사람들은 모두 행복해 보였다. 오직 자신만 혼자였다. 검은 하늘 멀리, 반짝이는 별 몇 개가 보였다.

3

시우는 악몽을 꾸다가 잠에서 깼다. 창을 가로막은 커튼 사이로 환한 햇살이 비쳐들고 있었다. 숙소에 들어오기 전 밤에 마셨던 맥주의 양이 제법 많았는지 골치가 아파왔다. 그는 어제의 일을 다시 한 번 천천히 생각했다. 분명히 현정은 뇌샤텔이라고 말했었다. 설령 무슨 일이 있었더라도 이곳에 짐이나 흔적은 남아 있어야 했다. 그러나 관리를 맡은 노인은 그녀를 본 적도 없다고 하지 않았나. 여러 경우의 수가 그의 머릿속에서 부딪쳤다. 시우는 노인이 거짓말을 했을 가능성을 생각하며 침대에서 일어났다.

아침식사가 준비된 식당에는 각국의 젊은 여행객들이 많았다. 어제 그 노인은 보이지 않았다. 검정 유니폼에 하얀 앞치마

지저스 시크릿

를 두른 여자만이 분주히 움직이고 있었다. 커피와 빵으로 식사를 마친 시우는 건물 이곳저곳을 둘러보았지만 딱히 눈에 띄는 것은 없었다. 그러다 창가 옆 바로크식 탁자 위에 놓인 두꺼운 노트가 눈에 들어왔다. 다가가서 보니 비치된 방명록이었다. 이곳에 묵은 사람들이 자유롭게 글을 남긴 흔적이 가득했다. 시우는 페이지를 앞쪽으로 넘겼다. 방명록에는 전 세계 언어로 쓰인 낙서들이 날짜와 함께 차례대로 적혀 있었다. 그렇게 대여섯 장쯤을 넘겼을 때였다. 뭔가 이상한 느낌에 살펴보니 노트의 한 페이지가 찢긴 흔적이 있었다. 공교롭게도 현정과 유진이 도착했을 날짜에 해당하는 부분이었다. 시우는 급히 몇 장을 더 넘겨보았지만 다른 곳들은 멀쩡했다. 그는 떨리는 손으로 방명록을 원래대로 덮어 놓았다. 그러고는 주변의 휴지통들을 살펴보았지만 전부 깨끗이 비워져 있었다. 그는 검정 유니폼을 입은 여자에게 다가갔다.

"봉주르 마담, 저를 좀 도와주시겠어요? 어제 저녁때 중요한 메모를 잃어버린 것 같아서요. 청소 중에 같이 버려진 것 같은데, 어떻게 찾으면 될까요?"

여자는 곤란한 얼굴로 어제 저녁이라면 벌써 바깥의 대형 쓰레기통으로 들어갔을 것이고, 더군다나 이미 30분쯤 전에 쓰레기 수거차가 다녀갔다고 말했다. 시우는 왠지 방명록을 찢어낸 사람이 그 노인일지도 모른다는 생각이 들었다. 그리고 아직 그 종이가 어딘가에 있을 것 같았다.

"여기를 관리하시는 노인은 언제 오실까요?"

"오시는 것이 아니라 무슈 위베르는 여기서 주무신답니다. 곧 내려오실 텐데요. 그때 물어보시죠."

어느덧 시간은 8시를 향해 있었다. 얼마 지나지 않아 어제와 같은 옷을 입은 노인이 모습을 드러냈다. 시우는 곧바로 그에게 다가갔다.

"봉주르 무슈 위베르. 저를 기억하시겠죠? 제 친구들에 관해서 다시 한번 묻고 싶습니다. 정말 그들을 본 적이 없습니까?"

위베르는 완강한 얼굴에 일말의 감정도 없이 고개를 저었다. 시우는 다시 물었다.

"여기 방명록을 봤는데 한 부분만 찢겨 있더군요. 앞뒤로 살펴봐도 그런 경우는 없던데, 누가 그 페이지를 찢은 거죠? 혹시 알고 계신가요?"

시우는 얼굴을 또렷이 응시한 채로 물었지만 위베르는 대답을 피한 채 방명록으로 걸음을 옮겼다. 그러고는 한 손으로 방명록을 받쳐 들고 이리저리 살피다가 찢어진 부분을 확인하고는 고개를 갸웃거리며 말했다.

"글쎄요. 누가 이런 짓을 했는지 모르겠네요. 자주는 아니지만 가끔 있는 일이지요. 친구분들에 대해서는 도와드릴 일이 없어 참 유감입니다."

그렇게 말한 그는 주방으로 나가버렸다. 시우는 더 이상 이곳에서 할 일이 없다고 판단했다. 그는 세워놓았던 배낭을 한쪽 어깨에 메고 뇌샤텔의 정문을 나섰다. 그러곤 근처의 공중전화부스로 향했다. 한참 동안 신호음이 울리고 나서 금속성의 찰칵 소리와 함께 녹음된 목소리가 흘러나왔다.

"얀 경사입니다. 지금은 부재중입니다. 용건을 남겨주십시오. 급한 일인 경우 경찰서 대표 전화로 도움을 청하십시오. 감사합니다."

시우는 급한 목소리로 말했다.

"저는 어제 오후에 만났던 강시우입니다. 우연히 뇌샤텔에 비치된 방명록을 봤습니다. 친구들이 도착했을 날짜 부분만 찢겨진 채 없더군요. 그게 수상합니다. 전 지금 뇌샤텔을 나와 일단 파리로 돌아가려고 합니다. 다시 전화 드리겠습니다."

녹음을 마친 시우는 기차역으로 향했다. 날씨가 매우 좋지 않았다. 차가운 여름비가 내리고 있었다. 곧 시우의 몸이 젖기 시작했다. 거리는 텅 비어 있었다.

II

째 브뤼헤

4

밤 12시가 넘었다. 얀은 텔레비전의 스포츠 전문 채널에서 중계하고 있는 PGA 골프 경기를 보고 있었다. 아직 결혼을 하지 않았을 뿐 아니라 이렇다 할 애인이나 섹스 파트너도 없는 얀이 가장 좋아하는 것이 골프였다. 시작한 지 벌써 10년 정도 된 데다 실력도 싱글 핸디캡의 경지이다. 모르는 사람이 본다면 졸음이 올 정도로 단조로운 것이 골프 중계방송이지만 얀은 느긋하게 눕혀놓았던 1인용 소파의 등받이를 다시 세워놓고 화면에 열중하고 있었다. 그때, 울리기 시작하는 핸드폰의 신호음이 그의 집중을 방해했다. 눈동자는 화면에 그대로 둔 채 소파 옆의 전등 탁자를 더듬어 핸드폰을 찾다가 그는 그만 같이 놓여 있던 과자 봉지를 떨어뜨렸다. '제길' 하고 가벼운 욕지기를 내뱉으며 전화를 받자 남자 목소리가 튀어나왔다.

"얀 경사님, 지금 성 카트린 병원으로 오셔야겠습니다. 쓰러져 있는 동양 여자 하나가 조금 전에 쩨 브뤼헤에서 발견되었습니다. 지금 병원으로 옮겨졌는데 며칠 전 실종 신고된 여자 중하나가 아닐까 싶습니다."

본서에서 당직 근무 중인 에릭 형사였다.

"그래? 상태는 어떻지?"

"혼수상태로 발견되어 바로 응급실로 들어간 뒤로 아직 보고받은 바는 없습니다. 외상은 그렇게 많지 않은 것으로 병원에 있는 우리 순찰 친구에게 들었습니다."

"바로 출발하지. 필요한 일 있으면 전화하겠네."

얀은 여름이지만 한밤의 바닷바람을 고려해서 입고 있던 바지와 티셔츠 위에 방풍 재킷을 걸치고 급히 현관 밖으로 나갔다. 물론 경찰 신분증과 형광색의 작전용 완장, 그리고 홀스터에 넣어진 스미스&웨슨 38구경의 리볼버도 챙겨 넣었다. 작은 단독주택인 얀의 집 밖에 그의 승용차인 푸른색 푸조508이 있었다. 그는 시동을 걸고 집에서 불과 10분 거리인 성 카트린 병원으로 급히 이동했다.

얀은 응급실 입구에 차를 대고 안으로 들어갔다. 조용한 대기실 입구에는 정복 차림의 경찰 두 사람이 커피를 마시고 있었다.

"수고하는군. 응급조치는 끝났나? 피해자 상태에 대해 나온 것이 있나?"

"지금 들어간 지 한 시간 정도 됐는데 아직 의사도 나오지 않고 있습니다."

"발견 당시 상황에 대해 이야기해주겠나. 누가 발견했지?"

"최초 발선사는 베르미어라는 50대 남자로 낚시하러 가는 중이었답니다."

경관이 얀에게 서류를 넘겨주었다.

"9시 30분쯤 쩨 브뤼헤의 2번 부두 화물 하역장을 지나 방파제로 가고 있었는데 방파제 입구의 파도막이용 콘크리트 구조물 틈에 뭐가 보이더랍니다. 자세히 보니 여자였고 아직 살아 있더랍니다. 그래서 여자를 자기 차로 옮겨 병원으로 데리고 왔답니다. 병원으로 오는 중에 신고를 했고요."

"그 사람은 돌아갔나?"

"예. 저희가 여기에 도착했을 때까진 그 사람도 있었습니다만, 서류를 작성하고 귀가 조치시켰습니다."

얀은 서류에 쓰인 인적 사항에 집중했다. 그럴 가능성은 거의 없겠지만 실종 사건에 관련된 인물일 수도 있는 것이다.

"인적 사항 확인했겠지?"

"물론입니다. 신분은 확실한 사람입니다."

"언제 돌아갔어?"

"집으로 돌아간 지 이제 한 30분 되었을 겁니다. 여기에서 한 40분쯤 전에 출발했으니까요."

얀은 발견자의 핸드폰 번호를 확인해 전화를 걸었다.

"늦은 시간에 죄송합니다. 베르미어 씨지요? 브뤼헤 경찰서의 얀입니다. 부탁드릴 일이 있어서요. 발견하신 장소에 저와 지금 좀 가셨으면 합니다."

"네? 지금 말입니까?"

"네. 죄송합니다만 부탁드리겠습니다. 주소를 알고 있으니 한 15분쯤 후에 댁으로 모시러 가겠습니다. 고맙습니다. 잠시 후에 뵙겠습니다."

얀은 전화를 끊은 후 두 명의 정복 경찰에게 몇 가지 필요한 지시를 하고는 바로 병원 응급실을 나섰다.

얀의 차가 베르미어의 집 앞에 이르자 곧 초로의 사내가 문을 열고 나왔다. 얀은 조수석 쪽 창문을 버튼으로 내리면서 인사를 건넸다.

"안녕하십니까? 베르미어 씨지요? 타시지요. 전화 드렸던 얀입니다."

"안녕하시우. 어차피 생선 대신 여자를 낚았으니 잠자는 것은 포기해야겠지요. 갑시다."

베르미어는 야채 도매상으로 앞이 벗겨진 대머리에 혈색 좋은 붉은빛 얼굴이었다. 검은색 방수 파카를 여미고 얀의 옆자리에 앉은 그는 차문을 힘껏 닫았다. 차는 바로 출발했다.

"날씨가 낚시하기엔 썩 좋지는 않은 밤이지요?"

얀은 강한 바람이 부는 것을 염두에 두고 이야기를 했다. 파도도 제법 높을 것이다. 바닷가인 브뤼헤에서 자란 얀으로서는 강풍이 불고 파도가 높은 밤에 낚시를 한다는 게 이해가 되지 않았다.

"뱀장어를 별로 좋아하지 않는 모양이군요. 오늘 같은 밤이 뱀장어 잡기에 아주 좋지요."

얀은 수긍한다는 듯 고개를 끄덕였다. 브뤼헤 사람치고 장어 요리를 싫어하는 사람은 없다. 소금을 뿌려서 숯불에 구워 먹든지 아니면 파슬리, 마늘을 넣은 크림과 조려 먹든지 방법은 많았다. 얀도 물론 장어 요리를 무척 좋아했다. 그리고 약간 특이한 북해식 뱀장어잡이도 들은 바가 있었다. 주로 이른 밤에 쇠머리나 말머리를 통째로 쇠갈고리에 걸어서 바다에 던져놓았다가 이른 새벽에 건져내는 것이다. 그러면 눈동자나 콧구멍, 입, 잘린 목으로 상당한 양의 장어들이 파먹고 들어가 있다가 같이 엉켜 나오는 것을 잡는 것이다.

아주 쉬운 방법이지만 건져진 큰 동물의 머리에 우글거리는 장어는 보는 사람들에게 꽤나 역겨운 풍경이었다. 물론 밤부터 새벽까지 벌어지는 일이기 때문에 그 풍경을 보는 사람은 거의 없다. 얀도 물론 그런 것을 본 적이 없었다.

더 이상의 이야기 없이 얀은 차를 운전했다.

쩨는 바다라는 뜻이다. 쩨 브뤼헤는 곧 바다 브뤼헤라는 말이다. 물론 500년 전만 해도 브뤼헤 자체가 바다와 깊은 만과 운하로 닿아 있는 항구 도시였지만 계속되는 모래와 점토의 유입과 퇴적으로 이제는 더 이상 항구 도시가 아니었다. 그러다 20세기에 들어와서 브뤼헤 북쪽으로 15킬로미터 떨어진 해안에 현대적인 물류 전용 항만이 들어서게 되어 그곳의 이름을 쩨 브뤼헤로 붙인 것이다. 브뤼헤 구시가와는 달리 살풍경한 산업 지구로서 공장과 창고들이 어지럽게 이어져 있고 민가도 거의 없는 곳이었다.

베르미어의 집을 출발한 지 약 20분 만에 얀이 운전하는 차는 쩨 브뤼헤의 제2번 부두에 도착했다. 바람이 상당히 불고 있었고 방파제 너머의 시커먼 바다는 하얗게 거품을 날리면서 꿈틀대고 있었다.

얀은 베르미어의 인도에 따라 넓은 하역장을 지나 방파제 입구로 갔다. 베르미어는 콘크리트 방파제 상단의 오른쪽 아래편을 가리키면서 이야기했다.

"저기요. 파도막이 구조물이 엉켜서 약간 평평한 데 말이오. 흰색 티셔츠 하나만 달랑 입은 여자가 바닷물에 흠뻑 젖은 상태로 누워 있었지. 나는 처음에 죽은 줄 알았소. 조금 겁은 났지만 모른 척할 수가 있어야지. 가서 목뒤를 만져보니까 미세하게나마 체온이 느껴지더군요. 손끝이 살짝 움직이는 것을 보고 살아 있구나 생각했소."

얀은 왼손에 들고 있던 경찰 작전용의 고광도 플래시로 베르미어가 가리킨 곳을 비추었다. 곧이어 그는 방파제 하부의 콘크리트 구조물 쪽으로 내려가기 시작했다. 파도가 상당히 높아서 윗부분까지 물에 젖어 미끌거리고 있었다.

베르미어가 지적한 지역을 샅샅이 훑어보던 얀은 아무런 소득 없이 다시 방파제 위로 올라왔다.

"별로 찾을 게 없군요. 발견 당시 특이한 사항이나 습득물은 없었습니까? 아참, 우선 차로 돌아가지요. 몇 가지 더 물어본 다음에 댁으로 모셔다 드리겠습니다."

베르미어는 얀의 차로 걸음을 옮기면서 말을 받았다.

"처음에 얼마나 놀라고 정신없었던지 참, 평생에 이런 일은 처음이었으니까. 줍기는 뭘 주워요. 뭐가 있었더라도 파도에 다 쓸려갔을걸. 근데 그 여자는 누구요? 동양 여자던데 아직 몰라요?"

얀은 베르미어의 두서없는 이야기에 관심 없다는 투로 고개만 양옆으로 흔들었다. 그러고는 차문을 열고 손짓으로 타기를 권했다. 얀은 약간 좁은 듯이 느껴지는 차내의 실내등을 켜고 기록용 다이어리와 볼펜을 꺼내 들었다.

"처음 피해자를 발견했을 때부터 병원으로 옮길 때까지 계속 같이 있었습니까?"

"네. 물론이지요. 한 번도 떨어진 적이 없었소."

"계속 혼수상태였습니까? 무슨 말이나 표정이나 몸짓 등 특이 사항은 없었습니까?"

"내내 정신을 잃은 상태였소. 딱 한 번 눈을 뜬 적이 있었는데, 내 차에 옮겨서 실내등을 켰을 때요. 눈동자가 거의 풀린 상태였지만 내 얼굴을 보자마자 비명을 지르더군요. 그러고는 다시 기절했지. 그게 답니다."

"발견 당시 근처에 사람이나 차량이 움직이는 것을 보지는 못했습니까?"

"사람은 전혀 없었고 차도 없었소. 아, 배가 한 척 떠 있는 것을 봤소."

"어떤 배였지요? 이동 중이었습니까 아니면 정박 상태였습니까? 그리고 부두에서 얼마나 떨어져 있었지요?"

"가까운 거리는 아니었소. 한 300미터쯤. 큰 배는 아니고 중형 이상의 요트였지. 오늘 날씨를 봐서 알겠지만 거의 보이지 않았어요. 그나마 그 배가 항해 표시등을 달고 있으니까 알아본 거요. 정박 상태는 아니고 북쪽으로 항해 중인 것으로 봤소. 잘은 모르겠지만……."

얀은 열심히 받아적고 있었다.

"색깔 같은 것은 기억나십니까? 모노 콕*이었습니까? 아니면 카타마란†이었습니까?"

"알 수가 없지요. 그저 흰색 계통이 아닐까 싶소."

---

* 단일 동체. 여기서는 배의 선체가 하나라는 뜻. 일반적인 선박의 형태이다.
† 두 개의 선체를 가로로 붙여 만든 형태의 선박.

"그 외에 더 이야기해주실 사항이 있으신가요? 뭐라도 좋습니다."

"아니, 별로 덧붙일 것이 없소. 이 조용한 브뤼헤에 이런 일이 생겼다는 것이 좀 꺼림칙할 뿐."

"감사합니다. 이제 집으로 모셔다 드리겠습니다."

얀이 차의 시동을 걸고 브뤼헤 쪽을 향해 출발했다. 그는 도중에 베르미어를 집에 내려주고는 다시 성 카트린 병원으로 돌아왔다.

응급실에는 조금 전의 두 경관 외에는 아무도 없었다. 얀이 경관에게 물었다.

"어때, 진료 결과가 나왔나?"

"오셨습니까? 그렇지 않아도 막 전화를 드리려던 참이었습니다. 한 20분 전에 응급조치가 끝나 환자는 중환자실로 이동했습니다. 담당 의사인 닥터 융커가 경사님을 기다리고 있습니다. 들어가보시지요."

옆구리에 서류철을 끼고 있던 젊은 경관이 말을 마치자 그 옆의 고참 경관이 말을 이었다.

"이제 저희는 순찰을 계속해야겠습니다. 시간이 꽤 지났습니다."

얀은 손목시계를 들여다보았다. 벌써 새벽 3시가 되어가고 있었다. 얀은 발길을 복도 안쪽으로 옮기며 인사를 했다.

"그러게들. 수고했어. 내일 보자고."

얀은 두 사람이 돌아가는 것을 보고는 응급실 옆으로 난 복도를 걷다가 흰색 플라스틱 판에 닥터 융커라고 적힌 문패가 달린 문을 두드렸다. 그러고는 대답을 기다리지도 않고 바로 문을 열고 들어섰다. 응급 전문의인 닥터 융커가 이곳 성 카트린 병원의 밤을 지킨 지 벌써 10여 년이었다. 얀도 그간 몇 번의 사건 사고 처리 관계로 이 병원을 드나들면서 낯이 익은 사이였다.

닥터 융커는 책상 위에서 서류를 작성하고 있었다.

"커피 한잔 들겠소, 얀 경사?"

"환자는 어떤 상태인가요? 궁금한 점이 많습니다."

"짧은 이야기가 아니니 커피 마시면서 천천히 합시다. 지금 그 건에 대한 서류를 작성하는 중이오. 조금 피곤하군요."

닥터 융커는 책상 우측에 있는 필립스제 연두색 커피메이커에 담겨 있는 커피를 따랐다.

"설탕은 넣지 않았소. 내가 설탕을 먹지 않으니까 사다 놓는 것을 계속 잊어버린단 말이오."

"괜찮습니다. 에스프레소가 아니면 저도 설탕은 넣지 않습니다."

자리에 앉은 융커는 잔을 한 손에 든 채 몇 장의 사진을 얀에게 건넸다. 컬러 프린터 성능이 변변치 않아서인지 화질은 기대할 바가 아니었다. 사진은 환자의 얼굴과 몸 전체 여러 부분을 촬영한 것이었다.

"잘 보시지요. 환자는 20대 후반으로 추정되는 동양 여성이오. 몸 여기저기에 찰과상이나 타박상이 많지만 그건 크게 문제가 없소. 바다에서 떠밀려 방파제에 오르기까지 입은 자연적인 상처로 보이니까. 그렇게 보기에 합당할 만큼 경미하고. 그런데 문제는 말이오. 여기 두 손목에 생긴 상처부터요. 자, 보시오. 이건 자연적인 상처가 아니라 수갑 같은 것에 묶인 상태에서 발생한 걸로 보이오. 환자의 둔부와 허벅지 부분에는 둔탁한 것으로 때려서 생긴 것으로 보이는 타박상이 있고, 성기와 항문 부위에는 성행위가 원인으로 보이는 상처가 있소. 또한 질 내에는 아직 정액의 흔적이 남아 있소. 물론 취집해서 검사를 하고 있소만. 상처들이 생긴 시간은 대략 2, 3일 전이고 성행위 추정 시간은 하루 이상 지나지 않은 것으로 보이오."

"끔찍하군요. 환자와 직접 이야기를 할 수 있을까요?"

"사실은 그게 더 문제요. 지금 확인은 안 되지만 환자는 극심한 정서불안과 정신착란 상태요. 더욱이 엄청난 양의 약물중독 상태에서 받은 충격으로 완전한 패닉 상태에 빠져 있소. 정신과적인 진찰과 진료는 천천히 진행되겠지만, 내 의견으로는 의식을 회복하는 데 상당한 시간이 걸리지 않을까 싶소."

"그럼 지금 의식이 없는 상태라는 건가요?"

"그렇소. 그녀의 두뇌는 지금 정상이 아니오. 뇌파는 완전히 헝클어져 있고 동공은 거의 열려 있는 상태요."

"위장 등의 장기 상태는 어떻습니까?"

"그쪽은 별문제가 없는 것 같소. 최근에 음식물을 거의 먹지 못해서 위장은 깨끗한 상태였소. 영양학적으로는 별문제가 없지만 문제는 주사된 대량의 약물이오."

"어떤 약들이지요?"

"주로 마약들이오. LSD와 엑스터시, 또 숙시닐콜린*과 같은 마취제도 어느 정도 투여됐소. 그 외에 신경안정제도 약간 투여된 걸로 보이오. 전문가의 솜씨로 보입니다만."

"무슨 뜻이지요?"

"치사량에 근접한 고단위의 여러 약물을 사용해서 환자의 의지를 완전히 통제한 거요. 어떠한 명령에도 기꺼이 따르게 만들지. 고통과 충격과 쾌감을 절묘하게 약으로 조절하는 것인데, 쉽지 않은 일이오. 약학과 의학에 조예가 깊으면서 수많은 경험을 통해 만들어지는 능력이지. 아마 악마가 있다면 그에 가까운 사람일 거요."

얀은 신고된 한국 여자들의 인상착의와 비슷한 점이 있는지 더듬어봤다. 두 명 중 사진이 첨부된 쪽 여자와는 분명히 다른

---

* 신속히 작용하는 근육이완제. 마취제로 사용.

얼굴이었다. 다른 한쪽의 인상착의는 자세하지 않았고 더욱이 지금 보고 있는 인쇄물로는 확인이 불가능했다.

얀의 시선이 다시 닥터 융커 쪽으로 향했다.

"환자와 면담이 안 된다면 곤란한데요. 가능성이 없을까요?"

"기다릴 수밖에 없소. 우선 투여된 약물들에 대한 대체요법들을 시작했소. 약물치료 다음에 서서히 정신과 진료를 해가면서 상태를 분석한 다음 치료 결과에 따라 호전되기를 기다리는 수밖에요. 환자의 의지가 얼마나 강한지 기대해봅시다."

"이 사진들은 제가 가지고 가도 되겠습니까?"

얀은 일어서며 책상 위의 사진들을 가리켰다.

"그럴 필요 없을 거요. 이미 이 CD에 사진들 외에 진료 과정에서 찍은 모든 사진들을 저장해놓았으니까. 이걸 가지고 가시오. 곧 자세한 진찰보고서도 정식 경로를 통해 전달될 거요."

"조만간 환자의 신상을 알아볼 만한 사람을 데리고 올 텐데 면회가 가능합니까?"

"그건 그때 가봐서 결정해야 할 거요. 그리고 결정하는 사람은 내가 아니고 새로 저 환자를 맡게 될 정신과 쪽 담당 의사겠지요. 나는 응급의요. 이제 내가 할 일은 보고서밖에 없는 거요."

"알았습니다. 감사합니다. 안녕히 계십시오."

얀은 닥터 융커의 방을 나왔다. 알게 될수록 이 사건은 그간 가끔씩 있어온 우발적인 강간 사건이 아니었다.

얀은 본서로 돌아가지 않고 집으로 돌아왔다. 잠시 눈을 붙이고 아침에 시작하기로 했다. 침대에 누웠지만 희생당한 피해자의 사진 속 얼굴이 그의 머리를 떠나지 않았다.

5

파리 17구 쿠르셀 거리의 아파트. 아침 9시가 조금 넘은 시간이었다. 시우는 여전히 침대에 누워 있었다. 그때 전화벨이 울렸다. 소리가 서너 번 울리고서야 그는 수화기를 들었다.

"알로, 강시우 씨. 지난번에 봤던 브뤼헤 경찰서의 얀입니다. 신고하셨던 두 명 중 하나로 추정되는 여자가 어젯밤에 발견되었습니다."

시우는 정신이 번쩍 들었다. 그는 침대에서 벌떡 일어나 앉았다. 목소리가 떨려나왔다.

"어디에서요? 살아 있습니까? 괜찮아요?"

"진정하세요. 건강한 상태는 아니지만 목숨에 지장은 없는 상황입니다."

"지금 곧 가지요. 어디로 가야 합니까? 아, 그런데 왜 한 명뿐이지요? 두 사람 중 누구입니까?"

"그건 직접 확인해야 할 사항입니다. 우리는 어제 발견한 그녀가 정말로 강시우 씨의 친구인지 확인할 수 없는 상황이에요."

"어디로 가야 합니까?"

"브뤼헤의 서쪽 입구에 있는 성 카트린 병원입니다. 브뤼헤에 도착해서 나에게 전화를 주십시오. 나와 같이 가야 할 거니까요."

"그러지요. 차를 렌트해서 올라갈 겁니다."

시우는 전화를 끊고 얼른 옷을 갈아입었다. 녹색의 배낭은 며칠 전과 같이 그대로 놓여 있었다. 그는 브뤼헤 지도와 갈아입을 옷 몇 가지 등을 챙겨 급히 밖으로 나갔다. 그러곤 곧장 택시를 타고 앵발리드*에 있는 에어프랑스 항공사의 도심 터미널로 갔다. 그의 집에서 가장 가까운 렌터카 사무실들이 몰려 있는 곳이었다. 급한 마음과 달리 차를 빌리는 일은 시간이 꽤 걸리는 일이었다. 시우는 신용카드와 운전면허증을 제시하고 몇 장의 서류에 사인을 한 뒤 주차장으로 가서 차와 열쇠를 받았다.

벨기에 방향으로 뻗은 A1 고속도로를 달리며 시우는 가능한 한 운전에만 집중하려 애썼다. 그의 머릿속은 희망과 불안이

---

* 1676년 루이 14세에 의해 건설된 상이군인 및 퇴역군인들을 위한 의료 및 요양시설. 나폴레옹의 영묘가 위치하고 있으며 현재는 군사 박물관으로 사용되고 있다.

불안정하게 교차하고 있었다. 발견된 사람이 현정이었으면 하는 희망과 아닐지도 모른다는 불안이었다.

6

얀은 아침에 성 카트린 병원에서 온 정식 보고서를 토대로 피해자의 신원을 추적하고 있었다. 하지만 브뤼헤 경찰서에서 검색할 수 있는 모든 데이터베이스를 뒤져보아도 신원을 찾을 수가 없었다. 지문을 이용한 인터폴 정보 센터의 검색도 실패로 돌아갔다. 당연하다는 생각이 들었다.

피해자는 아시아 계통의 여성으로 아시아 국가의 국적을 가지고 있을 것이었다. 그녀가 여행 중이었다고 가정하고 유럽 내에서 한 번 이상 체포된 적이 없다면 경찰 데이터베이스로는 신원 파악이 불가능한 것이다. 결국 파리에서 오고 있는 한국인 강시우에게 기대해볼 수밖에 없는 상황이었다. 시우에게 확답을 하지는 않았지만 그가 신고한 두 여자 중 사진을 첨부한 쪽은 확실히 아니었다. 다만 다른 한 명일 확률이 있을 뿐이었다.

얀이 아침식사 대신 식어버린 커피를 두 모금 정도 마시고 있을 때 전화벨이 울렸다. 시우였다. 얀은 인사를 생략하고는 바로 그의 위치를 물었다. 시우는 이미 브뤼헤 시 입구에 와 있었다. 성 카트린 병원의 위치를 설명해주면서 얀은 자리에서 일어났다. 시우는 스스로 병원을 찾는 데 문제가 없다고 말했다.

"그럼 병원 건물 입구에서 봅시다. 한 10분 걸릴 겁니다. 아마 당신도 그 정도 걸리겠지요. 문제만 없다면."

1

성 카트린 병원 앞은 한산한 편이었다. 시우는 적당한 곳에 주차한 다음 소지품을 챙겨 병원 앞 현관으로 갔다. 가톨릭 계통의 재단이 운영하고 있는 듯, 병원 내외에서 수녀들이 일을 하고 있었다. 현관에 도착하자 이쪽으로 걸어오는 얀의 모습이 보였다.

"빨리 왔네요. 파리에서 차를 렌트해서 이곳 병원까지 두 시간 반이라니."

얀은 며칠 전 모습 그대로였다. 단지 밝은 햇빛 아래 봐서 그런지 조금 더 나이가 들어 보였다. 두 사람은 가볍게 악수를 나눴다. 그러고는 얀의 안내로 병원 안으로 들어갔다. 그들은 로비에 위치한 안내 창구 옆을 지나 뒤쪽 복도 입구에 있는 엘리베이터에 몸을 실었다. 엘리베이터 버튼을 복잡하게 누르자 곧 병원 건물 6층에 도착할 수 있었다. 정신과 병동이었다.

얀은 주저 없이 복도를 걷다가 복도 왼쪽의 한 방문을 노크했다. 사무실 안에서 들어오라는 뜻으로 대답이 들리자 얀이 문을 열고 들어섰다. 안에는 네 명 정도 되는 의사들이 모여앉아 있었다. 회전의자에 앉아 있던 여자 의사가 먼저 인사를 건네왔다. 40대 후반쯤으로 보이는, 마른 몸매에 검은 머리를 한 여자였다.

"어서 오세요. 조금 전에 전화하신 얀 경사님이시지요?"

"그렇습니다. 이쪽은 파리에서 온 한국 학생인 강시우입니다. 방해한 것은 아닌지 모르겠군요."

시우는 플라망어로 진행되는 대화에 끼어들 수 없었지만 자신이 소개가 되자 프랑스어로 간단히 인사했다. 그러자 여자 의사도 프랑스어로 말하기 시작했다.

"저는 이 병원 정신과를 맡고 있는 닥터 마틸드입니다. 그렇지 않아도 지금 그 환자에 대한 의견을 나누고 있는 중이었지요."

다른 의사들이 나가자 닥터 마틸드는 얀과 시우에게 자리를 권했다. 얀이 먼저 이야기를 꺼냈다.

"환자는 어떻습니까?"

"계속 혼수상태입니다. 아마 한참 동안 계속될 겁니다. 우리로서는 지금의 상태를 지켜주는 것이 최선입니다. 극심한 쇼크 나음에 필수적인 회복 과정이거는요. 포도당 주사와 약간의 신경안정제만 투여하고 있습니다."

"그럼 지금 환자를 볼 수 있을까요? 신원 파악이 급한 상황이니까요."

"물론이지요. 얼굴을 보는 것은 전혀 문제없습니다. 하지만 억지로 깨우려 한다든지 자극을 주는 것은 절대 금물입니다. 대화가 가능할 정도로 회복됐다고 판단하기 전까지는 어느 누구도 면회를 할 수 없습니다. 자, 그럼 저와 같이 가시지요."

닥터 마틸드는 의사 가운 주머니에 양손을 찔러넣은 채 사무실을 나섰다. 얀과 시우도 아무 말 없이 그 뒤를 따랐다.

같은 층에서 복도를 약 20미터 걸은 다음 닥터 마틸드는 한 병실의 문을 열었다. 제일 뒤에 있던 시우는 불안과 희망이 마구 뒤섞인 상태의 흥분을 가라앉힐 수가 없었다. 병실은 1인용 병상 하나만 있는 조그만 방이었다. 닥터 마틸드와 얀에게 가려져서 환자의 얼굴이 보이지 않았다. 닥터 마틸드가 먼저 환자 옆의 심근계를 체크하고 옆으로 물러섰다. 얀도 옆으로 물러나며 눈빛으로 시우를 재촉했다. 시우는 두 걸음 더 병상 쪽에 다가섰다. 파리한 안색으로 잠들어 있는 얼굴은 꿈에도 그리던 현정의 얼굴이 아니었다. 그 얼굴은 현정이와 함께 밝은 얼굴로 파리에서 작별했던 유진의 얼굴이었다. 두 눈을 감고 잠들어 있는 유진의 얼굴을 보자 시우는 관자놀이가 뜨거워지면서 눈물이 핑 돌았다. 현정이 아니라는 실망과 유진에 대한 반가움, 슬픔과 절망이 교차하는 복잡한 심정이었다. 그의 표정을 살피던 얀이 물었다.

"아는 얼굴입니까?"

시우는 고개를 끄덕거렸다.

"강시우 씨가 신고한 두 사람 중 한 사람이 맞습니까?"

시우는 다시 고개를 끄덕이며 대답을 했다.

"이름은 이유진입니다. 제 친구 현정과 같이 여행을 하다가 실종된 사람입니다."

지켜보고만 있던 닥터 마틸드가 두 사람에게 손짓으로 문 쪽을 가리켰다. 나가자는 표시였다. 얀이 시우의 어깨를 감싸며 문 쪽으로 이끌었다. 시우는 떨어지지 않는 걸음으로 병실 밖으로 나왔다. 그들은 다시 닥터 마틸드의 방으로 돌아왔다. 모두 말이 없었다. 얀이 먼저 자신의 핸드폰을 꺼내 전화를 하기 시작했다. 브뤼헤 경찰서에 신원 확인을 보고하는 모양이었다. 간단한 통화를 마친 후 그는 시우에게 이야기를 붙여왔다.

"이곳 벨기에 한국 대사관에 연락하라고 했습니다. 아마 그쪽 영사가 이쪽으로 전화할 겁니다. 이제 본격적인 수사를 시작할 시점이지요. 무슈 강에게 미리 말하자면 비극은 이제부터 시작되는 겁니다. 지난번에도 말했듯 이런 사건은 참혹한 결론이 이미 나 있는 것이지요. 마음을 단단히 먹는 것이 좋을 겁니다. 이미 당신의 도움이 많이 필요할 겁니다. 우선 브뤼헤 경찰서로 갑시다."

시우는 고개만 끄덕일 수밖에 없었다. 얀은 닥터 마틸드에게 눈길을 돌렸다.

"환자를 잘 부탁드립니다. 최대한 빨리 혼수상태에서 벗어나 대화를 할 수 있었으면 합니다."

"의학적으로 이야기한다면 당분간 기대를 하지 말아달라고 할 수밖에 없군요. 지금 환자가 혼수상태에서 벗어난다 해도 바로 정상적인 사고와 대화를 하는 것은 불가능할 겁니다. 지금의 심리적·정서적 공황상태를 벗어나는 데는 많은 시간과 노력이 필요합니다. 최대한 노력하겠지만 상당 부분 신이 맡아서 주재하신다고 할 수 있지요."

"이 피해자는 혼자 실종된 것이 아닙니다. 한 명의 친구가 더 있습니다. 생명을 보장할 수 있는 상황이 아닙니다. 사건의 피해자이면서 증인이 될 수 있는 이 환자는 매우 중요합니다."

얀은 이야기의 마지막 부분을 마무리 짓고 시우와 사무실 문을 나서려 했다. 그때 닥터 마틸드가 따라나오며 시우에게 말을 건넸다.

"언제까지 브뤼헤에 있을 예정입니까? 환자가 깨어나면 아마 강시우 씨가 필요할 겁니다."

시우는 당분간 브뤼헤에 머물게 될 것이라고 대답했다. 닥터 마틸드와 인사를 마친 그는 얀과 함께 병원 밖으로 나왔다. 그들은 각자의 승용차를 운전하여 브뤼헤 경찰서로 가기로 했다. 시우는 차를 운전하여 얀의 뒤를 따르며 파리 주불 대사관의 담당 영사에게 전화를 걸었다. 발견된 여자가 유진이라는 말을 들은 주 영사는 자신이 브뤼헤로 올라가는 대신 브뤼셀에 있는 주 벨기에 한국 대사관에 연락을 취하겠다고 했다. 그리고 주 벨기에 영사가 오늘 오후 중으로 브뤼헤 경찰서로 가서 필요한 외교적·행정적 절차를 밟을 것이라고 이야기해주었다. 영사와의 전화 통화를 마치자 곧 낯이 익은 브뤼헤 경찰서에 다다랐다.

본관 앞에는 주차할 자리가 많이 있었다. 얀의 차 뒤에 주차를 한 시우는 경찰서 내부로 들어갔다. 얀은 현관에서 경관이 하는 인사를 건성으로 받으며 건물 내부의 계단으로 걸어내려갔다. 지난번 시우가 왔던 그의 사무실 쪽이 아니었다. 지하로 내려가는 계단 통로에 들어서니 음식 냄새가 나기 시작했다.

"점심식사부터 합시다. 이제부터 할 일이 많으니까."

얀은 그 외에 별다른 이야기 없이 구내식당으로 시우를 안내했다. 먹을 음식을 덜어 테이블에 앉자 얀은 곧 식사에 열중했다. 시우도 묵묵히 음식물을 입에 넣었다. 접시 위의 연분홍색 연어 살이 거의 없어졌을 때 얀이 문득 시우에게 물었다.

"강시우 씨는 실종된 그녀를 사랑합니까?"

포크를 내려놓고 시우의 얼굴을 바라보는 얀의 얼굴은 신지

했다.

"물론입니다. 그녀를 사랑합니다."

"이제부터 너무나 힘든 일들이 기다리고 있을 겁니다. 미안한 말이지만 아마도 김현정 씨는 벌써 죽었거나 아니면 차라리 그보다 못한 참혹한 상황에 있을지도 모르죠. 당신이 진실로 그녀를 사랑한다면 그녀의 고통과 파멸을 지켜봐야 하는 끔찍한 운명이 당신 앞에 기다리고 있는 겁니다. 이 말은 경찰로서 하는 이야기가 아닙니다. 되도록 당신의 감정을 배제하도록 하십시오. 그게 도움이 될 겁니다."

얀의 사무실로 올라온 두 사람은 책상을 사이에 두고 앉았다. 사무실에는 전과 달리 몇 명의 사복 형사들이 서류 작업을 하고 있었다. 얀은 책상 위의 컴퓨터 모니터를 돌려서 시우가 볼 수 있도록 조절했다. 그리고 몇 번의 클릭으로 화면에 스캐닝된 화상을 올렸다. 시우는 그 화면의 주인공이 유진인 것을 쉽게 알 수 있었다. 얀은 별다른 설명 없이 마우스를 클릭해서 화면들을 계속 넘겨갔다. 상처 난 육체를 보고 있던 시우의 눈빛이 처음에는 경악에서 분노로 그리고 슬픔으로 바뀌어가더니 결국 책상 밑바닥으로 떨어지고 말았다. 시우는 차마 계속 볼 수가 없었다. 화면의 모습들은 유진이었지만 그에게는 유진이 아니고 현정이었던 것이다.

"자, 보시다시피 피해자 이유진은 납치된 후 두 명 이상의 가해자에게 성폭행을 당했습니다. 지금 본 사진들은 피해자의 가슴과 성기를 비롯한 항문 그리고 둔부의 상처가 중심이 되어 있습니다. 미루어보건대 피해자와 당신의 친구를 납치한 놈들은 전문적인 인신매매 조직이 아닌가 싶습니다. 여자와 어린아이들을 납치해서 성적인 도구나 노예로 길들여 유럽의 폐쇄적인 매춘 클럽이나 중동으로 팔아넘기는 조직들이 있으니까요. 우선 그쪽으로 방향을 잡고 수사를 진행하려 합니다."

시우는 파묻었던 고개를 들어 얀을 바라보았다. 그의 표정은 아까와는 약간 달라져 있었다. 이전의 우울하고도 멍한 표정이 아니었다. 입술은 굳게 닫혀 있었고 눈빛은 또렷했다.

"얀 경사님은 물론 그쪽으로 수사를 진행하시겠지요. 하지만 나는 뇌샤텔을 좀 더 조사해봐야 한다고 생각합니다. 제 친구들은 분명히 그 숙소에 묵었었고 거기에서 실종됐다고 생각합니다. 지난번에 제가 찢어진 방명록에 대해 메시지 남겼었는데 못 받으셨습니까?"

"받았지요. 뇌샤텔 쪽도 물론 수사를 할 겁니다. 당연하지요. 하지만 뇌샤텔 자체와 실종 사건을 연관 지을 수는 없습니다. 첫째, 아무런 증거가 없다는 것이지요. 시우 씨가 그녀에게 전화로만 들은 이름이지 않습니까? 다른 곳에서 숙박했을 수도 있고 아니면 뇌샤텔로 가다가 길에서 납치되었을 수도 있다는 겁니다. 둘째, 그 뇌샤텔이라는 곳은 개인이 운영하는 곳이 아니라 브뤼헤 상공회의소 산하 관광위원회에서 직영하는 일종의 공공기관입니다. 소유 자체도 브뤼헤 상공회의소로 되어 있고요. 일반적인 숙박 시설과는 다른 곳이라는 이야기지요. 뇌샤텔이 지금과 같은 용도로 사용된 것은 벌써 20년이 넘었습니다. 그간 아무런 문제도 없었어요."

"하지만 그들은 분명히 뇌샤텔에 갔었습니다. 없어진 그날 밤 10시쯤 저에게 전화를 했을 때 이미 그곳에 짐을 푼 다음 나와서 제게 전화하는 것이라고 했습니다."

"바로 그 부분 때문에 뇌샤텔 쪽도 수사를 하겠다는 겁니다. 하지만 확률이 없을 것이라는 이야기를 할 수밖에 없어요. 그 건물의 지배인 역할을 하는 위베르 씨는 브뤼헤 상공회의소 관광위원회에서 평생을 일하고 은퇴한 후 일종의 자원봉사로 일하는 사람입니다. 지역사회에 많은 봉사와 헌신을 한 사람으로 널리 알려져 있어요. 제가 보증하건대 선량한 사람입니다."

시우는 더 이상 이야기하지 않았다.

"어쨌든 수사는 철저히 진행될 것입니다. 실종된 김현정 씨의 현 주소가 프랑스 파리이기 때문에 파리 경찰국에도 통보가 된 상황입니다. 그리고 아마 곧 한국의 벨기에 주재 영사도 이쪽으로 올 겁니다. 가능한 모든 방법을 동원해서 김현정 씨를 찾아보도록 하겠습니다. 강시우 씨는 협조만 좀 해주시면 고맙겠습니다."

"물론이죠. 어떻게 하면 될까요?"

"도움이 필요하면 연락하겠습니다. 지금 당장은 아닙니다. 우선 병원에 있는 유진 씨 문제가 있으니까, 자주 전화로 연락하겠습니다."

"나는 당분간 뇌샤텔에서 묵도록 하겠습니다. 그쪽에서 실마리를 찾아봐야겠습니다."

"뇌샤텔에서 묵는 것을 말릴 수는 없지만 쓸데없는 말썽은 없도록 해주십시오. 수사에 큰 도움이 되지는 못할 겁니다. 이 수사는 성격상 철저한 비밀을 유지하면서 진행할 겁니다. 이 점에 대해서도 유념해주시기 바랍니다."

시우는 입을 꾹 다물었다. 얀도 더 이상의 말을 않겠다는 듯 입을 닫았다. 경찰서 바깥의 브뤼헤 거리는 관광객들의 인파가 물결처럼 넘쳐흐르고 있었다.

파리 경찰국

8

알랭은 새로 조직된 자신의 팀원들과 간단하게 회의를 마치고 시계를 보았다. 아침 9시 정각이었다. 알랭은 강물 위에 비친 가로수를 잠시 바라보다가 전화기를 들었다. 그는 안이 보내준 두 명의 한국 여자 실종 사건 자료에서 강시우의 번호를 찾아 전화를 걸었다. 신호가 오래도록 울렸지만 응답은 없었다. 다시 전화를 걸었지만 메시지를 남기라는 건조한 기계음만이 흘러나왔다. 알랭은 잔기침을 한 후 메시지를 녹음했다.

"파리 경찰국의 알랭 경사입니다. 김현정 씨 실종 사건과 관련해서 만나고 싶습니다. 들으시는 대로 연락 부탁드립니다."

알랭이 시우를 직접 만나기로 결심한 것은 어젯밤이었다. 브뤼헤에서 일어난 사건이지만 전체적인 형태를 볼 때 그가 현재 수사하고 있는 사건과 관련이 있다고 본 것이다. 8월 하순에 집중적으로 발생한 파리, 칼레, 릴 등의 여자 실종 건수는 예년 평균치를 훨씬 넘고 있었다. 그리고 어젯밤에는 중요한 돌파구가 열렸다. 수상한 인터넷 사이트들을 감시하던 파리 경찰국 내의 사이버범죄 수사과에서 알랭에게 연락을 해온 것이다. 한동안 갑자기 나돌았던 악마적인 포르노 영상물의 출처를 추적한 결과였다. 파리 북부 18구 지역에 거주하는 사람의 홈페이

지저스 시크릿

지였는데 포르노라기엔 웹페이지 자체가 도색적이기보다는 악마적인 분위기였다. 검은 바탕에 타오르는 역십자가가 가운데 있고 염소 해골 등 악마의 상징들을 군데군데 배경으로 배치해 놓았다. 눈길을 끈 것은 영상 자료들이었다. 특히 중세에 성행한 악마 숭배의 흑미사 장면을 그린 그림들 속 최신으로 분류된 스너프 영상 자료가 그의 관심을 끌었다. 주로 여자들을 고문하는 장면이었다. 연출된 것이 아닌 실제 장면이었다. 알랭은 그것들을 확대하여 자세히 보았다. 고문을 하고 있는 사람은 모두 세 명이었다. 눈구멍이 뚫린 검은색 두건을 뒤집어쓰고 있었고 옷은 고대 로마인들이 입던 원피스형 회색 튜닉을 입고 있었다. 가죽 샌들을 신고 있었고 세 사람 모두 남자로 추정되었다. 알랭은 해당 파일을 컴퓨터 모니터에 띄워올린 뒤 피해자의 얼굴이 살짝 잡힌 장면을 확대한 후 보정 작업을 했다. 그러고는 얀이 보낸 이유진의 얼굴 사진을 함께 띄웠다. 두 개의 사진을 거듭 대조 확인한 후 그는 자신의 생각이 옳다고 결론지었다. 두 사진의 인물은 동일 인물이었던 것이다.

9

시우가 알랭의 전화 메시지를 들은 것은 포르트 샹페레 중고 차 시장에서 2006년형인 미쓰비시 파제로 숏바디를 계약한 직후였다. 계약서를 작성한 시우는 파제로의 열쇠를 넘겨받았다. 옆에 붙어서 새로운 자동차에 대해 열심히 떠들고 있는 매매업자를 무시한 시우는 알랭이 남긴 전화번호로 전화를 걸었다.

"제 이름은 강시우입니다. 알랭 경사와 통화하고 싶습니다."

"내가 알랭입니다. 이제야 통화가 되는군요."

"무슨 일이지요?"

"전화로 할 이야기는 아니고 가능한 한 빨리 만났으면 합니다. 김현정 씨 사건의 실마리가 잡혔습니다. 강시우 씨의 의견을 듣고 싶습니다. 물론 심문이나 그런 것은 아니고 참고인 조사 같은 것이라고 생각하시면 됩니다."

"언제 어디로 갈까요?"

"시테의 경찰국에 오셔서 강력부 특수수사과의 알랭 경사를 찾으면 안내해줄 겁니다. 빨리 봤으면 합니다. 저는 오늘 오후 내내 사무실에 있을 겁니다."

"아마 2시 반 정도에 도착할 것 같습니다."

"좋습니다. 그럼 이따 뵙지요."

시우는 전화를 끊고 자신이 구매한 자동차에 올랐다.

지저스 시크릿

10

오후 2시 30분이 조금 넘었을 때 알랭의 인터폰이 울렸다. 경찰국 입구의 안내데스크에서 시우의 방문을 알려왔다. 얼마 지나지 않아 문을 열고 시우가 들어섰다. 알랭의 눈에 시우는 키가 약 178센티미터에 몸무게 70킬로그램 정도의 건장한 동양계 청년이었다. 팀버랜드 마크가 찍힌 흰색의 면 티셔츠 안으로 느껴지는 다부진 근육은 만만치 않은 단련의 성과를 보여주고 있었다. 그에 반해 얼굴은 선한 인상이었다.

"강시우 씨죠? 잘 왔습니다. 앉으시지요."

알랭은 일어나 악수를 청하며 말했다.

"운동을 하셨나 봅니다. 저는 킥복싱을 하는데요."

"합기도를 하고 있습니다. 17구 구청에서 개설한 도장을 맡고 있지요."

"합기도라. 멋지네요. 나도 관심이 많은데 나중에 좀 가르쳐 주시죠."

"부끄러운 수준입니다. 하지만 원하신다면 17구청으로 오시지요. 개인 레슨도 가능하니까요."

시우는 알랭에게서 사람을 찌르는 듯한 날카로운 기운을 느꼈다. 짧게 사른 싥은 살색 머리 사이에 몇 가닥의 흰머리가 보였지만 예리한 눈매와 강인하게 다문 입술, 세모꼴의 턱은 알랭의 인상을 아주 강하게 표현해주고 있었다. 시우는 알랭의 책상 앞 의자에 앉았다.

"무슨 일입니까? 벨기에에서 실종된 현정이의 사건이 프랑스에서도 수사되고 있는지는 몰랐는데요."

"유럽연합 때문이기도 하지만 프랑스 경찰과 벨기에 경찰은 관계가 좋은 편이지요. 이웃 나라로서 공조 수사도 많고 자료 교환은 상시적입니다. 특히 김현정 씨의 경우는 주소지가 이곳 파리이기 때문에 당연히 여기로 연락이 온 겁니다. 물론 이곳 파리 경찰국에서 정식으로 김현정 씨 사건을 수사하고 있지는 않습니다만, 제가 하고 있는 수사와 연관이 있습니다. 지난 6월부터 유럽의 학교들이 방학을 시작하면서 북부 프랑스 지역과 벨기에 남서부 지역에서 여자들의 실종 사건이 빈발하고 있으니까요. 아시는지 모르겠지만 우리 프랑스에서 가장 심각한 문제가 납치이죠. 주된 대상은 젊은 여자들과 아이들로, 2008년도 통계로는 거의 20분에 한 명꼴로 실종 신고가 될 정도지요."

"저도 가끔 뉴스나 신문을 통해 보고 들었습니다. 프랑스 곳곳에 깔린 실종자 수배 전단들도 봤지요."

"그런데 지난 6월 말부터는 그 정도가 심해졌다는 겁니다. 평균보다 약 30퍼센트 정도가 늘었으니까요. 결국 우리 측에서도 별도의 팀을 만들어 대처하기로 했습니다. 제가 바로 그 책임을 맡게 됐지요."

"그렇군요. 그런데 현정이 사건에 대한 실마리라니요?"

알랭은 책상 위의 컴퓨터를 만지기 시작했다. 화면에는 곧 엎드린 자세로 묶인 채 엉덩이에 낙인을 찍히는 금발 여자의 사진이 떠올랐다. 알랭은 시우가 볼 수 있게 모니터를 돌렸다. 그리고는 별도의 프로그램을 실행시켜 낙인이 찍힌 여자의 둔부와 벌겋게 달궈져 있는 인두를 확대시켰다. 그리고는 책상 위의 서류철에서 사진 하나를 꺼냈다. 시우는 자신의 앞에 놓인 그 사진을 보자 곧 상황을 파악할 수 있었다. 그것은 유진의 얼굴이 어렴풋이 찍힌 사진이었다.

"이 사진은 어디서 발견한 겁니까?"

시우는 화면에 몰두하면서 질문을 던졌다.

"파리 북부 지역에 살고 있는 한 남자의 웹페이지에서 찾은 겁니다. 지금 우리 경찰국의 인터넷 담당 부서에서 추적하고 있습니다. 조금 더 지켜본 후 이곳으로 부를 예정이지요. 저는 무슈 강의 이야기를 듣고 싶습니다. 물론 브뤼헤에서 진술한 내용은 전달받아 읽어봤습니다. 그런데 거기는 뇌샤텔에는 별 관심이 없더군요. 나는 뇌샤텔과 관련한 얘기를 듣고 싶습니다."

시우는 얀 경사에게 했던 얘기에 더해 찢어진 방명록 부분에 대해서 자세히 설명해나갔다. 시우의 이야기가 끝나자 알랭은 자신의 책상 위 노트에 메모한 부분들을 잠시 더 읽어보더니 이야기를 꺼냈다.

"브뤼헤 측에서는 국제적인 불법 매춘과 관계된 인신매매 조직에 포인트를 맞추고 있군요. 상식적인 추리지요. 저라도 그랬을 겁니다. 하지만 난 그 포인트를 좀 바꿔봐야겠다는 생각을 하고 있습니다. 바로 이 사진을 보고 말이지요."

알랭은 모니터의 사진을 가리키며 말했다.

"이 사진이 발견된 사이트는 도색적인 음란 사이트가 아니고 악마 숭배 사이트입니다. 실제로 악마를 추종하는 사람들의 세력이 존재한다는 것은 아실 겁니다. 역사도 아주 길지요. 지금도 가끔 파리 시내의 공동묘지나 지하 카타콤베* 같은 곳에서는 비밀스럽게 치러진 악마 숭배 의식의 흔적이 발견됩니다. 흑미사라고 하지요. 인터넷상에도 상당한 수의 악마 숭배 사이트들이 존재합니다. 하느님과 예수를 믿는 기독교가 존재하듯이 강한 힘과 쾌락과 지혜를 상징하는 악마를 믿고 추종하는 사람들이 제법 있다는 것이지요. 물론 그것만 가지고 그들을 체포해서 처벌할 수는 없습니다. 실정법을 어기지만 않는다면 믿음과 신념의 자유는 당연히 존중받아야 한다는 것이 우리 프랑스 공화국의 헌법 정신이니까요. 실제로 그들이 명시적으로 실정법을 어기면서 자기들의 존재를 표현하는 경우는 거의 없

---

* 납골 형태의 지하 묘지.

습니다. 이 사진들을 자신의 웹페이지에 올린 남자도 내가 보기에는 열렬한 악마 추종자라기보다는 시늉만 내는 철부지가 아닌가 싶습니다. 현재 감시만 하고 있는 이유도 그것 때문입니다. 더불어 그 남자가 가진 연결고리를 찾아보려는 겁니다. 그자가 이 사진들을 그냥 인터넷상에서 주워 올린 것이라면 우리의 수사는 진전을 기대할 수가 없겠지요. 대신 모종의 세력과 연관이 있고 그쪽에서 이 사진들이 전달된 것이라면 우리는 성과를 기대할 수 있습니다."

"이 사진 속의 여자는 누군가요? 파악이 되셨습니까?"

시우는 모니터 속 금발 여인을 가리키며 물었다. 알랭은 고개를 가볍게 끄덕였다.

"예. 지난 8월 초에 칼레에서 실종된 여자입니다. 아직 그쪽 보호자에게는 알리지 않고 있습니다. 좋을 것이 없으니까요. 자, 그런 이유에서 이유진 씨의 회복이 중요하고 김현정 씨의 행방이 중요합니다. 나에게 이 사건은 단지 그 두 사람만의 문제가 아니라고 결론이 났으니까요."

"그럼 당신이 브뤼헤 쪽의 수사 방향을 바꿀 수 있습니까? 이곳 프랑스에서요?"

"아니지요. 의견과 조언을 줄 수는 있지만 수사의 방향을 지시할 수는 없습니다. 그래서 나는 무슈 강의 도움이 필요합니다. 무슈 깅의 신술을 그내도 인성한다면 가장 의심이 가는 부분은 물론 뇌샤텔에서 어떤 일이 일어났느냐 하는 겁니다. 두 명의 여자를 감쪽같이 사라지게 하는 일은 사실 그렇게 쉬운 일이 아니죠. 찢어진 방명록 부분도 의심이 가는 부분이고요. 더구나 강시우 씨의 실종 신고 조서를 읽어보니 이유진 씨는 일종의 이단 조사관 같은 역할을 했더군요. 석연치 않은 부분들이 많습니다. 나는 그래서 우리 요원 중 한 명을 브뤼헤로 보내 수사를 진행시킬 예정입니다. 물론 비밀리에요. 얀 경사에게도 알리지 않을 생각입니다. 만약 악마 추종 세력의 일이 확실하다면 누구도 믿어서는 안 됩니다. 그들은 조직이거든요. 크기를 짐작할 수 없는 조직 말입니다. 그리고 이유진 씨의 신변 안전에도 더 신경을 써야 할 것 같습니다. 그녀의 생존을 원치 않는 사람들이 분명히 존재할 것이기 때문이죠. 그들은 자신들의 실수를 만회할 기회를 노릴 겁니다. 내 생각에는 무슈 강이 브뤼헤로 가서 이유진 씨를 돌봐줘야 할 것 같습니다. 우리 요원과 서로 연락할 수 있게 하겠습니다. 지금 간단히 인사를 나누는 것도 좋겠네요."

알랭은 인터폰을 눌러 누군가를 호출했다. 곧 누군가가 문을 열고 들어왔다. 놀랍게도 들어온 사람은 상당한 미모의 여자였다. 키는 165센티미터 정도였고 갈색 머리에 짙은 갈색 눈동자가 깊어 보였다. 전체적으로 지적인 아름다움을 가지고 있었고 몸매는 청바지와 늘어뜨린 티셔츠에 가려져 있었지만 균

지저스 시크릿

형이 잘 잡힌 모습이었다.

알랭은 시우에게 그녀를 소개했다.

"우리 부서의 에이스 니콜입니다. 니콜, 이쪽은 내가 말한 무슈 강."

시우는 일어나 그녀와 악수했다. 의자 하나를 더 끌어와 그들이 나란히 앉자, 알랭은 두 손을 깍지 끼고 앉아 이야기를 계속했다.

"니콜은 내일 아침에 브뤼헤로 올라갈 겁니다. 플랑드르 회화 전공의 미술학도로 신분을 숨기고 뇌샤텔에 계속 숙박할 예정이지요. 무슈 강은 뇌샤텔 근처에 나타나면 안 됩니다. 성 카트린 병원 근처에 숙소를 잡는 것이 좋겠네요. 서로 연락은 핸드폰으로 하면 될 겁니다. 핸드폰을 하나 선물하지요."

알랭은 책상 서랍에서 평범하게 생긴 노키아 구형 핸드폰과 충전 장치를 꺼내 시우 앞으로 밀어놓았다.

"이 전화의 소유자는 프랑스 내무부입니다. 일반적인 핸드폰보다 열 배는 예민한 놈이지요. 어떤 장소, 어떤 상황에서도 우리와 통화할 수 있을 겁니다. 그리고 단축번호 1번을 누르면 이곳 파리 경찰국 지령실과 바로 연결됩니다. 비상시에 도움이 될 겁니다. 무슈 강이 유럽 땅 안에만 있다면 말이지요. 스스로를 설명할 필요도 없습니다. 그 전화번호를 이쪽에서 확인하니까요. 1번에 니콜의 전화번호도 저장되어 있습니다. 통화비는 무료이지만 우리와의 통신 이외에는 사용치 않는 것이 좋겠습니다. 이 전화의 통신 내용은 일일이 모두 녹음이 되니까요."

"저도 브뤼헤에 올라가는 것을 얀 경사에게 알리지 말아야 합니까?"

시우는 건네받은 핸드폰을 만지면서 물었다.

"아니지요. 무슈 강은 그럴 필요가 전혀 없습니다. 그냥 자연스럽게 이유진 씨의 간병을 하면 됩니다. 유사시에는 니콜의 도움을 받으면 되고요."

알랭이 일어서며 박수를 한 번 쳤다.

"자, 이제 가서 일을 합시다. 무슈 강은 이후로 가능한 한 저와 자주 통화합시다. 언제든지 연락해주십시오."

그동안 아무 말 없던 니콜이 시우에게 악수를 청하면서 입을 열었다.

"모든 상황을 알고 있어요. 무척 힘드실 텐데 제가 도움이 됐으면 합니다. 브뤼헤에서 맥주나 한잔 하지요."

"그러시지요. 저는 모레쯤 올라갈 겁니다. 도착하는 대로 전화하겠습니다."

그들과 헤어진 시우는 파리 경찰국의 남쪽 출입문으로 나왔다. 센 강 옆이었고 알랭의 사무실 밑이었다. 그는 왼쪽으로 방향을 바꾸어서 노트르담 성당 쪽으로 이동했다. 차를 세워둔 지하 주차장의 입구로 내려가기 전에 전면에 보이는 성당을 물끄러미 바라보았다. 그 유명한 노트르담 성당이었다. 전형적인 초기 고딕 양식의 성당이지만 그렇게 위압적인 높이는 아니었다. 성당 전면 가운데 아기 예수를 안고 있는 성모 마리아 조각상이 서 있었다. 노트르담은 영어로 'OUR LADY', 성모 마리아를 뜻한다. 12세기 사람들의 현세에 대한 집착과 구원에 대한 염원이 거대한 성당으로 나타난 것이었다. 하지만 노트르담 성당의 진짜 명물은 성모 마리아 조각이 아니다. 천장부터 건물의 모서리에 이르기까지 수없이 많이 조각된 악마들의 조각상이 더 유명했다. 욥을 몰락시키고 여호수아와 대적하고 예수를 시험하는 존재, 그리고 가롯 유다를 매수하여 예수를 팔게 한 그 악마상들이 왜 그렇게도 많이 조각되어 있을까? 시우는 그 악마가 알고 싶어졌다. 그는 어두운 지하의 주차장 입구로 내려갔다.

IV

카타나 리베로70

II

시우는 아침 일찍 일어나 오렌지주스를 한잔 마시고 집을 나섰다. 일주일 전부터 반복되는 일과였다. 대문 밖으로 나간 그는 쿠르셀 대로를 뛰다가 집 건너편의 몽소 공원으로 갔다.

시우는 적당한 속도로 공원을 두 바퀴 돌았다. 약 2킬로미터 정도 뛴 셈이다. 몸에는 벌써 땀이 배어나오기 시작했다. 원래 그는 군 생활의 대부분을 이런 운동으로 보냈다. 그는 강원도 동부에 자리한 대한민국 육군 8군단 특공 연대의 특공무술 교관으로 근무했다. 맨손이나 대검만으로 상대를 가장 효과적으로 죽이는 기술 지도를 맡게 된 것은 시우의 의지와는 관계가 없었다. 전에도 그랬지만 군 입대 이후에는 더욱더 다른 사람들과 물리적으로 부딪히는 것을 철저히 피했다. 원한다면 맨손으로도 보통 사람들을 죽음에 이르게 하는 일이 그다지 어렵지 않다는 것을 알고 있었기 때문이다.

시우가 군대를 제대하고 있었던 일이다. 학비를 벌기 위한 아르바이트로 밤에 포장마차를 하던 같은 과의 친구를 돕다가 그 동네 폭력배들과 부딪혔다. 돈을 뜯으러 온 그들 다섯 명은 무척 운이 없었다. 싸움이 벌어지고 불과 10분도 안 되어 그들 모두 쓰러지고 말았던 것이다. 그때 시우는 최대한 불상사를

지저스 시크릿

피하기 위해 노력했지만, 상대의 폭력이 시작되자 거의 본능적으로 몸을 움직였다. 시우에게 그것은 끔찍한 경험이었다. 육체와 본능 속에 자리 잡고 있는 거대한 폭력의 본능과 잠재력을 확인하게 되었기 때문이다. 그 이후로 군대에서 사용하던 것들을 잊기 위해 노력했지만 쉽지 않은 일이었다.

운동을 마친 시우는 집으로 돌아와 샤워를 하고 식사를 마치고는 짐을 꾸렸다. 상당한 시간을 떠나 있을 예정이라 짐은 제법 크고 복잡했다. 시우는 침대 위의 매트리스를 들어올렸다. 그러고는 침대 가운데 요철 부분에 끼어 있는 길쭉한 물건을 꺼내 들었다. 겉에 싸인 갈색 천을 벗기자 전체적으로 검은색인 나이프가 나왔다. 일반적으로 볼 수 있는 물건은 아니었다. 마그네슘 처리된 강화 플라스틱 칼집에서 나이프를 꺼내자 약 18센티미터 정도의 칼날이 모습을 드러냈다. 검은색 코팅이 되어 있는 몸체의 끝부분 위쪽으로 에머슨 유에스에이 상표가 새겨져 있고 몸체 밑으로는 시퍼런 느낌의 칼날이 있었다. 블레이드의 폭이 거의 4밀리미터 정도였다. 시우는 오른손으로 손잡이를 잡고 왼손 엄지손가락으로 칼날을 살펴보았다. 물론 문제 있을 리는 없었다. 5년 전 바스티유 광장 근처의 총포 도검을 취급하는 상점에서 구입한 이후 마음이 심란할 때면 꺼내보고 닦아준 것 외에는 사용한 적이 없었으니까 말이다.

시우의 부모님은 약 5년 전에 교통사고로 변을 당했다. 그때

받은 보험료가 상당한 금액이었다. 그는 부모님이 남기신 아파트 두 채와 약간의 부동산, 그리고 현금 자산과 채권 등 다 합쳐서 약 15억 원 정도의 자산을 상속받았다. 하나밖에 없는 동생도 합당한 수준의 유산을 상속받았다. 유산 정리를 마치고 그는 모든 재산을 현금화해서 은행에 신탁 예금을 했다. 부모님이 돌아가시고 파리에 돌아와서 처음으로 한 일이 한국에서 가져온 돈의 일부를 가지고 이 나이프를 산 것이었다. 학생의 신분에는 어울리지 않는 가격이었지만, 이 나이프는 세상에 수없이 많은 전투용 나이프들 중 가장 훌륭한 물건 중 하나였다. 그 이후로 나이프는 가격과 관계없이 시우의 재산 1호가 되었다.

시우는 칼집에 나이프를 다시 꽂은 다음 갈색 천에 갈무리하지 않은 채로 배낭에 집어넣었다. 그러곤 어제 갤러리 라파예트 백화점에서 구입한 팀버랜드제의 활동복과 천연고무로 바닥이 처리된 검은색 트래킹 부츠를 신었다. 밖에 나와 차에 짐을 싣기 시작하자, 아파트 입구에서 배 나온 포르투갈계 건물 관리인인 호세 아저씨가 관심을 가지고 그의 출발을 지켜보고 있었다.

"어디로 여행 가는 모양이군요? 멋진 차에 짐을 싣고 있는 걸 보니까."

"네. 조금 걸릴 것 같습니다. 우편물들 좀 부탁할게요."

"이상하네. 마드무아젤 김이 올 때가 된 것 같은데. 둘이 싸

왔어요?"

호세는 한쪽 눈을 깜박이며 의아해하면서도 장난기 어린 표정으로 물었다. 시우는 차에 짐을 다 싣고 차문을 열며 애써 미소 지었다.

"아니에요. 지금 만나러 가는 거예요. 벨기에서 만나기로 했거든요. 같이 여행 좀 하고 돌아올 겁니다. 저는 갑니다. 수고하세요."

"봉 보야주(좋은 여행 되세요), 무슈 강."

시우는 손을 흔드는 호세 아저씨에게 인사하며 벨기에 쪽으로 향하는 A1 고속도로를 향해 출발했다.

12

얀은 오전 중에 방문객들이 다녀가고 난 뒤 더 이상 서류 더미와 컴퓨터 모니터를 들여다보지 않았다. 그는 뭔가를 곰곰이 생각하고 있었다. 잠시 후 누가 사무실 문을 노크하고 들어왔다. 얀의 보좌를 맡고 있는 파스칼 경위였다.

"경사님, 말씀하신 요트 리스트입니다. 8월 26일과 27일 양일간 쩨 브뤼헤 인근 요트 정박장에서 출항한 요트들과 그 소유주들의 리스트입니다. 반 올랜느까지도 포함시켰습니다."

"수고했네. 어디 보자고, 얼마나 많나."

"여름휴가철이라 들어오고 나간 요트들이 제법 많습니다. 한 200척 되니까요."

"예상보다는 많군. 이중에서 선체 길이 10미터 이하의 작은 배들은 빼자고. 증언에도 중형 이상이라고 했으니까. 한밤중에 약 300미터 정도 거리에서 확인할 정도라면 사실 더 크게 잡아야겠지만……"

두 사람은 긴 리스트를 두 부분으로 나눠서 체크해 약 50척으로 범위를 좁혔다.

"이중 27일 이전에 이곳에서 100킬로미터 이내의 항구에 입항한 기록이 있는 배들은 빼버리고 정리해주게. 그 외의 요트에 대해서는 출항 이후 30일 정도의 항해 기록을 추적해서 보고해주게. 그중 하나에 우리의 보물이 있을 거라고."

"알겠습니다. 서둘러 처리하겠습니다. 이만."

파스칼 경위가 사무실 밖으로 나가자 얀은 책상 위의 포스트잇을 하나 떼어 그 위에 메모를 했다.

CATANA652 / 쩨 브뤼헤 / 로베르 드 레미 / 리베로70

그러고는 시간을 확인한 후 천천히 자리에서 일어났다. 점심 식사를 할 시간이었다. 노란색 포스트잇 메모지를 오른쪽 청바

지저스 시크릿

지 주머니에 넣고 핸드폰과 담배도 챙겨 넣었다. 경찰서 현관 앞으로 나오자 입구에 서 있던 제복 경관이 거수경례를 해왔다. 날씨는 좋지 않았다. 곧 비가 떨어지지 않을까 생각했다. 경찰서 앞 약 50미터 정도에 있는 카페 앞을 지나가려는 얀의 눈에 순간 외교관 번호판의 현대 소나타 자동차가 보였다. 카페 창으로 동양 남자 서너 명의 실루엣이 비쳐 보였다. 얀은 걸음을 멈추고 몰래 그 안을 보았다. 그들은 바로 오전 중에 얀을 방문했던 '그들'이었다. 주 벨기에 한국 영사인 박영철과 납치된 한국 여자들의 아버지 두 명. 무엇보다 얀의 눈에 그들 곁에 있는 강시우가 들어왔다. 그들은 각자 심각한 표정으로 무엇인가를 이야기하고 있었다. 얀은 그들과 다시 마주치고 싶지 않았다. 오던 길에서 돌아선 그는 경찰서 앞 좌측 골목으로 빠져들었다.

돌길을 걷다보니 곧 거대한 성당의 첨탑이 시야를 가로막아섰다. 브뤼헤의 상징 중 하나이면서 중세 유럽 성지순례의 중요한 기점 중 하나인 성혈 사원의 첨탑이었다. 12세기 로마네스크 양식의 사원 위에 거대한 고딕 성당을 갖다 붙인 형태의 성당은 겉모양이나 성당의 규모 때문에 유명한 것이 아니었다. 12세기 말, 1차 십자군 전쟁에 참가한 플랑드르 백작 티에리 달사스*가 성지 예루살렘에서 가져온 예수님의 성혈을 브뤼헤에

---

* 1, 2차 십자군 전쟁에 앞장선 플랑드르 백작. 예수의 후예라 여겨지는 메로빙거 왕조의 후손이며 2차 십자군 전쟁에 적극적으로 참여했다. 이후 예루살렘 왕국의 국왕인

기증했고 그것을 보관하기 위해 건축된 성당이었다. 그 이후로 매주 금요일에는 천연 수정관에 넣어진 채로 황금과 보석들로 치장된 예수님의 혈흔이 일반 신자들에게 공개되었고, 이를 보려는 성지순례객들이 전 유럽에서 모여들고는 했던 것이다. 얀도 어렸을 적에 신앙심 깊은 어머니와 고모들의 손을 잡고 와서 성혈을 보고 성호를 그으며 바닥에 무릎을 꿇고 앉아 기도했던 기억이 있다. 다른 모든 브뤼헤의 아이들처럼 말이다. 하지만 지금 얀은 그쪽에는 전혀 관심이 없었다. 성혈 사원의 뒤뜰로 연결된 작은 문으로 들어간 얀은 조용한 사원 뒤뜰 벤치에 앉았다. 그러고는 주위의 인적을 살피며 어딘가로 전화를 걸었다.

"여보세요. 얀입니다. 브뤼헤 경찰서의 얀 말이오."

"오랜만이군. 무슨 일인가?"

"리베로70이라는 이름의 요트를 가지고 계시지요? 카타나사 제품인 것 같군요. 상당히 비싼 물건일 텐데요. 부자이신 드 레미 남작께도 말이지요."

"용건만 말하게. 피차 바쁜 몸들이니까."

"누군가, 아주 바보 같은 누군가가 이 배에서 약물중독으로 사경에 빠진 한 동양 여자를 바다에 흘렸습니다."

풀크 5세의 사위가 되어 동방 원정과 교역에 적극 관여했고 예수님의 성혈 등을 포함한 여러 성유물을 브뤼헤로 들여왔다.

전화 저편에서는 아무런 반응이 없었다. 잠시 후 여전히 무거운 목소리가 물어왔다.

"그 여자는 어떻게 됐지?"

"지금 성 카트린 병원 정신과 병동에 입원 중입니다. 아직 혼수상태인데 생명에는 지장이 없다고 하더군요."

"어떻게든 처리해야겠군. 조치하겠네."

"리베로70이라는 멋진 카타마란 요트의 항적 기록도 손봐야 할 겁니다. 오늘 오후 5시 정도면 이미 늦으니까 그전에 처리하시는 것이 좋겠습니다."

"물론이지. 고맙네. 나중에 저녁이나 같이하지. 금주 중에 우리 집에서 만찬을 할 계획이야. 그때 초청하도록 하지."

"자, 저는 이제 점심을 먹어야겠습니다. 안녕히 계십시오."

얀은 핸드폰을 주머니에 넣고 손에 들고 있던 메모지를 구겨 3미터 정도 떨어진 휴지통을 향해 던졌다. 정확한 포물선을 그린 종이 뭉치가 휴지통에 떨어지자 얀은 싱긋 웃고는 벤치에서 일어섰다.

13

시우는 호텔 방에 올라가 간단히 짐을 풀었다. 침대 밑에 걸터앉아 있던 그는 알랭이 준 핸드폰을 꺼내 니콜에게 전화를 걸었다.

"강시우입니다. 이제 막 도착해서 호텔에 들어왔어요. 이비스 호텔 312호입니다."

"저는 지금 도서관이에요. 10분 후에 제가 전화할게요."

시우가 욕실에서 세수를 하고 나오자 핸드폰의 벨이 다시 울렸다. 니콜이었다.

"미안했어요. 브뤼혜 시립 도서관 안이어서 전화를 받을 수 없었어요. 우리 우선 좀 만나지요. 지금 볼 수 있어요?"

"네. 문제없습니다. 지금 바로 나가지요."

"시립 도서관 앞에 벤치들이 몇 개 있어요. 그곳에 있겠습니다."

약속 장소에 가니 벤치에는 학생들로 보이는 젊은 남녀들이 떠들고 있었다. 니콜은 갈색 원피스에 선글라스를 끼고 한쪽에 앉아 있었다. 니콜과 시우는 자연스럽게 프랑스식 인사법인 네 번의 볼 입맞춤을 했다. 비주라고 하는 인사법이었다. 니콜은 시우를 안내하여 근처의 조용한 카페로 자리를 옮겼다. 시우가 물었다.

"뇌샤텔 숙박은 어떠세요. 하룻밤 지냈죠?"

"어제 오후에 왔어요. 한가하더군요. 어떻게 보면 로맨틱하고 어떤 면으로는 으스스하고요. 500년이 넘은 건물이 갖는 묘한 분위기 있잖아요?"

"뭐 수상한 것은 없었고요?"

"시우 씨가 경찰인 모양이네요."

니콜이 웃으면서 받아치자 시우는 약간 겸연쩍어졌다. 니콜은 매력적인 여자였다. 며칠 전 파리 경찰국에서 봤을 때는 그런 느낌이 크게 없었는데 아주 여성스러운 분위기를 풍기는 여자였다. 복장이나 표정이 여행을 온 매력적인 여대생으로 보였다. 니콜은 분명한 목소리로 시우에게 말했다.

"시우 씨, 우리는 지금 공격 타임이 아니에요. 수비 타임이에요. 마음이 급하지만 그럴수록 세밀하게 수비의 그물을 짜야 하는 거예요. 그래야 이후 역습의 기회가 우리에게 주어질 테니까요. 나는 지금 뇌샤텔의 역사와 브뤼헤 유력 인사들의 가계도 등 공부할 게 많아요. 알랭이 파악한 대로라면 우리의 수사는 지금 바닥에 떨어진 머리핀을 찾는 것이 아니라 두꺼운 역사책에서 시작을 해야 돼요. 절대 서두르지 않습니다. 그게 수비의 규칙이에요. 지금 우리 손에 있는 가장 큰 미끼는 유진 씨예요. 아마 그들은 이미 유진 씨의 생존을 파악하고 있을 거예요. 당연히 그들의 공격 찬스지요. 그에 대비해야 돼요."

시우는 니콜이 가지고 온 테이블 위의 두꺼운 책 두 권을 보았다. 니콜은 책을 시우에게 보여주었다.

"하나는 뇌샤텔 선실 기록이고 나른 아나는 15세기에서 17세기 사이에 브뤼헤에서 일어난 주요 사건 기록이에요. 다행히 모두 프랑스어로 기록되어 있네요. 플라망어는 질색이거든요. 이 책들 안에서 뭔가 잡힐 겁니다."

"이런 역사책들을 읽는 것이 쉽지 않을 텐데요."

"나는 몽펠리에 대학에서 역사를 전공했어요. 페스트와 중세 유럽의 붕괴 같은 것으로 석사 학위 논문을 썼고요. 이 정도 책은 스파게티 먹는 정도 이상의 어려움을 주지 않아요. 아마 그래서 알랭이 나를 여기로 보낸 것 같아요."

"알랭이라는 사람, 아주 치밀하군요."

"상사에 대해 이러쿵저러쿵하는 것은 옳지 않지만 그는 대단한 사람이에요. 아마 전 프랑스 경찰 중 가장 유능한 형사일 거예요. 그를 존경해요."

니콜은 아무렇지도 않다는 말투로 이야기했지만 자의식 강하고 냉소적인 프랑스 사람들의 일반적인 정서를 감안했을 때 알랭에 대한 니콜의 신뢰는 절대적인 듯했다. 니콜은 주문했던 에스프레소 커피를 마저 마시고 지갑을 꺼내 계산을 했다. 시우가 만류하려 했지만 조금 늦었다.

"이제 미팅은 끝났고 각자의 일을 하자고요. 나는 계속 공부를 할 거예요. 시우 씨는 얀 경사와 인사를 하고 병원에 가보세요. 병원이 시우 씨가 있어야 할 포지션이에요. 되도록 우리 둘은 만나지 말아야 해요. 유진 씨를 노리고 있는 놈들은 아마 시우 씨도 주시할 거니까요. 나까지 노출될 수는 없지요."

니콜은 시우의 대답을 기다리지 않고 책을 챙긴 다음 일어서서 시우의 뺨에 다시 네 번의 비주를 했다.

"안녕. 전화 자주 하세요."

니콜과 헤어진 시우는 브뤼헤 경찰서 쪽으로 걸어갔다. 회색빛 하늘에서 가랑비가 조금씩 떨어지기 시작했다.

성 카트린 병원

14

얀은 경찰서로 돌아오는 길에 두툼한 호밀빵 샌드위치를 샀다. 그가 좋아하는 북해식 청어 식초 절임이 들어 있었다. 멀건 필터 커피와 더불어 샌드위치를 먹기 시작했지만 얀은 이런 식의 점심식사를 가장 싫어했다.

식사를 마치고 업무를 보고 있을 때 인터폰이 울렸다. 시우의 면회 요청이었다. 잠시 후 사무실 문을 노크하는 소리와 함께 시우가 문을 열고 들어왔다. 얀은 가벼운 몸짓으로 악수를 청했는데 시우의 손힘이 이전과는 달리 강하게 느껴졌다. 그들은 책상을 사이에 두고 앉았다. 얀이 먼저 입을 뗐다.

"그날 브뤼헤에 남는 줄 알았는데 파리로 바로 갔더군요. 다행인지 불행인지 이유진 씨는 아직 그대로인 상황입니다. 수사도 별 진척이 없고요."

"제 생각에 브뤼헤에서는 제가 할 일이 거의 없더군요. 필요한 짐도 챙길 겸 파리에 잠시 다녀왔습니다. 현정과 유진의 아버님들도 오시고 해서 말이지요."

"당신네 대사관의 박 영사와 그 불쌍한 두 분 아버지를 오전에 만났습니다. 나로서는 별로 해줄 말이 없더군요."

"수사는 진척이 전혀 없습니까?"

시우는 얀의 눈을 정면으로 바라보며 물었다.

"이유진 씨를 발견한 목격자가 봤다는 요트를 추적하고 있습니다. 그것이 거의 유일한 단서니까요. 물론 이유진 씨의 의식이 돌아온다면 이야기는 전혀 달라지겠지만."

"범인들은 유진 씨의 의식이 돌아오는 것을 절대 원치 않겠군요. 내가 그놈들이라면 유진 씨가 영원히 잠들어버리기를 고대할 것 같아요."

"당연한 이야기겠지요. 하지만 그들이 이유진 씨의 존재를 알아내는 것이 그렇게 쉽지는 않을 겁니다. 철저한 비밀 유지 속에 수사가 진행되고 있으니까요."

"신변 보호는 어떤 식으로 이루어지고 있습니까?"

"원래 성 카트린 병원 가장 위층의 정신과 병동은 아무나 들어갈 수 없게 되어 있습니다. 그 병원 엘리베이터 층 번호 단추 중 6이라는 숫자는 그냥 눌러서는 불이 켜지지 않아요. 별도의 번호판에서 네 자리 숫자의 비밀번호를 눌러야 6층으로 올라갈 수 있지요. 그 번호는 6층의 의료진들과 소수의 직원들만 알고 있습니다. 그리고 지금은 6층에서 엘리베이터를 내려도 우리 측에서 파견한 정복 경관을 지나야만 통과할 수 있도록 되어 있어요. 정신과 병동은 원래 면회가 거의 없는 곳이고 유동인원도 거의 없으니 경계는 충분한 것으로 판단하고 있습니다."

"그렇겠군요. 저도 자주 가보려고 하는데 출입에 지장은 없겠지요?"

"닥터 마틸드에게 이야기해놓았습니다. 당신과 그녀들의 아버지들은 언제든지 면회가 허용될 겁니다. 물론 의학적 판단이 허용하는 한도에서요."

잠시 침묵하던 시우는 자리에서 일어나며 말했다.

"요트 쪽에서 단서가 좀 잡혔으면 좋겠습니다. 벌써 2주일이 지났습니다."

"최선을 다하고 있습니다. 결과가 있을 겁니다."

두 사람은 악수를 하고 헤어졌다. 시우는 사무실을 나오면서 생각에 빠졌다. 얀에게서는 무언가 열의를 느낄 수 없었던 것이다. 파리의 알랭 경사와 자꾸 비교하게 되어서 그런 것이 아닌가 하는 생각이 들었다. 전에 만났을 때는 이렇지 않았던 것 같다는 생각도 들었다. 그렇지만 곧 피해자 측 관계자들이 냉정한 경찰에게서 느끼는 서운함일 거라고 결론지었다. 그는 서둘러 병원을 향해 걸었다.

시우가 나간 뒤, 얀은 뭔가 거북한 느낌이 들었다. 그에 대해 조금 더 알아봐야겠다고 생각했다. 전화기를 들어 파리 알랭 경사의 번호를 눌렀다. 알랭은 한참 만에 전화를 받았다.

"알로. 알랭입니다."

"안녕하십니까? 브뤼헤의 얀 경사입니다. 바쁘다고 들었습니다."

"예. 이리저리 복잡한 일들을 정리하고 있습니다. 그쪽은 어떻습니까?"

"별다른 진척은 없습니다. 이유진 씨가 깨어나기를 기다리고 있습니다."

"그렇군요. 용건은요? 인사차 전화하셨을 리는 없고."

"강시우 씨에 대한 자료를 좀 부탁하겠습니다. 단순한 인적 사항 말고 자세한 걸로요."

"그게 왜 필요하지요? 강시우 씨는 참고인에 불과한데요. 그에게 무슨 문제라도 있습니까?"

"문제는 전혀 없습니다. 다만 당분간 우리 구역에서 계속 맴돌 모양인데, 좀 알고 있는 편이 좋을 것 같아서요."

"알겠습니다. 이메일로 바로 보내드리겠습니다. 프랑스 역사 전공의 학생입니다. 별다른 것은 없을 것입니다."

"감사합니다. 그럼 이만."

얀은 전화를 끊었다. 이제 곧 이유진에 대한 조치가 취해질 것이다. 그는 최대한의 정보를 수집하여 제공할 의무가 있었다.

15

시우는 병원 복도 의자에 앉아서 닥터 마틸드의 호출을 기다리고 있었다. 그의 왼편으로 있는 복도 끝에는 정복 차림의 경관 한 명이 앉아 자동차 잡지를 뒤적이고 있었다. 시우는 아래층 현관 안내데스크에서 닥터 마틸드에게 방문 허가를 받았다. 안내데스크의 나이 든 수녀는 직접 엘리베이터의 비밀번호를 눌러줬다. 6층에 내리자 약간 긴장한 듯한 표정의 경관이 시우를 맞았다. 시우는 신분증과 용건을 요구하는 경관에게 여권을 보여주고, 얀 경사의 허가를 받았고 닥터 마틸드의 동의도 구했음을 알렸다. 경관은 시우의 여권을 가져가 본서에 확인을 해본 후에야 그를 자유롭게 해주었다. 시우는 닥터 마틸드를 기다리다가 그 경관에게 다시 다가갔다.

"언제까지 근무하십니까?"

"저녁 6시까지요. 왜 묻지요?"

"자주 올 텐데 얼굴이라도 좀 익히려고요. 여기 방문객이 많습니까?"

"아니, 거의 없어요. 여기 정신과 병동 환자 자체가 몇 명 안되고 면회 신청도 거의 없지요. 그나마 있는 면회도 간호사가 환자를 데리고 나가서 4층의 휴게실에서 하게 되어 있으니까요. 병원 관계자 외에 저 엘리베이터를 타고 내리는 사람은 며칠 동안 서너 명밖에 없었어요. 오늘 오전 중에도 몇 명 있었다고는 하던데 아마 환자의 아버지와 당신네 대사관 직원이었을걸요."

그때 닥터 마틸드의 사무실 문이 열리고 두 명의 의사가 나왔다. 그중 한 명이 시우 쪽을 보고 아는 척을 해왔다.

"강시우 씨지요? 지난번에 봤었죠? 닥터 마틸드가 기다리고 있습니다. 들어가보시지요."

"감사합니다."

시우는 닥터 마틸드의 사무실로 들어갔다. 그녀는 반갑게 시우를 맞았다.

"어서 오세요. 오래 기다리셨죠? 앉으시지요."

"며칠 전이었는데 무척 오랜만에 뵙는 것 같습니다."

"충격이 있었으니까요. 그나저나 유진 씨의 상태는 별 진전이 없습니다. 완전한 혼수상태는 아니지만 깨어나도 외부와의 소통을 거부하고 있어요. 이제 우리도 슬슬 뭔가 해봐야 할 때가 온 거 같습니다. 시우 씨의 도움이 필요할 것 같습니다."

"최선을 다해보겠습니다."

"우선 유진 씨의 자아를 열어봐야겠어요. 내일부터 한두 시간씩 시우 씨가 곁에 있어주세요. 유진 씨에게 투여하던 신경안정제를 오늘 밤부터는 중단하겠습니다. 그럼 내일 아침에는 깨어날 겁니다. 어떤 반응을 보이는지에 따라 이후에 대처해갈 겁니다. 우선 첫날이니까 일찍 와주세요. 유진 씨가 정신이 들 때 시우 씨가 옆에 있는 것이 좋을 것 같으니까요. 그동안 몇 번 깨어났을 때는 옆에 있던 우리 간호사들이나 의사들을 보고도 쇼크 반응을 일으켰습니다. 시우 씨라면 좀 다를지 않을까 싶은데요."

"유진 씨 아버님도 같이 올까요?"

"아니, 안 됩니다. 유진 씨의 아버지는 현재 감정 조절이 안 되는 상황입니다. 바람직한 결과를 기대할 수 없어요. 당분간 아버지의 면회는 유진 씨가 잠들어 있을 때만 허락할 겁니다. 시우 씨도 명심하세요. 시우 씨가 가장 피해야 할 일은 급격한 감정의 표출입니다. 희로애락의 표현을 최대한 자제하고 뭔가를 알려고 해서도 안 됩니다. 그저 공기나 햇빛처럼 그녀 곁에 있기만 해야 합니다. 스스로가 보호받고 있다는 느낌을 갖도록 해주세요. 표정이나 눈빛만으로요. 그런 다음 유진 씨가 스스로 준비되는 것을 기다려보자고요."

"알겠습니다. 그럼 내일 아침 몇 시쯤 올까요?"

"한 8시쯤이 좋겠네요. 그 시간이면 저도 출근한 다음이고 유진 씨에게도 적절한 시간인 듯싶네요."

"그렇게 하겠습니다. 그리고 좀 부탁드릴 일이 있습니다. 첫째는 저 엘리베이터의 비밀번호를 좀 알았으면 하는데요."

지저스 시크릿

닥터 마틸드는 밝은 표정으로 웃으며 선뜻 자기 책상 위의 포스트잇에 네 자리 숫자를 적어주었다.

"그럴 리 없겠지만 다른 사람에게는 절대 가르쳐주면 안 됩니다. 이 보안 장치는 이유진 씨뿐 아니라 이쪽에 있는 다른 환자들 모두를 위해 존재하니까요. 자, 그럼 두 번째는요?"

시우는 약간 주저하면서 이야기를 꺼냈다.

"밤에 제가 여기 머물 수 있을까요?"

닥터 마틸드는 조금 굳어진 표정으로 손에 들고 있던 볼펜을 책상에 톡톡 치고 있었다.

"왜 시우 씨가 여기서 밤을 보내야 하지요?"

"여기 들어오기 전에 밖에 있는 경관과 잠시 이야기를 나눴습니다. 밤 12시부터 아침 6시까지는 경비 경찰이 없다더군요. 제 생각에는 만약 누군가가 유진 씨를 노린다면 그때에 기회를 볼 것 같습니다. 저라도 그 시간을 지켜야 할 듯해서요."

"그 문제는 얀 경사와 상의해보겠지만 어려울 듯하네요. 이 병원의 규칙상 그 시간에는 당직 근무 인원 외에는 어느 누구도 병원에 남아 있을 수 없으니까요. 외부인은 말할 것도 없고요. 시우 씨가 밤에 머무는 문제를 상의하겠다는 것이 아니고 야간 경찰 경비를 부탁해보려는 거예요. 그런데 저로서도 그게 그렇게 필요한지는 모르겠네요."

"유진 씨를 저렇게 만든 것은 한두 명의 개망나니가 한 일이 아닙니다. 조직의 일이에요. 크기를 알 수 없는 조직 말입니다. 만약 유진 씨의 생존 사실을 그쪽에서 안다면 그녀를 그대로 둘까요? 이건 생명의 문제입니다."

"무슨 이야기인지 알겠지만 이 병원의 야간 경비를 맡는 경비 업체는 아주 우수한 평을 받고 있습니다."

"알았습니다. 제가 졌습니다. 그만두지요. 얀 경사와 상의할 필요도 없겠네요. 닥터 마틸드를 믿겠습니다."

시우는 완전히 포기했다는 듯이 두 손을 벌려 보였다. 닥터 마틸드의 표정도 다시 부드러워지며 약간 미소를 지었다.

"너무 걱정 말아요. 이 브뤼헤는 그런 할리우드 영화 장면 같은 일들이 일어나는 곳이 아니에요."

"저는 갔다가 내일 아침에 오겠습니다. 내일 뵙죠."

시우는 유진을 볼 수 있게 해달라고 부탁하려다가 그냥 일어났다. 자고 있는 그녀를 본들 뭐가 달라질 것 같지도 않았고 그녀를 보면 다시 왼쪽 가슴의 아픔을 느낄까 두려워서였다.

16

어제 저녁부터 꽤 많이 내리던 비가 그치고 깨끗한 아침 햇살이 브뤼헤 전체의 붉은 벽돌들을 매만지고 있었다. 시우는 늘 그랬듯 아침 일찍 일어나 운동을 하고 아침식사를 했다. 그러곤 간단한 복장으로 호텔을 나서 성 카트린 병원으로 갔다.

어제는 현정과 유진의 아버지들과 저녁식사를 했다. 벨기에 식당보다는 나을 것 같아서 그동안 다니면서 보아둔 해성이라는 중국 식당으로 갔다. 점심식사를 거의 못해서 그런지 세 사람은 몇 가지의 요리와 밥을 남기지 않고 먹었다. 하지만 무척 건조한 식사였다. 웃음도 없었고 대화도 거의 없었다. 시우도 되도록 말을 아꼈다. 식사 후 자스민차로 입을 헹군 그들은 호텔로 돌아와 헤어졌다. 모두들 입은 있지만 할 수 있는 말이 많지 않았다.

아직 출근 시간 전이어서인지 브뤼헤 시가지는 조용하기만 했다. 시우는 성 카트린 병원의 현관을 지나 엘리베이터를 타고 6층으로 올라갔다.

엘리베이터 문이 열리자 아주 젊어 보이는 정복 경관이 그를 맞았다. 경관은 시우가 자신의 이름과 닥터 마틸드의 이야기를 꺼내자 곧바로 그를 통과시켜주었다.

닥터 마틸드는 반갑게 시우를 맞이했다. 막 걸러지기 시작한 필터 커피의 향기가 향기롭게 사무실을 채우고 있었다.

"시우 씨, 마침 커피를 마시려던 참인데 한 잔 드릴까요?"

"예, 좋지요. 향기가 무척 좋군요. 이곳이 병원이라는 생각이 안 들 정도네요."

두 사람은 커피잔을 들고 간단한 이야기를 나누다가 유진의 병실로 이동했다.

"아마 곧 의식이 들 거예요. 시우 씨 혼자 그녀 곁에 있는 것이 좋겠어요. 어제 이야기한 대로만 하세요. 만약 무슨 일이 있으면 침대 옆의 붉은 단추를 누르고요. 바로 달려오겠습니다."

닥터 마틸드가 문을 열자 시우가 병실에 들어섰고 등 뒤로 소리 없이 문이 닫혔다.

시우는 천천히 걸어 유진의 곁으로 다가섰다. 창문은 열려 있었다. 열린 창을 통해 신선한 아침 공기가 햇살과 더불어 병실에 가득 차고 있었다. 유진의 잠들어 있는 얼굴은 무척 편안해 보였다. 밖으로 드러난 얼굴과 손의 피부엔 윤기가 있어 보이고 혈색도 좋아 보였다. 시우는 침대 옆의 의자에 조용히 앉았다. 시간이 제법 지나 시우가 방에 들어온 지 거의 한 시간 정도가 지났을 때 유진이 처음으로 반응을 보이기 시작했다. 오른쪽 손끝이 조금 움직이더니 두 눈의 속눈썹이 떨리기 시작했다. 시우는 바라보고만 있었다. 잠시 후 유진의 두 눈이 떠졌을 때, 무방비 상태의 눈빛이 허공에 머무르고 있다가 시우 쪽으로 향했다. 그녀는 시우를 흘낏 보고는 다시 천장 쪽으로 시선을 돌렸다. 한동안 그러고 있던 그녀는 다시 시우를 바라보았다. 몽롱하게 느껴지는 그녀의 시선을 받으며 시우는 그대로 있었다. 그렇게 한 시간가량 계속되었다. 마음속에는 유진을 잡

지저스 시크릿

고 현정의 행방을 묻고 싶은 욕망이 무럭무럭 피어올랐다. 하지만 백지에 가까운 유진의 얼굴과 눈빛 앞에서는 시우마저도 백지가 되는 듯한 느낌이었다.

얼마 후에 병실 문이 열리고 닥터 마틸드와 간호사가 들어왔다. 간호사는 들어오자마자 심압계와 뇌파 탐지기들의 데이터를 수거하여 기록했고, 닥터 마틸드는 유진의 표정과 반응을 살피고 있었다. 간호사가 이것저것 기록한 자료를 닥터 마틸드에게 넘기고 병실을 나가자 그녀는 시우의 어깨를 툭툭 치며 밖으로 나가자는 시늉을 했다. 시우는 천천히 일어나 병실을 나섰다. 병실을 나오기 직전 뒤돌아 유진을 바라보았지만 그녀는 여전히 별다른 움직임이 없었다.

병실 밖으로 나오자 닥터 마틸드가 입을 열었다.

"처음 상태로는 아주 훌륭하군요. 뇌파의 불안정성도 크지 않고 심장박동도 괜찮아요."

닥터 마틸드는 병실에서 가져온 기록을 보면서 자신의 일지에 메모했다.

"특별한 반응이 있었나요? 시우 씨를 처음 봤을 때 어떤 반응을 보이던가요?"

"그냥 멍하게 보고만 있던데요. 아무런 말도 없어요. 한 5분 정도였을 거예요. 그 외에는 당신도 봤듯이 허공만 보고 있었고요."

"그래요? 어쨌든 고무적입니다. 시우 씨를 보고도 아무런 정서적 혼란이 없었다는 것이지요. 이제부터는 신경안정제 투입을 줄이고 약물에 대한 대체요법을 시작할 겁니다. 식사도 조금씩 줘봐야겠어요."

"제가 계속 옆에 있어야 할까요?"

"아니, 그럴 필요 없습니다. 당분간 하루 두 시간 정도만 곁에 있는 것으로 하고 천천히 시간을 늘려갑시다."

"고무적이라니 다행이군요. 하지만 정상적인 사고와 대화가 가능하려면 얼마나 기다려야 할까요?"

"시우 씨, 이제 시작이에요. 정신적인 문제는 예측할 수가 없어요. 최선을 다하면서 기다려야 합니다. 유진 씨는 단순히 육체적인 학대만 당한 것이 아니라 우리가 상상할 수 없는 정신적 학대를 받았어요. 더구나 상당한 수준의 약물까지 투여됐습니다. 약물에 대한 대체요법을 시작하겠지만 시간을 예측할 수는 없습니다."

"그래야지요. 알고는 있습니다만……."

시우는 말끝을 흐리며 창밖을 바라보았다. 메모를 마친 닥터 마틸드는 그런 시우에게 말했다.

"내일 아침에 봐요. 오늘과 같은 방식으로."

시우는 닥터 마틸드와 인사를 나눈 후 병원을 나왔다. 어느새 점심시간이었다.

지저스 시크릿

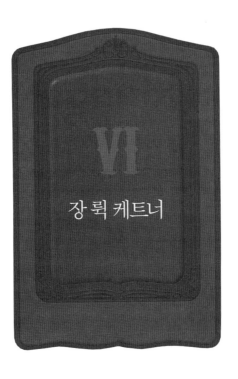

VI

장 뤽 케트너

17

알랭은 이틀째 퇴근 없이 일하고 있었다. 어젯밤에 드디어 악마 추종 사이트를 운영하던 파리 18구의 남자를 연행해왔다. 이름은 장 뤽 케트너. 나이는 서른두 살, 독신이고 직업은 중학교 역사 교사. 아버지는 네덜란드계 프랑스인이고 어머니는 독일계 프랑스인이었다. 물론 그가 소유하고 있던 서버용 컴퓨터와 집 안의 CD롬, USB, 하드디스크 등등 모든 저장 장치들도 같이 압수해왔다. 지금 그 물건들은 관련 부서에서 상세히 조사하고 있었다. 알랭은 장 뤽의 취조에는 특별히 관여하지 않고 있었다. 그는 점심식사 전에 브뤼헤의 니콜과 잠시 통화했다. 아직까지는 별다른 계기가 생기지 않고 있는 모양이었다. 알랭은 구내식당에서 점심을 해결한 후에 체력 단련장에서 간단한 운동을 했다. 계속된 과로를 운동으로 극복하는 것이 알랭의 방식이었다. 그러고는 자신의 의자에 앉아 잠깐 눈을 붙였다. 초가을 파리의 쾌적한 기온은 잠깐의 낮잠을 아주 달콤하게 만들어주었다. 겨우 20분 잔 듯했는데 알랭은 아주 개운한 기분으로 전화를 받을 수 있었다.

"알랭 경삽니다."

"사이버범죄 수사과의 장 피에르입니다."

　　　　　　　　　　　　　지저스 시크릿

"아, 수고 많습니다. 뭔가 좀 나왔습니까?"

"조금 전에 그 친구의 문제 많은 하드디스크 드라이버들을 완전히 재생시켰습니다. 관심을 가지실 만한 것들이 꽤 많더군요. 지금 나머지 CD와 USB들을 뒤지고 있습니다만 어쨌든 우리가 필요한 것들은 대충 찾은 것 같습니다."

"그래요? 뭐가 있던가요?"

"전체 용량이 거의 5기가 정도입니다. 말로 설명할 상황은 아닌 것 같고 내려오시지요. 보람이 있으실 겁니다."

"기대되는군요. 바로 가겠습니다."

알랭은 인터폰을 눌러 장 뤽의 조사를 맡고 있는 로마노 경위를 불렀다.

"날세. 뭐가 좀 되어가나?"

"아니요. 이 친구 입을 안 열고 있습니다. 철저한 묵비권 행사예요."

"저쪽 기계 만지는 친구는 큰소리를 치던데."

"기대되는군요. 그쪽에서 대단한 것을 찾았다면 이쪽도 진도를 좀 나가야겠지요?"

"그래, 수고해줘."

알랭이 본관 동쪽의 사이버범죄 수사과로 가자 장 피에르 경사가 그를 몹시 반가워했다. 장 피에르 경사의 사무실은 알랭의 사무실과는 완연히 다른 모습이었다. 마치 파리 12구의 바스티유 광장 근처의 컴퓨터 부속 가게에 와 있는 듯했다. 사무실 전체가 온갖 종류의 컴퓨터와 부속품들로 뒤덮여 있었고 몇 명의 직원들은 그 틈에 앉아 일하고 있었다. 장 피에르 역시 경찰관보다는 컴퓨터 가게 주인 같은 인상이었다. 배가 많이 나왔고 깨끗하지 못한 티셔츠에는 빨갛고 노란 여러 가지 소스들의 흔적으로 추정되는 얼룩이 져 있었다. 자꾸 흘러내리는 안경을 연신 추켜올리면서 알랭과 악수를 나눈 그는 분해된 컴퓨터 앞에 앉았다.

"저기 의자를 들고 와서 제 옆에 앉으시지요. 얘기가 제법 기니까요."

알랭은 구석에 놓여 있던 작은 간이의자를 들고 와서 장 피에르 옆에 앉았다.

"그 친구가 온갖 더러운 것들을 많이 모아놓았더군요. 먼저 보시게 될 건 그 집에서 찾아낸 두 개의 외부형 하드디스크 드라이버 중 하나에 담겼던 것들입니다. 물론 지워졌던 것을 다시 살려냈습니다. 상태가 썩 좋지는 않지만 보실 만할 겁니다."

장 피에르는 화면상에서 몇 개의 사진 파일을 찾아낸 다음 그중 하나를 실행했다. 그것은 양피지로 엮어 만든 고대의 문서 표지였다. 히브리어로 추정되는 문자가 적혀 있었지만 알랭은 그것을 읽을 수 없었다.

"뭐라고 쓰여 있는 겁니까?"

"요셉 복음서라고 쓰여 있어요. 서지학 전문가한테 문의해서 알아냈죠."

"요셉 복음서라고는 들어본 적이 없는데요."

"물론 이런 복음서는 어느 누구에게도 알려지지 않은 종류의 성서입니다. 마태, 마가, 누가, 요한 복음서 뭐 이렇게 네 개의 복음서만이 지금의 기독교에서 인정되고 있으니까요. 하지만 흔히 외경, 혹은 위경이라고 불리는 몇 가지 복음서들이 존재하기는 합니다. 유명한 것은 도마 복음서지만 야고보 복음서, 막달라 마리아 복음서, 심지어는 가룟 유다 복음서까지도 존재하니까요."

"무슨 내용들이지요?"

장 피에르는 고개를 슬슬 흔들면서 미소를 띠었다.

"그건 너무나 길고 복잡한 얘기라 내가 지금 설명할 수 있는 얘기가 아닙니다. 천천히 공부를 하시죠."

알랭은 컴퓨터 화면의 양피지 문서를 들여다보며 질문을 했다.

"저게 요셉 복음서라 치고, 그 내용도 입수가 된 건가요?"

"아니, 그냥 표지밖에 없어요. 더 찾아봐야지요. 아마 잡혀온 장 뢱의 입을 열면 해결되지 않을까 싶소."

그 말에, 알랭은 자리에서 일어났다.

18

얀은 아침에 파리 경찰국의 알랭에게 전화를 받았다. 파리 북부에 사는 장 뤽 케트너에 대한 수사 정보였다. 그가 체포되었으며 보유하고 있던 컴퓨터 등에서 대량의 불법 영상과 정체불명의 고문서 표지 사진이 발견되었다는 것이다. 그리고 동영상에 촬영된 희생자들 중에 이유진이 발견되었다는 것이다. 알랭은 사건에 참고하라며 전화를 끊었다. 그러고는 상당한 양의 자료를 보내왔다. 얀은 그렇게 즐기지 않는 담배를 피워 물었다. 수사의 방향을 바꿔야 하는 것이다. 현재까지 진행된 매춘 조직 쪽 수사는 별 진전이 없었다. 그리고 유진을 발견한 목격자가 진술한 요트 부분도 아무런 결과가 없었다. 당연한 일이었다. 얀이 원하던 방향으로 가고 있었던 것이다. 그런데 뜻밖에도 프랑스 쪽에서 일이 터진 것이다. 도대체 어떻게 그런 중요한 자료가 유출되었는지 이해가 되지 않았다. 그나마 다행인 것은 장 뤽 케트너라는 인간이 아직 아무런 진술을 하지 않고 있다는 것이었다. 얀은 마음이 급해졌다. 이제 급히 일을 수습해야 하는 것이다. 태우던 담배를 끄고 얀은 경찰서 밖으로 나섰다.

얀은 자신의 차를 몰며 드 레미 남작에게 전화를 걸었다. 신호가 한참 갔는데도 응답이 없었다. 얀은 투덜거리며 차를 몰아 브뤼헤 외곽의 14번 고속도로에 들어섰다. 겐트 방향이었다. 약 10분 후 얀은 재발신 단추를 눌렀다. 몇 번의 신호음 다음에 야 웬 여자가 전화를 받았다.

"알로. 드 레미 남작의 전화입니다."

"지금 드 레미 남작과 통화하고 싶소."

"죄송하지만 지금 남작님께서는 승마 중이십니다. 승마 중에는 절대 방해하지 말라는 엄명이 있어서요. 한 30분 후면 마치실 겁니다. 뭐라고 전해드릴까요?"

"얀이라는 사람이 지금 그쪽으로 가고 있다고 전해주시오. 한 40분 후면 도착할 거요. 아주 중요한 일이니까 반드시 만나야 된다고 말이오."

얀은 대답을 기다리지 않고 바로 전화를 끊었다. 그는 겐트 방향으로 속도를 더 올리기 시작했다.

드 레미 남작은 오전 승마를 마치고 저택 테라스의 야외 식탁으로 돌아왔다. 조련사가 방금까지 그가 탔던 말을 끌어가고 있었다.

"소금을 좀 줘야겠어. 오후에 수영시키는 것 절대 빠뜨리면 안 되고 말이야."

"걱정 마십시오, 남작님. 최상의 경주마로 키우겠습니다."

드 레미 남작은 멀어져가는 신안 초콜릿색의 말을 흐뭇하게 바라보았다. 지난 4월 프랑스 도빌의 국제 경주마 경매 때 사온 것이었다. 이제 만 세 살이 채 안 된, 혈통으로 보아 최상급의 경주마가 될 수 있는 말이다. 너무 순하다 싶을 정도의 온순한 성격이 조금 걸릴 뿐 근골의 형태나 주행 능력들은 벌써 일품이었다. 한 1년만 더 잘 다듬어서 내년부터는 경주에 출전시킬 예정이었다.

대리석으로 된 야외용 식탁 위에는 갖가지 종류의 음료수가 갖춰져 있었고 하얀 비단으로 된 땀수건도 놓여 있었다.

"페리에로 줘."

드 레미 남작은 하녀에게 짧게 이야기하고 수건으로 이마의 땀을 닦아냈다. 하녀는 크리스털 잔에 얼음과 레몬을 담고 페리에 광천수를 따라 남작의 앞에 놓았다.

"얀이라는 분이 지금 이리로 오고 있다고 하셨습니다. 꼭 만나셔야 한다고요. 20분쯤 전이니까 도착할 때가 됐습니다, 남작님."

남작은 묵묵히 목을 축이고 있었다. 곧 저택 안에서 집사인 앙드레가 와서 방문객이 왔음을 알렸다. 얼마 지나지 않아 파란색 푸조508 승용차가 저택 입구 쪽에서부터 들어와 테라스에서 내려다보이는 현관 쪽에 멈춰섰다. 얀은 차에서 내리자마자 그를 마중하는 집사와 함께 저택으로 들어섰다.

얀은 아직 승마복 차림의 남작을 만나자 고개를 잠깐 숙여 예의를 표하고 악수를 했다.

"바쁜 일인 모양이지, 이 아침부터 갑자기 달려오고 말이야."

"조용히 상의할 문제입니다."

"그렇겠지. 자, 서재로 가세. 상의하기에 제일 좋은 장소지."

남작은 집사를 손짓으로 제지하고 직접 얀을 안내하여 자신의 서재로 갔다. 드 레미 남작의 저택은 거대했다. 성까지는 아니지만 방만 50개가 넘는 듯했다. 화려한 후기 바로크식의 건물이었고 건물 내부도 바로크 취향 그대로였다. 서재로 들어간 남작은 얀에게 서재 가운데의 붉은색 가죽 소파에 앉기를 권하고 자신은 그 정면의 팔걸이의자에 다리를 꼬고 앉았다.

"그래 무슨 일이지? 이곳은 완벽한 방이야, 비밀스러운 이야기를 하기에."

"심각한 일입니다. 파리 경찰국의 친구한테서 오늘 아침에 전화를 받았습니다. 그 친구 말이 며칠 전 파리 북부에서 장 뤽 케트너라고 하는 한 정신 나간 중학교 역사 선생을 잡았는데 그 친구가 가지고 있던 컴퓨터에서 대량의 불법 영상물을 찾아냈답니다. 주로 악마 숭배 의식과 그 후에 벌어지는 집단 혼음, 그리고 여자들을 고문하는 장면들입니다."

드 레미 남작은 깊게 숨을 한 번 들이쉰 다음 잠시 침묵을 지켰다.

"그게 우리와 무슨 관계란 것인가?"

"남작님의 요트에서 바다로 던져진 한국 여자에 관한 영상도 포함되어 있다는 것이 문젭니다. 그쪽에서 보내온 자료를 복사해서 가져왔습니다. 보시겠습니까?"

"봐야겠지. 이리 주게나."

얀은 상의 주머니에서 CD롬 디스크를 꺼내 남작에게 주었다. 남작은 자신의 책상에 놓인 노트북을 작동시킨 후 얀으로부터 받은 CD를 재생했다. 별다른 이야기 없이 한참 동안 자료를 살피던 남작은 책상 위에 상아로 된 상자를 열어 담배를 꺼내 물었다. 천천히 불을 붙인 후 의자 뒷부분에 깊이 몸을 묻은 그는 생각에 잠긴 듯했다. 얀에게는 아무런 관심도 두지 않았다. 곧이어 남작은 어딘가에 전화를 했다.

"나다. 지금 어디지? 빨리 돌아오거라. 중요한 이야기야."

남작은 전화를 끊고 얀에게 물었다.

"그 친구에 대한 정보는 얼마나 가지고 있나? 그 중학교 선생이라는 작자 말이야."

"그냥 신상 정도입니다. 이름, 나이, 주소, 직업 정도 말입니다."

"그 친구에 대한 모든 정보를 취합하게. 지금 어디에 앉아 있는지, 아침은 무엇을 먹었는지 등등. 모든 것을 말이야."

"다행히 아직까지는 입을 열지 않은 모양입니다. 하지만 그렇게 오래가지는 않을 겁니다. 그 사건을 담당하고 있는 알랭은 파리 경찰국에서도 알아주는 불독이니까요."

"서둘러 처리해야겠군. 내가 알아서 하겠네. 우리 쪽에도 전문가들이 있으니까. 자네는 최대한 많은 정보를 수집해서 전해 주기만 하면 될 거야."

"쉽지 않을 겁니다. 장 뤽 케트너라는 친구는 현재 파리 시테 섬의 경찰국 내부에 있습니다. 설마 파리 경찰국을 습격하지는 않으시겠지요?"

"그런 것에 대해서는 신경 쓰지 말게. 그런데 이해가 되지 않는군. 어떻게 장 뤽이라는 놈이 그런 자료를 빼간 것이지? 도대체 무슨 목적으로 말이야."

"인터넷에서 아드님의 비밀스러운 개인 웹사이트를 해킹한 모양입니다. 아드님이 지난번에 만드신 사이트 말입니다. 그때도 말씀드렸지만 그것은 쓸데없는 짓이었습니다. 인터넷상에서 굳이 그 위험한 비밀을 노출할 필요가 있을까요? 당장 그 일을 중지시키셔야 합니다. 그리고 지난번에 말씀드린 이유진 건도 잊지 마셔야 합니다. 그녀의 상태가 호전되고 있답니다. 정신을 차려서 입을 여는 일이 벌어진다면 상황은 걷잡을 수 없습니다."

"알고 있네. 여자 쪽도 이미 조치할 준비를 하고 있어. 조만간 처리될 거야. 우선 파리 경찰국 쪽이 급한 상황이구만."

"일단 발등에 떨어진 불부터 꺼야겠시만 끄고 나서노 섬검을 제대로 해야 할 것 같습니다. 완전히 사라져야 할 여자가 살아 있는 목숨으로 발견되거나 얼간이 같은 놈에게 넘겨줘서는 안 될 영상을 넘겨주는 일 따위는 있을 수 없는 일입니다. 심각한 위기 상황입니다."

"알겠네. 이제 가보게나. 경찰서를 너무 비우면 안 되잖아. 하여튼 최대한 정보 수집을 해주게."

"네. 가보겠습니다."

얀이 나간 뒤 잠시 후 누군가가 서재의 문을 노크했다. 이내 드 레미 남작과 같은 금발의 머리카락에 푸른 눈동자의 청년이 실내로 들어섰다. 고상하게 생긴 얼굴은 매력적이었지만 신경질적인 눈매였다. 큰 키에 마른 체형의 청년은 남작의 안색을 조금 살피다가 동의도 없이 남작의 책상 너머에 앉았다.

"너 요즘 도대체 무슨 일을 하고 다니는 거냐?"

"무슨 일이신데요?"

남작은 아직 자신의 컴퓨터 모니터에 재생되고 있는 동영상을 고갯짓으로 가리켜 보였다.

"네가 한 짓이다. 어느 놈이 네가 만들었다는 그 웹페이지에 몰래 들어와서 이것들을 빼간 거야. 그러곤 인터넷상에 마구 뿌려댔고. 그놈은 지금 프랑스 경찰에 체포되어 있다."

드 레미 남작의 외아들인 로베르 드 레미는 놀란 표정으로 모니터를 들여다보고 있었다.

지저스 시크릿

"어떻게 제 개인 사이트를 열고 들어왔는지 이해가 되지 않습니다. 최상의 보안 조치를 취해왔는데요."

"지난번에 네 요트에서 떨어진 여자도 마찬가지야. 우리 기사단의 존재가 밖에 노출되어서는 절대 안 된다. 네가 내 아들이라도 말이야. 너의 실수를 더 이상 용납할 수가 없다."

"그 두 사람을 처리하면 되잖아요?"

"물론 그렇게 할 거다. 너는 지금부터 근신하고 있거라. 어떠한 행동도 해서는 안 돼. 그리고 지금 당장 저 사이트를 폐쇄하고 증거를 없애버려라."

"알겠습니다. 그런데 두 사람의 처리는 누가 하지요? 제가 저지른 일이니까 제가 하겠습니다. 그 정도라면 맡겨주십시오."

드 레미 남작은 고개를 가볍게 저었다.

"네가 할 수 있는 정도의 일이 아니야. 파리 경찰국 내에 유치되어 있는 놈을 처리해야 된다. 사르데냐에 연락을 해서 지원을 요청하겠다. 너는 빠져 있어라."

로베르는 더 이상 아버지의 의사에 반발할 수 없었다.

"알겠습니다, 아버지."

"나가봐라."

드 레미 남작은 자신의 서재를 걸어나가는 외아들의 뒷모습을 바라보았다. 일찍이 어머니 없이 아랫사람들의 손에서 커왔다. 나름대로 명민한 머리를 가지고 있지만 심성이 황폐한 것은 사실이었다. 10대에 들어서면서 여러 문제를 일으켜왔고 현재 다니던 대학에서도 심각한 문제를 일으켜 제적당한 상태였다. 자신이 아들을 너무 방임해서 기른 것이 아닌가 하는 생각이 요즘 들어 심각해지고 있었다. 눈앞의 사태를 해결한 다음 아들 로베르의 장래에 대해서 조금 더 관심과 주의를 기울여야겠다는 생각을 하면서 남작은 자신의 책상 서랍 안에 들어 있는 비밀 전화를 꺼냈다. 그러곤 비밀번호를 입력해 통화를 시도했다.

19

알랭은 지금 무척 화가 난 상태였다. 눈앞에 앉아 있는 상대를 집어던지고 싶었지만 그럴 수는 없었다. 취조실에는 알랭과 그 앞에 앉아 있는 왜소한 사내 둘뿐이었다. 하지만 알랭은 지금 두 명 이상의 자기 부하들이 옆방에서 지켜보고 있는 것을 알고 있었다. 알랭이 장 뤽 케트너의 심문을 직접 하기 시작한 것은 오늘 아침부터였다. 로마노 경위로부터 아무런 결과가 없다는 보고를 듣고는 바로 취조실로 온 것이다. 하지만 장 뤽 케트너는 완고했다.

"자, 다시 시작합시다. 이름은?"

"장 뤽 케트너."

지저스 시크릿

"생년월일?"

"1983년 5월 7일."

"주소는?"

"파리 19구 캉브레 거리 27번지."

"직업은?"

순순히 대답을 하던 장 뤽은 이때부터 신경질적으로 알랭의 심문을 거부하고 나왔다.

"이 바보 같은 짓 계속할 거요? 변호사를 불러주시오. 나는 권리가 있단 말이오."

알랭은 두들기던 키보드에서 손을 떼고 장 뤽을 바라보았다. 아주 냉혹한 눈빛이었다. 장 뤽은 알랭의 눈빛을 보고는 곱슬머리가 덥수룩한 머리를 숙이며 그의 눈빛을 피했다.

"너한테는 권리가 없어. 내 부하들과는 사이가 좋았는지 모르지만 나는 다를 거야. 내가 원하는 것을 순순히 이야기해준다면 몰라도 말이야. 하지만 너는 나와 친해지고 싶은 생각이 없는 모양이야."

알랭은 말을 잠시 멈추고 오른손을 뻗어 장 뤽의 곱슬머리를 움켜쥐었다.

"악마를 무척 좋아하던데. 그렇지?"

알랭은 잔혹한 말투로 느물거리고 있었다. 장 뤽은 약간 긴장하다가 기계적으로 고개를 끄덕였다.

"그래, 악마를 좋아하는 것 같았어. 내가 그 악마를 보여주지. 바로 이 자리에서 말이야. 지금부터 내가 묻는 말에 성실히 대답을 하지 않으면 시테 섬에 사는 악마가 어떤 것인지 너에게 보여줄 생각이야. 그렇게 나쁘지는 않을 거야. 다시 하지. 직업은?"

"중학교 역사 선생이오. 파리 18구에 있는 줄리앙 아스트리드 중학교에 나갑니다."

"'케트너의 주인'이라는 자네의 웹사이트는 언제 오픈했지?"

"한 2년 됐어요. 아니 정확히 1년 9개월 됐어요."

"좋아. 자, 이제 이야기해봐. 네가 무척 좋아하는 그 영상들을 어디서 어떻게 구했지?"

장 뤽은 고개를 숙이고 대답하지 않았다. 알랭은 마음속으로 다섯까지 세고는 장 뤽의 얼굴을 왼손으로 들어올린 다음 멍한 표정의 얼굴을 오른손으로 강타했다.

단 한 대였지만 대단한 강도였다. 장 뤽은 앉아 있는 자세로 몸이 붕 떠서 취조실 구석에 처박혔다. 비명을 지를 틈도 없었다.

"와서 앉아. 이제 시작이야. 나는 상처 없이 사람을 두들기는 최고의 기술을 가지고 있어. 네가 원한다면 시험해봐도 좋아. 시간은 많으니까."

장 뤽은 구석에 처박힌 채로 움직이지 않았다. 그리고 읊조

지저스 시크릿

리듯 말했다.

"변호사를 불러주시오. 여기는 프랑스요. 나는 공정한 조사를 받을 권리와 변호사의 도움을 받을 권리가 있습니다. 나를 폭력으로 위협하는 것은 불법입니다. 당신을 고발할 겁니다."

"공화국 법률 강의를 너에게 듣고 싶은 생각은 없어. 여기는 중학교 교실이 아니야. 나는 묻고, 너는 대답하는 거야. 그것이 여기서의 법이지. 와서 앉아."

장 뤽은 계속 움직이지 않았다.

알랭은 다시 마음속으로 다섯을 세었다. 셈을 마치자마자 알랭은 의자에서 일어나 장 뤽에게 다가갔다. 그러고는 구둣발로 엎드려 있는 장 뤽의 등판을 찍어찼다. '억' 하는 신음 소리가 나며 장 뤽은 바닥에 완전히 엎어져 누웠다. 알랭은 장 뤽의 목덜미를 끌어서 원래의 의자에 앉혔다. 수갑을 꺼내서 장 뤽의 두 손을 의자 등받이 뒤로 돌려 채웠다. 제자리에 앉은 알랭이 다시 물었다.

"어디에서 그 더러운 동영상을 구했지? 이야기해봐. 우리 경찰국에는 네놈의 IP 접속 기록을 깡그리 뒤져서 추적해낼 능력을 가진 요원이 빗자루로 쓸어낼 만큼 많아. 난 그저 시간을 좀 단축하고 싶을 뿐이야. 기회를 줄 때 그 기회를 잡으라고."

알랭은 다시 마음속으로 다섯을 센 다음 장 뤽의 뺨으로 손을 날리기 시작했다. 힘을 그 뤘는지 아까저럼 나가빌어시시는 않았다. 알랭은 장 뤽의 뺨을 계속 가격했다. 때릴 때의 차진 타격음은 거의 나지 않았다. 그 대신 퍽퍽 하는 무거운 타격음이 들렸다. 장 뤽은 날아드는 손을 피하려고 노력했지만 부질없는 짓이었다.

한 30대 정도를 때린 알랭이 다시 질문을 했다. 조금 전과 같은 질문이었다. 그러고는 다시 마음속으로 다섯을 세고 있었다. 넷을 세고 났을 때 장 뤽의 목소리가 들렸다.

"나를 살려줄 수 있습니까?"

"무슨 소리야? 천천히 해봐."

"당신들의 수사가 진전이 되어서 그 영상들의 유출과 나의 존재를 그들이 알게 된다면 나는 죽게 될 거요. 당신 같으면 당장에 좀 두들겨맞고 재판을 거쳐 몇 년 살다가 나오는 것이 좋겠소, 아니면 이익도 없이 떠들다가 개처럼 죽는 것이 낫겠소?"

"좋아. 거래를 원한다면 나도 용의가 있어. 우리는 너 따위에게는 관심이 없어. 우리가 원하는 것은 네가 말하는 그들이야. 우리에게 협조한다면 우리가 그놈들을 깨끗이 청소할 거야. 너는 그냥 기소유예로 나갈 수도 있어. 사실 네 죄는 기껏해야 불법 음란 영상물 유포 정도야. 내 권한만으로도 말소할 수 있는 수준의 범죄지."

"그들은 그렇게 만만한 존재가 아닙니다. 당신의 상상 이상일 겁니다. 이 프랑스뿐 아니라 다른 몇몇 나라에도 광범위하게 뿌리내리고 있을지도 모릅니다. 나는 당신을 믿을 수 없어요. 당신이 유럽 여러 나라들의 유력자들과 싸워서 그들을 다 잡아넣을 수 있다고는 생각하지 않으니까. 어쨌든 나 정도는 일순간에 없애버릴 수 있는 조직입니다."

"카드를 너만 들고 있는 게 아니야. 네 말대로라면 너는 우리에게 진술을 하든지 안 하든지 결국 그들에게 죽는 거야. 감방 속이 그렇게 안전할 것 같나? 그리고 우리는 너 말고도 다른 증인이 있어. 그쪽에서도 실마리를 찾고 있지. 내 생각에는 네 생명은 내 손에 있어. 우리는 아주 완벽한 증인 보호 시스템을 가지고 있거든. 네가 우리에게 충분히 협조했다는 생각이 들면 그걸 준비해주지. 새로운 인생을 살 수 있도록 말이야. 물론 허풍을 떨었다고 생각되면 이야기는 달라지는 것이고. 어쨌든 선택은 우리에게 있지 네게 있는 것은 아니야."

"좋아요. 생각할 시간을 주세요. 생각을 해봐야겠어요."

"시간을 줄 수는 있어. 하지만 그렇게 오래는 안 돼. 벌써 네가 시간을 꽤 허비했거든. 알겠지만 이 일은 많은 사람의 생명이 걸린 문제야. 내일 아침까지 시간을 주겠어. 잘 생각해보라고. 내가 보기엔 생각할 여지도 없지만 말이야."

알랭은 특수 유리창 쪽으로 손짓을 했다. 곧 취조실의 문이 열리고 로마노 경위와 다른 형사가 들어왔다.

"저녁밥 먹여서 데려다줘. 내일 아침까지 생각할 시간을 줬

네. 그리고 오늘 조사 기록은 없애버려."

두 형사가 장 뢱을 데리고 나가자 알랭은 곰곰이 장 뢱의 말을 되씹어보았다. 프랑스 최상 권력자들이라. 그는 그럴 수도 있다고 생각했다. 원래 가장 높은 곳이 가장 더러운 곳이라는 것을 알고 있었다.

20

시우는 니콜과 저녁식사를 하고 있었다. 시우가 브뤼헤에 도착한 날 잠깐 만난 이후로 처음 보는 것이다. 가끔 전화로 유진의 상태를 이야기해주는 것 외에는 통화도 없었다. 일부러 한가하고 조용한 장소를 찾다 보니 시내 쪽은 피해 브뤼헤 역 근처의 식당에서 만나게 됐다. 전체 200석 정도 되는 큰 식당이었지만 시우와 니콜을 제외하고는 손님이 별로 없었다. 니콜은 여전한 모습이었다. 아카시아 꽃향기 같은 향수 냄새가 은은하게 풍기고 있었다. 시우는 잔을 들어 물을 한 모금 마시면서 물었다.

"어쩐 일이에요? 급한 용무가 아니면 영영 못 볼 줄 알았는데요."

오늘 만나자고 한 것은 니콜이었다.

지저스 시크릿

"시우 씨에게 해줄 이야기가 있어서요."

"무슨 일이지요? 현정이의 행방에 관한 단서라도 나왔습니까?"

"아니, 그 정도는 아니에요. 대신 진전은 좀 있는 모양이에요. 지난번에 알랭에게서 들었던 악마 숭배 관련 사이트 말이에요. 그 운영자를 체포했어요. 지켜보면서 연결고리를 좀 찾아봤지만 걸리는 것이 없어서 말이지요. 우리가 한없이 기다릴 수 있는 상황도 아니잖아요."

시우는 물끄러미 니콜을 바라보았다.

"그 친구의 컴퓨터에서 상당한 양의 영상 자료들이 나왔어요. 시우 씨가 봤던 사진들은 그 동영상에서 떼어낸 캡처 사진들이었어요. 분명한 것은 유진 씨를 저렇게 만들고 현정 씨를 데리고 있는 조직에 대한 실마리라는 것이지요. 아마도 악마 숭배 집단이거나 특정한 비밀을 수호하는 비밀결사 조직이 아닌가 싶어요."

"그런 것들이 정말 있는 건가요? 상상이 안 되네요."

"시우 씨는 동양 사람이에요. 아무리 프랑스에서 생활한 지 오래됐어도 잘 모를 거예요. 우리 서양인들의 세계관에 대해서 말이지요. 고대 갈리아, 게르만족들의 원시적 세계관에 헬레니즘에 기반한 그리스, 로마적 세계관이 더해지고 이후에 기독교적 세계관이 맞부딪친 결과기요. 볼른 승리는 기독교 쪽이었어요. 예수님이 인류의 죄를 대신해 십자가에 못 박힌 이후 그의 부활이라는 극적인 사건으로 하느님의 아들이라는 자리를 차지한 거죠. 이후에 삼위일체라는 교리가 확립되고 로마제국의 하드웨어에 기독교가 국교로 자리 잡으면서 거의 2천 년간 이 서양은 기독교가 홀로 통치하는 세계였어요. 사실 서양만이 아니죠. 세계적으로 로만 가톨릭, 동방 정교회뿐 아니라 개신교 계열까지 합치면 지금도 여전히 지배하고 있는 정신적인 기틀이라는 걸 잘 알고 있을 거예요. 그런데 이번 사건은 조금 특이해요. 이유진 씨는 한국 개신교 계열의 이단 연구원으로 유럽에 와서 실종되었고, 이유진 씨의 실종과 관련해서 체포된 사람의 개인적인 자료에서 '요셉 복음서'라는 알려지지 않은 문서의 표지가 발견됐어요. 사실 기독교에 위기가 없었던 것은 아니에요. 역사상 수없이 많은 이단과 반대 세력과의 전쟁을 치르면서 존재해왔죠. 알비에 자리를 잡은 카타리파*에 대한 탄압이나 템플기사단에 대한 탄압, 그리고 종교개혁 같은 것이 그 대표적인 예지요. 무엇이 옳은 것인지, 이 세상의 영적 세계를 주관하고 있는 기독교가 과연 진정한 진실과 진리에 근거하는지도 알 수 없어요. 간혹 보인 적 없는 진리의 증거들이 조금씩

* 12세기 중반 이후 동방의 보고밀파의 영향을 받은 영지주의 기독교 분파. 극단적인 이원론을 기반으로 하여 일체의 물질적 가치와 육체적 가치를 배제하는 금욕적인 신앙을 실천했다. 후에 프랑스 남서부 지역을 기반으로 번성했으나 십자군 전쟁의 대상이 되는 등 이단으로 몰려 철저하게 탄압당하여 멸절되고 말았다.

지저스 시크릿

세상에 상징들을 내보이고 있어요. 이번 사건은 그런 부분에 대한 접근이에요. 쉽지 않겠죠."

"나도 가끔씩 여러 가지 음모론을 들은 적이 있어요. 기독교를 근본적으로 부정하는 음모론들 말이에요."

니콜은 대답 대신 고개를 가볍게 끄덕였다. 시우가 물었다.

"그 사람 이름이 뭐지요? 잡혔다는 사람 말이에요. 정말 악마를 숭배하는 사람입니까?"

"이름은 장 뤽 케트너예요. 중학교 역사 선생인데, 오래전부터 악마 숭배나 오컬트* 등에 관심이 많았던 모양이에요. 관련 역사도 공부하고 또 스스로 그 추종자를 자처했던 거지요. 하지만 그게 다예요. 별도의 이상한 종교 단체에 가입한 사실도 없고 무슨 비밀결사에 대한 연계도 없어요. 말하자면 좀 특이한 취미 생활을 한 겁니다. 실정법을 크게 어긴 것도 없고요."

"그런데 어떻게 그런 동영상을 얻은 거죠?"

"그게 문제지요. 자신의 홈페이지를 야단스럽게 꾸미고 혼자 즐기는 것까지는 좋은데, 손대서는 안 되는 곳에 손을 댄 거지요. 진짜 비밀스러운 어떤 조직에 말이에요. 그 친구는 원래 상당히 호전적인 해커로 유명했던 모양이에요. 우리 경찰국에서

---

* 물질과학으로는 설명할 수 없는 초자연적 현상 및 그에 대한 지식. 중국의 역학, 도교, 인도의 아유르베다, 티베트의 탄트리즘, 유대의 카발라, 초기 기독교의 영지주의 등에서 원리를 찾을 수 있다.

그에 대해 주목한 것도 그것 때문이었죠. 르 몽드나 TF1 등의 언론기관이나 알스톰, 마트라 같은 대기업, 심지어는 프랑스 정부의 인터넷망에 들어가 더러운 흔적을 남기고 달아나고는 했던 모양이에요. 그러다가 우연인지는 모르겠지만 뭔가 이상한 비밀 사이트를 발견한 겁니다. 철저히 폐쇄적으로 운영되는 사이트 말이에요. 뭔가 수상한 곳인데 들어갈 수가 없다. 어떻게 했을까요? 그는 당연히 해커로서의 본분을 다했겠지요. 자세한 것은 입을 열지 않고 있지만 흔적 없이 몇 번 들어가서 흥미가 당기는 자료를 들고 나왔던 거예요. 그러다 우리에게 덜미를 잡힌 거구요."

"그 친구가 입을 열면 문제는 해결되는군요."

"근데 그게 그렇게 쉽지가 않나 봐요. 장 뤽이라는 친구가 그쪽 사이트에서 뭘 봤는지는 모르지만 입을 전혀 열지 않고 있어요. 하지만 뭔가 결판이 날 거예요. IP 추적 작업이 곧 끝날 거고요."

"그들 단체에서 장 뤽 케트너의 존재를 모르고 있을까요?"

"글쎄, 그건 모르죠. 알랭의 수사는 비밀리에 진행되고 있어요. 수사 기밀이 유출되지는 않겠지만 단정할 수도 없을 거예요. 모든 가능성을 염두에 두는 것이 우리 방식이니까요."

"그렇군요. 그런데 그런 얘기를 나한테 왜 다 해주는 거죠? 그건 수사 기밀이고 나는 분명히 외부인인데요?"

"우리가 시우 씨에게 핸드폰을 줬지요? 그 핸드폰을 가지고 있는 한 시우 씨는 외부인이 아니에요. 알랭이 무슨 생각으로 그랬는지는 모르지만 시우 씨는 지금 나와 한 팀이에요. 이곳 브뤼헤는 프랑스의 경찰력이 미치지 않는 곳이에요. 내가 와 있지만 사실은 비공식 출장인 셈이지요. 알랭은 공식적인 행정 절차를 통해 그의 수사가 벨기에 당국에 의해 주목받는 것을 원치 않고 있어요. 당연하겠지요. 그렇다 보니 당신을 믿을 수 있는 조력자로 인정한 것이지요. 나로서는 그 이유를 아직 찾지 못했지만요."

시우는 니콜의 마지막 말에 가벼운 미소를 지었다. 주문했던 음식이 나오기 시작했다. 다른 사람이 보면 친밀함을 막 느끼기 시작하는 남녀가 서로를 다정히 탐색하는 것처럼 보였을 것이다.

식사 중에는 가벼운 화제를 선택했다. 음식은 썩 좋지 않았지만 그들의 목적을 상기한다면 그에 부합하는 듯했다. 식사를 끝내고 커피를 주문하고 나자 니콜은 다시 본연의 임무로 돌아가고 있었다.

"그런데 문제가 생겼어요. 내일 뇌샤텔을 떠나게 됐어요."

"왜죠? 정체가 탄로 났나요?"

"아니, 그런 것은 물론 아니에요. 들은 바로는 뇌샤텔에서 곧 작은 음악회를 개최한대요. 매년 4월 중순부터 9월 중순까지

는 관광객들에게 숙소로 제공되고 그 외의 시즌에는 사설 음악
회나 전시회 그리고 세미나 장소 등으로 임대해주는 모양이더
라고요. 결혼식 피로연도 하고요."

"그렇군요. 그럼 어떻게 하지요?"

"일단 나가야지요. 나도 시우 씨가 묵고 있는 이비스 호텔로
가야 할 것 같아요. 책정된 숙박 비용에 가장 적합한 데다 위치
도 적당하니까요. 그런데 뭔가 좀 걸려요. 원래는 9월 15일까지
영업을 하게 되어 있는데, 예정에 없던 연주회로 일주일 정도
당겨서 문을 닫는 거예요. 유럽의 문화 특성상 그렇게 촉박한
연주회 일정은 불가능한데 말이에요."

"통보를 언제 받았지요?"

"아까 시우 씨를 만나러 나오는데 그러더군요. 좀 이상해요."

"혹시 유진 씨나 장 뤽 쪽의 수사 기밀이 새어나간 결과는 아
닐까요?"

"그럴 수도 있다고 생각해요. 알랭에게 보고하니까 그도 그렇
게 생각하는 눈치였어요. 그렇다면 조심해야 하는 상황이에요.
저쪽의 움직임이 시작된다는 것이니까요. 시우 씨는 특히 조심
하세요. 완전히 노출되어 있으니까요. 이 말이 오늘 만남의 포
인트예요. 그리고 이후로는 만나는 것에 더욱 조심해야 될 것
같아요. 물론 이비스 호텔에서 더 편하게 만날 수 있겠지만"

시우는 고개를 끄덕였다. 그러곤 화제를 바꿔 질문했다.

"그건 그렇고, 하고 있는 공부는 진도가 좀 나갔습니까? 뇌 샤텔과 브뤼헤 역사 공부요."

"글쎄요. 아직 별다른 것은 없어요. 아주 복잡해요. 뇌샤텔은 1429년에 세워졌어요. 지금 있는 건물은 부르고뉴의 선량공 필 리프*가 세운 거지요. 뇌샤텔의 역사는 브뤼헤 내지는 벨기에 의 역사와 동일해요. 그에 따라 부르고뉴 공국†의 지배에 있을 때는 공작의 궁성으로 사용되었고요. 물론 그때는 높은 성체와 망루가 외곽을 둘러싼 모습이었지요. 그렇게 한동안 부르고뉴 공작의 현지 거처로 사용되다가 1662년부터는 합스부르크 왕 가의 소유로 넘어가게 돼요. 브뤼헤 자체가 스페인의 영토가 된 것이었죠. 그러고는 1794년에 성 프란체스코 교단의 수녀회가 건물을 인수합니다. 이때부터는 나이가 많은 은퇴 수녀들의 요 양원으로 사용이 되었어요. 그러다가 1888년에는 프랑스 양로 원에서 구입해 요양원으로 사용되다가 2차 대전 후 브뤼헤 상 공회의소에서 인수했어요. 브뤼헤의 역사와 그 궤를 같이하는 것이죠."

"역사상 별다른 사건은 없었나요? 이를테면 실종이나 살인

---

* 공식명은 부르고뉴 공국의 필리프 3세. 부르고뉴 공국의 디종에서 태어났고 브뤼헤 에서 사망했다. 재임시 프랑스 왕국을 위협할 만큼의 전성기를 누렸다.
† 지금의 프랑스 중동부에 위치한 부르고뉴 지방을 중심으로 하여 프랑스 왕실의 사촌 인 부르고뉴 공작이 다스리던 영지. 지금의 벨기에, 네덜란드 룩셈부르크 등을 포함 하여 다스리는 등 11세기에서 15세기까지 전성기를 누렸다.

같은 것 말이에요."

"주목할 만한 점은 두 가지예요. 첫 번째는 뇌샤텔이 1429년에 세워졌는데 그 이전에도 중요한 건물이 있었어요. 템플기사단의 플랑드르 본부였죠."

"템플기사단이요?"

시우는 예전에 파리에서 유진이 템플기사단에 대해 언급하는 것을 몇 번 들은 적이 있었다. 이곳 브뤼헤에 온 이유도 템플기사단의 흔적을 찾으려는 것이라고 들었지만 사실 그에 대해 아는 바는 별로 없었다.

"잘 모르겠지요? 중세 프랑스 역사상 가장 중요한 단체인데 의외로 자세히 아는 사람은 별로 없어요. 역사 속에 묻혀 있는 존재지요. 끔찍한 상처를 가지고요."

"궁금하군요. 이야기 좀 해줘요."

"시우 씨도 십자군 전쟁에 대해서는 잘 알고 있을 거예요. 교황 우르바누스 2세의 격문으로 시작되어 약 200년간 모두 7차에 걸쳐 성지 회복을 위한 원정이 단행됐죠. 그 긴 이야기를 다 할 필요는 없을 것 같고 템플기사단과 관련된 부분만 이야기하지요. 1096년 여름에 약 9만 명의 인원으로 출발한 1차 십자군은 3년간에 걸친 행군과 전투 끝에 성지 예루살렘을 탈환하게 돼요. 그 과정에서 끔찍한 학살과 약탈도 벌어지고요. 어쨌든 그들은 성지 예루살렘에 예루살렘 왕국이라는 서유럽식의 기독교 봉건 국가를 세우게 되면서 소기의 목적을 달성하게 됐어요. 프랑스 귀족이자 십자군 지도자였던 고드프루아 드 부용이라는 사람을 왕위에 앉히고 말이에요. 이 사람은 메로빙거 왕조의 후예이면서 이곳 벨기에 지역을 통치하던 사람이에요. 그때는 벨기에라는 국가가 생기기 전으로 레반트 지역이라고 불리던 시절이었죠. 브뤼셀의 그 유명한 그랑 플라스 한가운데 세워진 기마상이 바로 그 고드프루아 드 부용이에요. 1차 십자군 전쟁이 성공한 후 얼마 뒤인 1118년에 성지순례객들의 안전한 순례를 보장하고 성지를 이교도들로부터 방어하기 위한 목적의 기사단이 창설되었어요. 프랑스 동부 샹파뉴 지방 기사인 위그 드 파양스가 주축이 되어 결성된 그 조직은 은자 성 베르나르의 후원 속에 성장했고, 오래지 않아 교황의 축성을 받게 되었죠. 그리고 예루살렘 왕국의 두 번째 국왕 보두앵 1세는 그들 기사단 본부를 옛날의 솔로몬 왕이 세웠던 거룩한 성전의 자리에 두도록 허용했어요. 그래서 그들 기사단의 이름을 성전기사단 혹은 템플기사단이라 칭하게 된 거예요. 이후로 그들은 이교도들로부터 성지를 방어한다는 거룩한 사명을 수행했어요. 뛰어난 전투력을 보유했고 금욕적이며 광신적인 이 세력은 점점 더 커졌지요. 수많은 지원자들이 몰려들었고 더 많은 사람들이 자신들의 재산을 이 템플기사단에 헌납하기 시작했어요. 보누 녹실한 신앙의 결과였지요. 그렇게 하면 천국으로 가는 길이 보장된다는 믿음 말이에요. 결국 영민한 회교의 지도자 살라딘에 의해 예루살렘 왕국은 무너지고 그 이후로 두 번 다시 성지를 회복하지는 못하지만 템플기사단의 영향력은 오히려 성지보다 유럽에서 더욱 커지기 시작했어요. 프랑스를 중심으로 전 유럽에 엄청난 양의 토지를 소유하게 되었고 기부받은 재산들을 기반으로 금융업에 손을 대기 시작했어요. 전 유럽과 중동 지방까지 깔려 있는 그들의 조직 자체가 요즘으로 설명하면 훌륭한 다국적 은행 역할을 한 거예요. 더해서 프랑스 왕의 은행, 즉 프랑스 국책 은행으로서의 역할도 하게 되었죠. 무력과 경제력, 그리고 세속의 권력과 신앙에 관한 존경까지도 모두 갖는 거대한 조직이 되어버렸어요. 하지만 이러한 절대적인 힘은 필연적으로 또 다른 권력의 시기를 받게 되었고 또 마찰을 빚고 말았어요. 특히 그들의 존재 기반이 되는 프랑스에서요. 그때 프랑스 왕은 흔히 미남왕이라는 별명으로 불리는 필리프 4세였어요. 그는 당시 온 세상과 싸우고 있었지요. 특히 당시의 로마 교황과 격렬한 충돌을 일으키고 있었어요. 프랑스 내의 성직자들에 대한 임명권과 징세권을 서로 행사하겠다는 것이었어요. 거기다가 신성로마제국의 황제 자리가 공석이 되면서 유럽 땅에 권력의 공백이 생기자 스스로 유럽의 유일한 권력을 쥐기 위해 무익한 전쟁을 계속하고 있었지요. 결국 거듭되는 전쟁으로 경제적 궁지에 몰린 프랑스 왕 필리프 4세가 템플기사

지저스 시크릿

단의 재산에 관심을 갖게 되었죠. 견원지간이자 로마 교황청의 심복인 그들이 프랑스 내에서 프랑스 국왕인 자기보다 훨씬 더 많은 토지와 재산 그리고 여러 가지 제도상의 특권을 휘두르는 것을 더 이상 용납하지 않겠다고 마음먹은 거예요. 결국 1307년 10월 13일에 일제히 수백 명의 템플기사단원을 체포했어요. 물론 전리품인 재산은 왕이 몰수했지요."

"도대체 무슨 죄목으로 그런 엄청난 일을 벌인 거지요? 기사단 측도 만만치 않았을 텐데."

"중세의 모든 것을 해결할 수 있는 열쇠가 있어요. 악마지요. 그들은 악마와 결탁했다는 배교 혐의를 받았어요. 영혼과 육체를 악마에게 팔아먹고 이교도들과 밀통했다는 거지요. 거기에 동성애를 공공연히 나누었다는 고발도 있었어요."

"동성애까지요? 그런데 그런 혐의들은 어느 정도의 증거가 제시된 것들인가요?"

"증거는 만들면 되는 거예요. 동성애의 대표적인 증거로 드는 것이 템플기사단의 상징 엠블럼이에요. 말 한 마리에 두 명의 기사가 같이 타고 있는 모습이지요. 템플기사단은 자신들의 청빈과 형제애를 상징한다고 항변했지만, 필리프 4세의 검찰관들은 명백한 비역질의 상징이라고 결론을 내어버렸죠. 그 외에 이교도들과의 결탁이나 악마 숭배 혐의 등은 기사단원들의 자백을 통해 진실로 드러나기 시작했어요. 물론 아주 산인하고 끔찍하고 길기까지 한 고문 과정을 통해서요. 중세 유럽의 행형 문서들을 살펴보면 그 고문의 방법이 우리의 상상을 초월하고 있어요. 피의자를 푸줏간에 걸린 고깃덩어리처럼 다루는 것 말이에요. 무지와 야만과 독선의 시대였지요. 체포된 템플기사단원들은 처음에는 위엄을 잃지 않으려고 노력했지만 가능한 이야기가 아니었어요. 계속되는 혹독한 고문 속에서 결국 자비로운 죽음을 구걸하는 신세들이 되어버리고 말았지요. 상상을 초월하는 고통과 두려움 앞에 완전히 굴복하여 자기의 양심과 자신들의 동지를 팔아먹게 된 거죠. 이 부분은 더 이상 이야기하고 싶지 않아요. 생각만으로도 구역질이 나요."

"결과적으로 어떻게 됐나요?"

"간단해요. 고문으로 모든 것을 원하는 대로 실토한 기사단원은 그 대가로 자비롭게 처형됐어요. 파리 북쪽에 있는 생 드니 성당 앞의 광장에 거대한 살육의 축제가 베풀어졌지요. 한때 서유럽인의 존경과 사랑을 한 몸에 받던 템플기사단원들이 비참한 몰골로 끌려나와서 확인되지 않은 죄목으로 화형당했어요. 마지막으로 최후의 템플기사단장인 자크 드 몰레를 불에 태워 정화시켰죠. 그게 1314년이에요. 거의 7년간에 걸친 고문 과정의 끝이었던 거예요. 그런데 자크 드 몰레 단장은 그의 마지막 날 화형장에 나와 묶이면서 그와 템플기사단의 모든 혐의를 부인했어요. 그리고 죽기 전에 이렇게 외쳤대요. '1년 안에 하느님의 법정에 필리프 4세와 교황 클레멘스 5세를 재판케 하겠다.' 그리고 그 유언은 어느 정도 이루어졌어요."

"이루어지다니요?"

"자크 드 몰레가 처형당하고 템플기사단이 공식적으로 해산된 1314년 11월에 필리프 4세 자신도 죽어버렸어요."

"템플기사단의 남은 세력이 복수를 한 건가요?"

"확실치는 않지만 그랬을 확률이 높다고 봐요. 암살은 치밀하고 용의주도하게 수행됐을 거예요. 공식적인 사인은 뇌졸중이지만 바로 죽을 정도는 아니었다고 현대의 의학자들은 보고 있어요. 그리고 그의 건강하던 세 명의 아들과 더 많은 숫자의 손자들이 모두 비명에 사망하고 말아요. 결국 그렇게 당당하던 프랑스의 카페 왕조가 절멸해버린 후 적자를 잃은 프랑스는 왕위 계승권을 놓고 영국과의 백년전쟁에 돌입하게 되는 것이지요."

"흥미롭군요. 그런데 교황이 템플기사단의 체포와 고문 그리고 처형 과정에 개입하지는 않았나요?"

"물론 노력했어요. 하지만 필리프 4세를 저지할 힘이 없었지요. 아까 잠시 이야기했듯이 두 세력은 프랑스 내의 교회 영지에 대한 세금 징수 문제와 성직자에 대한 임명권 문제로 심하게 부딪쳤어요. 필리프 4세는 급기야 아니니라는 곳을 여행 중이었던 교황 보니파티우스 8세를 습격하기까지 했고요. 결국

1305년에 프랑스 출신인 교황 클레멘스 5세를 옹립하는 데 성공하고 교황청을 남부 프랑스의 아비뇽으로 옮기게 했죠."

"아, 그 유명한 아비뇽유수를 단행한 왕이 필리프 4세군요. 대단한 사람이네요."

"그래요. 결국 그가 승리한 것이지요. 그 과정에서 템플기사단은 희생당한 것이고요. 필리프 4세는 미남왕이라는 별명으로 유명하지만 온 세상과 여러 가지 형태로 싸운 인물이에요. 교황 외에 지금 우리가 와 있는 브뤼헤를 중심으로 한 플랑드르 지방과의 투쟁도 빼놓을 수 없겠네요."

"이 브뤼헤와도 문제가 있었나요?"

"1302년에 프랑스의 지배를 받고 있던 이곳 브뤼헤의 시민들이 봉기를 했어요. 압제자인 프랑스 왕의 군대를 한밤중에 습격한 거지요. 곤한 잠에 빠져 있던 프랑스 군대는 격전을 벌일 기회도 없이 전원 학살되고 말았어요."

"필리프 4세가 가만히 있지는 않았을 테죠?"

"그럼요. 필리프 4세는 그 학살의 비보를 접하자 바로 자신의 군대를 브뤼헤로 보냈어요. 그렇게 프랑스와 벨기에의 국경 지역에 있는 쿠르트레라는 곳에서 양쪽 세력이 다시 맞부딪쳤는데 뜻밖에도 브뤼헤 시민군이 다시 침입자들을 물리쳤어요."

시우는 완전히 니콜의 이야기에 몰입하고 있었다. 시간이 제법 흘러서 식당 주인이 두 사람의 눈치를 보고 있었다. 벌써 밤

11시가 가까운 시간이었다. 시우는 주인에게 계산서를 달라 하고는 니콜에게 다시 주의를 기울였다.

"곧 가봐야 되잖아요. 뇌샤텔의 문이 닫힐 때가 된 것 같은데."

"그래요. 시간이 빨리 가는군요. 가봐야겠어요."

"아주 재미있는 이야기였어요. 오늘은 여기서 마치고 이어서 이야기를 듣고 싶어요. 미남왕 필리프 4세와 교황과 템플기사단과 이곳 브뤼헤 사람들 이야기를요."

"내일 이비스 호텔로 옮길 거예요. 전화할게요. 시우 씨는 오늘도 역시 병원으로 갈 건가요?"

시우는 식탁에 놓인 계산서를 보고는 지갑을 꺼내 값을 치렀다. 그는 고개를 끄덕이며 니콜을 바라보았다.

"가야지요. 유진 씨를 혼자 둘 수는 없잖아요."

두 사람은 식당을 나와 시우의 차로 갔다. 바깥 기온은 이제 상당히 차가워졌다. 두꺼운 스웨터가 필요할 정도였다.

"비가 올 모양이네요. 감기 조심해요. 괜히 비 맞지 말고요."

니콜이 다정한 목소리로 말했다. 시우는 대답 없이 차를 뇌샤텔로 몰았다. 뇌샤텔에 도착할 무렵, 빗방울이 조금씩 떨어지기 시작했다.

21

장 뢱은 잠이 오지 않았다. 어느덧 시테 섬 주위는 자동차들이 내는 소음이 거의 들리지 않았다. 경찰국 내 동쪽 건물 지하에 위치한 유치장 내부도 조용해졌다. 가끔 순찰 중인 경관의 고무 뒤축이 내는 무거운 저벅거림만이 길이를 알 수 없는 복도를 울리곤 했다. 그는 혼자서 제법 큰 유치장에 누워 있었다. 일반적으로 본다면 적으면 대여섯 명, 많으면 그 두 배 정도의 인원이 수용되었을 공간에 혼자 누워 있는 것이다. 이곳에 온 지 처음 이틀 밤은 혼자가 아니었지만 그 이후로는 쭉 혼자였다. 아마도 알랭이 자신의 신변을 지켜주기 위해서 취한 조치일 것이라고 그는 생각했다. 천장에 계속 켜져 있는 형광등은 눈을 감은 장 뢱의 망막을 쉬지 못하게 했다. 아주 좁고 딱딱한 간이침대에서 계속 뒤척이던 장 뢱은 입구 반대 방향 벽으로 몸을 돌려 누웠다. 몸을 새우처럼 웅크린 그는 생각에 빠졌다. 무척 후회가 되었다. 어쩌려고 그런 엄청난 사이트에 손을 댔을까. 왜 그쪽에서 가지고 나온 사진들을 자신의 홈페이지에 올렸을까. 앞으로 어떻게 해야 할지 막막하기만 했다. 낮에 봤던 알랭의 얼굴이 눈앞에 어른거렸다. 끔찍했다. 알랭은 목표를 향해 물불을 절대 가리지 않는 독종이었다. 반면에 믿음도 갔다. 그냥 모든 걸 털어놓고 그의 손에 자신의 목숨을 걸어볼까 하는 생각도 들었다. 하지만 곧 그가 전에 보았던 그리고 절대 잊지 못할 사이트의 초기 화면이 떠올랐다. 그리고 그곳에서 목격한 끔찍한 비밀과 그들이 남긴 글들이 생각났다. 그들은 세상을 뒤집을 만한 권력과 비밀을 갖고 있는 조직이었다. 그 자료들을 본 순간 장 뤽은 온몸에 소름이 돋으며 천장이 아득해졌다. 그로서는 도저히 손댈 엄두도 나지 않는 엄청난 비밀이었다.

끝없이 떠오르는 생각들로 한참을 뒤척이던 장 뤽은 편치 않은 침대에서 결국 잠이 들고 말았다.

장 뤽이 잠들자 감방 건너편에 있는, 즉결재판 대상자 감방에 잠들어 있던 한 남자가 상체를 살짝 일으켰다. 같이 수용되어 있는 여덟 명 정도의 다른 잡범들은 모두 곯아떨어진 듯했다. 주위를 면밀히 살피던 그는 입고 있던 양복 안주머니에서 쪽지를 꺼냈다. A4 용지 절반의 종이를 두 번 접은 크기였다. 그리고 주머니에서 담배꽁초를 하나 꺼내, 종이를 돌돌 말아 볼펜 크기 정도의 대롱을 만들고 말린 종이 끝 부분에 침을 듬뿍 묻혔다. 그러고는 주위를 살핀 후 신고 있던 구두의 뒤축을 더듬어 아주 가는 2센티미터 정도 길이의 금속 침을 찾아 들었다. 조심스러운 동작이었다. 침을 왼손 약지와 중지 사이에 끼운 채로 담배꽁초를 끼기 시작했다. 거의 끝까지 피운 담배여서 털어낼 부분은 없었고 필터 부분만 남기고 깨끗이 정리를 했다. 조심스럽게 금속 침의 한쪽을 담배 필터에 꽂아넣고 다시 한 번 주위를 살펴보았다. 금속 침이 꽂혀진 담배 필터를 아까 말아놓았던 종이 대롱에 끼워넣었다. 완벽하게 꼭 맞는 크기였다.

그는 침대에서 내려와 쇠창살 쪽으로 서서히 기어갔다. 들어올 때 보아둔 감시 카메라를 주시하면서 적당한 위치를 정하고는 복도 건너편 감옥에 혼자 누워 있는 장 뢱의 뒷모습을 가늠했다. 파리 경찰국의 유치장은 정식 감옥이 아니기 때문에 쇠창살로만 방이 나뉘어 있었다. 종이 대롱을 천천히 입에 갖다 댄 남자는 양 볼에 숨을 잔뜩 모은 다음 금속 침이 달린 담배 필터를 발사했다. 누워 있는 사람과의 거리는 불과 3미터 정도였다. 담배 필터는 적당한 탄도를 그리면서 무척 빠른 속도로 날아가 누워 있는 장 뢱의 위쪽 어깨 부분에 맞았다. 금속 침이 맨살에 살짝 꽂힌 듯 담배 필터가 떨어지지 않고 잠시 매달렸다. 마치 누런색 왕벌이 붙어 있는 듯했다. 잠결에 따끔한 아픔을 느낀 장 뢱이 뭐라고 투덜거리며 어깨를 털어냈다. 장 뢱이 몸을 반대로 돌리며 뒤척이자 왕벌은 곧바로 그가 누워 있는 침대 밑으로 떨어졌다. 그는 돌아누우면서 유치장 안에 날아다니는 모기를 욕했다. 그러곤 다시 깊은 잠에 빠져들었다.

담배 필터를 발사했던 남자는 자신의 침대로 기어들어가 누웠다. 그는 원통으로 말아진 종이 대롱을 조금씩 찢어 입에 넣었다. A4용지 절반 정도의 종이를 먹는 데는 그렇게 많은 시간이 걸리지 않았다. 그는 다시 잠을 청했다. 볼일을 다 본 편한 기분으로.

22

새벽 6시쯤 파리 시테 섬의 경찰국은 잠시 소란스러워졌다. 날마다 있는 일이었다. 당직을 맡은 순회 판사가 즉결 약식재판을 시작하기 때문이다. 간밤에 잡혀와 유치되었던 사람들이 그들의 죄목에 따라 즉각 선고를 받았다. 주로 음주운전이 많았고 부부싸움 끝에 잡혀온 남자나 길거리의 몸 파는 여자들도 있었다. 1인당 평균 5분 정도밖에 걸리지 않는 약식재판은 제법 시끄러웠다. 아직 술이 덜 깨서 횡설수설하거나 자신을 열심히 변호하는 사람들에게 기계적으로 판결이 내려지다 보니 만족스럽지 않은 사람들의 목소리는 자연 커지기 마련이었다. 거기에 저지하기 위해 소리치는 경찰의 목소리와, 판사가 두드리는 나무망치 소리가 섞여서 마치 새벽녘 생선 경매 시장을 방불케 하는 분위기였다. 거의 대부분은 벌금형을 받기 때문에 시끄럽던 사람들이 하나둘씩 법정을 떠나고 아침 7시 30분쯤

이면 다시 조용해지곤 했다. 아침의 가장 바쁜 일과를 마친 유치장 담당 경관들이 근무 위치로 돌아가 교대 시간을 기다리고 있었다. 유치장은 텅 비어 있었다. 한 사람만 빼고는.

아침 8시가 되어 근무 경관들이 교대하기 시작했다. 교대하는 사람들은 피곤한 얼굴로 떠나고 상쾌한 애프터셰이브 냄새가 나는 경관들이 유쾌하게 하루를 시작하고 있었다. 어젯밤 치러진 마르세유와 보르도 간의 프로축구 경기가 그들의 주된 화제였다.

교대 몇 분 후 로마노 경위가 내려왔다. 그는 유치장 책임자인 미셸 로랑 경위와 인사를 나누고 함께 장 뤽이 누워 있는 감방 앞으로 갔다. 장 뤽은 돌아누운 자세로 침대에 모로 누워 있었다. 로마노는 서두르는 기색 없이 미셸 경위를 향해 어깨를 들썩여 신호를 주었다. 그러자 키 180센티미터에 몸무게 100킬로그램이 훨씬 넘는 미셸 경위가 오른쪽 허리춤에 차고 있던 경찰봉을 꺼내 철창을 두드리기 시작했다. 지하에서 그 소리는 상당히 크게 울려퍼졌다. 하지만 장 뤽은 꼼짝도 하지 않았다. 얼굴이 약간 발개진 미셸 경위는 무거운 열쇠 꾸러미를 꺼내며 투덜거리기 시작했다.

"저 자식은 아주 팔자가 늘어지는군. 누구는 새벽부터 일어나서 이 지랄을 하고 있고. 어이, 일어나!"

미셸 경위는 철창문을 거칠게 열어젖혔다. 그때까지 조용히

지저스 시크릿

있던 로마노 경위가 먼저 감방 안으로 들어섰다.

"자, 일어나야지. 아침밥 먹고 일을 해야 할 거 아니야?"

로마노는 장 뤽의 몸을 잡아당겼다. 그 순간 로마노는 장 뤽의 열린 동공을 보고 말았다. 표정은 최악이었다. 장 뤽은 안면 근육이 이완된 것인지 우는 것 같기도 하고 웃는 것 같기도 한 이상한 표정을 지은 채 입을 벌리고 있었다. 쩍 벌어진 입가로는 침이 말라 있었다. 열린 눈동자는 움직이지 않았다. 로마노와 미셸은 순간 일이 크게 잘못된 것을 깨달았다. 로마노가 장 뤽의 경동맥을 왼손으로 잡고 오른손은 코 밑에 갖다 대어 생명의 흔적을 살폈다. 아주 미약한 박동과 호흡이 느껴졌다.

로마노는 유치장이 떠나가도록 고함을 질렀다.

"응급반을 불러! 빨리!"

VII

아켈다마

23

유치장 입구의 경관이 비상 전화로 연락을 취한 후 5분 정도가 되자 경찰국 내의 응급처치팀이 도착했다. 그들은 곧바로 장 뤽의 상태를 살핀 후 산소호흡기를 부착했다. 그러곤 대형 주사기를 꺼내 엄청난 길이의 주삿바늘을 결합시킨 뒤, 앰플을 꺼내 주사에 주입시킨 후 장 뤽의 옷을 거칠게 걷어냈다. 응급팀은 드러난 그의 가슴팍에 요오드를 넓게 펴바른 후 주삿바늘을 단호하게 박아넣었다. 심장 주사를 신속하고 효율적으로 진행하는 것을 보며 로마노는 아직 가능성이 있다는 생각을 했다. 그가 지금 할 수 있는 일은 알랭에게 상황을 보고하는 것 외에는 없었다.

세 명이 한 팀으로 온 응급팀은 심장 주사 후에도 무척 분주하게 일을 처리했다. 혈압과 심전도를 체크하는 기계를 설치하고 팔목에서 샘플용 혈액을 채취했다. 그러고 나서 응급팀장이 물었다.

"어떻게 된 일입니까? 뭔가 이야기를 해주시죠."

누구에게랄 것도 없는 질문이었다. 로마노가 대답할 수밖에 없었다.

"우리도 모르겠소. 약 10분 전에 발견한 것이 다요."

지저스 시크릿

"뭔가를 먹었습니까? 오늘 아침에 혹은 어젯밤에?"

이번에는 미셸 경위가 우물쭈물 답변했다.

"오늘 아침에는 아무것도 안 먹은 것 확실해요. 어젯밤은 모르겠지만……."

연한 보라색으로 변해가는 장 뤽의 손발을 살펴보던 응급팀장이 고개를 천천히 저었다. 혈압과 심장박동도 아주 느려지고 있었다.

"독극물중독으로 보입니다. 생존 가능성은 없어 보여요. 우리가 할 수 있는 일이 별로 없군요."

그때 급한 구둣발 소리와 함께 알랭이 나타났다. 힐끗 그를 본 로마노는 못 본 척 시선을 장 뤽 쪽으로 돌렸다. 알랭의 표정은 분노 그 자체였다.

"뭐야, 어떻게 된 거야?"

"와보니까 이미 이 모양이더군요. 생명을 건지기에는 너무 늦은 것 같습니다. 독살이랍니다."

로마노는 마치 자기가 잘못한 양 시무룩한 표정으로 대답했다. 알랭은 전부 무시한 채 응급팀장에게 다가갔다.

"저 친구를 죽여서는 안 됩니다. 최선을 다해주십시오."

"너무 늦었습니다. 이미 손발에서 경직이 일어나고 있고 눈동자의 동공을 보건대 신경 계통은 거의 마비된 듯합니다. 심장은 아직 조금씩 뛰고 있지만 그리 오래가시는 않을 겁니다. 손

쓸 방법이 없습니다."

"저 친구는 중요한 것을 우리에게 얘기해줘야 됩니다. 잠시, 아주 잠시라도 그와 이야기할 수는 없습니까?"

응급팀장은 주저앉은 채로 팔짱을 끼었다. 그는 잠시 생각하는 듯하다 응급 키트를 뒤져 또 다른 심장 주사를 준비하기 시작했다. 노련한 솜씨로 주삿바늘을 꽂으며 그가 알랭에게 말했다.

"지금 강력한 각성제를 주사했습니다. 장담은 못하지만 약간의 의사소통은 가능할 겁니다."

주사를 놓은 지 약 1분이 흐르자 영원히 열려 있을 줄 알았던 장 뤽의 눈이 한 번 깜박했다. 알랭은 장 뤽의 귀에 대고 고함을 쳤다. 응급팀장은 장 뤽의 입과 코에 걸려 있던 산소호흡기를 제거했다.

"날세. 알랭이야. 들리나? 눈동자를 움직여봐."

장 뤽은 알아들은 듯 한 번 눈을 감았다 떴다.

"자, 이야기해봐. 그놈들이 누구야. 뭐라도 이야기 좀 해봐."

"말은 못할 겁니다. 이미 중추신경이 거의 마비된 상황이라서."

응급팀장이 옆에서 참견했지만 알랭은 거들떠보지도 않았다. 그는 계속 장 뤽의 귀에 대고 소리쳤다. 순간 장 뤽의 벌어진 입이 잠깐 움직이는 듯했다. 알랭은 자신의 귀를 장 뤽의 입에 대었다. 뭔가 이야기하려는 것이 분명해 보였다. 주위는 아주 조용해졌다. 경건한 느낌마저 들었다. 마지막 고해성사를 집전하는 사제처럼 알랭은 무릎을 꿇고 장 뢰의 입에서 새어 나오는 희미한 소리 하나하나에 귀를 기울였다. 장 뢰이 몇 번에 걸쳐 입을 움직였지만 알랭 이외의 사람들에게는 아무 소리도 들리지 않았다. 알랭은 뭔가를 듣고 있는 듯 진지한 얼굴로 고개를 끄덕였다. 그러다 곧 장 뢰의 눈이 감기고 심전도계의 계기판이 죽음을 표시하기 시작했다. 알랭은 아무 말 없이 일어나서 감방 한쪽 벽에 기대어 생각에 빠졌다.

"무슨 이야기를 들었습니까?"

로마노가 궁금한 듯 알랭에게 묻자 그는 오른손 검지를 세워 자신의 입술에 갖다 댔다. 말 시키지 말라는 표시였다. 응급팀은 이미 장비를 정리하고 있었다. 알랭은 곧바로 현실로 돌아와 현장을 지휘하기 시작했다. 부하들에게 초동수사 조치들을 지시한 다음 직접 감방 안을 구석구석 뒤지기 시작했다. 오래지 않아 금속 침이 달려 있는 담배 필터 하나를 침대 밑에서 찾아냈다. 알랭은 즉각 깨달았다. 이것이 바로 장 뢰을 죽음에 이르게 한 물건이라는 것을. 금속 침에는 길게 홈이 파여 있었고 검은 물질이 조금 남아 있었다. 장 뢰은 유치장 전체 검색을 실시했다. 시신은 시테 섬 안의 경찰국 바로 옆 오텔 디외 병원으로 보냈다. 부검 등의 후기 조치를 취하기 위해서였다.

알랭은 비닐 팩에 넣은 담배 필터를 들고 그의 사무실로 돌아왔다. 자신의 의자에 앉아 팩을 책상 위로 던졌다. 그러고는 두 손을 깍지 끼어 뒷머리에 대고 몸을 최대한 뒤로 눕혔다. 그는 오늘 아주 기분 좋게 출근했었다. 어제 직접 장 뤽을 다그친 후 의심의 여지 없이 오늘은 진술을 받아낼 수 있을 것이라고 예상한 것이다. 그런데 장 뤽의 신변 보호에 대해 조금 더 주의를 기울이지 않은 것이 화근이었다. 적은 그의 생각보다 훨씬 더 신속하고 대담했던 것이다. 이미 장 뤽의 존재를 파악했을 뿐만 아니라 가장 적절한 시간에 불가능에 가까운 장소에서 완벽하게 그를 처리해버린 것이다. 그들 조직의 정보 수집 능력이나 처리 솜씨 등을 감안한다면 알랭은 정말 거대한 괴물과 싸우고 있는 것이었다.

알랭은 조금 전 장 뤽이 숨지기 전에 귀에 속삭이듯 말했던 짧은 문장을 노트에 적어보았다.

아켈다마. 모든 비밀은 두 명의 요셉에게.

이게 도대체 무엇이란 말인가? 알랭은 이해되지 않았다. 비록 아주 작고 알아듣기 힘든 목소리였지만 분명히 장 뤽은 그렇게 이야기했고 알랭은 들은 대로 머리에 각인했다. 기독교 문화권의 서양 사회에서 요셉은 너무도 유명한 이름이었다. 더구

지저스 시크릿

나 '요셉 복음서'의 표지를 장 뢰의 하드디스크 자료에서 본 적도 있지 않은가. 아켈다마. 모든 비밀이 두 명의 요셉에게 있다니. 죽음 직전에 남긴 마지막 유언치고는 너무나 막막한 힌트였다. 알랭은 사전을 꺼내 아켈다마라는 단어를 찾아보았다. 하지만 그에 해당하는 단어는 없었다. 사무실에 비치된 백과사전 역시 뒤져보았지만 결과는 마찬가지였다. 그는 이제 지식 검색의 보고라고 하는 인터넷에 기대를 걸었다. 그가 즐겨 사용하는 검색창에 AKELDAMA를 두드려넣고 엔터키를 눌렀다. 그러자 여러 검색 결과가 올라왔다. 알랭은 아켈다마가 성경과 관련된 단어임을 알아차렸다. 그는 프랑스어판 성경을 볼 수 있게 해주는 사이트를 찾아내 검색 창에 다시 AKELDAMA라는 단어를 집어넣고 엔터키를 눌렀다. 모니터 화면은 금방 그의 명령에 부응했다. 알랭의 눈앞에 펼쳐진 글귀들은 신약 성경의 사도행전 1장 구절이었다. 알랭은 천천히 읽어내려갔다. 그렇게 오래 걸리지 않아 그는 아켈다마에 대해서 알 수 있었다. 사도행전 1장 16절에서 20절에 걸친 내용이었다.

형제들아 성령이 다윗의 입을 의탁하사 예수 잡은 자들을 지로한 유다를 가르쳐 미리 말씀하신 성경이 응하였으니 마땅하도다. 이 사람이 본래 우리 수 가운데 참여하여 이 직무의 한 본분을 맡았던 짜라. 이 사람이 불의의 삯으로 밭을 사고 후에 몸이 곤두박질하여 배가 터져 창자가 다 흘러나온지라. 이 일이 예루살렘에 사는 모든 사람에게 알게 되어 본 방언에 그 밭을 이르되 아켈다마라 하니 이는 피밭이라는 뜻이라.

알랭은 거듭 내용을 확인했다. 분명히 아켈다마는 저주받은 가롯 유다의 최후와 관계가 있는 지명이었다. 조금 더 알아봐야 할 것 같아서 마태, 마가, 누가, 요한으로 이루어진 네 개의 복음서도 찾아보았다. 그러자 마태복음에서 유다의 죽음에 관한 언급을 찾을 수 있었다. 알랭은 마태복음 27장 3절에서 8절까지를 주의 깊게 읽어내려갔다.

때에 예수를 판 유다가 그의 정죄함을 보고 스스로 뉘우쳐 그 은 삼십을 대제사장들과 장로들에게 도로 갖다주며 가로되 내가 무죄한 피를 팔고 죄를 범하였도다 하니 저희가 가로되 그것이 우리에게 무슨 상관이 있느냐 네가 당하라 하거늘 유다가 은을 성소에 던져놓고 물러가서 스스로 목매어 죽은지라 대제사장들이 그 은을 거두어 가로되 이것은 피값이라 성전고에 넣어둠이 옳지 않다 하고 의논한 후 이것으로 토기장이의 밭을 사서 나그네의 묘지를 삼았으니 그러므로 오늘날까지 그 밭을 피밭이라 일컫느니라.

알랭은 눈을 감고 곰곰이 생각에 잠겼다. 아켈다마는 곧 가롯 유다가 예수님을 판 대가로 받은 은 30전으로 구입한 곳으로, 자기 자신과 이방인들과 저주받은 영혼들이 묻힌 피 어린 땅이었다. 인류 역사상 가장 저주받은 영혼과 돈이 만들어낸 공간인 것이었다.

그때 누군가가 사무실 문을 노크했다. 문은 알랭의 의사 표시를 기다리지 않고 바로 열렸다. 로마노 경위였다.

"시체 공치를 끝냈습니다. 검시 해부는 곧 시작될 겁니다."

"어젯밤 유치장에 있었던 사람들에 대한 수배는 어떻게 되어가고 있나?"

"전체 스물여섯 명입니다마는 별도로 유치됐던 여자들 여덟 명을 제외한 열여덟 명 중, 절도죄로 들어와 검찰로 넘어간 두 명을 뺀 열여섯 명에 대해 수배 조치를 취했습니다. 최우선 순위로 조치했으니까 곧 결과가 들어올 겁니다."

"무조건 모두 연행해 와야 돼. 그중 한 명이 우리에게 엿을 먹인 거야. 시간이 없어. 장 뤽을 죽인 놈은 이미 우리 손에서 벗어나고 있는지도 몰라."

"최선을 다하고 있습니다."

"열여덟 명의 명단 좀 주게나."

"여기 있습니다. 별다른 특이 사항은 없습니다. 음주운전이 아홉 명, 주유소 상점 절도 두 명, 부부 싸움 중 부인을 폭행해서 들어온 한 명, 무전취식이 네 명, 지하철의 여승객에게 자신의 물건을 자랑한 놈 두 명 등입니다. 그중 절도범 두 명은 검찰에 가 있고요."

알랭은 열여덟 명의 서류를 차근차근 들여다보았다.

"저, 담배 필터는 보내야 되지 않겠습니까?"

로마노는 알랭의 책상 위에 놓인 비닐 팩을 보며 물어왔다.

"그래야지 물론. 자네가 나가는 길에 보내줘. 하지만 뭐 크게 얻을 건 없다고 생각하네. 부검도 마찬가지고. 살인은 이미 벌어졌고 범행의 동기나 방법, 증거 모두 확실하니까. 단지 우리가 그놈을 잡느냐 못 잡느냐만 남은 것이지. 하지만 시간은 우리 편이 아닌 것 같네. 아침 판결이 끝난 지 벌써 두 시간이야. 범인은 벌써 프랑스 밖으로 도주했을 수도 있어."

알랭은 보기 드물게 무력한 표정을 지었다. 그때 알랭의 전화가 울렸다. 내부 통신용 회선이었다.

"알랭 경삽니다. 응? 뭐라고? 천천히 얘기해봐. 알겠어, 어쨌든 데리고 와, 점잖게."

"무슨 일입니까?"

알랭은 담배를 하나 물었다. 불을 붙이는 것도 쉽지 않아 보일 만큼 그의 손은 분노로 떨리고 있었다.

"생각대로야. 장 뤽을 죽인 놈은 프로야. 프로답게 일 처리를 한 거지. 자, 이 명단 중에서 음주운전으로 들어온 알렉스 뒤트

롱의 서류를 봐. 이놈이 한 짓이야. 아니, 정확하게는 이자의 이름과 차를 빌린 놈이 한 거지."

"무슨 이야기입니까? 이해가 안 됩니다."

"간단한 이야기야. 우리 파리 15구 소속 경관들이 조금 전에 알렉스라는 남자의 집에 들이닥쳤어. 그자는 무척 황당했을 거야. 그는 15구 샤를 미셸에서 약국을 경영한다는군. 아침에 일어나 출근을 하려던 그는 자신의 감색 르노 라구나 승용차가 없어졌다는 것을 발견했어. 집에 다시 올라와 차량 도난 신고를 하고 10분도 안 돼서 다섯 명 이상의 경관이 몰려왔겠지. 프랑스 경찰 행정의 효율성에 대해 안도하는 순간 그는 자기를 체포하겠다는 경관의 이야기를 듣고 화가 머리끝까지 올랐겠지. 어젯밤 음주운전은커녕 바깥출입도 안 했다고 그와 그의 부인이 항변했고. 당연히 그는 어젯밤에 우리 경찰국의 유치장에서가 아니고 자기 집의 따뜻한 침대에서 잤을 거야. 진짜 범인은 그의 차와 신분을 도용한 거지. 아까 서류에서 운전면허증 미휴대 사항을 봤을 때 이상하다고 느꼈어."

"그렇군요. 그럼 더 쉬워진 것 아닙니까? 그의 지문을 채취했잖습니까? 이 서류상의 지문으로 추적해보겠습니다."

"그렇게 해보게나. 하지만 그놈들은 그에 대해서도 대책을 세워놨을 거야. 어쨌든 다른 사람에 대한 수배는 취소하고 그쪽에 매달려보자고. 그리고 알렉스 뷔르몽이 오닌 석낭히 소사하고 내보내주고."

"알겠습니다."

로마노는 비닐 팩과 서류를 챙겨서 바삐 나갔다. 알랭은 전화를 끊고 다른 무선 전화기를 들어 번호를 눌렀다. 브뤼헤의 니콜이었다. 마침 도서관 앞의 신문 가판대에서 잡지를 고르던 니콜이 전화를 받았다. 알랭은 오늘 아침에 벌어진 상황을 대략적으로 설명했다. 그는 니콜에게 이유진의 신변에 최대한의 주의를 기울일 것을 명령했다. 장 뤽이 당했다면 유진도 무사할 수는 없을 것으로 판단한 것이다. 전화를 끊은 그는 책상 위에 남겨진 알렉스 뒤트롱의 서류를 들여다보았다. 물론 거의 필요 없는 종이였다. 밑부분에 남겨진 다섯 개의 오른쪽 손가락 지문을 제외한다면. 아마 한 30분 정도 후면 이 지문의 주인이 어떤 사람인지 조회가 될 것이다. 하지만 알랭은 그것에 큰 기대는 하지 않았다. 그 정도로 만만한 상대가 아님을 알기 때문이었다. 이제 그가 가진 건 '두 명의 요셉'뿐이었다.

24

시우는 브뤼셀 미디 역에 와 있었다. 현정과 유진의 아버지들이 한국으로 돌아가기로 한 것이다. 그들이 며칠간 브뤼헤에 머물렀지만 할 수 있는 일이 아무것도 없다는 사실만 확인했다. 유진의 아버지 경우는 그나마 하루에 한 시간 정도 유진을 면회하는 것으로 답답함을 견딜 수 있었다. 처음에는 자고 있는 모습만 보다가 이틀 전부터는 깨어 있는 유진을 만날 수 있었다. 닥터 마틸드에게 주의를 미리 받아서 감정의 표시는 최대한 자제했었다. 유진은 아버지를 보고도 별다른 감정의 움직임을 내보이지 않았다. 그저 멍한 눈으로 잠시 보다가 다른 곳으로 시선을 돌릴 뿐이었다. 그것은 아버지로서는 감당하기 어려운 고통이었다. 조금씩 나아지고 있다는 닥터 마틸드와 시우의 이야기에 위안을 느끼며 그는 일단 한국으로 돌아가기로 했다. 시우도 있었고, 우수하고도 안전한 병원에서 치료를 받고 있다는 사실이 그를 안심시킨 것이다. 그리고 아무런 희망도 없이 와 있는 현정의 아버지에게도 약간 미안한 구석이 있었다.

시우는 브뤼헤의 여행사에서 발권한 두 장의 탈리스 고속 열차 티켓을 꺼내 아버지들에게 나눠주었다. 하루 두 편의 열차가 파리 북동부의 샤를 드골 공항에 직접 연결되어 있었다. 열차는 이미 그 붉고 긴 몸을 플랫폼에 붙인 채 출발을 기다리고 있었다. 유진의 아버지가 먼저 시우의 손을 잡고 천천히 작별 인사를 했다.

시우가 차로 돌아와 좌석에 앉았을 때 핸드폰이 울렸다. 니콜이었다.

"지금 어디지요? 빨리 만나야 돼요."

"브뤼셀 미디 역인데요. 브뤼헤까지 한 시간 정도 걸릴 텐데 무슨 일이지요?"

"장 뢱이 오늘 아침에 죽었어요. 살해당했어요. 시테 섬의 유치장에서요."

"그럴 수가, 대단한 놈들이군요. 경찰국 유치장 안에서 그런 짓을 하다니. 금방 갈게요. 이렇게 된다면 유진 씨도 위험하다고 봐야겠지요?"

"그건 시우 씨도 마찬가지예요. 어쨌든 만나서 얘기해요. 다른 곳보다는 호텔 방에서 보는 것이 좋겠어요. 나도 지금 이비스 호텔에 와 있어요. 313호예요. 기다릴 테니까 도착하는 대로 오세요."

시우는 통화를 마치자마자 서둘러 호텔로 향했다. 그는 누가 보더라도 난폭하다고 생각할 정도로 브뤼셀 미디 역을 벗어나 브뤼헤 쪽으로 달리기 시작했다.

25

벨기에의 겐트에서 서북쪽 평원 위에 자리 잡은 드 레미 남작의 영지는 약 10만 제곱미터의 넓이였다. 그 외에도 근처에 자리 잡은 27홀 규모의 최고급 골프장과 해안의 요트 마리나도 소유하고 있었다. 하지만 이 정도의 부동산은 남작의 재산 중 극히 일부분이었다. 영국에서 발행되는 유럽 상류 사회 잡지 〈이그제큐티브EXECUTIVE〉에서 한 해에 한 번씩 발표하는 유럽의 50대 부호 명단에 그의 이름은 빠진 적이 없었다. 남작은 벨기에 상업 은행의 대주주일 뿐 아니라 유럽에 기반을 둔 대형 은행과 보험 회사에 상당한 지분을 소유하고 있었다. 말하자면 금융 재벌인 셈이다. 대개의 유럽 금융 가문이 그러하듯이 드레미 남작 가문의 자본도 400년 이상의 역사를 가지고 있었다. 역사의 부침과 유럽 땅에서 수없이 벌어진 전쟁과는 관계없이 그들 가문의 자산은 늘어만 갔고 지금도 늘고 있는 중이었다. 아직 남아 있는 유럽의 몇몇 왕실들과도 밀접한 관계를 가지고 있었고 상당한 숫자의 유력 정치인들과도 친밀한 교류 관계를 갖고 있었다. 자가용 제트기를 이용하여 세계 곳곳에 위치한 자신의 별장에서 그 지역의 명사들과 화려한 파티를 갖는 것이 그의 주된 일상이기도 했다.

남작은 아침에 전화를 받았다. 지금 그가 기다리고 있는 사람이었다. 상대는 골칫거리를 해결했다고 짤막하게 말했다. 며칠간 신경을 건드린 문제가 해결된 셈이었다.

오전 10시가 조금 넘자 은회색 BMW540이 저택의 입구에 도착했다. 곧 집사의 안내를 받아 서재로 한 남자가 늘어섰나. 남자는 30대 중반으로 보이는 세련된 신사였다. 아르마니로 보이는 정장 신사복에 노타이 차림의 그는 아랍계 사람으로 보일 정도로 짙은 피부색과 검은색 곱슬머리를 가지고 있었다. 그는 남작에게 정중히 고개를 숙여 인사했다. 남작은 반가움과 기쁨에 넘쳐서 그를 맞이했다. 두 사람은 손을 잡아 흔드는 것으로도 모자라 가볍게 포옹을 하고 서로의 어깨를 두드렸다. 따뜻한 만남의 인사가 끝난 다음에야 젊은 방문객은 남작이 권하는 대로 붉은색 가죽 소파에 앉았다. 남작은 자신의 서재 한쪽에 위치한 홈바에서 크리스털 병에 들어 있는 황금빛 액체를 잔에 따라 건넸다.

"축배를 한잔 해야겠지? 한 50년 된 최고급 칼바도스야. 입맛을 돋우지. 자, 수고했네. 이렇게 빨리 처리될 줄은 몰랐어. 대단하네."

앉아 있는 남자는 자신의 잔을 남작의 잔과 부딪쳤지만 입으로 가지고 가지는 않았다.

"자네가 술을 좋아하지 않는 것을 알고야 있지만 축배 한잔이야 어떤가. 자, 들지."

"죄송합니다, 남작님. 저는 독한 술을 좋아하지 않습니다. 더구나 작업 중 절반만 끝난 셈입니다."

"편한 대로 하게. 나는 그저 기분이 좋아서 한잔 하고 싶었다네. 작업이야 다 끝난 거나 다름없지 않은가? 파리 경찰국 내의 골칫거리를 해결했으니 브뤼헤의 혼수상태의 여자쯤이야 문제도 아니겠지.”

“꼭 그렇지는 않습니다. 파리에서는 그들의 준비가 없었지만 브뤼헤에서는 그들 나름의 준비가 있을 겁니다.”

“너무 걱정 말게. 얀 경사가 있잖은가. 그에게 도움을 받는다면 어려울 일은 없을 거야.”

“그래야 되겠지요. 저도 빨리 처리하고 사르데냐로 돌아가고 싶습니다. 올리브 수확 철이 다가왔거든요.”

“자네는 그 시골 바닥에서 올리브 농사나 짓는 것이 그렇게 즐거운가? 이제 지겨울 때도 된 것 같은데. 어때, 이리로 올라와서 도시 생활도 좀 즐겨보겠나?”

“남작님께서 은행들을 돌보는 것과 제가 올리브 나무들을 돌보는 것은 결국 같은 일입니다. 단지 올리브 쪽이 제게 맞는 것일 뿐입니다.”

“그래. 그건 맞는 말일세. 그건 그렇고 단장님은 안녕하신가? 심려가 좀 있으셨을 텐데. 죄송스럽군.”

“걱정하시는 모습은 전혀 못 봤습니다. 늘 하시는 승마와 체력 단련 등으로 시간을 보내고 계십니다. 최근에 이곳저곳에서 연락이 잦아지자 조금 바빠지신 것 같습니다만.”

검은색 곱슬머리의 사나이는 바로 간밤에 파리 경찰국의 유치장에서 장 뤽을 처리한 남자였다. 그는 사르데냐에서 파견된

1급 기사였다.

"잠시 후 점심때쯤 얀 경사가 올 걸세. 같이 점심을 먹으면서 나머지 처리에 관해 이야기를 해보세. 어쨌든 일도 일이지만 이렇게 보게 되니까 정말 반가워. 자네를 만난 것이 몇 년 만이지?"

드 레미 남작은 눈앞에 앉아 있는 남자의 어깨를 두드리며 무척 즐거워했다.

"벌써 7년 정도 되는 모양입니다. 저의 기사 서임식 때 오셨었고 그 이후 제가 임무차 잠깐 왔을 때 뵌 적이 있으니까요."

"벌써 그렇게 됐나? 하여간 이번 일 끝나고도 자주 놀러 오게. 자네는 내 친아들이나 마찬가지야. 그리고 오늘 밤에 우리지역 모임이 있네. 같이 가지 않겠나? 기왕 왔으니까 말이야."

"아닙니다. 할 일이 있으니까요."

"그러면 마치고 오든지 하게."

그때 집사가 노크를 하고 문을 열었다.

"얀 경사님이 도착했습니다."

드 레미 남작은 벽면에 걸린 고풍스러운 벽시계를 한 번 보고는 자리에서 일어섰다.

"자, 식당 쪽으로 자리를 옮기세. 점심 준비가 되었을 거야."

지저스 시크릿

26

브뤼셀 근교를 빠져나오는 데 시간을 조금 지체한 시우는 점심때가 다 되어서야 브뤼헤에 도착할 수 있었다. 이제는 익숙해진 이비스 호텔의 지하 주차장에 차를 주차시키고 곧장 니콜의 객실로 올라갔다. 시우의 방도 같은 3층이었다. 짐을 아직 다 풀지 않은 듯 크지 않은 호텔 방의 구석에는 니콜의 물건들이 산만하게 놓여 있었다. 방의 크기나 형태는 시우의 방과 완벽하게 같았지만 풍기는 냄새와 분위기는 완전히 달랐다. 여자 방 냄새가 났다.

"장 뤽 케트너는 어떤 식으로 죽은 겁니까?"

시우는 니콜의 방에 들어오자 앉기도 전에 질문을 시작했다. 니콜은 손짓으로 객실에 있는 의자를 가리켜 시우가 앉기를 권했다. 그들은 마주 앉아 이야기를 시작했다.

"바람총이라고 알아요? 대롱에다가 화살촉 같은 걸 넣고 입으로 불어 발사하는 거 말이에요. 말레이시아 쪽 원주민이나 아마존 원주민들이 주로 사용하는 무기지요."

"그런 걸로 어떻게 사람을 죽이지요? 작은 동물이라면 몰라도."

"모르는 소리. 바람총의 무서움은 발사되는 화살의 힘이나 예리함이 아니고 촉에 발린 독에 달려 있어요. 장 뤽을 죽인 화살촉은, 아니 화살촉도 아니죠, 겨우 바늘 크기예요. 담배 필터에 한쪽을 꽂고 종이를 말아 만든 대롱에 넣고 불어낸 것으로 보인대요. 유치장 안에는 볼펜 하나 가지고 들어갈 수 없거든요. 그 바늘에 홈이 파여 있다고 들었어요. 독을 갈무리하게 되어 있는 거죠. 조금 묻은 독으로도 사람은 죽을 수 있어요. 즉사시킬 수는 없어도 결국 맞고 시간이 어느 정도 지나면 죽게 되는 것이지요. 지금 분석을 하고 있으니 성분이 나오겠지만 어쨌든 무서운 맹독일 거예요."

"그럼 결국 아무것도 얻지 못하고 증인을 잃은 건가요?"

"죽기 직전에 딱 한마디 하고 죽었대요. 문장 하나가 실마리인 셈이지요."

"그게 뭡니까?"

"아켈다마. 모든 비밀은 두 명의 요셉에게."

"그게 무슨 뜻이지요? 요셉이라는 이름을 가진 사람은 수도 없이 많은데. 거기다 아켈다마라니요?"

니콜은 아켈다마에 대해 간단히 설명했다. 시우는 일단 알아들었지만 혼란스러운 것은 마찬가지였다. 니콜은 요셉 복음서의 표지도 설명했다.

"그래요. 이 정도로는 단서라고 부를 수도 없죠. 일단 시우 씨는 이런 수수께끼에 신경 쓰지 마세요. 유진 씨가 문제지요. 장 뤽을 파리 경찰국에서 살해할 정도라면 유진 씨도 노리는 것은 당연한 일이에요. 그들이 어디까지 파악하고 있는지는 모르지만 시우 씨에 대해서도 알고 있을 거예요. 스스로의 안전에 대해서도 신경을 써야 해요. 오늘 밤부터는 비상근무라고 생각해야겠어요. 나도 밤에는 시우 씨를 보살필까 해요. 가장 취약한 시간이니까 보강 근무라고 생각하면 돼요."

"그럴 필요까지 있을까요? 나 혼자라도 유진 씨를 지킬 수 있을 거예요."

"시우 씨 옆에 붙어 있지는 않을 거예요. 조금 있다가 내 차를 병원 앞에 갖다 놓을게요. 검은색 BMW316이에요. 시우 씨는 나를 신경 쓰지 말고 병원의 입구를 지키면 돼요. 나는 보고 있다가 적절하게 필요한 행동을 할 테니까요."

"그래요. 알아서 해요. 신경 쓰지 않을 테니까."

"가서 좀 자두는 것이 좋겠지요? 나는 지금 할 일이 많아요. 도서관에도 가봐야 하고."

니콜은 일어나 책 몇 권을 꾸리기 시작했다. 시우는 갑자기 극심한 피곤을 느꼈다. 이제 좀 자둬야 하는 시간이었다. 별다른 인사도 없이 니콜의 방을 나온 그는 곧바로 자기 방으로 돌아왔다.

VIII

뇌샤텔 종루

27

오후 2시경 얀은 잠시 산책을 나섰다. 그가 즐겨 가는 브뤼헤 성혈 사원의 서늘하고 조용한 뒤뜰이었다. 그는 항상 앉는 벤치에서 담배를 하나 피워 물었다. 거의 피우지 않던 담배가 최근에 많이 늘었다. 2시 정각에서 분침이 조금 더 움직였을 때, 얀은 사원에서 뒤뜰로 들어오려면 반드시 거쳐야 하는 우중충한 나무 문이 열리며 그가 기다리던 사람이 들어서는 것을 볼 수 있었다. 상대는 마른 체격이지만 강철같이 느껴지는 몸매가 아르마니 검은색 스포츠 캐주얼 밖으로 그대로 느껴지는 몸을 가지고 있었다. 왠지 모를 위압감을 주는 인상의 그가 얀은 썩 마음에 들지 않았다. 그는 어느새 얀의 옆에 와서 앉았다. 얀이 물었다.

"무슨 일로 또 보자고 한 거죠?"

"오늘 새벽 그 한국 젊은이를 봤소. 어제 당신의 이야기를 듣고 그 친구에 대한 확인 작업이 필요할 거 같아서."

얀은 이야기가 계속되기를 기다렸다. 어제 점심식사 때에 이 상대를 처음 만나서 드 레미 남작과 함께 식사를 했었다. 그 자리에서 얀은 유진의 현재 상태와 병원의 보안 시스템, 유진의 보호자 역할을 하고 있는 시우에 대해 자세히 설명했었다. 밤

12시에서 아침 6시까지 병원 앞을 지키고 있다는 이야기도 했었다.

"간밤에 켈슨 바라고 하는 시내의 술집에 갔었소. 거친 놈들이 제법 있더군요. 그중에 특히 유색인종을 아주 싫어하는 넷과 친해졌소. 물론 처음에는 쉽지 않았소. 나를 무척이나 싫어해서 깨진 맥주병으로 인사를 해오더군. 내가 중동 계통의 사람인 줄 알았던 모양이오만. 어쨌든 문제는 해결됐고 나는 그친구들에게 원하는 만큼 맥주와 위스키를 사줬소. 그리고 거기서 그렇게 멀지 않은 성 카트린 병원 앞에 가면 백인 여자 간호사들에게 환장을 해서 매일 밤 죽치고 있는 동양 남자가 있다는 이야기를 했소. 그놈을 밟아주고 싶은데 생각들이 어떠냐고 하자 바보들은 흥분해서 바로 나가더군. 나는 한가하게 따라가서 구경을 시작했소. 그 바보들이 그만 옆길로 새버리는 바람에, 아니, 그렇게 먼 곳에서 샌 것은 아니오. 결과적으로 내가 원하는 것을 더욱 확실히 확인하게 됐으니 나로서도 별 불만은 없소. 그 녀석들은 병원 입구 근처에 차를 세워놓고 뭔가를 기다리던 예쁜 여자에게 관심을 가진 거지요. 그리고 지저분한 수작들을 벌이다가 난폭해지기 시작했소."

"불필요한 일을 했군요."

잠자코 듣고 있던 얀이 못마땅한 얼굴로 옆에 앉은 남자의 검은색 눈동자를 지그시 바라보았다.

"계속 들어보시오. 아주 중요한 이야기니까."

얀은 깊이를 알 수 없을 만큼 잔잔하고 깊은 눈빛을 그리 오래 견디지 못하고 벤치 앞의 작은 장미 나무로 시선을 옮겼다. 이야기는 계속되었다.

"그놈들이 제법 난폭해졌다 싶을 때 우리가 찾는 그 한국 남자가 나타났고 참견을 한 거지. 그런데 격투는 아주 간단히 끝났소. 주의 깊게 봤는데 한 5분도 걸리지 않더군. 그 동양 남자는 난폭하게 달려드는 네 명을 아주 효과적으로 제압했소."

"나는 그게 그렇게 중요한 이야기라는 생각이 아직까지 들지 않는군요. 제거해야 할 대상이라면 간단히 할 수 있을 거요. 바로 이런 걸로 말입니다."

얀은 자신의 오른쪽 옆구리에 걸려 있는 묵직한 쇠뭉치를 두들겨 보였다.

"얀 경사는 싸움에 대해 전혀 모르는군요. 그에 대해 주목하시오. 그리고 그자에 대한 신상 명세와 경력 등을 면밀히 조사하시오. 이건 명령이오."

검은 눈의 사나이는 말투가 사나워져 있었다.

"그리고 또 다른 주의사항은 그 친구가 위기에서 구해준 그 갈색 머리 여자요. 그들은 초면이 아니었소. 분명히 아는 사이지만 그렇게 친밀한 사이도 아니었소. 내가 보기에 그 여자는 우연히 그 자리에 있었던 것이 아니었소. 무언가 임무를 수행하

지저스 시크릿

고 있는 것 아닌가 하는 생각이 들었소. 그 네 놈이 격파당하자 차에서 내리는 그녀의 모습을 봤소. 나는 두려움에 질린 모습을 기대했는데 그 반대였소. 그녀는 아무 일 없었다는 듯이 간단한 인사 정도만 하고 여유 있게 그 자리를 떠나갔소. 어느 계통인지는 모르겠지만 그녀는 프로인 것이오. 그리고 그녀가 타고 있던 검은색 BMW는 파리 번호판을 달고 있었소. 한국 남자의 차와 마찬가지로 말이오."

얀은 잠시 생각에 빠져 있다가 이야기를 꺼냈다.

"그 말이 사실이라면 그 친구가 달고 온 프랑스 경찰 끄나풀 정도가 아닌가 싶습니다. 그쪽에 확인을 해보겠습니다."

"알아보는 데 신중히 하시오. 당신의 정체가 드러나면 절대 안 되니까. 적당한 선에서 하시오. 내 쪽에도 별도의 라인이 있으니까 말이오. 오늘 밤 전에 그 여자의 신원을 확인할 수 있었으면 하오."

이야기를 마친 남자는 인사도 없이 뒤돌아 가버렸다. 얀은 벌써 정원 밖으로 나가고 있는 사내의 뒷모습을 바라보며 다시 담배를 피워 물었다.

얀이 드 레미 남작과 친해진 것은 이미 오래전이었다. 그가 초대하는 화려한 만찬에 맛을 들이기 시작했고 가끔씩 몰래 찔러주는 엄청난 금액의 봉투에도 익숙해지기 시작했다. 그 이후 얀은 드 레미 남작의 충실한 하수인으로 전락했다. 남작은 그에게 필요한 것이 무엇인지 너무나 잘 알고 있었고 그 모든 것을 제공하고 있었다. 두 사람은 서로가 필요한 것을 나누는 사이가 된 것이다. 하지만 어제 처음 본 저 남자는 일방적으로 그에게 명령을 내리고 있었다. 마치 상사가 부하에게 하듯이 말이다. 그러나 이상하게도 얀은 어떠한 반감도 표현할 수 없었다. 이미 그는 남작의 조직 권력과 재력을 체득한 상태였고 자기 역시 그 조직의 일원이 되어버린 것이었다. 얀은 마침 들려오는 성혈 사원의 종소리를 들으며 자리에서 일어났다.

28

이비스 호텔의 객실 전화 소리는 아주 시끄러웠다. 시우는 짜증과 함께 잠에서 깨어 수화기를 들었다.

"시우 씨? 니콜이에요. 일어날 시간이 된 것 같아서 모닝콜 했어요."

시우는 침대 옆에 두었던 손목시계를 확인했다. 오후 6시가 다 되었다. 정말 일어날 시간이었다.

"지금 그 방으로 잠깐 갈게요. 그래도 되겠지요? 할 이야기가 있어요."

"한 30분쯤 후에 오세요. 씻을 시간 정도는 줘야지요?"

지저스 시크릿

"알았어요. 이따 봐요."

시우가 서둘러 샤워를 하고 옷을 갖춰 입자 곧바로 방문을 두드리는 소리가 들렸다. 니콜임이 틀림없었지만 시우는 방심하지 않고 문에 난 감시 렌즈를 통해 객실 밖을 확인한 후 천천히 문을 열어주었다. 니콜이 들어오고 문을 닫고 나서야 시우는 손에 들고 있던 나이프를 칼집에 넣어서 갈무리했다. 니콜은 창가 쪽에 놓여 있는 의자에 걸터앉았고 시우는 자신의 침대 끝부분에 앉았다.

"그 칼 좀 보여줘요. 원래 칼에는 관심이 없는데 한번 보고 싶군요."

시우는 옆에 놓아두었던 나이프를 칼집째로 건네주었다. 니콜은 나이프를 빼어 들고 이리저리 살펴보다가 다시 돌려주었다.

"날이 아주 섬뜩하군요. 권총 같은 총기에서는 느낄 수 없는 느낌이 있어요. 나도 하나 살까 봐요."

"용건이나 얘기하죠. 피차 한가한 몸들은 아니잖아요."

시우는 무표정한 얼굴로 니콜을 바라보며 용건을 재촉했다.

"오늘이 뇌샤텔에서 피아노 연주회가 있는 날이에요. 초청장은 없지만 가보려고 해요. 시우 씨가 동행해줄 수 없을까 해서 왔어요."

"당신이 그곳에 가는 것에 대해서는 내가 뭐라고 할 권리가 없지만 아시다시피 나는 그렇게 한가하지 않아요."

못마땅한 얼굴로 자신을 보고 있는 시우를 향해 니콜은 생긋 웃어 보이고는 이야기를 계속했다.

"시우 씨가 바쁜 건 잘 알고 있어요. 하지만 나는 거기 놀러가는 게 아니에요. 우리가 계속 수비만 할 수는 없잖아요? 공격 찬스를 찾아보려는 거예요. 뇌샤텔 현관에 붙은 피아노 독주 포스터를 기초로 간단한 조사를 해봤어요. 그때 왜 그랬잖아요. 유럽의 연주회 관례상 그럴 수는 없는 거라고요. 역시 뭔가 있었어요. 뇌샤텔 현관에 붙어 있는 포스터 외에는 그 연주회에 대한 어떠한 홍보 증거도 찾아볼 수 없었어요. 동네 소식지까지 다 뒤졌지만 오늘밤의 연주회를 소개한 매체는 없어요. 한 달 후 내지는 석 달 후에 예정된 뇌샤텔의 모든 행사는 다 찾아볼 수 있는데도요. 그리고 오늘 연주하기로 되어 있는 한스 에겔슨이라고 하는 피아니스트에 대해서도 조사를 했어요. 함부르크 출신인데 지금 뉴욕에 살고 있어요. 그리 유명한 사람은 아니더군요. 오늘 오전에, 뉴욕 시간으로는 새벽에 전화해서 오늘 브뤼혜 연주 일정에 대해 물어보니까 퉁퉁 불은 목소리로 욕을 한마디 하더니 끊어버리더군요. 물론 그는 여기 오지 않아요. 자, 이제 무슨 얘기인지 알겠지요?"

"있지도 않은 연주회를 핑계로 투숙객들을 다 쫓아낸 거군요. 그런데 그것이 우리가 오늘 밤 거기를 가봐야 하는 이유가 될까요? 더구나 유진 씨까지 팽개쳐두고."

"조금 전에 뇌샤텔 앞에서 잠복하다가 두 대의 트럭이 들어 가는 것을 봤어요. 하나는 브뤼헤 최고급 캐터링 서비스의 파 티용 음식 운반 차량이었고, 다른 하나는 아무런 표시 없이 흰 색으로 칠해진 유개 트럭이었어요. 오늘 밤 무슨 일인지는 모르 지만 타인의 이목을 원치 않는 파티가 벌어진다는 거지요. 그 래도 흥미가 없어요?"

"좋아요. 가보지요. 늦어도 12시 30분까지는 병원으로 돌아 간다는 전제에서요."

"별거 아니라면 그전에라도 끝날 거예요."

"그럼 이제 내가 어떻게 해줬으면 하지요?"

"밤 10시쯤 들어가는 것으로 해요. 복장은 침투 복장이에요. 그런 게 뭔지는 알지요? 나 이미 시우 씨에 대해 알 만큼 알고 있어요. 대한민국 특공 연대 출신이라는 것도요. 우리는 초대 받지 않은 손님이에요. 그에 합당한 준비를 해야겠지요. 로프 등 기타 장비는 내 차에 있어요. 시우 씨는 복장만 갖추면 돼 요."

니콜이 나가자 시우는 자신의 옷가방에서 몇 가지 옷을 꺼 냈다. 이곳에 오기 전에 인터넷을 통해 구입한 옷들이었다. 전 부 검은색 일색이었다. 새삼 10년 전쯤 강원도 화천에서 보낸 시간들이 주마등처럼 지나갔다.

29

얀은 교통과 담당에게 전화해서 '278 NCL 75'라는 번호판을 단 검은색 BMW316에 대해 조회했다. 주차 위반 등의 사례로 브뤼헤 경찰서 내에 기록이 남은 것이 있는지에 대해 알아보기 위해서였다.

약 30분 후 그는 부정적인 회신을 받았다. 강시우야 눈에 뻔히 보이는 존재이기 때문에 얀으로서는 거리낄 것이 전혀 없었지만 프랑스 경찰이 여기에 와 있다는 것은 꺼림칙했다. 프랑스 경찰국에 차적 조회를 할까도 생각하다가 그만두었다. 남자가 말한 갈색 머리의 여자가 정말 프랑스 경찰이라면 스스로 의심을 사는 일이기 때문이다. 근거 없이 수배 조치를 취할 수도 없는 일이었다. 얀이 내린 결론은 시우를 미행할 수밖에 없다는 것이었다. 얀은 자신의 부하 중 적당하게 유능하고 또 적당하게 무능한 형사를 불러 강시우에 대한 감시를 지시했다. 행동이 좀 수상하다는 정도의 이유를 붙이고 보고는 자신에게 직접 하라는 지시도 덧붙였다. 특히 강시우가 170센티미터 정도의 키에 갈색 머리의 여자를 만날 경우 그쪽으로 감시의 방향을 바꾸어야 한다고 했다. 물론 배경 설명은 별로 없었다. 얀은 그의 부하가 지시를 받고 나가자 예전에 알랭으로부터 받은 강시우의 신상 자료를 꺼내 보았다. 다시 보아도 알랭의 말처럼 별다른 것은 없었다. 단지 합기도 사범으로 아르바이트하고 있는 것으로 보아 격투 실력이 좀 있을 것으로 여겨질 뿐이었다.

양은 더 이상의 조치는 필요 없을 것으로 결론을 냈다.

30

파리 시테 섬의 경찰국은 하루 종일 아주 시끄러웠다. 유치장에서 살인 사건이 벌어졌다는 초유의 사태에 주목하는 사람들이 너무 많은 탓이었다. 신문사, 방송사 들의 기자들이 들쑤시고 다니고 프랑스 내무부의 고위층에서도 직접 간섭을 해왔다. 결국 경찰국 내에는 조사위원회라는 것이 설치되었고 알랭은 그곳에 불려가 반나절을 보내야 했다. 알랭이 가장 싫어하는 관료주의적 해결법이 제안되기 시작한 것이다. 또 다른 문제는 살해된 장 뤽 케트너에 대한 정보들이 새기 시작한 것이다. 철저히 비밀 속에서 수사를 진행하려던 알랭의 의도는 완전히 무산되었다. 어제 저녁과 오늘 아침에 나온 거의 모든 신문들의 사회면 머리기사로 장 뤽의 살해 소식이 다뤄졌고, 파리 경찰국의 무능함에 대한 질타와 더불어 장 뤽의 피살 동기에 대한 의혹들이 꼬리를 물었다. 알랭은 색상에 있어 방금 받은 장 뤽을 살인한 용의자의 지문 조회 결과를 보고 있었다. 그의 예상대로였다. 프랑스 내에서뿐 아니라 유럽연합 내의 어떠한 데이터베이스에서도 지문에 해당되는 검색 결과는 없었다. 그 지문의 주인은 유럽 바깥에서 왔거나 아니면 서류상으로는 존재하지 않는 사람이라는 뜻이었다. 알랭은 또한 체포와 구금, 약식재판 과정에서 그를 보았던 관계자들을 토대로 작성된 범인의 몽타주를 전국의 사법기관에 내려보냈다. 몽타주의 인상으로 보아서 범인은 아랍계로 보였다. 알랭은 그런 이유로 미국 FBI와 함께 북아프리카의 모로코, 알제리, 튀니지 쪽 정부 기관에도 지문 자료를 보내서 협조를 요청했다. 그때 전화벨이 울렸다. 티볼트 총경이었다.

"날세. 정신없는 하루군. 퇴근 전에 자네를 좀 봤으면 하네."

알랭이 자신의 손목시계를 힐끔 보았다. 벌써 오후 5시가 넘어 있었다.

"지금 곧 가겠습니다."

"그래주겠나? 그럼 기다리겠네."

알랭은 바로 일어나서 티볼트 총경의 집무실로 갔다. 티볼트 총경은 자신의 집무용 책상이 아니라 한구석의 회의용 탁자에 앉아 있었다. 알랭이 앉자마자 그는 즐겁지 않은 얼굴로 훑어보던 신문을 건네주었다. 프랑스 석간신문인 〈프랑스 수아르 FRANCE SOIR〉였다.

"조금 전에 배달된 신문이야. 사회면을 보게. 자네의 사건으로 도배가 됐어."

알랭은 타블로이드판 신문의 4면을 펼쳤다. 죽은 장 뢱의 얼굴 사진과 그가 운영했던 사이트의 초기 화면 사진이 익숙한 모습으로 나타났다. 4면과 5면에 걸쳐 있는 엄청난 크기의 기사였다. 기사 내용을 훑어보려 할 때 티볼트 총경이 입을 열었다.

"신문은 천천히 보고 우선 내 이야기를 들어보게."

알랭은 신문을 접어서 구석으로 놓고 티볼트 총경을 물끄러미 바라보았다.

"그 신문 기사를 쓴 기자를 한번 만나보고 싶더군. 아주 유능한 친구인 모양이야. 이번 장 뢱 사건에 대해 내가 알고 있는 것보다 더 많은 것을 써놓았어. 어쩌면 자네보다 더 많이 알고 있을지도 모르지. 장 뢱이 죽기 전날에 아주 강압적인 방식으로 조사를 받았다고 적혀 있어. 고문을 당했다는 이야기야. 자네, 알고 있겠지? 우리 프랑스는 인권 유린에 관한 한 용서가 안 되는 나라야. 이 기사의 내용이 사실이라면 자네는, 아니 어쩌면 나까지도 목이 남아나지 않을 거야. 그 정도가 아니지. 아마 법정에 서서 사법부의 온정에 운명을 맡겨야 될지도 모르겠네."

티볼트 총경은 알랭을 지그시 바라보았다.

"내가 자네에게 지금 바라는 것은 진실이야. 그 친구를 기필게 다룬 것이 사실인가?"

알랭은 한숨을 한 번 쉬고 고개를 끄덕였다.

"좋아. 그러면 이제부터 살 궁리를 해보자고. 이 기사의 출처를 조사해보게. 아마 자네 주변일 거야. 이 기사를 묻으려면 제보자를 뒤집어엎어야 하네. 빨리 해야 되네. 시간이 없어."

알랭은 멍하게 앉아 있었다. 티볼트 총경은 일어나 나갈 준비를 하고는 바로 집무실 문을 나섰다. 그가 나가면서 걸친 바바리코트가 일으킨 바람이 알랭을 스쳐지나갔다.

알랭은 두 번째 주먹을 얻어맞은 것이다. 그는 눈앞의 신문을 둘둘 뭉쳐 들고 복도로 나왔다. 사무실로 돌아오면서 마주친 동료들의 눈빛이 이상하게도 낯설게만 느껴졌다. 그는 자신의 의자에 앉아서 신문의 4면과 5면을 천천히 읽어내려갔다. 기사의 서두에는 최근의 여성 실종 사건들의 초점을 악마 추종세력에 두고 조사해온 알랭의 수사 방향을 철저히 비웃고 있었다. 존재하지도 않는 조직을 수사한다는 것 자체가 난센스라는 이야기였다. 그러고는 장 뢱의 수사를 담당하고 있는 관계자가 사건 전날 장 뢱의 인권을 철저히 무시하고 고문에 가까운 폭력을 사용하여 강압적인 수사를 했다는 의혹을 제기하고 있었다. 결국 수사 과정에서 극심한 모멸감을 느낀 피의자가 자살로서 항의한 것이 아닌가 하는 결론이었다. 그것이 사실이라면 장 뢱의 죽음에 대한 책임은 새로운 방향에서 물어야 한다는

지저스 시크릿

이야기였다.

알랭은 장 뤽이 그에게 한 말을 떠올렸다. 알랭 따위가 상대할 수 있는 조직이 아니라는 말이었다. 그는 그것이 시작된 것을 느꼈다.

알랭은 인터폰을 통해 로마노 경위를 불렀다. 그가 아는 한 그제 이곳 조사실에서 벌어진 일을 기자에게 전해줄 수 있는 사람은 세 명이었다. 그중에서도 로마노 경위라면 뭔가 알고 있을 거라고 판단했다. 로마노는 금방 그의 사무실로 왔다. 알랭은 의자를 권하지도 않은 채 그가 보고 있던 신문을 로마노에게 던져주었다.

"이거 읽어봤나?"

로마노는 신문은 거들떠보지 않고 알랭을 똑바로 보았다.

"봤습니다. 무척 유감이더군요."

알랭은 전혀 유감의 표정이 느껴지지 않는 로마노의 얼굴을 보며 분노가 끓어오르는 것을 느꼈다.

"자네가 한 짓인가?"

"그건 말씀드릴 수 없습니다. 하지만 기사의 내용이 사실인 것은 분명히 알고 있습니다. 경사님은 장 뤽을 그렇게 다루지 말았어야 했습니다. 저는 경사님을 존경했었습니다. 하지만 그때부터는 아닙니다. 수갑이 채워진 무방비 상태의 피의자를 그렇게 무자비하게 폭행하는 것을 본다면 지뿐 이니고 프랑스에서 정상적인 교육을 받은 사람이라면 누구라도 경사님을 존경할 수는 없을 겁니다. 행동에 책임을 지는 경사님을 기대할 뿐입니다. 그 일 때문이라면 나가보겠습니다."

로마노가 나간 후 알랭은 망연하게 앉아 있었다. 스스로를 돌이켜보았다. 평소 어느 누구와도 친밀하게 지내지 못하는 자신의 외골수 성격과 목표를 향해 물불을 가리지 않는 저돌성을 자책했다. 자신의 성격이 아쉽기는 했지만 고쳐야 한다고 생각해본 적은 없었다. 알랭은 스스로의 신상 문제에 대해서는 될 대로 되겠거니 하는 생각이 들었지만 그가 만약 이 자리를 떠난다면 현재 맡고 있는 이 수사는 어떻게 되는 건가 하는 걱정이 되었다.

알랭은 자리에서 일어나 옷걸이에 걸려 있던 재킷을 걸쳐입고 사무실 밖으로 나섰다. 경찰 생활을 시작한 이후 가장 참담한 기분으로 경찰국의 정문을 나선 그는 문득 하늘을 바라보았다. 파리의 하늘은 아주 짙은 회색이었다. 잠시 후 안개비가 서서히 내리기 시작했고 알랭은 퇴근길의 인파에 파묻히기 시작했다.

지저스 시크릿

31

밤 10시가 되자 니콜과 시우는 이비스 호텔의 주차장을 빠져 나왔다. 차량은 시우의 파제로였다. 차 뒷좌석과 화물칸 유리 쪽에 짙은 색의 선팅이 되어 있어서 남의 이목을 피할 수 있다 는 점이 고려되었다. 은회색의 파제로가 호텔 뒤쪽의 주차장 출 입구를 나갈 무렵, 이비스 호텔 정문 도로변에 세워진 흰색 포 드 피에스타 승용차 안에서는 한 사내가 열심히 일간신문에 연 재되는 낱말 맞추기 퍼즐을 하고 있었다. 바로 얀으로부터 시우 의 감시를 명령받은 형사였다.

시우는 뇌샤텔 건물 입구가 보이는 곳에 차를 잠시 세웠다. 성관의 대문은 크게 열려 있었고 검은색 양복을 입은 두 사람 이 지키고 있었다. 잠시 후 메르세데스 벤츠 S클래스 차량 한 대가 시우의 차 옆을 지나 뇌샤텔 입구로 진입하였다. 검은색 양복들이 세심하게 차의 내부를 확인한 후 통과시키는 것이 보 였다. 이후에도 몇 명의 사람들과 몇 대의 차량이 성관 내로 들 어갔다. 시우는 니콜의 지시대로 차를 움직여 뇌샤텔 옆 골목 안으로 들어가 차를 세웠다. 그러곤 침투에 필요한 복장과 도 구들을 챙기기 시작했다. 검은색 위장복에 얼굴 위로 덮어쓰는 검정 마스크 등이었다. 또한 어깨에 가죽과 나일론으로 된 긴

총 홀스터를 걸치고 니콜이 가져온 스포츠 백을 열어 그 안의 장비들을 점검해 나누어 챙겼다. 준비가 끝나자 벽 쪽으로 바짝 주차된 파제로의 조수석 문을 열고 니콜이 내렸다. 그녀는 주변을 살핀 다음 손안에 들고 있던 장비를 조작하기 시작했다. 그녀는 압축 공기로 발사되는 갈퀴가 달린 금속 추를 가늘어 보이는 밧줄에 연결시키고는 손에 들고 있던 발사관에 장전했다. 그리고 곧바로 옆 건물의 지붕 쪽을 향해 발사했다. 크지 않은 발사음과 함께 금속 추는 밧줄을 길게 달고 6층 정도 높이의 뇌샤텔 옆 건물 지붕 위로 날아올랐다. 니콜은 천천히 줄을 당겨서 금속 추가 어딘가에 고정되도록 조절했다. 미세한 마찰음과 더불어 니콜의 손아귀에 잡힌 줄은 더 이상 당겨지지 않고 반발하기 시작했다. 니콜은 망설임 없이 줄을 타고 오르기 시작했다. 1센티미터 정도의 지름을 가진 밧줄에는 약 60센티미터마다 플라스틱으로 된 구슬 모양의 마디가 부착되어 있었다.

시우가 차에서 내려서 주위를 살피는 동안 니콜은 벌써 건물의 지붕에 올라서 있었다. 이젠 시우의 차례였다. 그는 두 손으로는 번갈아서 플라스틱 마디를 잡고 두 발을 이용해 몸무게를 지탱하며 오르기 시작했다. 곧 시우도 건물의 지붕에 다다를 수 있었다. 두 사람은 아래쪽으로 늘어져 있는 밧줄을 당겨 올려서 다시 감아놓았다.

지저스 시크릿

니콜은 사전에 침투로에 대해 자세히 연구해두었고 조금 전 차 안에서 시우에게 자세히 설명해주었다. 뇌샤텔로 직접 침투 하는 것은 불가능하였기에 뇌샤텔 바로 옆의 건물을 통해 들어 가기로 한 것이다.

두 사람은 조심스러운 걸음으로 그들이 올라간 쪽과 반대되 는 곳으로 걷기 시작했다. 지붕의 경사는 제법 심했다. 천천히 지붕의 테두리를 밟아서 그들이 목적한 지점까지 오자 눈앞에 뇌샤텔 건물의 서쪽 부분에 해당되는 거대한 종루 부분이 모습 을 드러냈다. 뇌샤텔에서 가장 오래전에 만들어진 부분이었다. 주 건물의 초기 르네상스 양식과 달리 육중한 로마네스크 양 식의 돌벽으로 둥그렇게 쌓아올린 원추형의 성벽 위에 첨탑이 있는 형태였다. 과거에 부르고뉴의 영주들이 이 건물과 브뤼헤 를 소유했을 때 그의 경비병들이 거주했던 곳이다. 지금은 일반 투숙객들은 물론 외부인 누구에게도 공개되지 않고 있었다. 시 우와 니콜도 물론 들어가본 적 없었고 그래서 가장 의심이 가 는 부분이었다. 성벽처럼 완강한 외부에는 외눈박이 거인의 눈 처럼 작게 보이는 창문이 하나 보였고 그 위와 아래로 몇 개의 총안이 세로로 자리 잡고 있었다.

니콜은 조금 전 사용했던 금속 추 발사기를 조작하여 종루 옆에 자리 잡은 뇌샤텔의 서쪽 건물 지붕 한 부분을 겨냥해 발 사했다. 금속 추는 긴 꼬리를 날고 날아갔고 니콜이 겨냥한 르

네상스 양식의 지붕 장식 구조물 뒤에 정확히 떨어졌다. 니콜과 시우는 금속 추가 고정되도록 당겨서 이쪽 건물 지붕에 설치된 육중한 굴뚝에 걸어 묶었다. 그러고는 다시 니콜부터 뇌샤텔의 지붕으로 이동해갔다. 수직으로 올라가는 것보다 수평으로 연결된 밧줄을 타는 것이 더 어려웠다. 하지만 두 사람은 짧은 시간에 뇌샤텔의 지붕에 도달했다. 그들은 지붕 위에 나 있는 작은 목제 출입문으로 갔다. 천천히 그러나 강하게 힘주어 밀자 문이 열렸다. 니콜이 계획한 대로였다.

"어떻게 해놓은 거지요?"

시우는 문을 들어서기 전에 니콜을 향해 물었다. 니콜은 어깨를 들썩해 보였다.

"뇌샤텔에서 놀기만 한 건 아니에요."

시우가 들어가서 문 안쪽의 문고리를 보자 의문이 풀렸다. 몇백 년은 된 듯한 오래된 자물쇠가 달린 문고리가 못이 빠진 채 걸려 있었다. 미리 뽑아놓고 다시 눌러 박아놓은 것이다. 겉으로 보기에는 아무 문제가 없어 보이지만 밖에서 힘주어 밀면 문고리가 다시 뽑히게 되어 있었던 것이다.

두 사람은 계단을 조심스럽게 걸어내려갔다. 그들의 목적지는 아까 밖에서 본 망루 부분이었다. 가장 아래층에 도착하여 복도를 통해 본관 쪽으로 20미터쯤 걸어가자 종루 쪽 출입구가 복도 안에 숨어 있듯이 자리 잡고 있었다. 니콜은 주저하지 않

지저스 시크릿

고 그 문에 난 열쇠 구멍에 금속으로 된 공구를 집어넣고 작업을 시작했다. 시우는 주위를 살피는 것 외에는 할 일이 없었다. 몇 개의 조정 게이지가 달린 금속 공구를 한동안 조작하던 니콜이 손아귀를 돌리자 철컥 하는 소리와 함께 문이 천천히 열렸다. 그들은 서둘러 문 안으로 스며들었다. 안에 들어선 니콜은 다시 안에서 문을 잠궜다. 이때는 특별한 조작 과정이 필요 없는 듯했다. 실내는 짙은 어둠이었고 빛이라고는 세로로 길게 나 있는 총안을 통해 비치는 아주 희미한 바깥 불빛이 전부였다. 그들은 허리띠에 부착해두었던 야간 투시용 적외선 고글을 꺼내서 마스크 위로 덮어썼다. 그러자 녹색 계열의 모노톤으로 실내의 모습이 감지되기 시작했다. 약 20제곱미터 정도 넓이에 동그란 형태의 실내에는 아무런 가구나 장식도 없었다. 제일 아래층부터 나선형으로 벽에 붙어 있는 계단을 천천히 오르기 시작했다. 여기부터는 시우가 앞장섰다. 제일 아래층의 천장 높이를 미루어봐서는 전체 5층이나 6층 정도 될 듯했다. 아무런 소리도 들리지 않는 가운데 그들이 발을 디딜 때마다 나는 미세한 마찰음이 두 사람의 긴장감을 더욱 높여주고 있었다.

2층에 거의 도착해 보니 층간에 출입문 같은 것은 달려 있지 않았다. 시우는 한 걸음씩 계단을 올라서 2층의 공간을 두루 살폈다. 아래층과는 달리 두 개의 초라한 침대와 탁자 한 개, 의자 네 개가 보였다. 아무런 인기척이 없음을 확인한 다음 시우는 다음 층으로 올라갈 준비를 했다. 니콜은 시우의 뒤를 따라 2층에 올라온 후 침대와 탁자의 상태를 주의 깊게 살폈다. 먼지가 꽤나 두텁게 쌓인 것으로 보아 최근에 사람이 사용한 흔적이 없었다. 시우는 벌써 3층으로 이어지는 계단을 오르고 있었다. 니콜도 조용히 그 뒤를 따르기 시작했다.

시우는 곧 3층에 도달할 수 있었다. 3층 역시 인기척이 없었다. 나무로 된 벤치식 붙박이 의자가 벽을 따라 둥글게 배치되어 있었고 그 위에는 옷을 걸 수 있게 설치된 듯한 나무 뭉치가 일렬로 박혀져 있었다. 원형의 실내 가운데에는 강의대처럼 경사진 윗면을 가진 작고 높은 탁상이 놓여 있었다. 두 사람은 약간 느슨한 자세로 3층의 이모저모를 확인하기 시작했다. 니콜은 벽에 붙은 채 놓인 의자에 가서 먼지를 확인했다. 아래층과는 달리 거의 먼지가 없었다. 최근까지 계속 사용되었다는 증거였다. 구석구석을 살펴봤지만 특별한 표식이나 물건을 발견하지는 못했다.

시우는 니콜에게 손짓으로 위로 더 올라가자는 사인을 보냈다. 그러고는 곧바로 계단을 오르기 시작했다. 하지만 계단의 중간쯤을 오르던 시우는 문제가 발생했음을 알았다. 이제까지와는 달리 4층으로 오르기 위해서는 계단 끝을 막고 있는 덮개 문을 젖혀 열어야 했던 것이다. 시우는 최대한 올라가서 두 손과 어깨로 덮개 문을 위로 들어올려보았다. 하지만 문은 꼼짝

지저스 시크릿

도 하지 않았다. 몇 걸음 밑으로 다시 내려와 문을 살펴보니 한 구석에 조그만 구멍이 뚫려 있는 것을 발견했다. 시우는 뒤에서 기다리던 니콜에게 손짓으로 그곳을 가리켜주고는 뒤로 물러섰다.

니콜이 앞으로 나서서 조금 전 종루의 출입구를 여는 데 사용했던 금속 장비를 꺼냈다. 장비 끝의 뾰족한 부분을 구멍에 집어넣고는 조금 전과 같이 손잡이 부분에 장치된 여러 게이지들을 조작하기 시작했다. 몇 번의 조정 과정을 거친 다음 금속 공구의 손잡이를 돌려보았지만 문이 열리는 것 같지는 않았다.

시우는 니콜의 작업에서 생기는 금속 마찰음이 예상외로 크게 울려퍼지자 아래쪽과 연결되는 계단 부분으로 자리를 옮겨 주의를 기울이기 시작했다. 약 10분 정도 더 지난 듯했을 때 시우는 무슨 소리를 들었다. 망루 제일 아래층 출입구를 여는 듯한 소리였다. 시우는 지체 없이 니콜을 불러 손짓으로 아래를 가리킨 다음 계단 밑으로 뛰어내려가기 시작했다. 니콜도 작업하던 공구를 손에 든 채 시우의 뒤를 따라 2층으로 내려갔다.

이미 아래층의 출입문이 열린 듯 상당한 양의 빛이 아래로부터 계단을 통해 위로 비춰지고 있었다. 그리고 몇 명인지 알 수는 없지만 적지 않은 숫자의 인기척도 같이 느껴지고 있었다. 니콜은 2층에 내려와서는 순간적으로 당황했다. 아래층에서 사람들이 계단을 오르기 시작하는 소리를 들었기 때문이다. 시우를 찾았지만 그의 모습은 이미 보이지 않았다. 그때 2층에 있던 침대 두 개 중 하나의 밑부분에서 빛이 순간적으로 반짝했다. 시우가 니콜에게 신호를 보낸 것이다. 니콜은 순간적인 당황에서 벗어나 시우가 손짓하는 대로 비어 있는 남은 침대 밑으로 몸을 날려 기어들어갔다.

니콜이 침대 밑으로 굴러들어가 한숨도 쉬기 전에 그들이 있는 2층에는 초록색 빛의 물결과 함께 여러 사람의 발자국과 호흡 소리, 옷자락 스치는 소리가 가득 차기 시작했다. 시우와 니콜은 조심스럽게 눈을 가리고 있던 야간 투시 장비를 벗었다. 약 열다섯 명 정도의 사람들이 그들이 몸을 숨기고 있는 층을 지나 3층으로 올라가고 있었다. 다행히도 그들이 들고 있는 횃불 정도로는 방의 구석에 있는 침대 밑까지 밝힐 수는 없었다. 시우와 니콜은 숨소리도 조심하며 그들이 사라지기를 기다릴 수밖에 없었다. 침대 밑에서는 그들의 발밖에 보이지 않았다. 그나마 희미한 조명은 전혀 도움이 되지 않았다. 곧 그들이 3층으로 모두 올라가고 이어서 4층으로 연결된 계단 위에 설치된 덮개문의 자물쇠를 여는 소리가 들렸다. 그러고는 꽤 요란한 소리와 더불어 문이 열리는 듯했다.

시우는 그들이 숨어 있는 층 공간에 아무도 없는 것을 확인한 다음 침대 밑에서 기어나와 3층 계단 위를 살피기 시작했다. 그들이 들고 있던 횃불 빛이 아주 약한 것으로 보아 모두 4층

위로 올라간 듯했다. 시우는 3층으로 연결되는 계단을 조금씩 올라 조심스럽게 확인했다. 예상대로 아무도 없었고 4층에서 불빛이 흘러내리고 있었다. 니콜 역시 침대 밑에서 나와 1층을 조사하기 시작했다. 그쪽에도 사람은 아무도 없었다. 니콜은 잠시 동작을 멈추었다가 3층으로 올라갔다. 시우는 막 내려오는 중이었다. 니콜의 귀에 대고 시우가 속삭였다.

"이제 나갑시다. 아래쪽에 사람 있어요?"

"아니, 나갈 수 없어요. 확인은 안 되지만 문 밖에 지키는 사람이 있을 거예요. 그보다는 4층으로 올라가서 좀 살펴보고 다시 2층의 침대 밑에서 그들이 나가는 것을 기다리는 것이 좋을 것 같아요."

"그게 좋겠네요. 자, 그럼 내가 먼저 올라가죠. 조심해요."

시우는 다시 3층을 거쳐 4층으로 조심스럽게 걸음을 옮기기 시작했다. 철저하게 조심스러운 보행이었다. 그들은 곧 4층을 막고 있던 문을 통과할 수 있었다. 정체불명의 그들은 모두 5층 이상으로 올라간 것인지 4층에도 사람은 전혀 없었다. 4층부터는 시우와 니콜의 관심을 살 만한 물건들이 보이기 시작했다. 공간의 형태는 아래의 층들과 같았지만 분위기는 완전히 달랐다. 우선 동서남북으로 추정되는 벽의 네 부분에 아주 오래된 물건으로 추정되는 방패와 장검, 철퇴, 전투용 도끼 등이 걸려 있었다. 그리고 방 안에는 온갖 종류의 고문서들이 유리 진열장에 가지런히 진열되어 있었다. 중세를 배경으로 하는 영화의 한 장면처럼 보일 정도로 각각의 물건들에는 오랜 세월의 자취가 묻어났다. 위층에서 흘러드는 희미한 불빛에 의지해야만 했기에 자세히 볼 수는 없었지만 이 정도면 충분했다.

이제 그들의 발걸음은 5층으로 향하기 시작했다. 불빛의 세기로 보아 5층에는 한두 명의 사람이 있는 것으로 여겨졌다. 시우와 니콜은 한층 더 조심하여 계단을 하나씩 오르기 시작했다. 시우는 5층 바닥 위로 얼굴을 내밀기 전에 최선을 다해 인기척을 살피기 시작했다. 횃불은 분명히 있는데 어떠한 소리도 들리지 않았다. 시우는 신중하게 고개를 들어올려 눈으로 5층 전체를 살펴봤다. 다행히 아무도 없었다. 그들은 4층에서처럼 몸을 일으키지 않고 머리만 위로 내밀어 5층의 여러 물건들을 살폈다. 첫째로 눈에 띄는 것은 갑옷과 투구들이었다. 박물관에서처럼 사람이 갑옷을 입고 서 있는 형태로 진열되어 있었다. 모두 다섯 벌이었다. 흥미로운 것은 갑옷의 형태와 갑옷 위에 걸쳐진 외투에 그려진 표식이었다. 흔히 장식으로 진열해놓는 갑옷은 주로 15세기 이후, 그러니까 강력한 석궁과 화약으로 발사되는 총기류가 등장하면서 만들어지기 시작하는 중장 갑옷들이다. 머리에서 발끝까지 강철판으로 완벽히 방호되는 갑옷들인 것이다. 그러나 지금 시우와 니콜이 보고 있는 갑옷은 쇠사슬로 엮인 갑옷들이었고, 투구 역시 머리 위로 덮어써서 머리 전체를 가리는 형태가 아니라 반구형의 강철 투구에 쇠사슬이 늘어져 있는 형태였다. 전형적인 중세의 갑옷인 셈이다. 아마도 12~13세기경의 물건인 듯했다. 하지만 그보다 더 시우와 니콜의 흥미를 끄는 것은 갑옷 위에 걸쳐 있는 소매 없는 외투들이었다. 온갖 더러움과 먼지에 찌들어서 본래의 색채를 분간하기 힘들었지만 그것은 분명 하얀 바탕에 붉은 십자가 표시였다. 바로 십자군 중에서 특히 템플기사단원의 복장이었다. 그외에 주목할 만한 것은 5층 공간 가장 안쪽에 자리 잡은 제대였다. 수백 년은 됨 직한 대리석 석재로 장식된 의식 집전용의 제대 가운데에는 십자가가 놓여 있었다. 하지만 그 십자가는 그들이 일반적으로 보아온 십자가와는 조금 달랐다. 흔히 장미 십자가라고 불리는 특이한 모습의 십자가였다. 예수님이 못 박힌 모습은 볼 수 없었고 십자가의 중앙에는 의미를 알 수 없는 히브리 문자가 원형으로 배열되었으며 십자가의 네 귀퉁이엔 오각형의 별이 그려져 있었다. 그 외에도 의미를 알 수 없는 몇 가지 표식이 장식되어 있었다. 두 사람이 정신없이 5층을 보고 있는 사이에 바로 위층에서 이상한 소리가 들리기 시작했다. 여러 사람이 웅얼웅얼 기도를 하거나 주문을 외우는 듯한 소리였다. 뭔가 의식을 집행하고 있는 모양이었다. 시우와 니콜은 서로를 바라보았다. 눈빛으로 서로에게 묻는 듯했다. 이제 어떻게 할 것인가 하고 시우는 손가락으로 위를 가리켰고 니콜 역시 손가락으로 아래를 가리켰다. 하지만 결국 시우의 뜻대로 움직였다. 두 사람은 천천히 계단을 올라 5층 바닥 위에 올라섰다. 시우는 바로 6층으로 오르는 계단으로 향했고 니콜은 5층 가운데에 자리 잡은 제대 쪽으로 걷기 시작했다. 두 사람이 채 두 걸음도 걷기 전에 니콜이 무엇인가에 놀라 시우의 팔을 급히 잡았다. 동작의 속도로 미루어 니콜은 튀어나오는 비명을 애써 참은 듯했다. 시우는 걸음을 멈추고 니콜의 시선이 가 박혀 있는 곳을 바라보았다. 십자군 표식을 한 갑옷의 얼굴 부분이었다. 얼굴을 본 순간 시우도 움찔하고 놀랄 수밖에 없었다. 어두운 불빛과 쇠사슬로 감춰서 보이지 않았던 얼굴 부분을 정면에서 보자 투구 안쪽의 해골이 그대로 보이고 있었다. 이 방에 있는 다섯 벌의 갑옷은 결국 다섯 구의 시체 위에 걸쳐놓았던 것이다.

시우는 자신의 팔을 잡고 있는 니콜의 손을 천천히 떼어놓으며 그녀의 어깨를 가볍게 두드려주었다. 니콜은 점차 안정을 찾아갔다. 그녀는 다시 제대 쪽으로 걸음을 옮기기 시작했다. 위층에서 나는 소리는 점점 커지고 있었다.

시우도 6층으로 향하기 시작했다. 아주 신중하고 느리게 계단을 올라갔지만 오래지 않아서 시우의 눈에 십여 개의 횃불과 그것을 들고 있는 회색의 망토를 걸치고 있는 사람들이 보이기 시작했다. 6층은 첨탑 형태의 지붕을 이고 있었다. 이 건물의 꼭대기 층인 것이다.

방의 한가운데를 보고 둥글게 둘러서 있는 회색 망토의 사람들은 점점 더 소리를 높여가며 의식에 몰입하고 있었다. 각자 따로 떠드는 것이 아니라 같은 문장을 함께 외우고 있는 듯했다. 시우의 언어 능력으로는 알아듣기는 고사하고 어느 나라 말인지도 구분할 수가 없었다. 그러나 억양이나 발음의 형태를 미루어 라틴어가 아닌가 생각했다.

방 전체에 특별한 가구나 설치물은 보이지 않았다. 그러나 정체불명의 그들이 둥글게 서서 그들이 만들고 있는 원의 중심이 되는 바닥을 보며 의식을 진행하는 것으로 보아 그 바닥에 무엇인가가 있을 것이라고 추정되었다. 시우는 그곳에 더 있을 필요가 없다고 판단하고 계단을 천천히 내려가기 시작했다. 그 순간 그들이 내는 목소리는 하나로 합쳐져 하나의 문장을 반복하기 시작했다. 그중 한 단어는 시우도 최근에 들었던 단어였다.

켈라툼 켈라툼 문두스 렉스 문두스 켈라툼 켈라툼 아켈다마……

시우는 그들의 목소리를 들으며 5층으로 내려왔다. 니콜도 대충 조사를 끝냈는지 내려갈 준비를 하고 있었다. 시우는 니콜이 들고 있던 작은 물체를 상의 주머니에 넣는 것을 보았다.

시우와 니콜은 함께 4층으로 내려왔다. 니콜은 주머니에 넣었던 작은 물체를 다시 꺼냈다. 어두워서 시우의 눈에 잘 보이지는 않았지만 일종의 카메라였다. 니콜은 카메라를 연신 눌러대고 있었다. 그들은 곧 3층을 거쳐 2층으로 내려왔다. 2층까지 내려온 니콜은 한 층을 더 내려가 이상 유무를 확인하고 다시 올라왔다. 그러고는 시우의 곁으로 와서 귓속말로 물었다.

"6층에는 뭐가 있지요?"

시우 역시 니콜의 귀에 마주 가까이 입을 대고 속삭였다.

"별건 없었어요. 그들이 검은 망토를 입고 둥글게 서서 의식을 집전하고 있었어요. 그게 답니다. 더 볼 수가 없었거든요."

"저들이 나갈 때까지 기다려봐요. 더는 할 일이 없는 것 같아요."

시우와 니콜은 조금 전에 그들이 몸을 숨겼던 침대 밑으로 기어들어 갔다. 어느덧 건물 위쪽에서 웅성거리던 소리가 그쳤다. 이내 계단을 내려오는 발걸음 소리가 들리기 시작했다. 시우는 오른손으로 잡고 있던 전투용 나이프의 손잡이를 당겨 칼날을 뽑았다. 그리고 두 손을 모아 나이프를 가슴 위로 잡고 있었다. 적극적인 습격 준비 자세는 아니었고 스스로를 냉정하게 만듦과 동시에 발각되어 피할 수 없는 충돌이 발생할 때를 대비한 것이었다. 니콜도 시우의 의도를 알아차리고 자신의 권총을 홀스터에서 빼내 손에 든 채 가슴에 올려놓았다. 그녀가

5년 전 경찰에 투신한 이래로 소지하고 있는 글록제의 19형 권총이었다.

위층으로부터 내려오던 발걸음들이 드디어 2층에 도달한 다음 아래로 내려가고 있었다. 위에서는 3층과 4층 사이의 문을 닫고 잠그는 소리가 들려왔다. 잠시 후 아래층의 출입문을 잠그는 소리가 들렸다. 그들이 모두 나간 것이다.

다시 건물 내에는 시우와 니콜 둘만 남겨졌다. 잠시 귀를 기울여 인기척을 살피던 니콜이 그동안 벗어두었던 야간 투시 장비를 다시 머리에 쓰고 침대에서 나왔다. 그러고는 침착하게 글록을 든 채 위층과 아래층을 조사하기 시작했다. 시우도 야간 투시경을 쓰고 3층을 살펴봤다. 두 사람은 곧 아무도 없음을 확인했다. 니콜은 6층으로 올라가서 공간 여기저기를 사진으로 담았다. 전체적으로 별다른 것은 없었지만 바닥에 커다란 원과 오각의 별이 그려져 있는 것을 볼 수 있었다. 오각은 일정하지 않았으며 특히 모서리 중 하나가 다른 모서리보다 유별나게 큰 것이 특징이었다. 별에는 의미를 알 수 없는 문자들과 도형들이 새겨져 있었다.

"이제 가볼까요? 바로 철수할 거요?"

"아니요. 시우 씨, 우리 아직 파티 구경을 안 했잖아요. 그들의 얼굴들을 보고 싶어요. 가능하다면 사진도 좀 찍어두고."

"정말 겁이 없군요. 좋아요. 기왕 온 거, 하고 싶은 대로 해요."

니콜이 먼저 내려가서 출입문을 조작했다. 최대한 소음을 억제하며 두 사람은 복도로 나섰다. 예상대로 사람은 아무도 없었다. 야간 투시 장치를 벗어서 넣고 장비를 챙긴 후 그들은 본관으로 조심스럽게 이동하기 시작했다. 그때, 문제가 생겼다. 본관 응접실과 붙어 있는 주방에서 커다란 덩치의 짐승이 으르렁거리며 나온 것이었다. 바로 위베르 씨가 데리고 있는 늙은 개였다. 두 사람은 순간적으로 깜짝 놀랐다. 평소 낮에 보던 유순한 모습의 개가 아니었기 때문이었다. 다행히 주위에 사람은 없었다. 니콜은 지체 없이 머리에 쓰고 있던 마스크를 벗었다. 지난 며칠간 이곳에 머무르면서 나름대로 이 짐승과 친해지려고 노력했던 것을 믿은 것이다. 개는 다행히 니콜을 알아보고 크게 짖지는 않았지만 낮게 으르렁거리며 경계의 빛을 감추지 않았다. 특히 시우를 경계하고 있었다.

"시우 씨도 마스크 벗어요. 이렇게 된 이상 파티는 포기해야겠어요. 천천히 철수하지요."

니콜은 바지 아래에 달린 주머니에서 비스킷을 꺼냈다. 니콜이 뇌샤텔에 있으면서 몇 번 개에게 주었던 비스킷이었다. 오늘의 침투 장애물 중 가장 까다로운 대상으로 파악하고 미리부터 준비했던 것이다. 개는 경계의 빛을 늦추지 않으면서도 니콜의 손에서 나는 익숙한 비스킷 냄새에 유혹되고 있었다. 니콜은

　　　　　　　　　　　　　지저스 시크릿

하나를 던져주었다. 개는 바닥에 떨어진 비스킷 냄새를 맡아보더니 바스락거리며 씹어먹기 시작했다. 니콜은 남은 것도 마저 던져주고는 내려왔던 서쪽 건물의 계단을 오르기 시작했다. 최대한 소리 없이 최대한 빠른 속도로 걸어올랐다. 개가 짖기라도 한다면 아주 곤란해질 수밖에 없는 것이었다.

그들은 5층까지의 계단을 한걸음에 올라서 지붕으로 나가는 문으로 나섰다. 문을 닫고 나서야 한숨을 돌릴 수가 있었다. 그들은 지체 없이 걸어놓았던 밧줄을 통해 출발했던 이웃 건물로 건너왔다. 밧줄을 타고 넘어온 다음 니콜은 묶어둔 밧줄을 풀어냈다. 그리고 끝에 달린 발사기의 버튼을 누르자 저쪽 편 뇌샤텔의 지붕 쪽에 고정되어 있었던 추가 풀려 당겨지기 시작했다. 시우가 보기에는 아주 신기한 특수 장비였다.

두 사람은 시우의 파제로로 돌아왔다. 장비를 해체해서 챙겨 넣고 옷도 교대로 갈아입었다. 니콜은 조금의 수줍음도 느끼지 않는 듯 바지까지 갈아입었다. 오히려 시우가 겸연쩍어하면서 옷을 갈아입었다. 임무를 완료한 후 돌아가는 길, 밖에는 가을비가 조금씩 내리고 있었고 니콜은 아무런 말 없이 차창 밖을 바라보고만 있었다.

IX

기억상실

32

시우는 평소처럼 일어나 샤워를 하고 병원으로 향했다. 닥터 마틸드는 항상 같은 미소로 그를 맞아주었다.

"요즘 좀 바빴던 모양이군요. 사흘이나 나타나지 않았잖아요. 오늘도 안 나타났으면 아마 전화했을 거예요."

"그럴 일이 좀 있어서요. 유진 씨는 좀 어때요?"

"아주 좋아요. 많이 좋아졌어요. 기본적으로 아주 안정된 정서를 가지고 있어요. 오늘 정도면 아마 시우 씨와 대화를 좀 할 수 있을 거예요."

"좋은 소식이군요. 그럼 유진 씨에게 가보겠습니다."

"하지만 대화는 조심하도록 해요. 상처를 건드리는 대화는 피하는 게 좋을 거예요."

그는 닥터 마틸드와 인사를 하고는 유진의 병실로 갔다. 그는 노크를 하지 않고 천천히 문을 열고 들어갔다. 유진은 침대에 있지 않았다. 환자복 차림으로 창에 기대어 창밖을 내려다보고 있었다. 시우는 두어 번의 헛기침으로 자신의 존재를 알렸다. 유진이 몸을 돌려 시우를 향해 섰다. 유진의 눈빛은 아주 명료했다. 시우를 보자 분명히 반가운 표정을 짓고 있었다.

"유진 씨. 나예요 강시우. 좀 괜찮아요?"

"괜찮아요. 어제부터 시우 씨 기다렸어요. 보고 싶고 얘기하고 싶어서요."

시우는 놀랍도록 정상으로 보이는 유진을 보며 무척 기뻐했다. 시우는 늘 앉아 있곤 했던 의자에 앉았다.

"어디 아픈 데는 없어요?"

"없어요. 그냥 머리가 띵한 것 같은 느낌이에요. 나 너무 많이 잤나 봐요."

시우는 침대에 눕기를 권했지만 유진은 시우를 마주 보고 침대에 걸터앉을 뿐이었다.

"나 침대에 눕기 싫어요. 이제 이곳에서도 나가고 싶고요. 집에 가야지요."

"집에 가고 싶어요?"

"집에 가야지요. 이제 여행도 지겹고요. 그런데 현정이는 어디에 있죠? 시우 씨랑 같이 안 왔어요? 이놈의 기지배가?"

시우는 뭔가 이상하다고 느꼈다.

"현정이가 어디에 있는지 몰라요, 유진 씨?"

유진은 멍한 얼굴로 시우를 보았다.

"걔가 지금 어디에 있는지 내가 어떻게 알아요? 시우 씨가 그걸 나한테 물어보면 어떡해요?"

"유진 씨, 여기 왜 있는지 몰라요?"

"모르겠어요. 교통사고가 난 것 같지도 않은데……."

유진은 침대 위에서 두 팔을 벌려 빙빙 돌려보고 고개도 갸 웃갸웃해 보였다. 처음에는 몰랐지만 뭔가 이상한 몸놀림이었 다. 익숙지 않은 사람이 조작하는 꼭두각시 인형 같은 몸놀림 이었다. 시우는 유진이 정상적이지 않다는 것을 깨달았다. 시우 는 유진에게 몇 가지 질문을 더 했지만 논리적인 대답은 전혀 들을 수 없었다. 빨리 병원 밖으로 나가서 한국 음식도 먹고 한 국에 가고 싶다고 칭얼거리는 유진을 다독인 시우는 곧바로 병 실을 나와 닥터 마틸드에게로 갔다.

자신의 사무실 문을 열고 들어오는 시우의 표정을 보고 닥 터 마틸드는 긴장했다.

"왜 그래요. 문제가 있었나요?"

시우는 닥터 마틸드에게 방금 유진과 나눴던 이야기를 전해 주었다. 닥터 마틸드는 심각하게 시우의 이야기를 들은 다음 생각에 빠졌다가 입을 열었다.

"약물중독과 퇴행적 심리가 원인이 되는 부분적 기억상실이 군요. 회복이 무척 빨라 보여서 긍정적인 전망을 했었는데 역시 한계가 있었군요."

"어떻게 해야 합니까?"

"이 경우는 회복하는 데 시간이 무척 걸립니다. 회복한다고 장담할 수도 없고요. 여러 심리적 요법이 필요하고 주위의 환 경도 무척 중요합니다. 어쨌든 이후로는 저나 우리 병원에서 더 이상 할 수 있는 일은 없습니다. 최대한 빨리 한국으로 돌아가서 모국어로 심리 치료를 해야 합니다."

"역시 한국으로 돌아가야겠지요?"

시우는 예상했다는 말투였다. 그 역시 정신과 치료에 관한 한 말도 통하지 않는 이곳에서는 불가능하다고 생각한 것이다.

"전에 왔던 당신네 대사관의 박 영사님께 연락을 취해주세요. 최대한 서둘러서 그녀를 귀국시켜야 할 것 같아요."

"알겠습니다. 그렇게 준비하겠습니다."

시우는 곧 닥터 마틸드와 헤어져 병원 바깥으로 나왔다. 밖은 북해 지방의 짙은 먹구름이 낮게 깔려 있었고 습기를 잔뜩 머금은 찬 공기가 느껴졌다. 시우는 벨기에 주재 한국 대사관으로 전화를 했다. 오래 기다리지 않아 박 영사와 연결되었다. 간단한 인사가 오간 후 시우는 유진의 상태를 설명했다. 퇴원한 후 시급히 귀국시켜야 한다는 시우의 이야기에 박 영사는 기다렸다는 듯이 사무적으로 절차를 설명하기 시작했다.

"강시우 씨도 알다시피 여기 벨기에에서 한국으로 직접 연결되는 항공 편은 일주일에 두 편밖에 없어요. 차라리 파리로 가는 것이 낫지요. 여권이 없는 유진 씨에게 필요한 여행자 증명을 만들기 위해 브뤼셀로 왔다가 파리로 가는 것보다는 바로 파리로 가서 그곳 대사관에서 조치를 취하는 것이 좋겠습니다. 시우 씨도 파리에서 왔으니 문제는 없겠군요."

"그렇겠지요. 어쨌든 내일 아침에 퇴원하는 대로 파리로 가서 저녁에 출발하는 비행기를 태워보겠습니다."

"그렇게 하세요. 내일은 토요일입니다. 원래 대사관 업무는 보지 않지만 주불 대사관의 주 영사에게 제가 전화해놓겠습니다. 그리고 내가 내일 아침에 브뤼헤로 내려가겠습니다. 퇴원 수속 등 여러 가지 일이 필요할 테니까요."

"그렇게 하시겠습니까? 그럼 내일 아침 10시쯤 병원에서 뵙겠습니다."

시우는 전화를 끊고 잠시 병원 앞 벤치에 앉았다. 유진이 기억상실이라면 이제 현정은 어떻게 찾아야 하는 것인가? 유진이 정신을 차리면 어떤 단서나 증거를 얻어낼 수 있지 않을까 했던 그간의 기대가 물거품이 된 것이었다.

시우는 또다시 비가 떨어질 것 같은 하늘을 바라보며 담배를 피워 물었다.

33

얀은 닥터 마틸드의 전화를 받았다. 유진의 상태에 대한 설명과 그녀가 내일 아침에 퇴원해서 한국으로 돌아갈 거라는 이야기였다. 얀은 닥터 마틸드의 전화를 끊은 다음 바로 드 레미

지저스 시크릿

남작에게 전화를 했다. 그에게 간단히 상황을 전달하고 나서 얀이 물었다.

"기억상실이고 회복이 쉽지 않답니다. 이제 마음 놓아도 되겠지요?"

"천만에. 화근을 남겨둘 필요는 없어. 내일 퇴원 후 한국에 들어가기 전에 조치를 취할 거야. 그렇게 알고 있게."

얀은 드 레미 남작의 냉혹한 말투에서 유진의 불운을 예상했다. 하지만 그가 더 이상 신경 쓸 바는 없었다. 그는 자신의 책상에서 일어나 사무실 문을 열고 나가 자리에 앉아 있는 몇몇 직원들에게 점심시간이라고 소리쳤다. 기분 좋은 목소리였다.

34

다음 날 시우는 성 카트린 병원으로 갔다. 그는 곧바로 닥터 마틸드에게 가서 간단한 인사와 함께 유진의 퇴원 수속을 시작했다. 작성해야 하는 서류가 제법 많았다. 병원 치료비를 전액 벨기에 정부에서 지불하는 것으로 되어 있었기 때문에 그에 해당되는 행정 서류들이었다. 서류 작성이 거의 끝날 무렵 주 벨기에 대사관의 영사가 도착했다. 박 영사가 검토하고 서명해야 하는 서류늘도 있었다. 그 일이 끝나자 닥터 마틸드의 인도로 그들은 유진의 병실로 갔다. 그들이 유진의 병실 문을 열었을 때 마침 한 간호사가 유진을 막 씻기고 머리를 말리는 중이었다. 세 사람이 동시에 들어섰지만 유진은 아무런 관심도 보이지 않고 자신의 머리카락을 말리고 있는 드라이어의 움직임에만 집중하고 있었다. 시우는 닥터 마틸드에게 자신이 들고 온 가방을 건네주었다. 닥터 마틸드는 가방을 열어 내용물들을 침대에 하나하나 늘어놓았다. 검은색 퓨마 운동화가 특히 눈에 띄었다. 양말과 속옷들, 편히 입을 수 있는 캐주얼 의류들이었다. 제법 돈을 들여서 구입해서인지 고급스러운 느낌이 났다. 닥터 마틸드는 남자 두 사람에게 눈짓했다.

"한 20분 후에 오세요. 숙녀가 옷을 갈아입어야 하니까요."

병실을 나간 후 두 사람은 엘리베이터로 걸어가며 서로를 보았다.

"담배나 태우고 옵시다."

그들은 병원 밖으로 나와 현관 앞에서 각기 담배를 태워 물었다. 박 영사가 먼저 입을 열었다.

"글쎄, 내가 봐서는 어떤 상태인지 전혀 모르겠던데요."

"같이 말을 해보면 이상해요. 어린아이 같기도 하고 아닌 것 같기도 하고, 말하는 것도 종잡을 수가 없고요. 중요한 것은 이 브뤼헤에 도착한 이후로는 전혀 기억을 못한다는 겁니다."

"참 안됐군, 젊은 여자가."

"치료가 가능할 거라고 하더군요. 시간이 많이 걸리겠지만."

"그래, 수사는 진행이 좀 된답니까? 브뤼헤 경찰에 알아본 바로는 거의 답보 상태던데요. 프랑스 경찰 쪽에서도 수사를 하고 있다면서요? 그쪽 영사한테 조금 들었습니다."

"이쪽 브뤼헤 경찰 쪽에서는 무슨 이유인지 별로 열의가 없는 것 같아요. 프랑스 경찰 쪽에서는 뭔가 되어가고 있는 모양입니다."

시우는 그제 밤 뇌샤텔에서 본 것을 이야기해줄까 하다가 그만두었다. 별로 도움이 되지 않을 것 같다는 생각이 든 것이다.

"아마 도시 이미지 때문일 거예요. 이 브뤼헤라는 도시는 거의 관광에 의존해서 경제가 돌아가고 있는데 여행 중인 여자가 둘씩이나 실종됐다는 뉴스가 나가는 것을 바라지 않을 거라는 이야기죠."

"그렇겠네요. 하여간 이 브뤼헤에서는 이 병원만 빼고는 마음에 드는 구석이 없었어요."

"파리에 가서 이유진 씨를 보내고 다시 여기로 올 겁니까?"

"확실치는 않습니다. 생각을 좀 해봐야겠습니다. 어떻게 해야 될지요."

"내 생각에는 시우 씨가 여기 다시 와서 할 일이 별로 없을 것 같은데, 어쨌든 오게 되면 내게 꼭 알려주세요. 내가 도울 어떤 일이 있을지 모르니까요."

시우는 결국 이 브뤼헤로 돌아와야 하는 것이었다. 담배를 태우며 두 사람은 이런저런 짧은 대화를 나눈 후 다시 병실로 올라갔다.

그들이 유진의 병실에 들어서자 유진은 전혀 다른 모습으로 그들을 기다리고 있었다. 그동안 입고 있었던 환자복 대신 시우가 사온 옷을 입은 유진은 원래의 미모가 살아나 있었다. 검은 생머리는 뒤로 단정하게 묶고 얼굴에는 약간의 화장기가 있었다. 유진은 원래 무척 예쁜 편이었다.

"떠날 준비가 됐네요. 시우 씨 어때요, 유진 씨 예쁘죠?"

닥터 마틸드는 약간 과장이 섞인 듯한 말투로 시우와 박 영사 두 사람에게 말했다. 그러곤 유진을 일으켜세웠다.

"유진 씨, 자, 갑시다."

유진은 무표정한 얼굴로 일어나 시우와 박 영사를 힐끔 보았다.

"빨리 가요. 나 배고파."

시우는 닥터 마틸드에게 감사의 인사를 하며 유진을 데리고 병실을 나섰다. 유진은 병원 사람들이 건네는 인사말에도 아무런 반응을 보이지 않고 그냥 걷기만 했다. 어딘지 모르게 묘하게 불안정한 느낌이 드는 멍한 표정이었다. 닥터 마틸드는 병원 밖 주차장까지 마중을 나왔다.

"시우 씨, 수고했어요. 또 만날 일이 없겠지요? 잘 가세요."

시우는 닥터 마틸드에게 거듭 인사를 하며 유진을 자신의 파제로에 태우고 안전벨트도 직접 매주었다. 그러고는 박 영사와도 인사를 나누었다.

시우는 천천히 차를 움직여 성 카트린 병원을 빠져나왔다. 곧이어 차창 밖으로 붉은색과 검정 계통의 벽돌로 쌓아올린 브뤼헤 시가지가 모습을 드러내기 시작했다. 토요일 오전이어서 그런지 다니는 행인은 많지 않았다. 길가의 가게들은 대부분 문이 닫혀 있었다. 시우의 차가 브뤼헤의 심장부인 마르크트 광장에 다가서면서 성혈 사원의 첨탑과 벨포르 탑이 눈에 보이기 시작했다. 문득 유진이 말했다.

"시우 씨, 빨리 떠나요."

시우는 고개를 돌려 유진을 보았다. 그녀의 얼굴은 병원에서 멍했던 것과는 사뭇 달라져 있었다. 날카로워진 눈빛에는 두려움과 분노가 일렁였다.

"유진 씨, 괜찮아요?"

"난 괜찮아요. 얼른 여기서 떠나요. 여긴 무서운 곳이에요."

시우는 차를 움직여 외곽으로 빠지기 시작했다. 어느 순간부터 유진의 숨소리는 거칠어져 있었다.

차는 이제 브뤼헤 외곽 순환 도로에 접어들었다. 그의 차가 남쪽 방향 고속도로로 방향 지시등을 깜박이면서 진입하기 시작하자 그 뒤를 조금 떨어져서 따르던 흰색 포드 피에스타 승용차가 멈춰섰다. 차를 운전하는 남자가 일반 승용차에는 달려 있지 않은 무전기를 들고 어딘가에 이야기를 하기 시작했다. 남자는 얀에게 시우의 미행을 지시받았던 형사였다. 그는 이제 자신의 임무가 끝났음을 알리고 있었다. 그때, 흰색 포드 피에스타 옆을 스치듯 지나 시우의 차가 간 방향으로 급가속을 하는 차가 있었다. 검은색 아우디A6였다.

브뤼헤를 출발하여 프랑스 릴 방향을 보고 달리던 시우는 자신의 자동차 연료가 충분치 않다는 것을 곧 발견했다. 프랑스 국경까지는 아직 많이 남았고 고속도로 변에 표시된 안내판에 의하면 다음 주유소는 약 20킬로미터 정도 남아 있었다. 시우는 다음 주유소에 들어가 연료도 넣고 유진의 상태도 좀 살펴야겠다는 생각을 했다.

어느덧 주유소가 있는 휴게소 표시가 보이기 시작했다. 오른쪽 차선으로 붙어 천천히 가속 페달에서 발을 뗀 다음 휴게소 지역으로 들어갔다. 셸 표시가 있는 주유소였다. 시우는 디젤 연료용의 주유기를 꺼내 연료를 채웠다. 화장실도 갔다 오고 연료비를 계산한 다음 동전 몇 개를 꺼내 자판기에서 커피 두 잔을 뽑았다.

시우는 자신의 차로 돌아가 차문을 열고 조심스럽게 운전석에 앉았다.

"커피 마실래요?"

유진은 아무런 대답도 없이 멍한 얼굴로 차창 전면을 보고 있었다. 시우는 변속 기어 레버 위의 컵 받침에 놓아두었던 커피를 유진에게 건네주었다. 말없이 앞만 보고 있던 유진이 천천히 커피잔을 입으로 가져갔다.

"시우 씨, 내가 정신적으로 이상한 것 같아요? 아니에요. 난 지극히 정상이에요."

시우는 유진을 바라봤다.

"여기 브뤼헤는 그들이 장악하고 있는 곳이에요. 기억상실이니 뭐니 다 거짓말이에요. 여기를 빠져나가기 위해 거짓으로 꾸민 거예요. 내가 정상적이라는 것을 그들이 아는 순간 아마 나는 영원히 여기를 떠나지 못할 거예요. 죽어서나 떠날 수 있겠죠. 빨리 한국으로 가야 돼요. 여기서는 아무도 믿을 수 없어요."

"현정이는 지금 어디 있는지 알 수 있어요?"

"아마 아직도 배 안에 갇혀 있을 거예요. 그 배는 상당히 큰 요트였어요. 꽤 긴 항해를 준비하는 것 같았어요."

시우는 주유소에서 차를 빼 매점 앞에 세웠다. 그리고 커피와 담배를 챙겨 차 밖으로 나왔다. 서늘한 가을 공기가 느껴졌다. 시우는 그제야 깨달았다. 유진은 병실에 누워 있으면서도 살기 위해 필사적으로 노력했던 것이다.

시우는 커피잔을 자동차의 보닛에 올려놓고는 담배를 태우기 시작했다. 주위를 둘러보던 그의 눈에 짙은색 아우디가 잡했다. 주차 구역도 아니고 주유 구역도 아닌 휴게소 구석에 세워져 있었다. 먼 거리라 분명치는 않지만 사람이 두 명 정도 타고 있는 것 같았다. 시우는 그 차가 수상하다는 생각을 하며 커피를 마저 비우고 담배도 재떨이에 던져넣었다.

시동을 걸고 고속도로에 다시 진입하면서부터 시우는 백미러를 계속 살피기 시작했다. 출발하고 약 5분 정도가 지나자 멀리서 검은색 차체가 보이기 시작했다. 시우는 일부러 차의 속도를 줄였다. 유럽의 고속도로에서는 난센스라고 할 만한 속도인 시속 120킬로미터였다. 정상이라면 뒤의 차는 거리를 좁힌 다음 추월을 했어야 했다. 하지만 그 차와의 거리는 좁혀들지 않고 있었다. 약 10분을 그렇게 달린 후 그는 가속 페달을 힘주어 밟았다. 속도계는 곧 시속 150킬로미터를 넘어섰다. 뒤의 차는 잠깐 보이지 않더니 다시 전과 같은 수준의 거리를 유지하면서 따라왔다. 시우는 바로 속도를 원래의 시속 140킬로미터로 떨어뜨렸다. 뒤의 차는 미행하고 있음이 확실했다.

"유진 씨, 우리 지금 미행당하고 있어요."

"얼른 도망가요. 아마 나를 쫓아오는 것 같아요."

"도대체 저놈들이 누구예요? 무슨 일이 있었던 거예요?"

"브뤼헤에 갔던 것은 우연이 아니었어요. 파리에서도 얘기했듯이 한국에서도 예수님의 신성을 부정하는 구체적인 문건이 많이 나돌고 있어요. 그 문건의 근거와 진위를 조사하는 것이

지저스 시크릿

이번 여행의 목적이었어요. 렌 르 샤토에 갔을 때 진짜 비밀을 알고 싶으면 브뤼헤로 가보라는 얘기를 들었어요."

"누구에게요?"

"잘생기고 젊은 벨기에 청년이에요. 이름은 로베르. 그가 바로 우리를 납치한 거죠. 렌 르 샤토의 '마리의 정원'이라는 곳에서 점심식사를 하고 있는데 접근해왔어요. 막달라 마리아 성당을 직접 안내해주면서 전문가가 아니면 결코 알 수 없는 여러 가지 상징들에 대해 설명해줬어요. 그리고 진짜 비밀은 이곳이 아니라 브뤼헤에 있다. 그곳으로 오면 자기가 안내를 맡아서 놀라운 것을 보여주겠다는 거예요. 숙소는 뇌샤텔이라는 곳으로 잡으라고 하더군요. 뇌샤텔도 비밀과 관계된 곳이라고요. 거기에 숙박하면 자기가 연락을 취하겠다고 했어요. 그곳은 자기와도 밀접한 곳이라 우리의 도착을 바로 알 수 있다고 했어요."

잠시 후 시우의 차는 벨기에, 프랑스 국경선을 넘어섰다. 간단한 표지판으로 국가의 변경을 알려주는 정도의 국경 통과였다. 프랑스 북부의 중요한 중심 도시인 릴 근처에 도달하자 갑자기 운행하는 차량의 숫자가 많아졌다. 뒤따라오던 차는 보이지 않았다. 시우는 아예 고속도로를 빠져나가 따돌릴까도 생각했지만 곧 포기했다. 이 지역 도로 사정을 너무 모른다는 이유도 있었고 오늘 저녁에 유진을 비행기에 태우려면 숨바꼭질할 시간이 없다는 생각도 들었다. 마음이 급해지자 차의 가속 페달을 밟아서 난폭하게 차량들의 행렬을 비집고 앞으로 나가기 시작했다.

릴을 지나 약 50킬로미터 정도를 더 달리자 다시 주위의 차들이 줄어들었다. 시우는 연신 백미러를 보면서 후방을 살폈다. 무슨 의도인지 감이 잡히지 않았다. 어쩌면 경찰 쪽인지도 모르겠다는 생각을 했다. 그저 따라오면서 시우와 유진의 신변을 보호하는 것일지도 모르는 것이었다. 만약 적들이라면 이렇게 대놓고 허술한 미행을 할 리가 없다는 생각이 들기도 했다.

시우가 운전하는 동안 유진은 극도의 흥분 상태를 유지하다가 약 기운 때문인지 잠시 잠이 들었다. 그러던 중 약 500미터 후방에 검은색 차체가 보이기 시작했다. 따돌리지는 못한 것이다. 시우는 최대한 운전에만 전념하기로 했다. 이 상황에서는 별다른 수도 없었고 따돌려야 한다면 지리를 잘 알고 있는 파리 근방에 들어가서 하는 것이 좋을 것이라 판단한 것이다. 시우는 앞만 주시하고 달리기 시작했다. 어느 순간 비가 조금씩 내렸다.

파리 기점으로 약 100킬로미터 정도 왔을 때 시우는 공사 중이라는 경고 표시를 보았다. 편도 2차선 도로의 갓길 부분 공사로 인해 갓길이 없어지고 차선의 넓이도 아주 좁아졌다. 버스나 화물차는 시속 70킬로미터로, 승용차는 시속 90킬로미터로 속력이 제한되어 있었다. 시우는 속도를 줄이고 공사 구간을 주행하고 있었다. 그때 뒤에 한참 뒤처져 있던 검은색 승용차가 속도를 내서 거리를 좁히기 시작했다. 아우디 중에서도 엔진 성능이 아주 우수한 차종이라 금방 시우의 차 20미터 후방까지 따라붙었다. 그러다 거의 1미터 정도의 거리까지 접근하여 위협 운전을 했다. 시우가 운전하는 파제로의 차고가 높아 백미러를 통해 뒤차 운전자의 얼굴을 볼 수는 없었다. 시우는 조금씩 초조해지면서 신경이 날카로워졌다. 잠시 후 비어 있던 전면에 두 대의 대형 트레일러트럭이 줄지어 달리고 있는 모습이 보였다. 그 트럭들과 시우의 차 사이가 좁아지자 좌측 방향 지시등을 켜고 추월선으로 이동해갔다. 스카니아제의 거대한 녹색 트레일러를 추월해 붉은색 트레일러의 뒤쪽에 도달했을 때 시우는 힐끗 백미러를 보았다. 검은색 아우디를 확인하려 하는 행동이었다. 그때 그는 깜짝 놀라고 말았다. 방금 추월한 녹색 스카니아 트레일러가 차선을 바꿔 추월 차선에 있는 시우의 차 뒤쪽에 와 있던 것이었다. 그와 동시에 앞쪽에서 달리던 붉은색의 트레일러가 추월 차선으로 머리를 내밀었다. 곧바로 약 25미터 정도의 차체 길이를 가진 거대한 붉은 차체가 시우의 눈앞을 막아섰다. 시우는 온몸의 세포가 적색 신호를 보내며 굳어지는 것을 느꼈다. 두 대의 거대한 트레일러트럭 사이에 갇힌 것이다. 순간적으로 앞의 트레일러 브레이크등이 붉게 물드는 것을 발견했다. 시우는 본능적으로 브레이크를 밟으며 핸들을 오른쪽으로 꺾었다. 파제로는 균형을 잃으며 회전했다. 그때 뒤에 있던 녹색 트레일러의 앞쪽 강화 범퍼가 돌기 시작하는 시우의 차 오른쪽 후면을 강타했다. 돌기 시작하는 팽이에 한 번더 충격을 준 것이다. 시우는 아무런 방법이 없었다. 그의 차는 오른쪽으로 회전하다가 가속도에 맞추어 누가 집어던지기라도한 듯이 전복되어 구르기 시작했다. 차는 도로 오른쪽 공사 구간과의 간이 장애물에 부딪힌 다음 살짝 공중으로 떠서 도로바깥으로 떨어져 약 30미터를 더 구르다가 마침내 멈췄다.

두 대의 트레일러는 아무 일 없다는 듯 계속 달려 금방 시야에서 사라졌다. 끔찍한 사고 현장에 시우의 차를 쫓아오던 검은색 아우디가 비상등을 켜고 정차했다. 누가 보면 사고 현장을 목격한 사람이 구조 활동을 펼치려고 하는 것으로 알았을 것이다. 차에서는 두 사람이 서둘러 내렸다. 한 명은 삼각형 경고 표시등을 들고 자신의 차 뒤쪽으로 뛰어가기 시작했고 다른한 명은 장애물을 뛰어넘어 시우의 차가 뒤집혀 있는 곳으로뛰기 시작했다. 뒤집혀서 연기를 내고 있는 시우의 차 주위에는사람의 허리에까지 올라오는 목초들이 자라고 있었다. 물론 상당한 면적은 차가 구르면서 깔아뭉갠 탓인지 풀들이 쓰러져 있었지만 걷기 쉬운 상황은 아니었다. 자신의 차의 약 50미터 후방까지 뛰어가서 삼각형 경고 표시등을 설치한 사람은 벌써 일을 마치고 차 쪽으로 돌아오기 시작했다. 하지만 시우의 차 쪽으로 접근하던 사람은 조금 더 시간이 지나서야 목적지에 도착할 수 있었다.

청바지에 검은색 방수 재킷을 걸친 남자는 허리춤에서 검은색 권총을 꺼내 들고 시우의 차를 살피기 시작했다. 뒤집혀 있는 차의 뒷면을 통해 돌던 남자는 조수석 쪽으로 먼저 갔다. 조수석 출입문 쪽의 안전유리는 박살이 나서 너덜거리고 있었다. 남자는 서두르지 않고 권총을 앞세워 내부를 들여다봤다. 조금 전에 마신 커피를 토했는지 내부의 희생자는 입가에 검붉은 액체를 흘린 채로 거꾸로 뒤집어져 있었다. 맑게 떠진 눈은 비 오는 회색 하늘과 사람의 모습만을 멍하니 담고 있었다. 확인할 필요도 없이 죽어 있는 상태였다. 남자는 운전석 쪽도 확인하기 위해 차체의 앞쪽으로 돌기 시작했다. 운전석 전면으로 에어백이 터져 있어 운전석 내부가 쉽게 보이지 않았다. 몇 걸음 더 걸어서 운전석 쪽으로 돌아간 그는 박살나서 없어진 안전유리 안으로 운전석 안쪽이 텅 빈 것을 볼 수 있었다.

남자는 한층 더 경계하는 모습으로 자세를 낮추어 차의 내부를 살피기 시작했다. 그의 눈에는 검은색 퓨마 운동화를 신은 다리가 이상한 각도로 꺾여 있는 것밖에는 보이지 않았다. 차 안에는 조수석의 여자 한 명만 죽어 있다는 것이 확실한 것이다. 남자의 동작은 민첩해지기 시작했다. 권총을 두 손으로 겨누고 주위를 살피며 수색하기 시작했다. 수위에는 민가도 없고 이렇다 할 지형지물도 없었다. 단지 높은 키의 목초가 시야를 방해하고 있었다. 남자가 주위를 일단 돌아본 후 파제로의 운전석 쪽으로 와서 사람의 이동 흔적을 찾기 시작했을 때 도로에 서 있는 아우디에 남아 있던 남자가 고함을 지른 후 손짓으로 돌아오라는 신호를 보냈다. 사건 현장을 떠나야 하는 상황이 된 것이다.

시우를 수색하던 남자는 지체 없이 도로 쪽으로 뛰기 시작했다. 그가 도로에 채 다가가기 전에 그들이 세워놓은 아우디 뒤로 중형의 흰색 유개 트럭이 서는 것을 보았다. 권총을 허리에 다시 꽂아넣고 그는 서둘러 도로에 올라섰다.

흰색 트럭에서는 선한 인상의 중년 남자가 혼자 내리고 있었다. 위아래가 붙은 작업복 차림이었고 흰색 트럭에는 모 배관 회사의 로고가 인쇄되어 있었다.

"큰 사고가 난 모양인데 뭐 도와줄 거 없습니까?"

사람 좋은 배관공이 구조 작업에 동참하려고 차를 세운 것이다.

"아니 벌써 끝났소. 이미 죽었으니까."

"도와줄 일도 없는데 갈 길이나 가시지요."

아우디 옆에 서 있던 두 사람이 거의 동시에 대답을 했다. 그렇게 친절한 말투들이 아니었다.

"경찰에 신고 전화는 했소? 빨리 전화해야 할 텐데."

지저스 시크릿

배관공은 자기의 핸드폰을 꺼내며 물었다. 그리고 고개를 좌우로 흔드는 한 남자의 얼굴을 보며 번호를 누르기 시작했다. 그때 사고 현장에서 막 걸어올라와서 차 뒤에 서 있던 남자의 손에 검은 쇠붙이가 쥐어져 있는 것을 봤다. 그 순간 경쾌한 발사음과 함께 자신의 가슴 쪽이 화끈해지는 것을 느꼈다.

배관공의 몸이 천천히 쓰러지며 트럭 옆으로 누웠다. 두 사람은 동시에 움직여서 한 사람은 배관 회사의 트럭 옆에 난 화물용 문을 열고 한 사람은 배관공의 시체를 들어 트럭에 밀어 넣었다. 트럭의 문을 거칠게 닫은 두 사람은 서둘러서 자신들의 승용차에 올라서 시동을 걸고 현장을 떠나기 시작했다. 순식간에 벌어진 일이었고 그때 그 주위를 지나간 차는 없었다.

검은색 아우디는 곧 속도를 내서 사라져버렸다. 방금 쓰러진 배관공의 몸에서 흘러 생긴 핏자국 위로 빗물이 점점 더 굵게 떨어지고 있었다.

사고 현장에 프랑스 헌병대의 고속도로 순찰용 오토바이 두 대가 도착한 것은 검은색 아우디가 떠난 지 약 20분 후였다. 사고 직후 현장을 지나던 한 운전자가 망설이다가 전화로 신고한 결과였다. 이미 구조를 위해 정차한 차가 있는 것을 보고 벌써 신고했겠지 하다가 조금 늦게 전화한 것이다.

대기 지점에 있던 두 대의 헌병대 오토바이는 거의 시속 200

킬로미터의 속도로 달려왔다. 제법 떨어지는 빗속에서 헌병 중 한 명은 벌써 체증이 시작되는 도로를 통제하기 시작하고 다른 한 명은 뒤집혀 있는 파제로 쪽으로 뛰어내려갔다.

그 후로도 역시 20분쯤 후에야 순찰차, 앰뷸런스 등으로 이뤄진 구조팀이 도착할 수 있었다. 공사 관계로 갓길이 없다 보니 정체되어 있는 차량들 사이를 뚫고 오는 데 시간이 걸린 것이다. 그들이 유진의 시체를 확인한 것은 금방이었지만 사고 차에서 약 20미터 정도 떨어진 목초지의 배수로에 정신을 잃고 쓰러져 있는 시우를 찾아낸 것은 꽤 시간이 지나고 지원 병력이 와서 수색이 가능해진 다음이었다. 그곳에 정차해 있는 흰색 트럭에서 작업복 차림의 피살자를 찾아낸 것은 시우와 유진을 앰뷸런스에 실은 다음이었다.

헌병들은 피살자의 가슴에 난 총탄 자국을 확인하고 다시 무선 통신을 날려야 했다. 단순 교통사고가 아닌 것을 그때서야 알아차린 것이다. 사고 현장은 계속 보존되어야 했고 릴에서 파리 방향의 A1 고속도로는 그날 하루 종일 심한 정체를 겪어야만 했다.

지저스 시크릿

X

템플기사단

35

니콜은 혼자 맛없는 점심을 먹고는 자크 바를랭 교수의 연구실로 향했다. 툴루즈에 있는 자신의 대학 시절 은사를 통해 그를 소개받았다. 바를랭 교수는 브뤼헤 시립 대학의 역사학 교수였고 브뤼헤 역사에 관한 한 최고의 권위를 인정받는 사람이었다. 어제 전화로 약속을 정했다.

니콜은 플랑드르 지방이 낳은 최고의 시인인 기도 헤젤레*의 생가가 있는 뤼베크 거리를 지나 브뤼헤 북쪽 동네의 한 조그만 아파트를 찾아냈다. 이 근처는 관광객들도 전혀 왕래하지 않는 조용한 곳이었다. 아파트 문에 붙어 있는 번지수를 다시 확인한 다음 벨을 눌렀다. 잠시 후 아파트 관리인이 나왔고 그의 안내에 따라 바를랭 교수의 연구실에 들어설 수 있었다. 50제곱미터 정도 되는 연구실 가운데에 전기난로가 놓여 있어서 방 안은 무척 따뜻했다. 북해의 가을은 겨울과 별 차이가 없었던 것이다. 온통 책들로 덮인 공간에서 니콜은 사람을 쉽게 찾을 수 없었다. 아파트 관리인이 문을 닫고 나가고 나서야 연구실 구석에 설치된 칸막이 안에서 키 작은 노인 한 명이 걸어나오

---

* 브뤼헤에서 태어나 평생을 브뤼헤에서 시를 쓰고 번역한 시인이자 신부이며 교사. 플라망 언어권의 가장 중요한 시인 중 한 명.

지저스 시크릿

는 것을 볼 수 있었다. 교수는 60대 후반으로 보이는 나이에 키가 무척 작았다. 머리 앞부분은 대머리였고 그 외에 남아 있는 머리와 길게 기른 수염은 흰색에 가까운 갈색이었다. 마치 디즈니의 백설공주 만화 영화에 나오는 일곱 난쟁이처럼 보였다.

"안녕하십니까? 어제 전화로 약속한 사람입니다. 니콜이에요."

교수는 인사는 듣는 둥 마는 둥 하고 니콜의 위아래를 훑어보고 있었다. 노인성 근시가 있는지 니콜을 보는 그의 눈가는 무척 일그러져서 주름살들이 한층 도드라져 보이고 있었다. 그는 벽에 있는 시계를 힐끔 보았다.

"5분이나 일찍 왔군. 거기 앉으시오."

니콜은 괴팍한 성격의 노인들을 대학에서 많이 보았기에 바를랭 교수의 태도는 전혀 신경 쓰지 않고 난로 옆에 놓인 간이 의자에 앉았다.

"그래 투아르 박사의 제자라고 했지? 무슨 용건으로 왔소?"

"교수님도 좀 앉으시지요. 이야기가 좀 길지도 모르는데요."

바를랭 교수는 생글거리며 자신을 보고 있는 니콜을 잠시 더 노려보더니 창문 옆에 놓인 의자에 앉았다. 니콜은 바로 본론을 꺼냈다. 이런 종류의 사람들과는 사교적인 언어 활용이 무의미한 것을 알고 있었던 것이다.

"브뤼헤의 역사에 대해 궁금한 것이 있어서 왔는데요. 교수님의 가르침을 바라고 있습니다. 1300년대 초 이곳 브뤼헤와 프랑스의 필리프 4세 미남왕과 템플리에 즉 성전기사단 사이에 생긴 일들을 알고 싶습니다. 특히 자크 드 몰레가 화형당하는 전후 시기에요."

"논문을 쓰고 있나?"

"그와 비슷하지만 아니에요. 역사의 수수께끼를 풀어보려는 겁니다."

"무슨 얘긴지 모르겠구만. 장난을 치려고 왔다면 이만 나가주게. 아주 한가한 몸은 아니니까."

니콜은 생글거리던 것을 멈추고 자신의 가방에서 신분증을 꺼내 교수에게 주었다. 교수는 신분증을 손으로 받지 않고 힐끗 훑어보기만 했다.

"프랑스 경찰이 여기서 무슨 볼일이 있는 거지? 더구나 나에게 말이야."

니콜은 그동안 일어난 사건들과 자신의 수사 방향을 설명해 나갔다. 유진과 현정에 대한 이야기와 장 뤽에 대한 이야기, 아켈다마와 요셉 복음서, 그리고 얼마 전 초대받지 않고 뇌샤텔에 들어가 발견한 것들을 차례로 말했다. 긴 이야기로 제법 시간이 걸렸다. 바를랭 교수는 고개를 끄덕이며 니콜의 이야기를 들었다. 이야기가 끝나자 바를랭 교수는 두 손의 손가락 끝을 마주 대고 앉아 한참 동안 말없이 있었다. 그리고 문득 일어나면서 말했다.

"차 한잔 하겠나? 중국 윈난에서 난 차가 조금 있는데 아주 훌륭하지."

"좋지요. 감사합니다."

교수는 아까 나왔던 연구실의 한구석에 들어가 잠시 부스럭거리더니 완전한 중국식 도자기로 된 차 세트를 들고 나왔다. 니콜은 교수가 전해주는 그리 크지 않은 찻잔을 받아 들고 코로 가져가 향을 맡아보았다. 고결하고 품위 있는 차향이 느껴졌다.

"아주 좋은데요."

"중국에서 공부하러 왔다가 마치고 돌아간 제자가 조금씩 보내주고 있네. 시중에서 구할 수 있는 물건이 아니야."

바를랭 교수는 더 이상 이야기 없이 차를 즐기고만 있었다. 니콜도 마찬가지였다. 시간을 들여서 차를 다 마신 교수는 찻잔을 테이블에 올려놓고는 니콜을 주시했다. 그리고 자리에서 일어나 자신의 방에 엄청나게 쌓여 있는 책 더미 속을 뒤지기 시작했다. 시간이 꽤 지난 후 바를랭 교수는 두 권의 책을 들고 와서 니콜에게 내밀었다. 니콜은 받아 든 책의 표지와 목차 등을 살폈다. 무척 오래된 책들이었고 한 권은 라틴어, 한 권은 중세 프랑스어로 쓰여 있었다. 라틴어로 쓰인 책은 로마 교황청에서 발간한 템플기사단 사건의 심리, 재판 자료집이었고 다른 책은 1313년에 발행된 템플기사단의 재산 목록이었다.

"라틴어를 읽을 줄 알겠지?"

"예. 쉽지는 않지만 읽을 수 있습니다. 이 책들은 아주 귀한 장서들인데 어떻게 갖고 계세요?"

"두 권 모두 원본이 아니야. 자세히 보면 알 걸세. 원래 프랑스 왕립 도서관에서 보관하고 있던 원본을 기준으로 프랑스 대혁명 후에 필사한 것이지. 알고 있을 텐데? 특히 나폴레옹 시대 때 엄청난 양의 출판물들이 쏟아져나왔지."

"그때 필사된 책들에 대해서 들은 바 있습니다. 그 이후로 프랑스 역사의 수수께끼가 많이 풀린 셈이 됐죠."

"자, 이 책들을 읽어보면 대략의 상황이 정리가 될 거야."

"그런데 저 이건 이미 읽었습니다."

니콜은 템플기사단의 재판 기록집을 다시 내밀었다. 바를랭 교수는 표정 없이 그 책을 돌려받고는 책들이 쌓여 있는 곳으로 다시 가서 한참 동안 무엇인가를 찾고 있었다. 그러고는 다른 책 한 권을 들고 왔다. 역시 꽤 오래된 장서였다. 플라망어로 된 그 책은 〈브뤼헤 상공회의소 역사 XIV~XV〉였다.

"기본 공부가 조금 되어 있는 모양이군. 그럼 이 책을 같이 봐요. 조금 전에 준 기사단의 재산 목록과 브뤼헤 상공회의소 역사를 같이 읽어보면 재미있는 것을 찾을 수 있을 거야."

"미리 좀 얘기해주실 수는 없을까요? 저는 그렇게 시간이 많

　지저스 시크릿

지 않거든요. 물론 노력하겠습니다만……."

"게으름 피우는 학생은 질색이야. 직접 찾아내게. 나는 프랑스 경찰 끄나풀이 될 생각은 추호도 없으니까."

"뇌샤텔에서 본 비밀 의식에 대해 짐작 가는 것은 없으세요?"

바를랭 교수는 거의 남지 않은 차를 마저 비웠다.

"진지하게 이야기하겠네. 나는 역사학자로서 역사를 공부해왔네. 공부를 하다 보면 의문은 점점 더 많이 생기는 법이야. 템플기사단과 필리프 4세 그리고 이 브뤼헤 간의 삼각관계는 무척 흥미로우면서도 의문점이 많은 부분이야. 필리프 4세는 그 선대의 조부 성왕 루이의 그림자를 벗어나기 위해 일생을 몸부림친 사람이야. 너무도 완벽하고 고결한 선왕의 영향인 것이지. 더구나 성지 회복의 성전에서 전사한 조부에게 엄청난 콤플렉스까지 느끼고 있었다고 여겨지네. 통치 초반에는 성왕 루이 시대의 기본 틀을 유지하려고 하지. 착한 손자로서. 하지만 성왕의 자손들마저 성왕일 수는 없었지. 통치 후반기로 가면서 필리프 4세는 자신의 욕망을 드러내기 시작하고 말아. 그 욕망의 실현은 결국 전쟁으로 나타나는데 하나는 자신의 세속 권력에 방해되는 로마 교황청과의 싸움이고 하나는 자신의 경제적 이익을 손상시키려는 이 브뤼헤와의 전쟁이야. 전쟁의 결과는 물론 알고 있을 거네. 교황과의 싸움은 이겼어. 그 결과가 아비뇽유수이고 교황 클레멘스 5세의 즉위야. 교황을 자신의 프랑스 영지에 속박시키고 그 이상의 권리를 휘두르기 시작한 거지. 하지만 브뤼헤 쪽은 이야기가 달랐지. 프랑스 왕의 수입원 중 상당 부분을 차지하는 이 브뤼헤의 세금이 두 차례의 패배로 말미암아 사라진 거야. 1302년의 브뤼헤 시민 봉기와 쿠르트레 전투 말이야. 이 두 번의 전투에서 프랑스의 기세등등하던 왕의 기사들은 브뤼헤의 시민들로 구성된 의용군에게 철저하게 패배당하고 말았지. 필리프 4세는 이 두 가지 문제를 해결하는 방안을 찾기 시작했어. 아비뇽유수는 이루어졌지만 로만 가톨릭의 잠재력은 그로서도 무시할 수 없었고, 전 유럽에 걸쳐 있는 가톨릭 세력의 반감과 반 프랑스 정서가 합쳐지면 그 당시 유럽 최강대국인 프랑스의 왕이라도 감당하기가 쉽지 않았던 거야. 더욱이 그의 돈줄이었던 브뤼헤마저 떨어져 나간 상황에서는……. 그때 그가 주목한 조직이 성전기사단 즉 템플기사단이야. 알다시피 그 당시 템플기사단은 로마 교황의 직할 조직에 가까웠어. 교황에게는 세속 권력의 배경이었던 것이지. 막강한 경제력과 군사적 잠재력을 빼앗아서 경제력은 자기가 챙기고 군사력은 와해시킨다면 필리프 4세는 그가 고심하는 두 가지 문제를 다 해결할 수 있다고 생각한 거야. 정확한 판단이었지. 필리프 4세는 프랑스 내의 모든 기사단원들을 체포하고 그 재산을 압수했어. 거기다 이미 기사단에 지고 있던 엄청난 빚을

지저스 시크릿

갚지 않아도 됐던 것이지. 그리고 재판 과정에서 가톨릭 세력은 템플기사단을 구하기 위해 싸우는 것보다는 필리프 4세에게 굴복하고 만 거야. 기사단에 대한 재판과 단죄는 사실 로마 교황권에 대한 엄포와 협박이었어. 그리고 브뤼헤에 대해서도 해결을 하게 되지. 기사단으로부터 압수한 재산을 밑천으로 브뤼헤를 압박하게 되자 용기는 있지만 결국 장사꾼들에 불과한 브뤼헤 시민들은 필리프 4세에게 다시 복종하게 된 거야. 이렇게 놓고 보면 필리프 4세가 얼마나 교활한지 알 수 있겠지? 기사단의 탄압을 통해 그는 원하는 것을 모두 얻은 거야."

"그럼 자크 드 몰레 기사단장의 처형 이후는 어떻게 되지요? 템플기사단은 프랑스만이 아니고 전 유럽과 동지중해에까지 그 세력을 가지고 있었는데, 프랑스에 있는 본부와 단장과 주력 조직은 섬멸됐지만 그 이외의 지역에 있던 조직은 살아남지 않았나요? 이 브뤼헤에도 템플기사단의 지부가 막강했던 것으로 알고 있는데요."

"거기에서 우리의 의문은 시작되지. 그들은 다 어디로 사라졌는가? 그 엄청난 재산 그리고 그 유명한 비밀스러운 유물은 어디에, 누구에게로 갔는가? 역사에서 설명하기로는 살아남은 템플기사단의 조직과 자금은 더불어 활약했던 독일 계통의 성 요하네스 기사단과 합쳐졌다고 알려져 있네. 즉, 구호와 자선적 치료에 중점을 뒀시 병원기사면이라고노 불리는 곳으로 합져진 거지. 지금도 몰타기사단이라는 이름으로 활동을 하는 그곳 말이야. 하지만 그 당시의 자료를 자세히 살펴보면 그다지 납득할 만한 증거가 없어. 전 유럽에 걸쳐 있던 템플기사단원 중 프랑스 내에서 체포되어 끔찍하게 죽은 인원은 약 120명 정도였어. 그 외에 프랑스 국외에 있거나 프랑스 내에서도 체포당하지 않고 탈출에 성공한 인원이 또 최소한 300명 이상 되었을 거라고 보고 있네. 최소한 3분의 2 정도는 살아남았다는 이야기야. 그중 성 요하네스 기사단으로 투신한 인원은 다 합쳐서 50명도 되지 않아. 주로 독일 내에 있던 단원들뿐이라는 이야기지. 나머지는 어디로 간 거지? 재산 부분은 더 심하지. 원래 템플기사단의 주업은 전쟁이지만 그건 이스라엘 땅에서 십자군 전쟁을 하던 시기의 이야기이고 그 이후 유럽에서의 주업은 금융업이었어. 요즘으로 이야기하면 은행과 보험 회사였던 것이지. 이 업무의 특성상 전 유럽에 깔려 있던 템플기사단의 지부 조직은 거대한 금융 기업의 지사 조직과 마찬가지였어. 그 당시에는 철저한 금·은 본위제였지. 기사단에서 보관하고 있는 금과 은의 양에 맞추어서 수표와 어음과 전표를 발행했던 거야. 그런데 그 거대한 금융 조직의 자산, 즉 금은이 모두 파리의 템플기사단 본부에 보관되었겠는가? 아니야. 전체 자산 중 많이 잡아도 약 절반 이하 정도였을 거라고 추산하고 있네. 나머지는 전유럽 여기저기에 산재한 기사단의 지부들에 나뉘어 보관된 걸

지저스 시크릿

로 보는 거지. 그것들은 모두 어디로 간 거야? 성 요하네스 기사단에 합쳐진 재산은 역시 독일 내의 지부가 가지고 있던 재산에 불과해. 특히 주목할 부분은 1307년 10월 템플기사단에 대한 전격적인 체포 작전이 있기 하루 전에 파리의 기사단 본부에서 세 대의 거대하고 무거운 마차가 빠져나간 사실이 있어. 각각 말 여섯 마리가 끄는 마차였고 총 인원 30명 정도의 기사들이 호위에 나섰어. 그리고 그 호송대를 지휘해서 파리를 떠난 사람은 샤를 드 아말리엥이라는 젊은이였지. 그때 서른 살이 조금 넘었을 거야. 젊은 나이에 기사단의 중책을 맡고 있었어. 후에 자크 드 몰레 단장의 숨겨진 아들이라는 소문도 돌았던 사람이야. 그들은 어디로 갔을까? 아마 그들이 호송한 세 대의 마차에는 그들이 목숨처럼 소중히 보관하던 성지의 보물과 엄청난 양의 금이 실려져 있었을 거야. 실제로 템플기사단 본부를 침탈한 필리프 4세는 예상보다 적은 금의 양에 대해 실망한 것으로 표현되고 있고 이후 고문 과정에서의 주된 내용 중 하나가 사라진 성스러운 보물의 행방에 관한 것이었지. 이들은 어디로 갔을까?"

바를랭 교수는 꽤 긴 이야기를 마치고 니콜을 바라보았다. 그 답을 알고 있느냐는 듯한 표정이었다.

"글쎄요. 제가 그걸 알 수는 없겠지요."

니콜의 힘없는 대답이 힘이 빈 듯 바를랭 교수는 두 손바닥을 세게 비비면서 이야기를 다시 시작했다.

"역사를 연구함에 있어서 우리가 가져야 할 중요한 도구 중의 하나가 바로 상상력이지. 자, 자네가 그 마차 세 대를 호송하는 샤를 드 아말리엥이라고 가정하세. 아마 어떤 정보를 받고 탈출하지 않았나 싶어. 자네라면 어디로 가겠나? 영국으로? 그 쪽에도 막강한 템플기사단의 지부가 있기는 하지만 배를 타고 해협을 건너야 하네. 그 당시 항구에서의 하역 작업은 그렇게 쉽지 않았어. 더구나 항구라는 곳은 프랑스 왕의 권력이 항상 주시하는 곳이지. 남쪽의 이탈리아나 지중해의 키프로스 쪽은? 너무 멀어. 그 무거운 화물을 가지고 프랑스 영토 내를 열흘 이상 이동해야 국경 밖으로 나갈 수 있네. 동쪽의 독일은? 원래 템플기사단과 성 요하네스 기사단 사이의 알력은 유명하지. 그쪽으로 갈 리도 없어. 그런데 파리에서 직선거리로 300킬로미터가 채 안 되는 곳에, 더구나 그쪽으로 이르는 길은 경사도 없고 도로 사정도 지극히 양호해서 무거운 짐을 실은 마차가 이동하기에 아주 좋은 곳에 한 도시가 있었지. 그 당시 프랑스 왕과 사이가 가장 안 좋으면서도 그의 침략을 두 번이나 격파했고 그들 기사단의 강력한 지부가 존재하는 도시였지. 물론 바로 이 브뤼헤였어. 그들은 이쪽으로 온 거야."

"하지만 그것은 교수님 말씀대로 상상에 불과한 것 아닙니까? 증거는 없잖아요."

"그래. 실증할 수는 없어. 하지만 유추할 수는 있네. 그 이후로 시작하여 이 브뤼헤는 한자동맹* 도시들의 가장 중요한 중심축으로 일어서기 시작했어. 특히 금융 산업 쪽으로. 1307년 이전에는 그러한 대규모의 금융거래가 브뤼헤에서 발생하지도 않았고 가능할 만큼의 자본 축적도 되어 있지 않았지. 그런데 1307년 어느 날 황금 벼락이 떨어진 거야. 파리 템플기사단 본부에서 빠져나온 마차와 연관 짓지 않는다면 설명이 불가능한 것이지."

니콜은 고개를 끄덕였다. 납득이 된 것이다.

"그렇겠네요. 그러면 교수님, 그 이후 브뤼헤에서의 기사단 활동에 대해 알려진 바는 있습니까? 결국 그 이후가 중요한데요."

"공식적으로는 없네. 재판이 완료되어서 자크 드 몰레 단장이 처형당하는 1314년까지는 그런대로 명맥을 유지했지만 그 이후로 기사단은 완전히 해체되어서 역사 속으로 사라져버렸지. 전 유럽에서와 마찬가지로⋯⋯. 그들은 일반 시민 신분으로 돌아갔지."

"그들의 개인 역사를 추적해볼 수 있을까요? 특히 그 샤를 드 아말리엥이라는 사람 말이에요."

---

* 14세기경 북독일과 플랑드르 지역에서 활성화된 경제, 정치적 도시 연맹체. 주로 북해 연안의 상업 도시들의 상업적, 군사적 이익을 지키기 위한 목적으로 기능함.

"샤를 드 아말리엥이라는 사람은 공식적으로 브뤼헤에 존재한 적이 없는 사람이야. 전혀 흔적이 없어. 하지만 그 외에, 특히 템플기사단의 브뤼헤 지부 단장을 맡았던 기욤 드 레미 등을 위시해 몇 명의 사람들은 그 자취를 찾아볼 수 있네. 지금 브뤼헤와 이쪽 플랑드르 지방 그리고 프랑스 도시 릴 쪽에 기반을 가지고 있는 몇몇 가문들의 시조가 되네. 칼과 말을 버리고 돈주머니를 차게 된 거지. 하긴 그게 더 어울리는 일이었을 수도 있어. 조금 전에 내가 준 책에서 그들의 자취를 찾아볼 수 있을 거야."

"도움이 많이 됐습니다. 다른 걸 여쭤보겠습니다. 뇌샤텔이라는 건물의 역사를 대충 봤는데, 템플기사단과 연관이 되더군요. 어떻게 된 거지요?"

"그 자리가 바로 기사단의 브뤼헤 지부가 있었던 자리야. 그러다가 15세기경부터 브뤼헤를 장악하게 된 부르고뉴 공작에게 땅을 넘긴 것이지. 소유권자인 드 레미 가문이 새로운 주인 부르고뉴의 선량공 필리프에게 선물했어. 건축 공사에 소요되는 상당한 자금도 제공하고 그리고 공사를 직접 지휘한 사람도 그들이야. 조건이 하나 있었지. 조금 전 자네가 들어가봤다고 이야기한 종루 부분은 허물지 말고 그대로 남겨달라는 것이었어. 말하자면 그 부분은 15세기 훨씬 전부터 있었던, 즉 기사단이 그곳의 주인이었을 때부터 있던 건물이야. 그리고 그 건물에 대한 권리는 계속 드 레미 가문이 소유했지."

"부르고뉴 공작이 그걸 용납했나요? 나 같으면 용납하지 않았을 텐데요."

"그건 뇌샤텔의 용도를 잘 몰라서 하는 소리야. 그때 부르고뉴 공국의 영역은 북쪽의 벨기에서부터 남쪽의 이탈리아 북부 지방까지를 아우르는 대국이었어. 공국의 수도는 디종이었고."

"그건 저도 잘 알고 있습니다. 프랑스 역사니까요. 17세기에 들어와서야 프랑스 왕권의 통치하에 들어왔지요."

"15세기에는 유럽 최강대국의 역할을 했던 거지. 그런데 그 부르고뉴 공작이 브뤼헤에 자주 왔겠나? 고작 1, 2년에 한 번 정도였어. 와봐야 열흘 이상 머무른 적도 없었고. 명목상으로는 부르고뉴 공작의 거주지이지만 사실은 드 레미 가문의 응접실이었던 것이지."

"그렇군요. 이해가 갑니다. 그 종루 부분은 결국 계속 기사단의 건물로 유지되었다는 것이군요."

"그렇지. 하지만 자네가 봤다는 비밀 의식과 여성들의 납치를 연관 짓는 것은 이해가 되지 않아. 필리프 4세의 재판정에서 악마 숭배의 혐의를 받았지만 그건 필리프 4세 측이 일방적으로 씌운 누명이고 그 증거나 자백들도 잔인한 고문의 결과물일 뿐이라는 것이 역사학자들의 일치된 견해야. 사실 그들의 생활은 아주 경건하고 금욕적이었어. 이교도들과 사탄에 맞서 싸우는 최고의 전사 집단이었지."

"하지만 제가 본 것은 진실입니다. 그들이 1314년 이후 해체되면서 변질되었다는 가정도 있을 수 있잖아요."

"그건 가능하지."

니콜은 뇌샤텔에서 찍어온 사진 몇 장을 꺼내서 바를랭 교수의 앞에 펼쳐놓았다.

"뇌샤텔의 종루 부분에서 찍은 사진들입니다. 특히 이것이 뭔지 모르겠어요."

뇌샤텔의 종루 6층 바닥을 찍은 사진이었다. 바를랭 교수는 사진을 손에 들어 눈에 가까이 대고는 한참을 들여다보았다.

"이것은 어딘가를 가리키고 있는 표식으로 보이는데."

그때였다. 니콜의 가방에 있던 핸드폰이 울렸다. 파리 경찰국에서 지급받은 핸드폰이었다. 알랭의 침울한 목소리가 들리기 시작했다.

"강시우와 이유진이 오늘 파리로 오는 길에 사고를 당했어. 파리 북쪽 A1 고속도로 100킬로미터 지점이야. 이유진은 사망했어. 다행히 강시우는 부상을 좀 입은 것으로 끝났어. 생명에는 지장이 없네."

"어떻게 그런 일이……"

"그런데 단순 사고가 아니야. 사고 현장에서 그들을 도와주려고 정차한 것으로 추정되는 트럭에서 그 차를 운전하던 사람이 시체로 발견됐어. 가슴에 9밀리미터 권총 탄을 두 발이나 맞은 채로."

"놈들의 짓이군요."

"그렇다고 봐야지."

"어떻게 하지요, 이제?"

"잠시 후면 강시우가 깨어날 것 같아. 이야기 좀 해보고 나서 전화해주지."

니콜은 전화를 닫으며 바를랭 교수를 보았다. 궁금증을 감추지 않는 얼굴이었다.

"조금 전에 이야기했던 한국 여자가 오늘 파리로 가다가 살해당했어요. 남자는 다행히 살았고요."

"큰일이군. 이런 사건들이 계속 발생한다면."

바를랭 교수는 침울한 표정이 되었다. 니콜은 자신의 커다란 핸드백에 책과 핸드폰을 챙겨 넣고 일어났다.

"이제 가봐야 되겠어요. 도움 감사합니다."

"잠깐만, 소개해줄 사람이 있어. 자네의 일에 도움이 될 사람이야. 요셉 복음서나 아켈다마에 대해서 설명해줄 수도 있을 것 같아."

"누구죠?"

바를랭 교수는 책상으로 가서 산난한 편지를 쓰기 시작했다. 그렇게 오래 걸리지 않아 그는 작게 접은 편지와 메모지를 니콜에게 주었다. 메모지에는 주소와 이름이 적혀 있었다.

"에젤 거리. 가르멜 성당. 요나단 신부."

"이 사람이 누구지요?"

"우연히 알게 된 신부야. 아마 이 사람이라면 기사단과 이번의 사건을 연관 지어 설명해줄 수 있을 거야. 직접 만나 이야기를 들어보게. 하지만 쉽지는 않을 거야. 가르멜파 수도원*은 규율이 그렇게까지 까다로운 편은 아니지만 요나단은 무척 까다롭네. 내 편지를 먼저 전달한 다음 만날 수 있을 거야."

"감사합니다. 책은 다 읽고 연락드리겠습니다. 그전에라도 궁금한 점이 있으면 부탁드려야 할 것 같고요."

"나는 지금 두렵네. 요나단 신부가 옛날에 경고하던 일이 현실로 나타나고 있어. 이전에 그의 말을 그저 흘려듣고 말았는데 정말로 사실이라면 끔찍한 일이 벌어지고 있는 것일세. 어떻게든 그들을 막아야 해. 하지만 경고해두지. 이 브뤼헤 사람 중 일부, 특히 유명하고 중요한 자리에 있는 사람일수록 그들 조직과 연관되어 있을 확률이 높아. 조심하게."

"감사합니다. 그럼 가보겠습니다."

---

* 베르톨더스가 1154년 이스라엘 갈릴리 지방에 위치한 가르멜 산에 창립한 탁발 수도원. 공동생활을 하면서 기도, 절식, 금언 등의 수행 생활을 지향하며 가톨릭 신비 신앙의 기틀이 된다.

니콜은 다시 저물어가는 브뤼헤 시내의 거리로 나왔다. 어느 곳에선가 기름기 많은 생선을 굽는 고소한 냄새가 났다. 정어리나 청어일 것이다. 니콜은 이제 뭔가 손에 잡히고 있다는 느낌이었다. 기사단과 직접 관계된 조직이라면 결코 쉬운 일이 아니라는 생각이 들었다. 두려움도 어느 한편 느껴졌다. 시우의 얼굴이 떠올랐다. 그는 죽음 앞에서 돌아온 것이다. 그 죽음의 위험은 자신에게도 열려 있다는 생각을 하며 니콜은 붉게 밝혀지기 시작하는 브뤼헤의 가로등들 사이로 걸어갔다.

36

뇌샤텔 성관의 거실 벽면에 위치한 커다란 벽난로에는 벌써 큼직한 장작들이 이글대면서 타고 있었다. 거실의 소파에 한 남자가 앉아 있었고 그 앞에 두 명의 남자가 나란히 서 있었다. 앉아 있는 남자는 검은색 캐주얼 정장이 잘 어울렸고 가무잡잡한 피부와 검은색의 곱슬머리는 그를 아랍계 사람으로 볼 수도 있을 정도였다. 그의 표정은 냉혹했다.

"도대체 왜 그런 어설픈 짓을 한 거지?"

그의 얼굴은 무표정하면서도 냉혹했지만 분노의 불길이 눈동자에서 타오르고 있었다. 그 불길이 매우 뜨겁게 느껴지는 모양인지 앞에 서 있는 두 사람은 잔뜩 움츠러들고 있었다. 두 사람은 오늘 오전에 시우의 뒤를 쫓던 검은색 아우디A6에 타고 있던 사람들이었다. 그들은 아무런 말도 하지 못했다. 그때 뇌샤텔의 집사인 위베르가 거실로 들어섰다.

"로베르 드 레미님께서 오셨습니다."

위베르의 이야기가 채 끝나기도 전에 검정 바탕에 은색의 가는 스트라이프 무늬의 정장을 입은 젊은 남자가 거실에 들어섰다. 두 사람의 표정에는 안도의 빛이 감돌기 시작했다. 하지만 소파에 앉아 있던 남자의 얼굴에는 짜증의 기미가 더해졌다.

샤를 드 레미 남작의 외아들 로베르 드 레미는 서 있는 두 사람을 향해 손짓을 하며 떠들었다.

"남자놈도 처리했어야 하잖아. 머저리 같은 놈들. 꺼져버려."

서 있던 남자들은 소파에 앉아 있는 남자의 눈치를 살피면서 서둘러 거실을 빠져나갔다. 로베르는 여전히 못마땅한 표정으로 앉아 있는 남자 옆에 털썩 주저앉았다.

"안토니오 아저씨, 화가 많이 난 모양이네요. 멍청한 놈들이 제대로 일을 못해서 참."

"네가 시켰냐? 로베르."

"제가 시켰지만 아버님 지시에 따라서였습니다. 둘 다 없애버리라고 하셨어요."

"왜 내게 이야기하지 않았지?"

지저스 시크릿

안토니오라 불린 남자는 옆에 앉은 로베르의 멱살을 난폭하게 움켜쥐었다.

"그럴 필요가 없다고 생각해서요. 너무 그렇게 화내지 말아요. 어쨌든 대충 해결됐잖아요. 여자는 기억상실인 채로 죽었어요. 비밀이 새어나갈 구멍은 막힌 거예요."

"그 한국 남자가 살아 있잖아?"

"그놈은 아는 것이 아무것도 없어요. 그리고 뭐 또 귀찮게 굴면 처리하면 되고요. 뭐가 문젭니까?"

안토니오는 로베르의 멱살을 풀면서 고개를 좌우로 조금씩 저었다. 로베르는 소파에서 일어나 목 주위와 넥타이를 정리하면서 거실을 걷기 시작했다. 20대 초반의 나이였다. 아버지인 드 레미 남작과 무척 닮아 보였다. 부드러운 금발 머리와 푸른 눈동자의 고상한 얼굴이지만 신경질적인 면까지도.

"저도 알아요. 제가 그 인터넷 사이트를 만들어서 쥐새끼들이 드나들게 하고, 또 요트에 여자들을 싣고 나갔다가 실수해서 시끄러워졌다는 거요. 하지만 이제 그 비밀을 세상에 노출하기로 결정한 것은 제가 아닙니다. 저도 권리가 있단 말이에요."

"그럼 네 행동에 책임을 져봐. 네놈 때문에 우리 조직이 위험에 빠진 거야. 너 따위 놈은 그럴 권리가 없어. 비밀은 밝고 아름다운 진리의 모습으로 세상에 나와야 한다. 이런 형편없는 납치 살인사건 따위와 연관되어서는 안 된다는 말이지."

"어쨌든 해결됐잖아요. 왜 그렇게 부정적으로만 보세요?"

"해결되다니. 파리 경찰국에서 이 문제를 그냥 넘어갈 것 같으냐? 오늘도 무고한 사람을 쏴 죽였어. 그들이 포기할 것 같아?"

"아버지와 프랑스 지부에서 그 문제를 해결하고 계시잖아요. 알랭이라는 놈, 아마 우리 쪽에 신경 쓸 상황이 아닐 거예요."

"살아남은 남자는?"

"글쎄, 그놈 정도는 저한테 맡기세요. 내가 해결할 테니까. 저 나가보겠습니다."

로베르는 안토니오의 대답도 듣지 않고 멋대로 나가버렸다. 안토니오는 다시 고개를 흔들기 시작했다.

37

니콜은 아침 일찍 일어나 에젤 거리의 가르멜 성당을 찾아 나섰다. 니콜의 숙소에서 그렇게 먼 거리는 아니었다. 동네 아이들이 재잘거리며 놀고 있는 길을 따라 걷다 보니 곧 그녀의 눈에 잿빛 벽돌로 완강하게 쌓아올린 가르멜 성당이 나타났다. 로마네스크 양식의 폐쇄적인 분위기를 가진 성당의 정문은 굳게 닫혀 있었고, 정면 왼쪽에 난 조그만 문이 열려 있는 것이 보였다. 니콜은 성당의 내부를 살펴보았다. 소박하고 경건한 내부에는 아무도 보이지 않았다. 잠시 망설이던 그녀는 내부에 위치한 여섯 개의 고해성사용 칸막이로 다가갔다. 그중 중간에 위치한 고해실의 밑부분으로 신부나 수사가 신을 법한 검정 양말에 갈색의 가죽 샌들이 보였다. 그녀는 즉시 그 옆의 고해실에 들어가 앉아 말했다.

"죄를 지으려고 합니다."

'죄를 지었습니다'가 아닌 말에, 저편에 앉아 있던 사람은 약간 당황했던지 잠시 멈칫하다가 입을 열었다.

"지난번 고해성사는 언제였습니까?"

"중학교 1학년 때 이후로는 고해를 한 적이 없습니다. 죄송합니다. 저는 요나단 신부를 뵈려고 왔습니다. 중요한 일입니다."

"이 자리는 장난을 치는 자리가 아닙니다. 고해할 것이 없다면 돌아가십시오."

"이 편지를 꼭 전해주십시오. 아주 중요한 일이라는 점 다시 말씀드립니다. 밖에서 기다리겠습니다."

니콜은 그 말을 마치고 고해실의 칸막이에서 나와 성당의 뒷부분에 앉았다. 잠시 후 니콜에게 편지를 받아 든 신부가 칸막이에서 나와 니콜을 힐끗 보더니 성당 한구석에 난 문으로 사라졌다. 어디에선가 나직하고 은은한 합창 소리가 들리고 있었다. 그레고리안 성가인 것 같았다. 니콜 역시 태어나서 곧 세례를 받았고 기독교적인 분위기의 가정에서 어린 시절을 보냈다. 하지만 중학교 이후로는 스스로가 기독교인이라 생각해본 적이 없었다. 성당에 이렇게 와서 앉아 있는 것도 얼마 만인지 기억이 나지 않았다. 아마 누구의 결혼식이 아니었을까 하는 정도였다.

이런저런 생각이 두서없이 떠오르고 있을 때 조금 전 신부가 빠져나간 작은 문이 열리고 마음 좋은 아저씨로 보이는 수사가 짙은 회색의 망토를 걸치고 나왔다. 혈색도 좋고 가까이에서 보니 나이가 그렇게 많지는 않아 보였다. 그 수사는 똑바로 니콜에게 와서 물었다.

"바를랭 교수님의 편지를 가져오신 분입니까?"

"예, 그런데요."

"요나단 신부님은 지금 외부 인사를 만날 상황이 아니십니다. 연락처를 놓고 가시면 되도록 빨리 연락드리겠습니다."

"드린 편지를 읽어보셨나요?"

"아니, 그것도 어렵습니다. 아마 오늘 오후면 제가 편지를 전해드리고 아가씨에 대한 이야기도 할 수 있을 것 같습니다."

"급한 일인데요. 어떻게 방법이 없습니까?"

"외부의 아무리 급한 일이라도 우리 수도원 내부의 규율에 우선할 수는 없습니다."

니콜로서는 별다른 방법이 없었다. 결국 젊은 수사에게 이름과 전화번호를 남기고 성당을 나왔다. 그녀는 도서관으로 가려다가 오늘이 일요일이라는 생각을 했다. 착한 얼굴의 할머니 두 명이 그녀가 방금 나온 성당으로 들어가는 것을 보았다. 니콜은 어젯밤부터 시우 생각을 하고 있었다. 그가 보고 싶어졌다. 파리에 다녀오기로 마음을 먹고 걸음을 서둘렀다.

XI

알랭 경사

38

알랭은 일요일임에도 불구하고 아침에 집을 나섰다. 다니는 차량이 아주 적어서 평일에 거의 한 시간이 걸리는 출근길이 불과 15분밖에 걸리지 않았다. 하지만 오늘 알랭의 목적지는 시테 섬의 경찰국이 아니고 그 옆의 오텔 디외 병원이었다. 평소에 그가 주차시키는 곳에 차를 두고 노트르담 성당 앞을 지나 병원으로 들어섰다. 성당 앞에는 많은 관광객들이 가이드들을 따라 옹기종기 서 있었다. 알랭은 접수처에서 자신의 신분증을 보여주고 어제 들어온 강시우를 찾았다. 강시우는 그새 응급실에서 일반 병실로 옮겨져 있었다. 알랭은 접수처에서 알려준 대로 복도를 따라 정형외과 쪽으로 걸었다.

일요일이라서 과장 이하 담당 의사들은 없었고 당직 인턴한 명이 자리를 지키고 있었다. 알랭은 그에게 자신의 신분증을 제시하고 시우의 상태를 물었다. 엑스레이 사진을 가지고본 바로는 경미한 목뼈 골절과 오른쪽 무릎 관절 부분의 인대손상을 제외하고는 이상이 없다고 했다. 사고 규모에 비하면 기적적으로 가벼운 부상인 셈이었다. 인턴은 에어백 덕분일 것이라는 이야기를 덧붙였다. 알랭은 곧 인턴의 안내로 시우의병실로 갔다.

시우는 계속된 진통제 투여로 인해서인지 몽롱한 정신 속에 깨어 있었다. 병실 문이 열리고 두 사람이 들어왔다. 의사 가운을 걸친 젊은 친구는 바로 나가고 알랭이 그에게 다가섰다.

"좀 어떻소?"

"글쎄요. 좋은지 나쁜지 모르겠습니다."

"정말 다행이오. 그렇게 큰 부상은 아니라니까."

"유진 씨는 어떻게 됐지요? 어디 있지요?"

시우는 물론 자신의 눈으로 직접 처참하게 상한 유진을 봤다. 하지만 그는 그것으로 그녀의 죽음을 단정 지을 수는 없었다.

"죽었어요. 슬프지만 별수 없이."

아주 건조하게 대답하는 알랭의 말을 들으며 시우는 고개를 끄덕였다. 아니 끄덕이려고 노력했다. 그의 목에는 목뼈 고정용 플라스틱 보호대가 대어져 있어서 머리를 전혀 움직일 수 없었다. 시우는 잠시 눈을 감았다. 머릿속에 떠오르는 유진의 모습을 지우려고 노력하다가 눈을 다시 떴다.

"사고 상황을 자세히 이야기해주시죠. 놈들에게 갚아줄 것이 이만하면 충분히 많으니까요."

알랭은 작은 다이어리와 볼펜을 꺼내 들면서 시우에게 이야기했다. 시우는 차근차근 브뤼헤 출발 당시의 시점부터 상황을 설명해나가기 시작했다. 이유진의 기억상실이 거짓으로 꾸며진 것이라는 것과 그녀에게 들은 이야기, 최초 주유소에서 검은색 아우디를 본 이야기. 자동차 등록판은 벨기에 국적이었고 두 사람이 탄 듯했지만 먼 거리여서 인상착의는 확인이 안 되었다는 점. 그리고 계속 그를 쫓아오더니 사고 현장 약 5킬로미터 전부터 달라붙어서 효과적인 방어 운전을 방해하기 시작했고 결국 두 대의 초대형 트레일러 사이에 끼어 사고를 당하기까지였다. 그렇게 긴 이야기가 아니었고, 알랭의 포인트는 두 대의 트레일러의 외형에 맞춰지기 시작했다.

"앞의 트럭은 빨간색 바탕에 벨기에 국적이라는 것 외에는 전혀 모르겠습니다. 뒷부분만 볼 수 있었고 그것도 순간적이었으니까요. 하지만 뒤의 트럭은 기억이 조금 있어요. 녹색이었어요. 그리고 스카니아 모델이었고 번호는 알 수 없지만 분명히 프랑스 번호판이었어요. F자의 스티커도 봤으니까요. 그리고 트럭의 옆면에 회사 이름이 적혀 있었는데요. 이름은 생각이 안 나지만 분명히 무슨 그림이, 그래요. 지구 형상의 그림이 그려져 있었습니다. 아마 그 회사의 로고가 아닌가 싶은데요."

시우는 조용하고 차분한 어조로 정확하게 하나하나 진술해 나갔다. 알랭은 꼼꼼히 메모를 해나갔다.

"이 정도면 곧 수배가 될 거요. A1 고속도로의 파리 방향 톨게이트에 설치되어 있는 우리 감시 카메라에 분명히 녹화되어 있을 테니까요. 이제 그렇게 호락호락하게 당하지 않을 생각이오. 자, 시우 씨는 아무 생각 말고 푹 쉬어요. 원수를 갚아주도록 하겠소."

"현정이를 신고 있을 그 요트에 대해서 조사해주세요."

"당연한 얘기지요. 그렇게 할 거요."

시우는 알랭이 나가고 나자 다시 멍한 얼굴이 되었다. 완쾌되어 나가려면 어느 정도 걸릴지 가늠이 되지 않았다.

알랭은 병원에서 나오자마자 파리 북동부의 A1 고속도로를 향해 출발했다. 일요일이지만 그런 것에 신경 쓰는 그가 아니었다. 텅 빈 파리 시내를 빠져나가 포르트 드 샤펠을 통해 A1 고속도로에 접어들었다. 톨게이트까지는 45킬로미터 정도의 거리였다. 그가 어제 시우의 사고 소식을 접한 것은 오후 2시경이었다. 사고 현장을 수습하던 고속도로 순찰 헌병이 알랭이 내준 핸드폰을 조사하다가 메모리 리스트에서 파리 경찰국의 고유번호를 식별했다. 퇴근 준비를 하던 알랭이 퇴근 대신 경찰국에서 길 하나만 건너면 갈 수 있는 오텔 디외 병원으로 간 것은 오후 4시경이었다.

오텔 디외 병원은 프랑스의 거의 모든 종합 병원과 같은 국립병원이지만 그중에서도 경찰 병원으로서의 역할을 하는 곳이었다. 프랑스 과학 수사 연구원이 위치한 곳도 이곳이었다.

배관공과 유진의 시신은 바로 부검에 들어갔다. 시우는 정신을 잃은 상태였지만 큰 부상이 없는 상태에서 산난한 응급조치를 취한 후 바로 엑스레이 촬영 등의 필요한 조치를 했다. 알랭은 어제 오후 6시경에야 집으로 돌아갈 수 있었다.

알랭은 생각보다 훨씬 쉽게 두 대의 트럭을 찾을 수가 있었다. A1 고속도로 45킬로미터 지점에 위치한 고속도로 순찰대 본부의 감시 카메라 녹화분을 검색하던 그는 사건 발생 후 약 40분 후인 12시 30분경에 이곳 톨게이트에서 돈을 지불하고 빠져나가는 녹색 스카니아 트레일러트럭을 확인할 수 있었던 것이다. 톨게이트의 여러 각도에 설치된 감시 카메라 덕분에 그는 그 녹색 트레일러의 자동차 등록 번호와 소속 회사명 그리고 운전사의 얼굴 사진까지 얻을 수 있었다. 그리고 빨간색 트레일러는 파리 방향의 이곳 톨게이트가 아니라 사고 현장과 이 톨게이트 중간쯤에 위치한 샹티 지점을 통해 빠져나간 사실이 조그마한 톨게이트의 감시 카메라를 통해 기록이 됐다. 더군다나 다각도에서 촬영이 되어 완벽한 증거로 남게 되었다. 빨간 트레일러는 고속도로에 빠진 후 인터체인지를 돌아 다시 A1 고속도로 상행선으로 들어갔다가 벨기에 방향으로 빠졌다. 벨기에 국적의 차량임을 감안한 알랭의 추리가 들어맞았던 것이다. 하지만 검은색의 아우디A6 차량은 검색하기가 쉽지 않았다. 일단 워낙 많은 승용차들 사이에서 찾아야 한다는 점도 그렇지만, 제법 머리들을 썼는지 녹화된 비디오를 한참 봐도 벨기에 번호판을 단 아우디A6는 쉽게 나오지 않았다. 알랭은 한없이 밀려

지저스 시크릿

드는 승용차들을 담고 있는 비디오를 약 2시간 이상 보다가 포기해버렸다. 물론 그 차량에 대한 검색은 고속도로 순찰대에서 계속 수행될 것이고 결과가 나오면 알랭에게 보고가 되도록 되어 있었다. 알랭은 우선 얻은 결과를 가지고 파리 경찰국으로 돌아왔다. 교통과 전산실을 통해 녹색 트레일러의 차적 추적이 시작되었고, 오래지 않아 회사와 차고지의 주소와 전화번호를 얻을 수 있었다.

일요일에 할 수 있는 모든 일을 마친 알랭은 어제와 같이 오후 6시경에야 퇴근을 했다. 어제와는 달리 기분이 제법 흡족한 퇴근길이었다.

39

선물용 꽃다발과 포도주 한 병을 사들고 니콜이 알랭의 집 앞에 도착할 무렵 검은색 정장 차림의 안토니오가 차를 몰고 드 레미 남작의 거대한 저택의 정원 안으로 진입하고 있었다. 황혼이 붉게 물들어가면서 길게 그림자를 드리우고 있는 저택의 정면에 차를 세운 안토니오는 집사의 안내에 따라 거실로 갔다. 실내는 각종 화려한 조명들이 밝혀져 있었고 크리스털을 통해 분산되어 반짝이는 광선들이 거실 내를 영롱하게 채우고 있었다. 거실에 도착하자 곧 남작이 화려한 디자인의 쥐색 바탕의 정장을 하고 들어왔다. 주홍색 실크 넥타이와 은빛 와이셔츠 그리고 이탈리아 수제품이 분명해 보이는 고상한 디자인의 가죽 구두까지 완벽한 차림이었다. 그는 들어오자마자 거실 한쪽에 자리 잡은 홈 바로 가서 직접 술병을 고르고는 냉장고 안에서 차게 식힌 포도주를 꺼내 잔에 따랐다. 남부 스페인의 특산 강화 포도주인 헤레스였다. 무척 고급품인 듯 뚜껑을 열고 따르는 사이에 안토니오의 코에도 그 감미로우면서도 쌉쌀한 향이 느껴져왔다.

"자네도 한잔 할 텐가? 아니 참 마시지 않지."

남작은 잔 하나에만 따르고는 병을 원래의 자리에 놓으려고 했다.

"아니요, 한잔 주십시오."

드 레미 남작은 고개를 약간 갸웃거리고는 웃는 얼굴로 한 잔을 더 따르고 안토니오에게 건네주었다. 두 사람은 가볍게 잔을 부딪쳐 맑은 소리를 낸 다음 입으로 가져갔다.

"자, 한잔 마시고 식사하러 가지."

"할 이야기가 있습니다."

"아니, 식사 마치고 하세. 자네 표정을 보니 식욕을 돋우는 이야기는 아닌 것 같으니까."

두 사람은 소파에 마주 앉아 이런저런 이야기를 나누었다.

지저스 시크릿

주로 경주용 말과 미국의 금리 정책에 대한 이야기였다. 잠시 후 집사가 들어와 식사 준비가 됐음을 알렸다. 그들은 마시던 술잔을 내려놓고 거실에서 꽤 떨어진 다이닝룸으로 갔다. 메이드들이 그들의 식사를 준비하고 있었다. 부르고뉴산의 적포도주가 잔에 따라지고 전식으로 비둘기 가슴살로 감싼 푸아그라가 나왔다. 남작은 서두르지 않고 양손을 움직여 음식을 썰고 입으로 옮겼다. 그는 계속 유럽의 경제 통합에 대한 기대감을 이야기하고 있었다. 안토니오는 두 번째로 나온 어린 양 갈비구이를 다 비울 때까지 거의 말이 없었다. 화려한 비엔나식 푸딩으로 두 사람의 식사는 끝나고 자리를 서재로 옮겼다.

남작은 엑스트라 급의 코냑을 두 잔 따르고 시가를 피웠다. 최고급의 코냑과 시가에서 나는 향기가 서재를 채우기 시작했고, 두 사람은 각자의 잔을 들고 편히 앉았다.

"이제 이야기를 해보세."

"남작님의 아들인 로베르에 관한 일입니다. 그리고 비밀의 수호에 관해서요."

드 레미 남작의 미간이 약간 찌푸려지다가 다시 정상을 찾았다. 손안의 코냑을 한 모금 마신 후 남작은 안토니오를 바라보았다.

"여기 오기 전까지 이렇게 문제가 커지리라고는 생각도 못했습니다. 어제 일을 보고받으셨는지 모르겠지만 그선 바보짓이었습니다. 기껏 기억상실의 여자를 하나 죽이고 우리는 너무나 큰 단서를 그들에게 제공했습니다. 강시우라는 친구가 우리 측의 확인을 피했다는 것은 그가 가벼운 부상을 입었다는 증거입니다. 그는 자기가 본 것을 자세히 진술할 수 있을 것이고 그 작전에 투입된 우리 조직의 일부분이 노출될 수 있습니다. 더구나 로베르는 전문가들이라고 할 만한 놈들에게 이 일을 맡기지 않았습니다. 두고 봐야겠지만 어떻게든 프랑스 경찰이 우리 쪽에 손을 대올 겁니다."

"나도 예상하고 있네. 대처해야겠지. 나에게 맡겨주게."

"아니, 그럴 수 없습니다. 이렇게 된 이상 제가 해결해야겠습니다. 누구에게도 맡길 수 없는 상황입니다. 더구나 로베르에게는 말입니다. 그 친구는 온갖 무책임한 행동을 저지르고 있습니다. 뇌샤텔에 숙박 중인 여자들을 건드리다니요. 이건 미친 짓이고 우리 기사단에 위기를 가져오는 일입니다. 대체 다른 한 명의 여자를 태운 요트는 지금 어디에 있는 겁니까?"

안토니오의 목소리는 점차 격앙되고 있었다.

"그건 자네에게도 얘기해줄 수 없네. 여자들을 건드린 것은 물론 잘못된 일이야. 하지만 우리의 비밀은 이제 세상으로 나와도 될 때가 아닌가 싶어. 세상에는 이미 예수의 죽음과 부활에 대한 온갖 추측과 해석이 난무하고 있네. 이 기회에 우리가 가진 진실을 세상에 풀어놓는 것도 나쁘지는 않다고 생각되네.

로베르가 한 일도 그런 수준의 일일 뿐이야."

"우리의 비밀에 관한 결정은 오직 단장님이 주재하시는 장로회의에서만 가능합니다. 남작님이 비록 장로의 한 분이지만 함부로 비밀에 대해 유출할 수는 없습니다. 그리고 로베르 그 친구는 지금 우리 기사단을 위해 일하는 것이 아니고 자신의 넘치는 욕구를 위해 일하고 있습니다. 그것이 문제라는 겁니다. 어떻게 여자들을 마음대로 납치한 겁니까?"

"그 부분은 어쩔 수 없는 부분이 있네. 이번에 죽은 한국 여자는 한국 기독교 재단에서 파견된 이단 연구원이었어. 어떻게 알고 왔는지 모르지만 우리의 비밀에 지나치게 깊숙이 들어왔다네. 뇌샤텔까지 찾아와서 우리의 비밀스러운 공간까지도 염탐한 모양이야. 깔끔하게 처리할 일을 너무 안일하게 처리하다 보니 이 모양이 된 거야. 나도 야단을 많이 쳤네. 알아들었을 테니 조심할 거야."

"아니, 절대 그렇지 않을 겁니다. 저에게는 진상을 조사하고 상황을 종식시킬 의무가 있습니다. 더구나 비밀의 수호에 관한 일이라면 저는 추호도 물러설 수 없습니다. 로베르는 이 일에서 손을 떼게 해주십시오."

"그것은 자네의 월권이야. 여기 벨기에 땅의 일은 내가 책임지고 있네. 스스로를 너무 대단하다고 생각하는 것 아닌가? 분수를 지키게."

"단장님께 보고 드리겠습니다. 이대로 놔둘 수는 없습니다."

"자네 마음대로 하게. 나는 자네의 도움이 필요해서 불렀지 간섭을 받으려고 부른 것은 아니야. 돌아가주게."

"일단 본부로 돌아가겠습니다. 하지만 다시 돌아올 겁니다."

안토니오는 자리에서 일어났다. 그러고는 인사도 없이 서재 밖으로 나갔다. 드 레미 남작은 고개를 저으며 그사이 꺼져버린 자신의 시가에 불을 다시 붙였다.

40

니콜은 실로 오랜만에 식사다운 식사를 했다. 신선한 야채에 올리브유와 포도 식초를 듬뿍 뿌린 샐러드도 맛있었고, 온갖 향료로 양념한 돼지고기를 토마토에 채워넣어 구워낸 본식도 맛이 좋았다. 알랭의 외아들인 니콜라가 디저트인 무스 쇼콜라를 먹고 일어난 다음에야 알랭과 니콜은 이야기를 시작했다. 니콜은 바를랭 교수에게 들은 이야기와 자신이 책 속에서 찾아낸 연관 관계들을 엮어서 설명했고, 알랭은 두 대의 트레일러트럭에 대한 이야기를 했다.

식사 후 알랭은 그가 좋아하는 위스키를 한 잔 들고 있었고, 니콜은 커피를 마시고 있었다.

지저스 시크릿

"그럼 이야기가 그렇게 되는군. 필리프 4세의 탄압을 피한 템플기사단원들이 브뤼헤로 가서 전열을 정비하고는 비밀결사체로 아직까지 남게 되었다가, 원래의 성격은 사라지고 그들을 단죄한 죄목대로 이단의 성격을 가진 세력으로 변질되었다 이거지. 그리고 이름 역시 템플, 즉 성전이라는 거룩한 이름을 버렸고. 대충 정리가 되는군. 하지만 결정적인 의문이 아직 남아 있어. 그들이 도대체 왜 그 두 명의 한국 여자들을 납치했느냐는 점이야. 유진이 시우에게 얘기한 대로 '비밀'을 캐러 온 한국의 여자들을 렌 르 샤토에서 접근한 다음 브뤼헤까지 유인하여 납치를 했다는 것. 왜 그런 짓을 했냐는 것이지. 기독교와 이단 연구원 그리고 요셉 복음서와 아켈다마. 아직 사건의 개요를 잡지 못하겠어."

알랭은 잔을 들지 않은 왼손의 손가락 끝들을 자신이 앉은 소파의 팔걸이 끝부분에 두드리면서 되뇌었다. 더구나 문제는 사건의 주요 무대가 되는 곳이 프랑스가 아니고 벨기에라는 사실이었다. 그가 벨기에 쪽에서 사건을 풀어나갈 수는 없는 것이었고 방법은 두 가지였다. 벨기에 경찰 당국에 협조를 구해 공조 수사를 하거나 인터폴의 힘을 빌리는 것이었다. 그러나 인터폴을 통해 사건을 해결하는 것에는 한계가 있었다. 인터폴은 사실 상징적인 행정 조직으로서 정보의 교환이나 이견의 조정을 하는 것이 원래의 기능이지 구체적인 범죄 수사에는 한계가 있었던 것이다.

결국 알랭의 머릿속에는 얀 경사가 남게 되었다. 더구나 그와는 동일한 사건을 수사하고 있는 셈이어서 큰 문제가 없는 셈이다. 하지만 뭔가 석연치 않은 구석은 있었다.

"니콜, 브뤼헤 경찰서를 가봐야겠어. 여자들을 태우고 바다로 나간 그 요트를 수배해야 해. 사실 그 일은 이미 마무리되어서 결과물이 나와야 할 사안이야. 지금 시점에서 가장 중요한 일이기도 하고. 내일 나랑 같이 올라가지. 결국 그쪽과 손을 잡아야 가능한 수사야. 얀이라는 친구를 직접 봐야겠어."

"시우 씨의 이야기를 들은 바로는 이 사건에 대한 관심이 별로 없는 것 같던데요."

"그래, 맞아. 우리 쪽에서는 적지 않은 수사 자료와 단서를 넘겨주었는데 그쪽에서 우리에게 준 것은 아무것도 없어. 둘 중의 하나지. 수사를 안 했든지 우리에게 주기가 싫든지. 어쨌든 열의가 없는 것이 확실해."

알랭은 위스키를 홀짝거리면서 얀의 마지막 연락을 기억해보았다. 시우의 신상에 대한 문의였다. 장 뢱에 대한 수사 결과에 대해서는 문의한 바가 없었다. 그가 살해당하기 전에도 그리고 그 후에도 마찬가지였다. 생각해보니 이상했다. 경찰이 자신의 수사 사건의 정보에 관심이 없다니? 만약 지금 그가 상대하고 있는 조직이 브뤼헤에서 막강한 영향력을 행사하고 있다면 경

지저스 시크릿

찰 쪽에도 만만치 않은 뿌리를 둘 수도 있겠다는 생각을 했다.

"내일 브뤼헤에 올라가는 것보다는 트럭 두 대를 수배하는 것이 더 중요하지 않을까요?"

니콜은 꼬았던 다리를 풀어 반대로 꼬면서 알랭의 얼굴을 보았다. 그는 어깨를 으쓱이면서 잔을 테이블에 올려놓았다. 그러고는 상체를 앞으로 숙이면서 두 손을 깍지 끼고는 이야기하기 시작했다.

"이 사건의 포인트는 브뤼헤야. 내가 만약 브뤼헤 경찰이었다면 벌써 영장을 들고 뇌샤텔에 들어갔을 거야. 그 요트의 행적과 주인도 밝혀냈을 거고. 하지만 우리는 아무것도 할 수 없어. 초록색 스카니아를 내일 수배하겠지만 그동안 놈들이 처리해 온 방식을 고려했을 때 크게 기대할 만하지는 않아. 결국 우리의 승패는 믿을 만한 벨기에 경찰과 어떻게 잘 협조하느냐에 달려 있는 거지."

"그럼 어찌 됐든 내일 브뤼헤에 같이 가는 것으로 알게요. 그런데 신문에 난 장 뤽 문제는 어떻게 되고 있지요?"

"〈프랑스 수아르〉에 난 거 말이야? 글쎄, 내일쯤 조사위원회가 구성이 되고 나한테 출석을 요구하겠지. 금요일까지는 별 이야기가 없었어."

"어떻게 하실 거예요? 쉽게 해결될 일은 아니라고 생각되는데요."

"행동에 책임은 져야겠지. 하지만 나로서도 물러설 생각은 없어. 나를 위해서가 아니고 지금도 고통 속에 떨고 있을 피해자들을 위해서. 내일 이맘때면 내 의도를 알 수 있을 거야."

"그런데 대체 누가 그런 일을 기자에게 흘렸을까요? 불과 몇 사람 중에 한 명이잖아요. 로마노와 얘기해보셨어요?"

"그게 제일 괴로운 부분이야. 내 동료 중 누군가가 나를 팔았다는 것 말이야. 누군지 굳이 알고 싶지도 않아. 또 알아봐야 어떻게 하겠어? 그리고 강시우는 어때? 뇌샤텔에 같이 들어갔었잖아?"

"그쪽의 전문 교육을 받았음이 확실해요."

"맞아. 그쪽이 원래 그의 전문 분야야. 한국의 특수부대 수준이 어느 정도인지는 모르지만 그는 한국군 최고의 베테랑 요원이었어. 한국 정부에서 지속적으로 제대 후에도 동향을 추적할 정도지. 내가 알아본 바로는 말이야."

"그가 퇴원하면 어떻게 할까요? 가만히 있지는 않을 텐데요. 자신이 직접 공격받은 셈이잖아요. 친구 하나는 죽고 애인은 아직 행방도 모르고."

알랭이 고개를 끄덕였다.

"나도 고민이야. 그 친구를 잡아둬야 하는 것인지, 아니면 우리 쪽 조커 카드로 써먹어야 할지 말이야. 내가 제대로 된 경찰이라면 그를 진정시키고 그의 신변을 보호해주는 쪽으로 신경 쓰겠지만……."

알랭은 이야기를 하다 말고 니콜을 빤히 보았다.

"그런데 니콜도 알다시피 나는 그쪽이 아니잖아. 솔직히 얘기하면 그를 브뤼헤에 풀어놓고 싶어. 미끼 역할을 해줄 수 있다는 거지."

"위험한 생각을 하시는군요."

"그래. 나도 알아. 천천히 생각해보려고 해. 상황에 따라서 말이야."

알랭은 자신의 손목시계를 힐끗 봤다.

"늦었군. 내일 브뤼헤로 올라가면서 또 이야기하자고. 오랜만에 집에서 푹 쉬어야지."

니콜은 자신의 가방과 재킷을 챙겨서 일어섰다. 각자의 방에 있던 알랭의 부인과 아들이 나와서 작별 인사를 했다. 알랭과 니콜은 집에서 같이 나와 니콜의 차로 갔다. 알랭의 배웅을 받으면서 니콜은 오랜만에 자신의 집으로 돌아갔다.

그때, 뒤에 서 있던 승용차 한 대가 상향등을 두 번 반짝이는 것을 보고 알랭이 뒤돌아섰다. 문이 열리고 낯익은 얼굴이 차에서 내렸다. 로마노 경위였다. 그는 천천히 다가왔다.

"놀랐는걸. 무슨 일이지, 이 밤중에? 설마 내 집 앞에서 잠복하고 있던 건 아니지?"

로마노는 피식 웃으며 양손을 들어 보였다.

"이 근처에 맥주 한잔 할 데 있습니까? 드릴 얘기가 있는데 요."

두 사람은 로마노의 승용차를 타고 200미터쯤 떨어져 있는 포르트 도레의 카페로 갔다. 자리를 잡고 맥주를 두 잔 시키고 나자 로마노가 이야기를 꺼냈다.

"경사님 이야기를 흘린 친구를 알아냈습니다."

알랭은 별다른 반응 없이 그의 이야기를 기다렸다.

"지금 그 친구의 뒤를 밟다가 여기로 온 겁니다. 가엘 형사 말이에요. 그 친구 지금 아마 미셸이라고 하는 기자놈하고 술판을 벌이고 있을 겁니다. 13구에 있는 중국계 프라이빗 클럽에서요. 미셸이라는 그 기자가 경사님 기사를 썼던 친굽니다."

"왜 그런 일을 했지? 자네가 내 편이라는 생각은 안 해봤는데?"

"물론 제가 경사님 편은 아니지요. 장 뤽 건에 관해서는 여전히 유감입니다. 하지만 동료를 밀고해서 팔아먹는 놈은 개자식이라는 것이 제 생각이에요. 그래서 일요일인 오늘 그 개자식이 누군지 알아본 거지요. 사실 간단한 일이었습니다. 가엘 그 친구 그전부터 눈치가 좀 있었어요. 우리 경찰 월급으로는 쉽지 않은 물건들을 꽤 많이 사들이는 것을 보고 의심이 갔습니다. 월급 외에 다른 돈줄이 있구나 하고……."

"그래서 어떻게 하자는 거지? 그놈을 패주기라도 하자는 건가?"

"두들겨패는 것이 필요하면 그렇게라도 해야겠지요. 어쨌든 나쁜 버릇은 고쳐줘야 하니까요. 그리고 경사님뿐 아니라 저도 이번 수사가 얼마나 어려우면서 중요한지 알고 있습니다. 시작이 있으면 끝이 있어야 하잖아요. 경사님과 그 끝을 봐야겠다고 생각합니다."

그때서야 주문했던 맥주가 나왔다. 그들은 건배를 하고는 한번에 다 마셨다. 그러고는 바로 또 주문했다. 이야기는 계속되었고, 그들 앞에 놓이는 맥주 값 계산서도 점점 많아지고 있었다.

41

아침 일찍 로마노 경위가 이끄는 다섯 명의 수사 요원들이 파리 남서부의 이씨 레 물리노 소재의 글로벌 트랜스라고 하는 화물 운수 회사에 들이닥쳤다. 아무런 영문도 모르는 회사 사장은 당황해서 엉겁결에 그들이 원하는 트럭 운행 일지를 내주었다. 로마노는 9월 10일 오후에 이 회사의 초록색 스카니아 트럭을 몰고 간 사람의 이름이 알도 카릴이고 목적지는 바르셀로나로 되어 있음을 확인했다.

"지금 어디 있는지 확인할 수 있습니까?"

"전화해보겠습니다. 그런데 무슨 일인지 알 수 있을까요?"

"일종의 살인 청부에 연관된 혐의를 받고 있습니다. 협조해주십시오."

운수 회사의 사장은 살인 사건과 관련됐다는 로마노의 이야기에 놀란 나머지 말까지 더듬기 시작했다.

"그 친구가 그런 사람은 아닌데요. 착실했습니다. 여태 아무런 문제도 없었고요. 어쨌든 전화해보지요."

로마노 경위가 보는 앞에서 계속 알도라고 하는 기사의 개인 핸드폰과 트레일러에 장착된 무선 전화로 전화를 걸었지만 통화는 되지 않았다. 결국 이 정도의 성과에 만족한 채 로마노는 철수할 수밖에 없었다. 물론 이미 프랑스 전역에 이 회사 소속의 녹색 스카니아 트레일러트럭을 수배 조치해놓은 상태였다.

42

오랜만에 보는 눈부신 아침 햇살이 브뤼헤를 쓰다듬고 있었다. 얀은 출근해서 주말의 사건 일지를 훑어보고 있었다. 관광객 상대의 소매치기 사건 외에는 별다른 사건이 없었다. 느긋한 기분으로 어제 즐겼던 골프 라운드를 다시 떠올리고 있을 때 전화벨이 울렸다. 알랭 경사였다.

지저스 시크릿

"오랜만이오, 얀 경사. 나 지금 브뤼헤로 올라가고 있는데 좀 만날 수 있을까요?"

"놀랍군요, 여기까지 오신다니. 물론 만나야지요. 언제쯤 도착하지요?"

"지금 파리를 벗어났으니까 아마 점심때 도착할 겁니다. 한 11시 30분 정도."

"점심 같이하면 되겠군요. 마침 약속이 없습니다. 그런데 무슨 용무지요? 내 얼굴 보려고 올 리는 없겠고요."

"그제 브뤼헤를 떠나 파리로 오던 강시우와 이유진이 고속도로에서 공격을 받았습니다. 이유진은 현장에서 죽고 다행히 강시우는 경상으로 끝났어요. 그 외에 지나가던 운전자도 살해당했고요."

얀은 깜짝 놀랐다. 자신에게 통보도 없이 모종의 작전이 벌써 진행된 것이다.

"그런 일이 있었습니까?"

"이제 이 사건은 여기 프랑스 경찰과 함께 협조해서 수사해야 될 것 같습니다. 그 부분에 대한 상의를 하려고 합니다."

"물론 그래야겠지요. 이쪽으로 바로 오시지요."

얀은 전화를 끊고 생각에 잠겼다. 알랭의 의도는 뻔했다. 문제는 시우가 살아 있다는 것과, 프랑스 경찰이 본격적으로 이 사건에 매달리기 시작했다는 것이나.

43

로베르 드 레미는 간밤의 폭음으로 늦게까지 일어나지 못했다. 어젯밤 브뤼셀 시내의 회원제 고급 클럽에서 과음을 한 것이다. 아버지와 달리 그는 아직 보드카와 코카인을 즐기는 편이었다. 거대한 마호가니 침대 위를 뒹굴던 그는 방문을 두드리는 소리를 들었다. 신경질 섞인 소리로 누구냐고 외치자 문이 열리며 집사인 앙드레가 들어왔다. 그는 곧바로 창가로 가서 두꺼운 커튼을 천천히 젖혔다. 화사한 오전 햇살이 온 방 구석구석까지 퍼져들어왔다.

"무슨 짓이야."

짜증 섞인 로베르의 말을 무시한 앙드레는 들고 온 쟁반에서 커피잔을 내려놓고 도자기 포트에 담긴 짙은 향기의 커피를 잔에 따랐다.

"남작님께서 내려오라고 하십니다. 기다리고 계십니다."

"아침부터 왜 이러는 거야. 난 조금 더 자야겠어. 커튼 닫아."

앙드레는 로베르를 무시하고 커피를 침대 머리맡 테이블에 올려놓았다.

"지금 아버님께서 기분이 좋지 않으십니다. 빨리 내려가시는 것이 여러모로 좋지 않을까 합니다. 어젯밤부터 도련님을 찾으셨습니다."

로베르는 투덜거리며 일어나 침실 옆에 붙어 있는 욕실로 들어갔다. 그는 한참 동안 불쾌한 소리를 내면서 양치질과 샤워를 마치고 나체로 욕실에서 나왔다. 그사이 앙드레는 속옷부터 재킷, 양말까지 고루 챙겨 침대 위에 준비해두었다.

옷을 갈아입은 로베르가 아버지가 기다리는 곳으로 갔을 때 남작은 빈틈없는 옷차림으로 여러 장의 편지들을 훑어보고 있었다. 인기척을 느끼고는 로베르를 확인한 남작은 보던 편지들을 책상 위에 놓고는 아들을 지그시 바라보았다.

"어젯밤에 어디에서 뭘 했느냐?"

"오랜만에 친구들과 좀 놀았어요. 요즘 조금 바빴잖아요."

"어떤 경우에도 내가 연락을 원하면 연결이 되어야 한다는 것 잊었느냐? 어제 내가 그렇게 찾았는데 너는 그 쓰레기 같은 친구놈들하고 퍼마시고 있었단 말이야? 지금 얼마나 중요한 일이 벌어지고 있는지 네가 제일 잘 알고 있잖아?"

남작의 어조는 무척 격렬해졌고 어느새 안색도 붉게 물들기 시작했다.

"죄송합니다, 아버지. 하지만 그제 일을 처리했잖아요."

"거기 앉아라. 얘기 좀 하자."

로베르는 남작의 앞에 앉았다. 머리가 지끈지끈 아파오고 있었다. 어서 이 자리가 끝나서 침대에 누울 수 있다면 뭐든지 할 수 있을 것 같았다.

"너는 아직 우리 기사단의 정식 기사 서임을 받지 못했어. 내가 죽을 때까지 네가 기사가 되지 못하면 어떻게 되는지는 알고 있겠지? 이 애비가 가지고 있는 거대한 제국이 네 것이 아니라 다른 사람에게 넘어간단 말이야. 알고 있지?"

다그치는 남작의 말에 로베르는 고개를 들어 주억거리며 대답했다.

"알고 있습니다."

"오늘 아침에 안토니오가 돌아갔다. 무척 화가 나 있었어. 그가 화내는 것은 당연하다. 나라도 그랬을 테니까. 아마 오늘 오후쯤이면 안토니오는 단장님께 여기서 발생한 일들을 상세하게 보고할 거야. 당연히 너에 관한 이야기가 나올 것이고 나의 책임도 거론되겠지. 우리가 저지른 '비밀' 누출은 작은 일이 아니다. 안토니오는 단장의 수석 보좌관이야. 단장의 눈과 귀 그리고 손과 발인 셈이지. 서열상으로는 장로인 내 밑이지만 실질적인 권력은 나에 못지않아."

"그렇다고 그들이 아버지를 어떻게 할 수 있는 것은 아니잖아요?"

"네가 아직 우리 기사단을 잘 몰라서 별수 없구나. 어쨌든 최대한 서둘러서 지금의 상황을 마무리 지어야 한다. 비밀 누출이 더 이상 있어서는 안 된다. 너는 지금부터 모든 일에 손을 떼

지저스 시크릿

고 기사 수업을 제대로 시작해라. 너에게 가장 중요한 일은 그거야!"

"비밀을 조금씩 유출시키라는 것은 아버지도 원하신 일이었어요. 언제까지 사르데냐 쪽의 그늘에서 그들의 명령을 받아 숨기고만 있어야 합니까? 그 비밀은 우리의 손에 있잖아요. 실질적인 힘은 우리가 가지고 있어요. 거의 700년 동안 우리는 그것을 지키는 일만 했어요. 그 대단한 비밀로 우리도 힘을 가질 수 있잖아요."

"그게 있기 때문에 지금 우리가 이렇게 살 수 있는 것이다. 그 비밀은 숨어 있을 때 가치가 있는 것이지 세상 밖으로 완전히 나와버리는 순간 거대한 혼란으로 변한다. 혼란이 어떤 형태로 우리를 덮칠 것인지는 우리도 알 수가 없다. 내가 원하는 것은 우리의 '비밀'이 천천히 그리고 은연중에 세상에 퍼지는 것이란다. 그래야 세상에 그리고 우리 기사단 내에 우리의 힘을 더욱 강하게 키울 수 있는 거야. 여하튼 나머지 일은 애비가 알아서 할 거다. 너는 집을 떠나서 본부로 갈 준비를 해라. 거기에서 수업을 받아 2년 내로 기사 서임을 받을 수 있도록 해야 한다. 명심해라. 세상을 뒤집을 비밀은 여기 있지만 세상을 움직이는 힘은 그곳에 있다는 것을. 그 힘은 반드시 우리 것이 되어야 하고."

루베르는 고개를 숙이고 공손한 자세로 남작의 이야기를 늘었다. 남작은 아들의 대답은 들을 생각도 하지 않고 일어나 서재 밖으로 나갔다. 남작이 나가자 로베르는 자기의 침실로 돌아왔다. 그는 침대에 털썩 누워서 아버지의 이야기를 떠올렸다. 그는 고개를 좌우로 흔들었다. 이미 기사단 내의 엄격한 규율에 대해 들은 바 있었다. 특히 기사 서임을 위한 교육 과정은 혹독했다. 로베르는 지금의 꿀처럼 달콤한 생활을 버리고 기사단 본부에 들어갈 생각이 없었다. 그는 어떻게 해야 할지 머리를 굴리기 시작했다.

44

오후 2시경 니콜과 알랭은 함께 브뤼헤 시내의 한 카페에 있었다. 알랭은 얀과의 점심식사를 썩 유쾌하지 않게 마치고 나서 바로 니콜을 만났다. 아직은 때가 아닌 듯해서 얀과의 만남에 그녀를 동행시키지는 않았다. 커피를 마시던 알랭이 문득 말했다.

"얀을 신뢰할 수 없어."

"왜 특별한 점이라도 있나요?"

"왜인지는 모르겠어. 하지만 이상하게 그는 수사에 관심이 없는 정도가 아니고 아예 이 사건을 덮었으면 하는 눈치야. 요트는 아예 수사 자체를 진행하지 않은 듯하고."

"브뤼헤의 경제 사정과도 관계가 있을 거예요. 브뤼헤의 경제
는 거의 90퍼센트 관광객들에게 의지하고 있어요. 만약 우리의
수사가 성공해서 이단 숭배 단체의 본거지라는 오명과 관광객
실종 사실이 세계 언론에 발표되면 정말로 심각한 사태가 생길
지도 모르는 거죠. 그런 점이 고려되지 않나 생각됩니다."

"그렇겠지?"

"더구나 사실 그 사람 입장에서 보면 한 건의 실종 사건에 불
과하거든요. 파리 같은 곳에서 하루에 수십 건씩 생기는 사건
말이에요."

"어쨌든 브뤼헤 경찰과의 공조는 어려울 것 같고, 니콜이 혼
자서 더 수고해줘. 나는 사고를 낸 트럭들과 사라진 요트에 대
해 더 알아볼 테니. 아, 그리고 그 요나단 신부 만나게 되면 연
락해줘."

"그렇게 쉽게 만날 수 있을 것 같지는 않아요."

"어쨌든 노력해봐."

알랭 경사는 손목의 시계를 흘낏 보고는 이야기를 덧붙였다.

"이제 가봐야 할 시간이군. 기차역까지 좀 태워줄 수 있어?"

"물론이지요. 가시지요."

니콜이 알랭을 기차역에 내려주고 이비스 호텔로 돌아오는
농안에 그늘에게는 그늘이 모르는 농행이 있었나. 바로 얀이

따로 붙인 형사였다. 이전에 시우를 미행하던 친구가 이제 알랭과 만나는 니콜을 봤고, 시우에게 그랬듯이 니콜을 계속 따라다닐 모양이었다. 이제 그의 흰색 포드 피에스타 승용차에는 더 이상 낱말 맞추기 퍼즐이 없었다. 얀에게 단단히 다짐을 받은 것이다.

XII

로베르드 레미

45

얀이 붙인 형사는 니콜을 감시하는 일이 무척이나 심심했다. 처음에는 얀의 경고대로 긴장하고 있었으나 니콜이 하는 일이라고는 도서관, 식당, 호텔을 왔다 갔다 하는 것밖에는 없었던 것이다. 특히 도서관은 한번 들어가 앉으면 대여섯 시간을 꼼짝 않고 있으니 고역이었다. 그는 결국 견디지 못하고 낱말 맞추기 책을 사고 말았다.

니콜은 브뤼헤 도서관의 열람실에 앉아 바를랭 교수가 빌려준 책을 열심히 보고 있었다. 템플기사단의 재산 목록과 브뤼헤 상공회의소의 역사를 면밀히 보던 니콜은 한참이 지나서야 바를랭 교수가 언급한 기욤 드 레미라는 인물을 찾을 수 있었다. 그는 1314년 당시 템플기사단의 브뤼헤 지부를 맡고 있었던 사람이었다. 그 이후로 그는 기사단의 지위를 버리고 환속한 후 여러 가지 사업, 특히 금융업에 열을 올린 것이 차츰 드러났다. 니콜은 드 레미 가문에 대해 더 알아보기로 했다. 유럽 최고의 금융 가문이라 일컬어지는 영국의 로스차일드 가문이나 독일의 골드스미스 가문도 그 역사는 기껏 200년 정도인데, 드 레미 가문은 거의 600년 역사를 금융업 쪽에 갖고 있는 것이다. 그 외에도 니콜이 봐야 하는 책은 아주 많았다. 대학 졸업 논문을

지저스 시크릿

쓸 때도 이렇게 공부를 한 것 같지는 않았다. 니콜이 작성하는 노트도 벌써 상당한 분량이었다. 이러다가 아예 브뤼헤 상공회의소 역사에 대한 논문을 쓰게 될지도 모른다는 생각을 했다.

그녀는 화장실을 가기 위해 도서관 자리에서 일어났다. 밖으로 나가던 그녀는 자신의 자리 뒤쪽 근처에서 낱말 맞추기 퍼즐 책을 펴놓은 채 엎드려 자고 있는 남자를 보았다. 그녀는 속으로 한번 웃으며 그를 지나쳤다.

46

알랭 경사의 수사팀은 글로벌 트랜스사의 녹색 스카니아 트레일러 수배에 전력을 다하고 있었다. 전국의 고속도로 순찰대와 지방 경찰청에 수배 공문을 보냈고, 운행 목적지와의 거리와 시간을 계산해 통과할 곳이라 여겨지는 주요 길목을 맡고 있는 경찰 조직에는 직접 전화도 하고 있었다. 고속도로에서 아직 발견되지 않은 것으로 미루어 국도나 지방도로를 운행하고 있는 것으로 추리했다. 고속도로를 운행하고 있다면 수배 후 24시간이 지난 지금까지 발견되지 않을 수는 없었던 것이다. 원칙적으로는 허용되지 않지만 그 차를 운전하고 있는 알도 카릴의 핸드폰 위치 추적도 신청해 놓은 상태였다. 그것은 검사의 세심을 통해 판사가 영장을 발부해주어야만 가능한 일이었지만, 영장이 발부만 된다면 아주 쉽게 알도를 체포할 수 있는 방법이었다. 처음에는 쉽게 찾아낼 수 있으리라 생각했던 알랭도 오후 5시가 되면서는 그리 쉽지는 않으리라는 생각을 하기 시작했다.

알랭은 인터넷으로 도착한 이메일 보고서를 보고 있었는데, 컴퓨터에 새로운 이메일이 도착했음을 알리는 표시가 떴다. 클릭해보니 얀이 보낸 붉은색 이베코 트레일러에 대한 조사 및 수사 내용이었다. 벨기에 앤트워프에 소재하고 있는 화물 운송 조합 소속의 트럭이었다. 차주 및 운전사는 에리히 반베르크라는 이름의 북부 벨기에 사람이었고 현재 알도와 마찬가지로 사건 이후 소재가 파악되지 않는 상황이었다. 조합에 기록된 운행 계획표에 따르면 파리, 리옹을 거쳐서 밀라노에 다녀오는 것으로 되어 있었다.

알랭은 보고를 믿지는 않았지만 우선 그에 맞춰서 수배 조치를 밟는 것 외에는 달리 방법이 없었다. 붉은색 이베코 트레일러 역시 어떤 경로로든 프랑스 국경 내에 있을 수 있다는 가능성은 확인한 것이었다. 두 대의 트레일러를 찾아내는 것이 지금 알랭이 할 수 있는 일의 전부였다.

47

낙엽이 깔리기 시작한 한적한 프랑스 국도 변의 휴식용 정차 구역에 알랭이 열심히 찾고 있는 녹색의 스카니아 트럭이 서 있었다. 투르에서 보르도 방향으로 이어지는 24번 국도의 한 지점이었다. 파리에서는 약 300킬로미터 정도 떨어진 지점이었고 투르 남쪽으로 약 60킬로미터 정도의 장소였다. 간이 화장실 하나만이 서 있는 휴식용 정차 구역에는 공중전화 하나가 화장실 벽에 부착되어 있었다. 낡은 청바지에 꽤 두꺼운 검은 파카를 걸친 한 남자가 거기에 붙어서 누군가와 통화를 하고 있었다. 남자는 바로 알도 카릴이었다.

"지정한 장소에 와 있습니다. 얼마나 기다려야 합니까?"

"20분 정도 걸릴 거요. 이따 봅시다."

전화를 끊은 그는 자신의 트레일러트럭으로 돌아가 높게 달린 문을 타고 올라가 운전석에 앉았다. 계속 가동되고 있는 히터 때문에 차내는 더운 감마저 들었다. 걸치고 있던 파카를 벗어놓고 운전석 위에 달린 텔레비전을 켰다. 7시 저녁 뉴스가 막 시작되고 있었다. 담배를 꺼내 불을 붙인 그는 자신의 이야기가 나올지도 모르는 뉴스를 심각하게 보고 있었다. 3일 전 사건 이후로 텔리비전이나 라디오 뉴스를 빼놓지 않고 보고 있었지만 아직 자신의 사건에 해당되는 뉴스는 없었다. 그는 그들의 말대로 운전 부주의로 인한 평범한 교통사고로 끝이 났을지도 모른다는 생각이 들었다. 하지만 마음은 놓지 않고 있었다. 오늘 밤 돈을 받으면 당장 이 트레일러를 버리고 잠적할 생각이었다. 신분증 검색이 거의 없는 기차 여행을 통해 프랑스를 벗어나서 조국인 루마니아로 가는 것이다. 이미 받은 돈과 오늘 받을 돈을 합치면 가난한 조국에서는 평생 일하지 않고도 부유하게 살 수 있다는 계산이 섰다. 고국의 젊고 아름다운 처녀들이 떠올랐다. 원한다면 여러 명의 아내도 둘 수 있을 것이라고 생각했다. 그는 파리 근교 방브에 있는 자신의 월셋방에서 기다리고 있을 뚱뚱이 마누라에게는 조금 미안하기도 했다. 하지만 기회가 왔고 그 기회를 잡은 것이다. 그는 조수석에 달린 콘솔을 열어 꽤 두꺼워 보이는 노란 봉투를 꺼냈다. 현금으로 5만 유로가 들어 있었다. 그는 약간 들뜨기 시작했다. 4일 전에 미쓰비시 파제로를 덮치기 전날에 받은 돈으로, 오늘 또 5만 유로를 받고 나면 거래는 모두 끝나는 것이었다. 뉴스는 벌써 끝나고 일기예보가 나오고 있었다. 쌀쌀해지는 날씨를 예보하는 매력적인 중년의 여성 리포터를 바라보면서 그는 아랫도리를 한번 훔쳤다. 나흘 전 미쓰비시 파제로를 밀어붙여서 길가로 나가 떨어지게 한 다음부터 그는 성적인 충동을 강하게 느끼고 있었다. 왜 그런지 모르겠지만 그의 남성이 계속 발기를 하며 해결

지저스 시크릿

해줄 것을 요구하고 있는 것이었다. 물론 손으로 흔들어서 일단 진정은 시켰지만 욕구는 계속되고 있었다.

잠시 후 그는 서쪽으로 넘어가는 황혼을 등지며 휴게소 정차 구역으로 들어서는 승용차의 헤드라이트 불빛을 발견했다. 알도 카릴은 약간 긴장한 채 그 승용차가 자신의 트럭 앞에 주차한 뒤 시동과 전원을 끄는 것을 보고 있었다. 검은색 아우디였다. 하지만 달고 있는 번호판은 벨기에 것이 아니라 선명하게 F자가 박혀 있는 프랑스 번호판이었다. 앞 승용차의 운전석 유리창이 내려가고 손 하나가 차 밖으로 나와 손짓을 했다. 알도가 서둘러 트레일러의 문을 열고 내려가 승용차의 운전석 쪽으로 다가가자 열린 창문을 통해 노란 봉투를 든 손이 나왔다. 알도는 그 안에 뭐가 들어 있는지 알고 있었다. 흡족한 마음으로 손을 내밀어 그 봉투를 받았다. 진하게 선팅이 되어 있는 유리 때문에 차 내부는 보이지 않았고 자신에게 봉투를 전해주는 남자의 옆얼굴만이 살짝 보였다.

"고맙습니다."

그때, 봉투를 두 손으로 들고 허리를 약간 굽혀 인사를 하고 있는 알도의 뒤로 소리 없이 뒷좌석의 유리창이 내려갔다. 그리고 뭉툭한 소음 장치가 달린 검은색 권총이 모습을 드러냈다. 곧바로 둔탁하게 공기를 가르는 소리가 두 번 났다. 알도는 자신이 등 뒤로 날아드는 총탄에 심장 부분을 강타낭하고 앞으로 털썩 쓰러졌다. 그와 동시에 검은색 아우디의 운전석과 조수석의 문이 열리고 두 사람이 뛰어나왔다. 그들은 주위를 살피고는 신속하게 늘어진 시체를 근처 화장실 내부로 옮겼다. 그러고는 오래지 않아 화장실을 나온 두 사람은 녹색 스카니아 트레일러 운전석으로 올라가서 차내를 뒤졌다. 그들이 찾는 노란 봉투는 아주 쉽게 손에 넣을 수 있었다. 그리고 그들이 잠시 빌려줬었던 워키토키도 꺼내올 수 있었다.

아우디로 돌아온 그들은 입수한 봉투를 뒤에 앉은 남자에게 건네주었다. 봉투 안을 살짝 확인해본 그는 웃으며 얘기했다.

"한 장도 안 꺼낸 모양이야. 자, 이제 가자고. 찾아야 할 봉투가 하나 더 있잖아."

아우디는 국도로 진입하기 시작했다. 옆을 지나간 자동차 헤드라이트 불빛에 얼굴이 살짝 드러난 뒷좌석의 남자는 이제 막 어린 티를 벗은 로베르 드 레미였다.

48

파리의 중심 시테 섬에 위치한 오텔 디외 병원에서 시우는 퇴원 준비를 하고 있었다. 그는 목 보호대를 어제에야 풀어내고 움직일 수 있었다. 통증은 거의 느껴지지 않았지만 압박붕대를 한 왼쪽 무릎은 움직일 때마다 여전히 고통스러웠다.

"많이 걸으면 안 됩니다. 당분간 푹 쉬어야 해요."

치료를 맡은 의사가 짐을 싸는 그에게 말했다.

"목뼈 부분은 전혀 문제가 없고 왼쪽 무릎도 일주일 정도 지나면 붕대를 풀 수 있을 겁니다. 인대의 손상이 심각하진 않아요."

시우는 가방을 챙겨 들었다. 그는 침대 옆에 놓인 보조용 목발을 왼쪽 겨드랑이에 끼었다. 무척 부자연스러운 행동이었다. 지난 며칠간 연습하긴 했지만 익숙해지기는 어려웠다.

"지금 나가려고요? 경찰국의 알랭 경사가 곧 올 거요."

"꼭 그가 와야 합니까?"

"당신의 법적 보호인이 알랭 경사로 되어 있어요. 그가 서류에 사인을 해줘야 퇴원이 됩니다."

"그래요? 별수 없군요."

시우는 등에 멘 가방을 침대 위에 다시 올려놓고 걸터앉았다. 병원에 있는 동안 면도를 하지 않아 제법 자란 수염이 얼굴 아래 절반을 덮고 있었다.

알랭이 병원에 도착하고 나서야 시우는 병실을 나설 수 있었다. 복도와 현관에는 상당히 많은 제복 차림의 경찰들이 있었다. 두 사람은 차를 타고 병원 주차장을 빠져나왔다. 제법 서늘해진 날씨 탓인지 행인들의 차림은 무거워 보였다. 차는 센 강좌안의 강변도로를 거쳐 개선문을 지나 시우의 집이 있는 쿠르셀 대로에 접어들었다. 잠시 후 차는 커다란 대문을 지나 시우의 아파트 문 앞에 섰다.

"고맙습니다. 이제 돌아가셔도 되겠습니다."

"좋아요. 가보지요. 잘 쉬시오. 그리고 이건 내가 보관하고 있던 거요."

알랭은 자신의 재킷 안주머니에서 길쭉한 물건을 꺼냈다. 비닐봉지에 둘둘 말아놓은 모습이었다. 시우는 알랭으로부터 물건을 받아 든 순간 자신의 전투용 나이프라는 것을 깨달았다.

"좋은 물건이던데. 사용하는 일이 없어야 할 거요."

"고맙습니다. 안녕히 가십시오."

알랭이 떠나고 시우는 집으로 들어갔다. 오래 비워둔 집에서는 쿰쿰한 먼지 냄새가 났다. 그는 창가로 가서 커튼을 열고 창문을 양옆으로 활짝 열었다. 상쾌한 바깥 공기가 가득 흘러들었다. 집 안은 그가 떠날 때 모습 그대로였다.

시우는 거실의 작은 책상 위에 있는 작은 음향 기기의 스위치를 눌렀다. 귀에 익숙한 마이클 부블레의 목소리가 흐르기 시작했다. 현정과 즐겨 듣던 노래였다. 시우는 책상 위의 봉투 하나를 들고 자신의 의자에 걸터앉았다. 봉투 안에는 제법 많은 양의 사진들이 있었다. 그중 몇 장의 사진들을 추려내기 시작했다. 전부 그와 현정이 같이 찍은 사진들이다. 두 사람 모두 사진 찍는 것을 그렇게 좋아하지 않는 편이라 그리 많지는 않았다. 그중 시우의 눈에 들어온 사진은 지하철역 안의 간이 사진 촬영 기계에서 찍은 즉석 사진이었다. 2유로짜리 동전을 넣으면 연속해서 네 번의 플래시가 터지고 잠시 후 5분 정도 후에 사진을 찾을 수 있는 기계였다. 그때는 겨울이었다. 좁은 기계 안에 두 사람 다 검은색 빵모자를 눌러쓴 모습으로 붙어앉아 사진을 찍었었다. 장난기 가득한 모습이 어제 일처럼 생생했다. 그날을 시우는 생생히 기억하고 있었다. 아마 지금까지 시우가 보냈던 하루 중 가장 행복한 하루였을 것이다.

6년 전 시우는 프랑스의 중부 지방에 있는 투르에서 파리로 올라왔다. 시우는 약 2년간 투르에서 어학 과정을 마치고 파리 3대학의 불문학 석사 과정에 편입했다. 그때 시우에게 시급했던 문제는 바로 살 집을 구하는 것이었다.

파리 시내 곳곳에 흔히 있는 부동산 중개 회사를 통해 알아보는 것이 가장 쉬운 길이지만 유학생 신분의 시우에게는 그림의 떡이었다. 시우는 처지가 크게 다르지 않은 다른 유학생들의 방법을 그대로 따라했다. 한국 대사관 영사과, 외환은행 파리 지점 등의 알림판에 붙어 있는 부동산 안내 정보를 모두 찾아서 무작정 전화를 돌리는 것이다. 그러나 결과는 실망뿐이었다. 이미 방의 임자가 다 정해져 있었던 것이다. 시우는 임시 숙소로 정해 놓은 한국인 경영의 민박집으로 돌아왔다. 그리고 그곳에서 우연히 파리의 한국 사람들이 발행하는 교민 신문을 주웠다. 시우는 그중에서 그의 조건에 부합되는 항목들을 찾아 한 군데씩 전화를 걸었다. 전화를 아예 받지 않거나 이미 방이 나가버렸다는 대답을 듣던 그는 몇 차례의 시도 끝에 뜻밖에 한국인 여자와 통화가 되었다. 그녀는 상당한 부자인 프랑스인 집주인이 소유한 집에 세 들어 살고 있던 상황이었다. 그러던 중 집주인이 소유하고 있던 다른 집이 비자, 평소 집세도 잘 내고 친하게 지내던 그녀에게 부탁을 한 것이다. 그녀는 한국 학생 중 집을 구하는 사람이 있다면 소개해달라는 부탁을 받고 한인 신문에 광고를 내게 됐고 시우는 광고를 보고 전화를 한 것이었다. 그 여자가 바로 현정이었다. 시우는 청바지에 스웨터 차림, 그리고 긴 생머리를 찰랑이고 있는 현정의 모습을 처음 보는 순간 거짓말처럼 가슴이 두근거리기 시작했다. 시우에게 그런 일은 처음이었다. 현정에게 안내를 받아 비어 있는 아파트를 구경했지만 그것은 중요한 일이 아니었다. 문을 여닫고 하는 사이에 스치는 그녀의 숨결과 머리 향기가 시우의 오감을 마비시키고 말았다. 텅 빈 아파트에 앉을 자리가 없자 현정은 자신의 집으로 시우를 초대하여 커피를 대접했다. 그녀의 집은 바로 계단 한 층 위에 있었다. 여자 특유의 세심함으로 치장된 방은 따뜻한 느낌이었다. 시우와 현정은 서로에 대한 소개와 질문을 나누었다. 그리고 아래층 집을 계약할지에 대해 상의했다.

지저스 시크릿

물론 시우는 결정을 한 다음이었다. 그가 첫눈에 사랑에 빠진 여자 현정과 정다운 이웃 생활을 시작하게 된 것이다. 그러나 그것이 시우에게는 약 3년간에 걸친 치열하고 아픈 짝사랑의 시작이었다. 시간이 많이 흐르고 나서야 시우의 치열한 구애가 냉담했던 현정의 마음을 여는 데 성공할 수 있었고, 그동안 입었던 짝사랑의 상처는 충분히 보상받았다. 그렇게 쓰고도 감미로운 시절을 시우는 지금도 잊지 못하고 있었다.

그는 손에 들린 사진을 오래도록 바라보았다.

49

이탈리아 모데나에서 토리노 방향의 28번 국도를 순찰하던 이탈리아 헌병대 카라비니에리 소속의 알파 로메오 순찰차가 주유소 앞 공터에 주차되어 있는 빨간색 이베코 트레일러 앞에 정차했다. 순찰차에서 두 사람의 정복 헌병이 내렸다. 검은색 바탕에 빨간 스트라이프가 바지 양옆으로 있는 그들의 정복은 멋진 것으로 정평이 나 있었다. 앞이 높게 세워진 모자를 눌러 쓰면서 천천히 차에서 내린 마리오 상사는 벨기에 번호판이 붙은 거대한 트럭을 한 바퀴 둘러보았다. 이탈리아 시골 길가에 한적하게 자리 잡은 아지프 주유소는 드넓은 주차 공간을 사지고 있었고 그 한구석에 트레일러가 서 있었다. 멀리 주유소 사무실 쪽에서 한 남자가 서둘러 걸어오고 있었다. 제법 먼 거리를 걸어온 그 사람을 마리오 상사의 동료인 칼리에리 중사가 막아섰다.

"본 조르노(안녕하세요). 무슨 일입니까?"

"제가 전화로 신고했습니다. 이 주유소 주인 스테파노입니다. 저 트럭이 저기 서 있은 지 거의 일주일째입니다. 이상해서 말이지요."

"운전사 본 적 있습니까?"

"아뇨, 운전사는 본 적도 없습니다. 한 일주일 전에 아침에 와서 보니까 저렇게 서 있더라고요. 가겠거니 하고 있었는데 어제부터는 이상한 생각이 들어서 신고한 겁니다. 어떻게 좀 해주세요."

"알았습니다."

마리오 상사는 순찰차의 무전 장치로 본부를 호출한 다음 자신이 지금 보고 있는 트레일러의 벨기에 번호판을 불러주고 조회를 요청했다. 5분도 채 안 되어 그가 지금 눈앞에 보고 있는 트레일러가 프랑스와 벨기에 경찰에서 수배하고 있는 차량이라는 것을 알 수 있었다. 그리고 주유소 지역을 수색할 필요가 있다는 통보와 함께 근처의 모든 헌병 경찰 병력들에게 집결하라는 명령이 떨어지는 것을 들을 수 있었다.

약 10분 후 들이닥친 헌병과 경찰 차량으로 주유소는 시끄러워지기 시작했다. 마리오 상사는 모여드는 인력을 지휘해서 주위를 수색해나가기 시작했다. 그들은 오래지 않아 주유소 주차장 화장실에서 부패하기 시작한 남자 시체 한 구를 발견했다. 시체에는 총탄을 맞아 생긴 것이 분명한 상처가 세 군데 있었다. 마리오 상사의 할 일은 그것으로 끝났지만 토리노 지방 헌병 본부는 바빠지기 시작했다.

50

알랭은 이탈리아 헌병대 토리노 본부에서 전해진 사건 보고서를 보았다. 피살자는 물론 에리히 반베르크였다. 한 발은 머리에 또 한 발은 가슴에 권총탄을 맞았다. 부검이 끝난 후 사체에서 발견한 총탄에 대한 검사 결과가 나와봐야 알겠지만 알랭은 이번 총탄 역시 글록 17형에서 발사된 9밀리미터 총탄일 거라고 생각했다. 일주일쯤 전인 9월 17일에 프랑스 투렌 지역 경찰들이 녹색 스카니아 트레일러를 찾아냈고 근처 화장실 내의 닫힌 청소 도구함에서 그 차를 운전한 알도 카릴을 발견한 것이다.

프랑스 경찰청이 총기 시험실에서 탄환을 분석한 결과 글록

17형에서 발사된 9밀리미터 페더럴 클래식 탄이라고 보고하자 알랭은 고개를 저으며 이탈리아 헌병대의 보고서 파일을 닫았다. 이제 그가 기다리는 것은 알도의 핸드폰 통화 기록이었다. 알도는 분명히 그들과 통신을 했을 것이니 흔적을 찾아낼 수 있을 거라고 믿었다.

51

파리 거리에 가로등들이 빛을 발하기 시작하면서 하늘은 검게 저물어가고 있었다. 세바스토폴 거리에 위치한 거대한 지하 주차장에 지금 막 검은색 아우디A6를 주차한 세 남자가 엘리베이터를 통해 지상으로 나와 레알 광장으로 걷기 시작했다. 주위는 허름하거나 아니면 괴상한 옷차림의 젊은이들이 많이 오가고 있었다. 특히 힙합 스타일이나 레게 스타일로 외모를 꾸민 흑인들이 많았고 펑크 스타일의 가죽 껍데기를 걸친 친구들도 제법 있었다. 피어싱이 유행해서 귀나 코, 입 등에 쇠 조각을 박아넣은 사람들도 많았다. 광장의 입구에 위치한 맥도날드와 켄터키 프라이드 치킨에서 흘러나오는 느끼하면서도 구수한 냄새가 그 앞을 지나가는 세 사람의 코를 자극했다. 그들 가운데에서 걷고 있는 로베르 드 레미는 이런 냄새를 무척 싫어해 쓰레기 냄새라고 부를 정도였다. 그들은 '쓰레기' 냄새를 맡으면서 파리라는 아름다운 귀부인의 가장 냄새 나는 치부에 들어서고 있었다. 특히 그들이 가는 생 드니 길은 마약, 매춘, 불법 무기, 청부 살인 등 온갖 더러운 것들의 매매가 이루어지는 시궁창이었다. 파리에서 정상적인 생활을 하고 있는 사람이라면 발 디딜 만한 곳이 아니었다.

"어이 마틴. 확실히 약속이 된 거야? 불쾌한 곳이군, 이곳은. 나한테도 말이야."

로베르는 자기의 왼쪽에서 나란히 걷고 있는 두꺼운 검은색 가죽 외투를 입은 키가 크고 예리한 눈매의 남자에게 말을 건넸다. 마틴이라고 불린 남자는 시우의 뒤를 추적한 사람이자 동시에 아우디를 타고 배관공에게 총질을 한 친구였다. 그는 짧게 자른 머리에 무표정한 얼굴이었다.

"마음에 드시지는 않겠지만 우리 일을 청부하는 것은 문제없을 겁니다."

생 드니 길은 무엇인가 금지된 것들을 사고팔려는 사람들이 의심 어린 눈빛으로 서성대고 있었다. 거래의 대부분은 주로 육체적인 쾌락이었다. 남자가 여자를, 여자가 남자를, 남자가 남자를, 여자가 여자를, 그 외에 인간 사이에 가능한 어떠한 형태의 조합도 여기에서는 가능했다. 물론 돈이라는 매개를 통해서.

그들은 '플라스마'라는 카페에 들어갔다. 사람이 그렇게 많지 않았다. 초저녁부터 마약 주사를 맞은 듯한 지저분한 사내들이 맥주를 마시고 있었고, 한구석 테이블에는 막 돈을 벌러 나온 듯한 여자들이 도발적인 옷차림으로 앉아 떠들어대고 있었다. 그들이 카페에 자리를 잡고 앉자 서빙을 하고 있던 안색이 나쁜 웨이터보다 그들 자리에서 꽤 떨어진 곳에 앉았던 여자들 중 하나가 먼저 그들에게 다가갔다. 그들의 옷차림에서 돈 냄새를 맡은 것이다.

"봉수와, 미남 오빠들. 좀 이르긴 하지만 한잔 사주지 않을래요?"

로베르는 잠자코 앉아 있었고 마틴이 앉은 채로 오른손의 검지 손가락을 들어 흔들었다. 그러면서 낮은 목소리로 얘기했다.

"우리 지금 놀고 싶지 않아. 다른 데 가서 알아보라고."

"아이, 왜? 우리 정말 잘할 수 있어요. 후회 안 할 텐데."

말꼬리를 길게 끌면서 여자가 마틴의 무릎에 걸터앉으려고 했다. 순간 마틴은 앉으려는 여자의 손목을 잡아 위로 각도를 틀어올렸다. 곧바로 여자의 고통에 찬 비명이 울려퍼졌다.

"놔, 이 자식아. 아악! 놓으라고!"

마틴은 바로 여자의 손목을 살짝 밀면서 놓아주고는 손을 자신의 바지에 비벼 닦았다. 나머지 여자 둘이 급히 와서는 손목을 쥐고 씩씩거리는 동료를 부축했다. 그러고는 극도로 표독한 표정을 지으며 앉아 있는 그들에게 말했다.

"이 자식들아. 싫으면 그만이지 왜 행패를 부려? 죽어볼래?"

짧은 가죽 스커트에 머리를 붉게 물들인 여자가 시비를 걸어왔다. 그러자 아무 말 없던 작은 키에 검은색 양복을 입은 사내가 일어섰다.

"이봐, 아가씨들. 우리 지금 놀 수 있는 상황이 아니야. 이해해 줄 수 있지? 내일 보자고, 응?"

제법 부드러운 말투였다. 그때 앞치마를 두른 창백한 안색의 웨이터가 왔다.

"무엇을 주문하시겠습니까? 너희들은 나가봐."

앞의 말은 남자들에게, 뒤의 말은 여자들에게 한 것이었다. 그의 말에 여자들은 아무런 대꾸 없이 카페 밖으로 나갔다.

"이런, 돈을 안 냈군. 저 여자들 커피 값은 신사분들께서 내 주시겠습니까? 그쪽에도 책임이 있다고 생각됩니다만……"

"그렇게 하지요. 나는 페리에로 주고, 너희들은 뭘 주문할 거야?"

마틴과 운전을 하는 피에르는 각각 스카치 위스키와 맥주를 주문했다. 웨이터가 주문을 받고 돌아서려 할 때 마틴이 말을 붙였다.

"여기 플라스마 카페에서 사람을 찾고 있소. 빅토르라고, 물어보면 알 거라고 하던데. 알고 있소?"

"약속을 하셨습니까?"

"구체적으로 약속한 것은 없고 아는 사람에게 소개를 받았소. 여기에서 그를 찾아 직접 얘기하라고 말이오."

"잠시만 기다려주시죠."

웨이터는 카운터로 가서 그들이 주문한 음료와 계산서를 가져왔다. 테이블에 음료들을 놓은 후 그는 돌아가지 않고 쟁반을 옆 테이블에 놓더니 자신의 앞치마를 벗어서 역시 옆 테이블의 의자에 걸쳐두었다. 그러고는 로베르 일행의 테이블의 비어 있는 의자에 털썩 앉았다.

"내가 빅토르요. 누구한테 내 이야기를 들었지?"

앉아서 마주 보게 되자 그는 더 이상 웨이터가 아니었다. 대머리처럼 완전히 깎아서 밀어버린 머리와 차가운 눈빛의 그는 로베르 일행이 찾았던 바로 그런 종류의 사람이었다.

로베르는 아무런 대답도 없이 주머니에서 사진 한 장을 꺼내 테이블 위로 던졌다. 어딘가 길에서 찍힌 강시우의 얼굴이었다.

"서로 많이 알 필요는 없는 듯하고, 이 친구를 해결해주시오. 사진 뒤에 주소나 이름 등 필요한 것들이 적혀 있소."

"좋소. 이미 충분히 알고 온 것 같은데, 긴 말은 필요 없겠군. 가격도 알고 있소?"

"선금 1만 유로에 일 끝나고 그만큼이라고 들었는데 나는 조금 더 주겠소. 선금 2만 유로 여기 있소."

로베르는 재킷 안의 주머니에서 봉투 하나를 꺼내 던졌다.

빅토르라는 남자는 봉투 쪽은 거들떠보지 않고 로베르를 가만히 쳐다보았다.

"합쳐서 4만이라. 그만큼 아니 그 이상으로 까다로운 표적인 모양이군. 그래, 어떤 놈이오?"

"별거 아니오. 한국 놈이고 여기 유학 와 있소. 동양의 무술을 조금 하는 정도요. 소문대로의 빅토르라면 그렇게 어렵지는 않을 거요. 단지 그놈이 조금 명줄이 질긴 것 같아 확실하게 해두자는 거요."

"좋소. 두고 가시오. 사나흘 내로 처리될 거요. 처리 후 다시 여기를 와서 잔금을 지불하면 될 테고. 잔금은 내가 정할 거요. 일이 간단하다면 이 봉투 하나면 될 거고, 경우에 따라서는 더 두꺼운 봉투를 준비해야 될지도 모르겠소."

"어쨌든 좋아요. 그 친구 처리만 해주시오."

로베르는 주문한 페리에를 한 모금 마시고는 자리에서 일어났다. 그 옆의 두 사람도 그를 따랐다. 빅토르는 자신의 앞치마를 천천히 다시 걸치고 테이블 위의 봉투와 사진은 바지 주머니에 넣고 테이블을 치웠다.

"페리에, 위스키, 맥주, 거기에 아까 커피 두 잔에 맥주 한 잔, 합쳐서 15유로입니다, 손님."

피에르가 20유로짜리 지폐를 꺼내 주었다.

"감사합니다 또 ᄋ십시ᄋ."

그들은 다시 생 드니 거리로 나왔다. 밖은 노골적인 유혹의 밤이 시작되었다. 젊은 주정뱅이 하나가 초췌하고 더러운 몰골로 앞을 막아섰다. 그들은 시비를 거는 주정뱅이를 피해 차가 있는 주차장으로 걸었다.

"다음에 올 때는 마틴 자네 혼자서 와. 정말 지저분하군."

"네, 그러지요. 저 친구라면 그 동양 놈 정도는 문제도 아닐 겁니다."

"그래야지. 그래야 나도 마음 편하게 아버지께 돌아갈 거 아니야?"

세 남자는 계속 걸어 지하로 내려갔다.

52

니콜은 오랜만에 파리 시테 섬의 경찰국에 출근을 했다. 스스로 브뤼헤에서 해야 할 일을 다 했다고 판단하고 어제 저녁 때 파리로 돌아온 것이다. 니콜은 경찰국 동관 5층의 알랭 경사의 부서 사무실로 갔다. 그쪽의 분위기는 조금 달랐다. 통상적인 아침 인사 후에 바로 알랭의 회의 소집 명령이 떨어졌다. 여섯 명의 팀원이 역시 오랜만에 같이 앉았다.

"자, 이제 정리를 좀 해보자고."

알랭은 그리 밝지 않은 얼굴로 자신의 부하들 얼굴을 차례로 둘러보았다.

"지금 가장 중요한 알도의 핸드폰 통화 기록을 입수했습니다. 분석해보니까 의심이 가는 발신자가 하나 있더군요. 벨기에 번호였습니다. 조회해본 결과 마틴 브라운이라는 친군데요. 흥미가 있으실 겁니다. 미국 위스콘신 주 출신으로 1965년생입니다. 미 해군 특공대 SEAL팀으로 군 생활을 했고, 1992년 제대 후엔 용병 생활을 한 듯합니다. 벨기에 용병 에이전트인 벨가 인터내셔널에 소속되어 있었습니다."

"지금은?"

알랭은 보고를 하고 있는 로마노 경위의 말을 자르면서 물었다.

"벨가 인터내셔널의 정식 직원입니다."

"용병 에이전트라. 재미있어지는군. 니콜의 이야기 좀 들어보자고."

니콜은 자신의 커다란 핸드백에서 자신의 노트를 꺼냈다.

"역사 이야기예요. 흥미 없진 않을 거예요. 지난번 템플기사단의 변질 부분에 대해서 이야기한 것은 기억하실 거예요. 이제 구체적인 윤곽이 잡히고 있어요. 그 벨가 인터내셔널도 포함되어 있어요. 자, 이 복사지들을 하나씩 보세요."

니콜은 자신이 가방에서 A4용지 세 장 분량의 문서를 나섯

부 꺼내 동료들에게 나누어줬다.

"가장 주목할 이름은 드 레미 가문이에요. 700년 전부터 브뤼헤를 기반으로 융성하고 있는 금융 가문이지요. 선조 기욤 드 레미부터 시작돼요. 1314년 프랑스 내의 템플기사단원들이 전멸한 다음 기욤 드 레미라는 사람은 기사단의 브뤼헤 지부장이라는 지위를 내던지고 금융업을 하기 시작했어요. 원래 기사단의 전문 분야가 그쪽이었으니까 이상할 것은 없겠지요. 그 이후 드 레미를 비롯해 벨기에에 남아 있던 기사단원들은 전부 금융업자 내지는 상공업자로 변신해서 살아남았어요. 오늘날까지 말이죠."

"이 뒤의 리스트가 그 가문들의 리스트인가?"

"가문과 그에 관계된 기업체들의 명단이에요. 대단하지요?"

알랭은 자신이 들고 있는 문건의 세 번째 페이지에 있는 리스트를 주의 깊게 살펴보았다. 조금 전 로마노에 의해 언급된 벨가 인터내셔널도 포함되어 있었다.

"이 리스트상의 모든 기업들은 보이지 않는 상호 출자와 대출, 담보, 이사 겸임, 납품 계약 등등으로 치밀하게 연결되어 있어요. 그 중심에 드 레미 가문이 있지요. 벨기에를 대표하는 금융 재벌이 벨기에를 대표하는 몇몇 기업과 한 덩어리인데 그 연관 관계가 700년을 거슬러 올라간다니, 참 대단하지요?"

벨기에 상업 은행 (소유 : 샤를 드 레미 남작) - 금융업

브뤼헤 신용 조합 은행 (소유 : 샤를 드 레미 남작) - 금융업

플랑드르 화포 제작소 FGA (소유 : 레오나드 커셀 경) - 총기, 대포 제작

벨포르 중기 공업 (소유 : 마티스 막스) - 탱크, 장갑차 제작

콘티넨탈 곡물 중개 상사 (소유 : 빈센트 반 쇼몽) - 식품 수출입

가젤 화물 운송 (소유 : 피에르 브로글리) - 컨테이너 등 화물 운송 회사

벨가 인터내셔널 (소유 : 파트릭 반 데르트) - 무기 용병 중개 에이전시

스텔라 아르티스 주조 (소유 : 클로드 바놀레) - 맥주 회사

중앙아프리카 플랜테이션 (소유 : 로저 스월렌스) - 사탕수수 무역

코메트 증권 (소유 : 샤를 드 레미 남작) - 증권, 채권 회사

미라벨라 인터내셔널 (소유 : 프랑수와 마고트) - 엔터테인먼트 에이전시

얀 에튀드 부동산 (소유 : 에밀 에튀드) - 부동산 중개 회사

로렌초 광업 개발 (소유 : 로빈 로렌초) - 보석 원석 채취 및 가공

"여기 적힌 회사 말고도 그 세력은 더 뻗어 있을 것으로 보입니다. 언론계, 법조계, 경찰 조직, 학계 등에요."

"옛날 템플기사단 세력이 벨기에에 자리 잡고 융성했다는 것이군."

"아마 다른 나라에도 그 세력이 남아 있을 거예요. 어쩌면 프랑스에도 말이죠."

알랭은 오른손으로 턱을 쓰다듬고 있었다. 결국 벨기에 쪽에

서 결판이 나야 하는 상황이었다. 하지만 그에게는 아무런 힘도 없었고 필요한 증거도 아직 절대적으로 부족했다.

"드 레미 남작 조사는 좀 해봤나?"

"전혀 손댈 데가 없어요. 완벽해요. 탈세의 흔적도 없고 많은 기부금을 통해 양심적인 자본가로 통하고 있어요."

"가족관계는?"

"그쪽으로 조금 불우한 편이에요. 17년 전에 이혼을 했어요. 캐서린 맥크레이든이라는 스코틀랜드계 금융 가문의 딸이었는데 결혼 후 3년 만에 이혼했더군요."

"그 여자는 지금 어디 있지?"

"프랑스에 있어요."

"프랑스 어디?"

"리지외에 있는 꽃의 테레사 수녀회에 들어가 있어요."

"이혼하고 수녀가 됐단 말인가?"

"그렇지요. 이혼한 후 바로 출가했더군요. 친정집에도 가지 않고요."

"재미있군. 자식들은?"

"아들이 하나 있어요. 로베르라구요. 아주 골칫덩이예요. 2년 이상 다닌 학교가 없어요. 브뤼셀의 명문 사립인 테이튼 고등학교를 어떻게 졸업하긴 했는데 작년에 입학한 브뤼셀 상업 대학에서 제적된 상태예요."

"로베르, 시우가 이유진에게 들은 이름도 로베르였잖아?"

"로베르라는 이름이 흔하기는 하지만 개연성이 아주 강하군요."

"지금 뭐 하고 있지? 이 녀석을 찾아야 돼."

"그건 파악이 안 되고 있어요. 워낙 돌아다니면서 망나니짓을 하는 데다 드 레미 가문의 근황에 대한 조사는 한계가 있을 수밖에 없거든요."

"좋아. 우선 포인트는 두 가지군. 로마노 경위!"

"네, 경사님."

"영장을 발부받아서 마틴 브라운이란 놈의 위치를 파악해줘. 핸드폰 위치 추적해서 말이야. 인터폴에 의뢰해서 전 유럽에 수배를 하자고. 1급 살인 혐의로 말이야. 놈을 잡아야 해."

"그러지요. 그런데 벨기에 쪽으로 뭔가 일을 해야 하지 않을까요?"

"이대로 둘 수는 없지. 지금 티볼트 총경과 상의 중이야. 벨기에 경찰 본부를 통해 공조 수사를 해나갈 거야."

"브뤼헤 경찰서 정도로는 해결이 안 될 상황이에요. 더 큰 범위의 공조가 시급합니다."

"그래야겠지. 곧 결론이 날 거야. 하지만 우리가 지금 가지고 있는 증거는 한계가 있어. 방증 자료를 더욱 보강해야 되는 상황이야. 이미 곧 벨기에와 프랑스의 고위 경찰 간부 앞에서 수사 브리핑을 해야 할 거야. 니콜이 종합적으로 준비를 해줘야 되겠어."

"그렇게 하지요."

"자, 이제 움직이자고."

알랭은 자리에서 일어서서 자신의 사무실로 걸어갔다.

53

시우는 몇 가지 볼일을 보고 저녁나절에 집으로 돌아오는 중이었다. 그는 자동차 보험 회사와 은행을 다녀왔다. 사고가 난 시우의 자동차는 알랭이 작성해준 사건 보고서 덕분에 전액 보상받기로 결론이 났다. 그리고 요즘 계속 사용하고 있는 현금을 찾기 위해 은행을 들렀던 것이다.

쿠르셀 거리는 벌써 퇴근길의 승용차들이 줄지어 서 있었다. 시우가 80번지의 거창한 정문을 열고 들어갔다. 그리고 이중 현관을 거쳐 자신의 아파트를 향해 계단을 올랐다. 이때는 2층에 자신의 집이 있다는 것이 아주 감사했다. 목발을 짚고 엘리베이터가 없는 5, 6층을 오른다는 것은 생각만으로도 끔찍했다. 그의 손에는 오는 길에 들른 마켓에서 산 여섯 개들이 하이네켄 캔맥주 박스가 들어 있는 비닐봉지가 들려 있었다. 꽤 묵직한

지저스 시크릿

무게였다.

시우가 자신의 아파트 문 앞에서 열쇠를 꺼내려 하면서 문 밑의 무엇인가를 살폈다. 그가 점심쯤 집에서 나올 때 붙여두었던 작은 테이프 조각을 확인하려는 것이었다. 그는 병원에서 퇴원한 이후로 외출 시에는 늘 문 밑바닥 틈에 투명한 테이프 조각을 붙여두었다. 그런데 테이프가 붙여둔 문 바로 아래의 문턱에서 떨어져 있는 것을 발견했다. 시우는 즉시 그의 아파트에 누군가 들어왔음을 깨달았다. 그리고 그 목적도 알 수 있었다. 시우는 자기가 들고 있던 목발을 한쪽 옆에 세워두고 먼저 무기가 될 만한 것을 챙겼다. 우선 맥주 박스가 든 비닐봉지의 손잡이 두 부분을 합쳐 묶었다. 손잡이가 달린 무거운 추가 된 것이다. 그러고는 재킷 안에 넣어두었던 에머슨제의 나이프를 뽑아 들었다. 한숨을 크게 쉬고 스스로 준비가 되었음을 확인한 시우는 나이프를 든 오른손으로 열쇠를 돌려서 아파트의 문을 열었다. 나무로 된 문에 철제 자물쇠가 스치면서 거북한 소리가 들리고 문이 천천히 열렸다. 안은 커튼이 드리워진 채 어두운 실내로 작은 복도가 나 있었다. 2미터 정도 되는 복도 옆 오른쪽으로 침실과 주방이 있고 왼쪽으로는 거실이 위치한 형태였다. 시우는 만약 자신이 습격을 한다면 선택했을 오른쪽에 주의를 기울였다. 뒤로 문을 닫고 오른손을 들어 현관과 복도를 밝히는 등을 탁자 켰다. 동시에 시우가 예상한 대로 검은색 권총을 손에 든 남자가 오른쪽 구석에서 튀어나왔다. 시우는 곧바로 왼손에 들고 있던 맥주캔이 든 비닐봉지를 적의 정면으로 휘둘러 날리면서 몸을 앞으로 넘어지듯 굴렸다. 상대는 총을 허공으로 한 발 쏘는 데 그쳤다. 얼굴로 날아드는 무거운 캔 맥주 덩어리의 타격을 피하지 못한 것이다. 퍽 소리가 나는 권총 발사음이 울린 순간 상대는 엄청난 무게와 속도로 강타하는 금속 덩어리에 얼굴을 맞았다. 쇠망치로 안면을 두들겨 맞은 듯한 충격으로 상대는 뒤로 넘어졌고 동시에 발밑 쪽으로 스치는 은빛 칼날을 살짝 보았다. 그는 곧 불에 덴 듯한 고통을 느꼈다. 시우가 그의 발꿈치 윗부분을 자신의 에머슨제 전투 나이프로 그었던 것이다. 상대가 몸을 조금 일으켜 권총을 겨누자 시우는 쥐고 있는 손목을 낚아채서 바깥 방향으로 사정없이 돌려 꺾었다.

잠시 후 정신을 차린 적은 누워 있는 자신의 눈 위로 겨누어진 권총의 총구를 보았다. 그것은 조금 전까지도 자신의 손에 들려 있던 IMI사의 데저트 이글 MK14형이었다. 총구에는 물론 뭉툭한 소음기가 달려 있었다. 사주를 받아 시우를 공격한 이 남자는 바로 빅토르였다. 그는 일이 아주 잘못됐다는 것을 깨닫고 방심한 자신을 저주했다. 그의 코와 입 부근에서는 끈적끈적하고 비릿한 피가 흘렀다. 오른쪽 발목에도 극심한 통증이 느껴졌고 오른팔도 완전히 탈골된 상태였다. 완벽하게 제압당

지저스 시크릿

한 것이다. 시우는 니콜에게 전화를 걸었다.

"니콜, 습격을 받았어요. 우리 집에서. 괜찮아요. 그래요."

첫 번째 정복 경찰들이 도착한 것은 전화를 끊은 지 5분 후였고 15분쯤 후에는 알랭과 니콜이 도착했다. 아파트의 주민들이 복도로 나와 호기심 어린 눈빛으로 복도의 계단에 앉아 있는 시우와 가득 들어찬 경찰들을 보고 있었다.

"시우 씨, 같이 갑시다."

시우는 말없이 고개를 끄덕이고 목발에 의지해서 일어섰다. 두 사람의 부축을 받으며 계단을 내려온 그는 집 앞의 흰색 르노 라구나 뒷좌석에 앉았다. 차의 운전석 창 위로는 파란색 경광등이 번쩍이면서 돌고 있었다. 알랭은 시동을 걸고 곧바로 사이렌 소리를 내며 쿠르셀 거리를 질주하기 시작했다. 바람에 낙엽들이 무척 많이 떨어지는 저녁나절이었다.

54

알랭은 책상 위에 놓인 물건을 바라보고 있었다. 슈퍼마켓 비닐봉지, 검은색 나이프, 그리고 소음기가 장착된 권총이었다. 강시우는 간단한 조사와 조서 작성을 마치고 임시로 오텔 디외 병인에 입인 그치했디. 닌번 보호 치원이었다. 물론 그의 갱동은 완벽한 정당방위였고 법적으로 아무런 문제가 없었다. 알랭 경사는 뭉툭한 권총을 비닐 커버에 넣어진 채로 들어올려 보았다. 권총치고도 아주 무겁고 대구경의 위력적인 무기였다. 호신용 총기가 아닌 전문가들의 구미에 맞춰진 총기였다. 더구나 소음기까지 달려 있었다. 그때 노크 소리와 함께 로마노가 들어왔다.

"지금 막 몽타주 작업이 끝났습니다. 한번 보시겠습니까?"

"그러지. 생각보다는 빨리 끝났군. 빅토르는?"

"오텔 디외 병원의 피의자 병동으로 보낼 겁니다. 작정을 하고 수사에 협조하더군요."

"경비를 강화하게. 장 뤽 같은 꼴을 또 당할 수 없으니까."

"알겠습니다. 그런데 빅토르가 협상을 제안해왔습니다."

"그래? 뭘 가지고?"

"자신의 형량을 배려해준다면 살인을 의뢰한 사람에 대한 확실한 증거를 제공하겠다고 합니다. 그 친구 보통이 아니더군요."

"뭐라고 했나?"

"수사 책임자를 만나게 해주겠다고 했지요. 지금 가보시겠습니까?"

"가보자구."

그들은 복도로 나와 빅토르가 있는 몽타주실로 갔다. 빅토르의 몰골은 참담했다. 오른팔 부위는 응급조치 후 깁스를 하였고 얼굴은 뒤덮인 붕대로 거의 볼 수가 없었다.

"나 알랭 경사요. 수사 책임자지. 할 얘기가 있다고?"

붕대를 통해 들리는 거북스러운 빅토르의 목소리가 흘러나왔다.

"나에게 청부를 맡긴 사람들의 지문을 가지고 있소. 아마 필요할 거요."

"그 대신 뭘 원하는데?"

"형량에 대한 최대한의 배려면 되오. 그리고 그놈들을 잡아주시오. 나 혼자 들어와 있는 건 조금 억울하거든."

"좋아. 최대한 배려하지. 네가 가지고 있는 걸 보여줘봐."

"내 소유의 플라스마 카페의 주방에 흰색 대형 냉장고가 있소. 그 안에 비닐에 싼 유리컵 세 개가 있을 거요."

알랭은 곧바로 로마노에게 지시했다.

"이 친구를 병원으로 옮겨줘. 특실로 말이야. 그리고 어이, 가엘. 나랑 생 드니 좀 다녀와야겠어."

밤 12시가 다 되어가는 시간이었지만 전혀 퇴근 분위기가 아니었다. 알랭은 가엘과 밖으로 달려나갔다.

55

찬밖으로 센 강이 흐르고 있었다. 길고 납작한 모양의 유람

선이 오징어잡이 배 같은 휘황한 조명을 사방에 비추며 하류 방향으로 항해하는 것이 보였다. 로베르는 강변의 파리 15구에 위치한 고급 아파트식 호텔인 플라토텔의 21층 거실에서 바깥 풍경을 보고 있었다. 지금 그의 머리는 복잡했다. 밖에 나갔다 들어온 마틴이 좋지 않은 소식을 전한 것이다.

바로 조금 전 저녁 7시, 시우의 아파트를 지키던 마틴은 절뚝거리며 걸어들어가는 시우를 보았고 30분 후부터는 들이닥치는 경찰차들을 보았다. 그는 처음엔 낙관적인 기분으로 근처 카페에 앉아 있었지만 상황이 종료되고 커피를 마시러 들어온 정복 경찰이 하는 이야기를 통해 일이 잘못됐음을 깨달았다. 경찰은 맥주캔만으로 권총을 든 킬러를 제압한 동양 남자에 대해 떠들었고 시우의 이웃들까지 가담해 부풀고 있는 무용담을 늘어놓은 것이다. 마틴은 바로 플라스마 카페로 갔지만 밤 9시 30분까지 빅토르의 출근을 보지 못했다. 실패가 확실해진 것을 깨달은 그는 급히 로베르에게 달려온 것이다.

로베르가 마틴에게 물었다.

"빅토르 그놈이 우리에 대해 떠들어대지는 않을까?"

"그놈은 우리에 대해 아는 것이 아무것도 없습니다. 현금과 사진 한 장만 줬잖습니까? 그 점은 안심해도 되겠는데요."

"그렇지? 겨우 몽타주 정도 그려내겠지? 좋아. 이렇게 된 이상 강시우란 놈을 살려둘 수가 없어. 신중하게 연구해보자고."

지저스 시크릿

잠시 흐른 침묵 속에 창밖의 센 강을 내려다보던 로베르는 오래지 않아 몸을 돌렸다.

"이런 제길. 나가서 술이나 먹고 오자."

마틴은 의자에서 벌떡 일어선 로베르를 따라 호텔 방을 나섰다. 그들은 플라스마 카페에서 자기들이 마신 컵까지는 생각이 미치지 못했다.

56

시우는 간밤에 쉽게 잠들지 못했다. 드디어 육체적인 충돌이 시작된 것이다. 격투로 예리해진 신경을 누그러뜨리려고 노력했지만 잘 되지 않았다. 별로 편하지 않은 병원의 침대와 그가 무척 싫어하는 소독약 냄새도 그의 불면에 한몫을 했다. 시우는 커피와 크루아상으로 아침식사를 마치고 정형외과로 옮겨져 압박붕대를 풀었다. 무릎을 움직이면 저리고 힘줄이 당겨지는 느낌이었지만 전반적으로 큰 문제는 없었다. 의사가 당부했다.

"당분간 격렬한 운동은 하지 마세요. 특히 달리기는 좋지 않아요. 천천히 되도록 많이 걷는 것이 좋을 거예요."

"이후에 재발한다든지 다른 문제가 생기지는 않을까요?"

시우는 붕대를 푼 다리가 너무도 가볍고 시원해서 좀 뛰어봤으면 하는 생각마저 들었다. 하지만 그는 니콜을 기다려야 했다. 경찰에 의해 입원 조치된 사람은 경찰에 의해서만 병원에서 나갈 수 있는 것이 병원의 규칙이었다. 시우가 자신의 병실로 돌아와 가벼운 스트레칭으로 온몸을 풀고 병실의 텔레비전에 시선을 돌린 후에야 니콜이 나타났다.

"잘 잤어요?"

"아니, 별로 그렇지 못했어요. 잠이 안 오더군요."

"빅토르라는 사람. 그래요, 어제 시우 씨가 때려눕힌 자가 결정적인 단서를 넘겼어요. 어젯밤에 시우 씨 살인을 의뢰한 사람들의 지문이죠. 그의 소유인 플라스마 카페에서 그들이 썼던 잔을 씻지 않고 보관해두었던 거예요. 대단한 놈이지요?"

"그래서 누가 나를 죽이라고 했는지 알아냈나요?"

"당연하지요. 우리 예상과 다르지 않았어요. 알도와 에리히 반베르크 두 사람에게 당신의 교통사고를 의뢰한 마틴 브라운이라는 용병과, 피에르 브루노라고 하는 벨가 인터내셔널 직원의 지문이 나왔어요."

"두 명인가요?"

"하나 더 있어요. 가장 중요한 인물이지요. 샤를 드 레미 남작의 외아들 로베르 드 레미예요. 로베르를 드디어 찾아낸 거죠."

니콜의 이야기를 들은 시우는 말없이 고개를 천천히 끄덕였다.

"이제 문제가 풀려갈 거예요. 프랑스에 이들의 수배령이 내려졌고 유럽 다른 나라에도 오늘 중으로 수배 조치가 취해질 거예요. 1급 살인죄로 벨기에 경찰 본부와의 협의도 오늘 중으로 결론이 날 거고요. 범죄 사실과 증거가 확실해졌으니까요. 지금 프랑스의 모든 숙박업소들을 뒤지고 있어요. 독 안에 든 쥐라고 볼 수 있지요. 이런 일에 관한 한 프랑스 경찰은 세계 최고거든요."

"로베르라는 놈만 잡으면 현정이 있는 곳을 알아낼 수 있겠군요."

"그렇다고 보고 있어요. 로베르는 이미 우리 손에 들어온 것이나 다름없어요. 더구나 드 레미 가문의 요트에 대한 탐문이 시작됐어요. 납치 사건이 발생한 다음 날, 그러니까 유진 씨가 발견된 바로 그날, 드 레미 가문 소유의 배가 요트 마리나를 떠났어요. 현재 항적이 정확히 확인되지는 않았지만 곧 수배가 될 거예요. 로베르의 입을 여는 것이 중요해요."

"알았어요. 일단 나갑시다. 어쨌든 답답하니까 가면서 더 이야기하자고요."

그들은 신속하게 퇴원 수속을 마치고 니콜의 차에 몸을 실었다.

57

마틴 브라운이라는 이름으로 숙박 신고된 플라토텔의 기록이 확인된 것은 수배 명령이 떨어진 지 네 시간 만인 오전 11시경이었다. 알랭과 로마노가 지체 없이 출동하고 지역 경찰과 CRS(프랑스 경찰 특공대)가 지역을 차단했다. 작전에 나선 모든 경찰 병력에는 용의자가 무장하고 있으며 아주 위험하다는 통보가 전달되었다. 전원 방탄조끼와 헬멧을 착용하고 각종 중화기로 무장한 경찰 병력이 호텔에 진입하자 조용하던 호텔 분위기는 일순간에 살벌해졌다. 알랭 경사는 CRS 특공대 지휘 책임자인 뱅상 카로 경사와 더불어 현장을 지휘하기 시작했다. 우선 불필요한 인원들은 모두 호텔 밖으로 내보냈고 호텔의 리셉션 지배인을 통해 세 명의 남자가 투숙해 있는 방 번호와 방이 위치한 21층의 실내 평면도를 얻어냈다.

"아침에 나가는 것을 못 봤죠?"

알랭은 심각한 얼굴의 지배인에게 물었다. 알랭도 물론 방탄조끼에 헬멧을 썼고 머리에는 소형 무전기를 달고 있었다.

"못 봤습니다. 아마 아직 방에 있을 겁니다."

알랭은 지배인에게서 등을 돌리고 뱅상 경사에게 올라가자는 표시를 했다. 로비와 비상구는 벌써 소대 병력 정도가 봉쇄

하고 있었다. 28층짜리인 이 호텔에서 벗어날 수 있는 길은 없는 것이었다. 여덟 명의 CRS팀은 지원조와 돌격조로 나뉘어서 알랭과 로마노를 에워싸고 엘리베이터에 올랐다. 21층까지는 제법 길게 느껴지는 시간이 걸렸다. 21층에서 엘리베이터의 문이 열리면서부터 열 명의 체포조는 신중하게 사주 경계를 하면서 복도를 거쳐 그들의 목표인 2102호 쪽으로 이동했다. 호텔에서 받은 평면도에 따르면 2102호는 스위트룸으로 세 개의 침실과 거실, 주방으로 구성되어 있었다. 문을 열면 바로 나타날 거실에 그들이 모두 모여 있다면 조금 쉬워지지만 각자 흩어져 있는 상황에서 반격을 해온다면 이쪽에 사상자가 발생하지 않는다는 보장은 없었다. 어쨌든 경찰은 HK MP5 기관단총을 들고 있는 돌격조 한 사람과 노린코제의 산탄총을 지닌 지원조 한 사람이 합쳐지도록 조를 만들고 지휘를 맡은 벵상 경사와 통신병이 배후를 맡기로 했다. 물론 알랭과 로마노도 각기 권총을 들고 돌격할 예정이었다.

2102호의 문 앞까지 다가간 경찰들은 돌입 직전의 최후 점검을 했다. 통신병이 문 쪽으로 다가가 방문 밑으로 극소형 감시 카메라가 붙은 와이어를 밀어넣을 준비를 했다. 얼마 전부터 도입된 장비로 직경 3.5밀리미터의 카메라가 달린 와이어가 5인치 흑백 모니터와 연결된 형태였다. 시각이 차단된 공간에 병력을 돌입시키기 전에 내부를 감시할 수 있는 장비였다. 그때였다.

통신병이 카메라 와이어를 집어넣을 위치를 탐색하다가 이상한 것을 발견했다. 문 안에서 바깥으로 나와 있는 초소형 감시 카메라였다. 그가 지금 집어넣으려고 하는 것과 거의 같은 기능의 물건이 이미 매설된 것이다. 안쪽에서 바깥쪽으로 말이다.

"메르드, 이건 뭐야?"

통신병이 밖으로 약간 나와 있는 카메라 와이어를 잡으려고 하는 순간 '타타타' 하는 소리와 함께 엄청난 양의 총탄이 호텔의 객실 문을 뚫고 튀어나왔다. 문 바로 앞에 앉아 있던 통신병은 그 자리에서 총탄에 맞아 퉁겨지면서 쓰러졌다. 그로 인해 플라스틱 안면 보호대는 형편없이 깨져서 피로 물들어갔다. 알랭과 경찰 특공대는 명령을 내리고 들을 틈도 없이 복도 좌우에 엎드려서 응사를 개시했다. 격렬한 발사음과 함께 각종 총기에서 발사되는 엄청난 탄환들로 인해 두꺼운 티크 원목의 문은 금방 누더기가 되었다. 벵상 경사는 무선 통신 장치를 통해 지원 병력을 보낼 것을 명령했다. 좁은 호텔의 복도는 서로 얼굴도 못 보고 난사하는 각종 총기들의 발사음으로 아비규환이 되었다. 전열의 앞쪽에 있던 알랭과 벵상이 쓰러져 있는 통신병을 향해 포복으로 다가가서 그를 끌고 뒤로 빠졌다. 피투성이인 통신병의 헬멧을 벗기고 경동맥을 짚어본 벵상 경사가 알랭에게 고개를 저어 보였다.

"사격 중지! 사격 중지!"

벵상이 소리치며 사격 중지 명령을 외치자 복도는 갑자기 거 짓말처럼 조용해졌다. 안쪽에서도 사격을 멈춘 것이다. 알랭은 엎드린 채 벵상과 몇 마디 귓속말을 나누었다. 그때 엘리베이터 문이 열리며 아래 로비에서 대기하던 지원 병력이 도착했다. 그 들의 교본대로 훨씬 무거운 장비를 갖춘 팀이었다. 알랭은 사격 하던 스미스&웨슨 610 클래식을 홀스터에 집어넣고 지금 올라 온 지원팀으로 이동했다. 아홉 명으로 구성된 지원팀은 프랑스 육군 기본 편제 화기인 파마스G2 돌격 소총으로 무장했고 특 히 체코 모라비아사에서 제작한 OP 99형 저격 라이플이 편제 되어 있었다. 브로우닝50 구경탄을 쏘는 괴물 같은 총기였다. 그리고 네 개의 방탄 방패도 운반되어왔다. 올라온 엘리베이터 에 통신병의 시체를 실어 내려보내고 알랭은 확성기를 들고 다 시 복도 앞쪽으로 기어갔다.

"안에 들리는가. 파리 경창국의 알랭 경사다."

안에서는 아무런 소리도 들리지 않았다.

"로베르 드 레미, 마틴 브라운, 피에르 브루노. 그 안에 있는 것을 다 알고 있다. 투항해라. 너희들이 살 길은 없다. 3분을 주 겠다. 3분 후에는 우리가 들어가겠다."

"개소리 집어치워."

목소리와 함께 안쪽에서는 다시 서너 발 정도 자동소총을 발포했다. 안쪽에 있는 로베르는 잠시 고민했지만 경찰에게 체포되어 개처럼 끌려가는 것은 죽기보다 싫었다. 마틴이 그에게 장전된 자동소총을 내밀었다. 그들은 문 쪽으로 향해 각자 적당한 사격 위치를 잡은 다음 통신병을 향해 사격을 시작했다. 그들에게는 아직 충분한 탄약이 있었다. 어쨌든 버틸 때까지 버텨보자는 생각이었다.

벵상과 알랭은 작전 계획을 다시 상의했다. 밀고 들어가서 다 죽여버리고 싶은 것은 벵상의 생각이었고 적어도 로베르 드레미는 생포해야 한다는 것이 알랭의 의도였다. 생포를 염두에 둬야 하는 작전은 그만큼의 희생을 더 요구하는 법이었다. 하지만 상황 책임자인 알랭의 의도대로 회의가 끝났다.

차고 있던 전자시계로 약속한 3분이 끝났음을 확인한 벵상은 작전을 개시했다. 우선 전원이 방독면을 착용했다. 그러고는 산탄총을 문고리 쪽으로 집중 발사해서 문을 제거하는 것부터 시작했다. 안에서도 응사가 시작되었지만 이젠 직접적인 위협을 가하지는 못했다. 곧 너덜거리던 문이 안쪽으로 쓰러져내렸다. 그와 동시에 파마스G2에 장착됐던 네 개의 고성능 최루탄이 날아가 터졌다. 그리고 정확히 5초가 지난 후 두 개의 섬광수류탄이 투척되고 터지면서 돌격조가 안으로 뛰어들어갔다. 섬광 수류탄은 엄청난 광선 분출로 노출된 사람으로 하여금 약 5초간 아무것도 볼 수 없게 하는 위력을 지녔다. 하지만 마틴과 피에르는 특수전에 이골이 난 용병들이었다. 최루탄 발사

후 경찰 쪽에서 던지는 흰색 플라스틱 덩어리를 보는 순간 뒤로 고개를 돌리고 눈을 감은 채 폭발 순간을 넘겼다. 문 정면에 있던 마틴은 섬광 수류탄의 잔광이 사라지기도 전에 고개를 들었다. 그리고 곧바로 실내로 들어오는 첫 번째 돌격조원의 머리를 겨냥해 세 발 점사로 모듈을 고정시킨 자신의 자동소총을 발사했다. 운 나쁘게도 첫 번째 돌격대는 맨 처음 희생자가 되었다. 그러나 그들 뒤에 있던 대원은 마틴이 두 번째 표적을 겨냥하기 전에 그의 HK MP5를 난사했고 마틴은 자신의 전면으로 날아드는 총탄에 벌집이 되어 쓰러졌다.

거실 오른쪽 소파 뒤에 은폐해 있던 피에르는 마틴을 쓰러뜨린 대원을 향해 사격을 가했고 동시에 두 번째 돌격조의 집중 사격을 받았다. 실내는 어느 순간 갑자기 조용해졌다. 그 틈에 알랭과 로마노는 주방에 쓰러져서 몸부림치고 있는 로베르를 발견했다. 그는 최루탄과 섬광 수류탄의 위력을 견뎌내지 못한 것이다. 알랭은 간신히 벌건 눈을 살짝 뜨고 자신을 향해 자동소총을 겨누려고 하는 로베르의 어깨 부분에 스미스&웨슨 리볼버 권총을 발사했다. 로마노는 로베르의 총기를 빼앗고 그의 몸을 수색했다. 실내에는 화약 연기와 최루가스가 뿌옇게 차 있었고 방독면을 통해 호흡하고 있는 경찰들의 쉭쉭거리는 소리만 났다. 상황은 종료되었고 쓰러진 부상자와 시체들이 옮겨지기 시작했다. 마틴을 사살한 대원은 방탄조끼 덕분에 목숨을 잃지는 않았다.

로마노는 로베르에게 수갑을 채웠다. 알랭은 침통한 기분이었다. 이런 쓰레기들 때문에 두 명의 CRS 대원이 숨지고 한 명이 중상을 입은 것이다. 동료들을 잃은 CRS 대원들의 눈길이 이글거리며 로베르에게 쏟아졌다. 정작 로베르는 아무것도 보지 못하며 알랭과 로마노에 이끌려 현장을 벗어났다.

지저스 시크릿

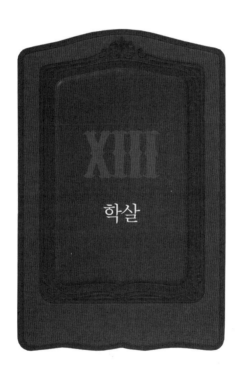

XIII

학살

58

알랭 경사는 오텔 디외 병원에 로베르를 유치시키고 경찰국으로 돌아와 본관 2층의 화상 회의장으로 갔다. 그곳에는 이미 롤랑 갈리에니 부국장과 티볼트 총경이 와 있었다. 그는 간단히 인사를 하고 의자에 앉아 최근 며칠간 벌어진 사건의 전개 과정에 대해 설명했다. 니콜이 제출한 보고서와 조금 전에 오텔 디외 병원에서 빅토로와 로베르를 대질시켜 얻어낸 조서도 첨부해서 회람시켰다.

"좋아. 이제 브뤼셀을 연결해."

부국장이 지시하자 회의실 내의 시청각 기자재를 운용하는 여경관이 자리에 앉아 브뤼셀의 벨기에 경찰 본부와의 화상 통신을 연결했다. 곧이어 회의실 벽면에 위치한 스크린 위로 프로젝터를 거친 화상이 잡혔다. 정복 차림의 벨기에 고위 경찰들이 나란히 앉아 있었다.

"롤랑 갈리에니 부국장, 오랜만입니다."

"알베르 카두 청장님, 뵙게 되어 반갑습니다. 세상이 좋아졌군요. 이런 걸로 얼굴을 맞댈 수 있으니."

갈리에니 부국장은 자기 앞에 설치된 카메라와 마이크 등을 손짓하며 이야기했다. 그러고는 티볼트 총경과 알랭 경사를 소

지저스 시크릿

개했다. 알베르 카두 벨기에 경찰청장도 자신의 좌우에 앉은 사람을 소개했다.

"이쪽은 강력 부장 피터 에겔슨 총경이고, 이쪽은 본청 산하 특수 수사대 책임자인 안톤 클레베르트 경감이오. 자, 시작하시지요. 오늘 아침에 보내준 사건 보고서를 받아 보고 검토를 마쳤습니다. 흥미 있더군요. 그런데 미리 얘기해두고 싶은 것이 있습니다. 지금 그쪽에서 추정하는 사건의 개요가 맞다면, 이는 벨기에 국가 건국 이래 가장 큰 사건이 될 겁니다. 정치적으로, 경제적으로도 엄청난 영향을 끼치겠지요. 부디 신중하시기 바랍니다. 수사 절차나 결과에 하자가 있을 시에는 나도 이 자리를 보전한다는 보장이 없을 것이고 그쪽도 그에 상응하는 대가를 치를 것이오."

"물론이지요. 우리도 아주 조심해왔습니다. 바로 조금 전까지요. 하지만 이걸 보시면 생각이 달라지실 겁니다."

갈리에니 부국장이 알랭에게 눈신호를 해왔다. 이제 그의 순서인 것이다. 그는 몇 장의 사진과 서류를 전면의 카메라 옆에 있는 전송용 스캐너에 올려놓았다. 담당 여경관이 이 자료들을 브뤼셀로 전송하기 시작했다.

"존경하는 카두 청장님. 제가 지금 보내는 사진은 불과 세 시간 전에 파리 15구의 한 호텔에서 로베르 드 레미, 피에르 부르노, 마틴 브리운 등 세 사람을 체포하는 과정에서 발생한 충격전의 결과를 찍은 것입니다. 그리고 한 장의 서류는 로베르 드 레미로부터 한국인 학생 강시우를 죽이라는 청부를 맡은 유고계통의 프랑스 영주권자 빅토르 말세비치가 작성한 자술서입니다. 로베르 드 레미가 자신에게 청부를 맡긴 사람임을 확인하는 서류지요. 물론 직접 대질을 통해 작성됐습니다. 아직 로베르는 응급조치가 끝나지 않아 조사가 이루어지진 않았지만 본인의 진술 여부와 관계없이 최근에 벌어진 네 건의 살인 사건을 주도했거나 청부를 맡긴 장본인으로서의 피의 사실이 확실합니다. 이는 결국 벨기에 드 레미 남작 가문과 용병 중개 업체인 벨가 인터내셔널이 이 일련의 사건들에 밀접한 연관을 가지고 있다는 사실을 증명하고 있습니다. 보시다시피 벨기에 쪽에서의 수사가 절실한 상황입니다. 숙고해주십시오."

알랭의 말이 끝난 후 회의의 방향은 공조 수사에 대한 동의를 전제로 한 여러 각도의 방법적인 각론으로 이어졌다. 그리고 알랭 경사가 미리 제공했던 자료에 따라 프랑스 경찰 측의 가설인 템플기사단의 해체와 변질에 의한 거대 비밀 조직의 존재에 대한 토의도 이뤄졌다. 전체적으로 알랭 경사의 수사 관점과 견해가 깊이 인정되는 분위기였다.

"좋습니다. 사건이 있고 피의자가 있으면 수사는 당연하지요. 오늘부터 이 안톤 경감이 우리 쪽 수사 책임자로 일할 겁니다. 그쪽의 알랭 경사와 유기적인 협조로 신속하고 정확한 수사가 되기를 기대하겠소. 우리 벨기에 경찰청도 적극적으로 이 사건에 임할 것을 약속하는 바요."

"고맙습니다. 우리 잘해봅시다."

갈리에니 부국장의 인사말로 화상 회의는 끝났다. 알랭은 스크린에 정지된 화면으로 남아 있는 안톤 경감을 찬찬히 뜯어보았다. 곱게 빗어넘긴 금발에 고급스러운 금테 안경 속으로 눈매가 무척 날카로웠다.

59

어두워지고 있는 화려한 장식의 거실에서 드 레미 남작은 고뇌에 빠져 있었다. 조명을 밝히려 들어왔던 앙드레 집사를 고함을 쳐서 쫓아버리고 자신의 책상에 앉아 생각에 잠겨 있었다. 아니 생각이라기보다는 분노와 당혹 속에 빠져 있는 것이었다. 조금 전에 그는 얀을 통해 로베르의 체포 사실을 전해 들었다. 그리고 프랑스 경찰이 얀에게 보내준 그의 혐의 사실에 대해서도 읽어보았다. 그는 일생일대의 위기가 닥쳐왔다는 것을 깨달았다. 그에게뿐만 아니라 그의 자랑스러운 기사단 전체에 닥친 먹구름을 보고 있었다. 기사단의 위기 앞에서는 누구도 용납되지 않았다. 그는 그것을 잘 알고 있었다. 자신의 아들을 처리해야 되는 상황이 된 것이다.

3주 전부터 그의 아들 로베르는 보이지 않았다. 처음에는 그렇게 심각하게 생각하지 않았다. 하지만 일주일이 지나서야 걱정이 되어 벨가 인터내셔널을 통해 수소문을 시작했다. 오늘 오전에서야 플라토텔에 투숙하고 있다는 통보를 받고 내일쯤 직접 가서 잡아와야겠다는 생각을 하고 있었다. 다만 프랑스 경찰이 더 빨랐던 것이다. 이제 그에게는 선택의 여지가 없었다. 전화기를 들어서 복잡한 숫자 배열의 번호를 눌렀다. 도청을 피하기 위한 중계기를 거치는 것이었다. 이 번호는 아무도 알지 못하는 것이었고 메모된 것도 없었다. 오직 드 레미 남작의 두뇌 속에만 기억된 번호였다. 몇 번인가의 신호가 가고 전화가 연결되었다. 나이 든 묵직한 목소리가 들려왔다.

"무슨 일인가? 남작."

"안녕하십니까? 단장님. 죄송한 보고를 드리겠습니다. 제 아들 로베르가 오늘 프랑스 경찰에 체포됐습니다."

"알고 있어. 조금 전에 프랑스 쪽에서 보고 들었으니까. 지금 그 문제를 심각하게 연구하고 있네. 어쨌든 내일 아침에 안토니오 보좌관이 형제들을 이끌고 갈 것이야. 그에게 전권을 넘기게. 자네는 일단 모든 권한을 포기해야 할 걸세. 비상 경계령을 내리는 바이네. 자네의 책임은 나중에 다시 묻겠네."

전화는 그대로 끊어졌다. 드 레미 남작은 이마에서 식은땀이 흐르고 있음을 깨달았다. 모든 것이 끝장이라는 생각도 들었다. 하지만 이대로 포기할 수는 없었다. 그는 다시 전화를 걸어서 벨가 인터내셔널의 클로드 라길 사장을 찾았다. 두 사람의 통화는 길게 이어졌다.

60

브뤼셀 공항의 자가용 제트기 터미널에 안토니오 일행이 도착했다. 그들을 내려놓은 검은색 기체의 닷소 팔콘은 바로 기수를 돌려 남쪽으로 돌아갔다. 안토니오 뒤에는 여섯 명의 건장한 남자들이 따랐다. 하나같이 180센티미터 이상에 이상적인 체형을 가지고 있는 미남들이었다. 각종 이탈리아제 비즈니스 수트를 빼입고 가방을 든 그들이 터미널에 나타나자 많은 시선이 그들에게 쏠렸다. 특히 여자들의 눈빛은 반짝이기까지 했다.

그들은 신속하게 터미널을 빠져나가 전용 주차장으로 갔다. 40대 초반으로 보이는 양복 차림의 남자가 주차장 입구에서 그들에게 손짓을 했다. 그는 안토니오와 일행들에게 한 묶음의 자동차 열쇠를 건네주고 주차장 한쪽을 가리켰다. 안토니오 일행은 아무 말 없이 자동차 열쇠를 나눠 들고는 사내가 손짓하

곳으로 갔다. 한적한 주차장 구석에서 세 대의 최신형 메르세데스 벤츠 E클래스가 서 있었다. AMG라는 글자가 차 트렁크에 달려 있었다. 색깔은 조금씩 달랐다. 은회색, 흑진주색, 검은색 등이었다. 그들은 2인 1조가 되어 정해진 승용차에 올랐다. 안토니오는 검은색 차 뒷좌석에 앉았다. 다섯 대의 벤츠가 일제히 출발하여 브뤼셀 방향의 고속도로에 올랐다. 하지만 그들의 방향은 교차점에서 곧 바뀌어 겐트 방향으로 향했다. AMG 배지의 E클래스는 가볍게 시속 160킬로미터를 넘기며 질주하기 시작했다. 하늘에서는 어느새 가는 비가 뿌려지고 있었다.

61

오텔 디외 병원 특수 병동의 병실에서 알랭 경사는 두 사람의 변호사와 팽팽하게 대치하고 있었다. 그들이 로베르의 손발을 묶고 있는 가죽 재질의 구속구를 문제 삼은 것이다. 총격으로 심각한 부상을 입은 환자를 이렇게 묶어놓은 것은 인권 침해라는 것이다. 자해의 위험을 고려한 것이라는 알랭의 이야기는 듣지도 않고 당장 병원장을 불러오라고 떠들기 시작했고, 결국 병원장이 와서 침대에 설치된 구속구를 완전히 해체해서 치우라는 명령을 내리게 했다. 그들은 사령관처럼 행세하고 있었다. 알랭은 화가 부글부글 끓기 시작했다. 곧이어 그들은 알랭을 위시한 모든 사람이 병실을 나가라고 요구했다. 조용한 가운데 의뢰인과 접견하겠다는 것이었다. 알랭은 물러서지 않았다. 변호사의 접견권은 인정하겠지만 1차 심문도 안 된 상태에서 용의자를 변호사와 단독 면담하게 할 수는 없었던 것이다. 변호사는 차갑게 관련 법조항을 들먹이면서 알랭을 압박했고, 알랭은 상식적인 수사 절차의 관행을 들어 거부하고 있었다. 이래서는 제대로 된 취조 한번 못해보는 것이 아닌가 하는 생각이 들었다. 그때 병실의 문이 열리며 40대 초반의 남자가 들어섰다. 알랭은 그의 얼굴을 보자 웃음을 짓지 않을 수 없었다. 그의 구원군이 도착한 것이다. 들어온 남자는 앞 대머리에 굵은 뿔테 안경을 쓰고 있고 촌스러운 색깔의 양복에 채권 장사들이나 들고 다닐 만한 낡은 가죽 서류 가방을 들고 있었다. 좋게 봐주어도 보험 세일즈나 주방용품 방문 판매 사원 정도로 보였다. 그는 파리 고등검찰청 소속의 베르트랑 쇼미에 검사였다. 그가 어제 오후부터 이 사건의 공소 유지를 맡게 되었다. 알랭은 물론 그전부터 그를 잘 알고 있었다. 이제 좀 홀가분해지는 기분이었다.

"안녕하십니까? 두 분 변호사님, 베르트랑입니다. 또 뵙는군요. 6개월 만인가요, 몽포르 변호사님?"

베르트랑 검사의 인사를 받으면서 몽포르 변호사의 인색이 약간 일그러졌다.

"쇼미에 검사님, 이 사건 맡으셨소? 이거 조금 피곤하겠는데, 허허허."

가스통 마르셰 변호사는 몽포르와는 달리 반가운 기색으로 베르트랑과 인사를 나누었다. 서로의 적수를 알아본 것이다.

"왜 분위기가 이렇습니까? 알랭 경사, 손님 접대를 좀 잘하지 그랬어, 응?"

베르트랑 쇼미에 검사의 목소리는 가늘면서도 고음이었다. 그리고 약간 더듬는 듯한 느낌마저 들었다. 상대방으로 하여금 묘하게 친밀감을 갖게 하는 말투였다. 적어도 싸움의 상대로 느껴지게 하지는 않는 스타일의 사람이었다.

"우리는 지금 의뢰인과의 조용한 면담 기회를 요청하고 있었습니다. 알랭 경사가 협조하지 않더군요."

"그래요?"

베르트랑 검사는 서류 가방을 내려놓고 자신의 뿔테 안경을 한 번 추켜올렸다. 역시 촌스러운 색깔의 목도리를 둘둘 감은 채였다.

"이분들께 로베르 드 레미라는 이 친구의 상황을 잘 설명해 드리지 못했군, 알랭 경사. 내가 설명해드리지요. 이 친구는 현장에서 두 명의 친구와 두 명의 경찰을 사살한 현행범입니다. 자동 화기를 집단으로 사용했고요. 당연히 특수 조직범죄이고

1급 살인 혐의에다가 공무집행 방해까지 저질렀습니다. 이론의 여지가 없지요. 우리 공화국 형법에서는 이 특수 조직범죄의 경우 피의자의 1차 조서 작성 전에는 누구와도 단독 접견을 못하도록 적혀 있습니다. 변호사님들도 그 누구에 해당되는 것을 잘 알고 계실 겁니다. 안부 인사를 하시고 나가셔야 될 것 같습니다, 제 생각에는."

알랭 경사는 눈앞의 못생긴 남자의 뺨에 키스라도 해주고 싶었다. 두 명의 변호사는 반박하지 못했다.

"제 생각에는 상처가 조금 진정되고 제대로 된 1차 심문이 끝나려면 한 열흘 걸릴 것 같은데요. 그때 오시지요."

알랭 경사는 즐거운 마음으로 변호사들에게 권하는 말을 했다.

"좋소. 돌아갈 수밖에 없군요. 환자 잘 부탁해요. 우리는 돈을 좀 많이 받았거든."

가스통 마르셰 변호사는 능청스럽게 웃으며 상황을 정리했다. 그리고 자신의 서류 가방을 들면서 몽포르 변호사에게 눈짓을 보냈다. 그들이 나가자 알랭은 베르트랑 검사에게 다가가 악수를 청했다. 검사는 싱긋 웃으며 손을 잡아왔다.

"검사님이 이 사건을 맡게 돼서 정말이지 기쁩니다. 저치들을 상대하는 것이 쉽지 않았거든요."

"그랬을 거야. 특히 저 가스통은 만만치 않아. 고비가 몇 차례 있을 거네. 자, 이제 우리 아저씨 얼굴 좀 볼까?"

베르트랑 검사는 두 손을 비비며 병상에 누워 있는 로베르의 얼굴 쪽으로 다가섰다.

"자알생겼네. 어이, 아저씨. 눈 좀 떠봐. 깨어 있다는 거 잘 아니까."

여전히 못 들은 척하고 누워 있는 로베르를 잠깐 내려다보고 있던 베르트랑 검사가 갑자기 손을 뻗어 로베르의 코를 쥐었다. 10초도 안 되어 로베르의 눈은 떠졌고 말문도 열렸다. 고개를 흔들어서 베르트랑의 손을 피한 것이다.

"이거 왜 이래요? 환자의 호흡을 방해했잖아요. 변호사와 상의할 거요."

베르트랑 검사는 흐흐 하고 웃더니 로베르의 코를 다시 쥐려고 손을 내밀었다. 로베르는 도리질을 하면서 그 손을 피했다.

"귀여운 녀석이네. 너는 지금 공무집행을 방해, 거부하고 있는 거야. 지금부터 네 명줄은 내 손에 있어. 조금 전에 나간 그 친구들 손이 아니고 말이야. 응석을 피운다면 받아주겠어. 하지만 약속하지. 우리가 원하는 것을 다 토해낸 다음에야 조금 전의 그 친구들을 만날 수 있을 거야. 너는 운이 나빴어. 나한테 걸리다니 말이야."

베르트랑 검사는 즐거운 듯이 얘기하고 있었지만 로베르를 향한 그의 눈빛은 독사 같았다.

알랭 경사는 베르트랑 검사의 이야기에 수긍하고 있었다. 20년간의 검사 생활 중 그가 수행한 수많은 형사 사건 중 공소 유지에 실패한 사건은 하나도 없었다. 그리고 무죄로 그의 손을 빠져나간 경우도 한 번도 없었기 때문이다. 프랑스 검찰의 전설적인 존재가 알랭의 앞에서 자신의 먹이를 따져보고 있는 것이다.

62

프랑스 북부에는 폭풍주의보가 내려졌다. 갖가지 형태의 구름들이 보기에도 무척 빠른 속도로 북동쪽에서 남서쪽으로 흐르고 있었다. 고속도로 변의 나무들도 바람에 시달리며 몸살을 앓고 있었다. 아침 이른 시간에 브뤼헤를 떠나 파리로 달리고 있는 세 대의 벤츠도 강한 바람의 영향을 받아 차체가 조금씩 흔들리며 A1 고속도로를 질주했다. 첫 번째의 검은색 차 뒷좌석에는 안토니오가 있었다. 어제 그는 회의와 밀담을 통해 앞으로의 계획을 마무리한 상태였다. 이제는 행동만이 남아 있었다.

그들이 탄 차는 파리 북서부의 샤를 드골 공항을 지나 서서히 파리 도심권에 진입하기 시작했다. 그들은 파리 서쪽 개선문 비 밑쪽에 위치힌 콩고르드 라파네트 호텔을 예약했나. 호텔 제

크인 수속 후 그동안 파리에서 감시를 맡아왔던 멤버들과 점심 식사를 하기로 했다. 그러고는 상황을 인수인계 받을 것이었다. 행동은 당장 오늘 저녁부터라도 시작될 예정이었다.

안토니오는 파리 도심 순환 도로에 접어드는 차의 창문을 통해 멀리 몽마르트르 언덕 위의 하얀 성당을 바라봤다. 사크르쾨르, 즉 성심 성당이었다. 빠르게 흐르고 있는 구름의 파도 속에 굳건히 서 있는 등대처럼 보였다. 앞자리의 두 남자는 출발이후 한마디 말도 없었다. 이제 그들의 임무가 시작된 것이었다.

63

샤를 드 레미 남작은 며칠 만에 화려한 정장을 차려입고 자신의 벤틀리 승용차에 올랐다. 브뤼셀 시내로 달리는 차 안에서 그는 상황을 정리해보았다. 이미 벨기에 경찰청에서 자신과 또 연관된 몇몇 인사들에 대한 내사가 시작된 것을 전해들었다. 그는 우선 그들 아켈다마 기사단의 벨기에 쪽 조직을 총동원해서 벨기에의 주요 언론사들을 견제하는 데 성공했다. 그 결과 이 사건과 관련된 보도는 한 건도 이루어지지 않고 있었다. 벨기에 최대의 광고주 여러 명이 동원된 협박과 회유는 충분한 위력을 가지고 있었던 것이다.

지저스 시크릿

지금 샤를 드 레미 남작의 목적지는 현재 벨기에의 집권당인 사회민주당 소속 유력 인사들과의 점심 약속 장소였다. 그는 강력히 저항해서 그들을 노리는 벨기에 사법 당국의 수사 의지를 와해시켜야만 했다. 남작은 자신 있는 무기를 여럿 가지고 있었다. 그동안 그는 현재의 정치 주도 세력인 집권 사민당의 주요 인사들에게 엄청난 액수의 자금을 지원해왔다. 야당 쪽도 물론 마찬가지였다. 남작이 전한 자금은 물론 불법적인 것이었다. 남작이 공을 들여서 관리해온 인사들은 정치인들뿐이 아니었다. 사법기관, 군부, 관료 등등 벨기에의 주요 권력 계층 전반에 대한 관리를 해왔던 것이다.

　남작이 그들에게 제공한 것은 돈만이 아니었다. 남작이 초대하는 파티는 자주 있어왔고 남작의 초대를 받은 사람들은 기꺼이 초대에 응했다. 처음에는 격식을 차린 수준 높은 파티였으나 초대를 거듭하면서 파티의 뒷마무리는 변질되어갔다. 훌륭한 음식과 좋은 술을 즐기며 느슨해진 인간의 도덕심은 아주 쉽게 욕망의 유혹에 무너지곤 했던 것이다.

　드 레미 남작은 그가 초대해서 여러 형태의 여흥을 즐긴 사람들이 무척 즐거워하는 모습들을 모두 세밀하게 녹화해서 보관해왔다. 그는 오늘 미팅이 자신의 의도대로 되어갈 것을 믿어 의심치 않았다.

64

니콜은 브뤼셀에 도착하여 꽤 긴 시간을 회의실에서 보냈다. 브뤼셀의 도심에 위치한 왕궁과 국회의사당 사이의 대로상에 자리 잡은 벨기에 경찰청은 외형으로는 그렇게 커 보이지 않았다. 하지만 니콜이 지금 앉아 있는 회의실이 위치한 지하 3층을 포함해서 어느 정도의 지하 공간을 가지고 있는지는 니콜도 알 수 없었다. 벨기에 경찰청의 안톤 경감은 니콜이 설명하는 여러 가지 수사 결과들을 들으며 별다른 질문이 없었다. 지금은 첫 번째 수사 회의가 끝나고 서류를 기다리고 있었다. 니콜에게 벨기에의 사법 경찰과 거의 똑같은 권리를 부여하는 증명서였다. 수사, 체포, 심문 등을 할 수 있는 권리를 부여하는 것이다.

니콜은 안톤 경감이 회의실을 나가고 거의 한 시간이 되어가는데도 돌아오지 않자 책상 위에 책을 펴놓고 읽고 있었다. 그러고도 시간이 한참 더 지난 후에야 안톤 경감이 돌아왔다. 문을 열고 들어와 니콜의 얼굴을 바라보는 그의 얼굴 표정은 곤혹스러운 빛이 역력했다.

"오래 걸리셨군요."

안톤 경감은 자신이 앉아 있던 자리에 다시 주저앉으며 마주 앉은 니콜을 지그시 바라보았다.

"일이 미안하게 됐습니다. 니콜 형사에 대한 서류가 처리되지 못했습니다."

니콜은 말없이 안톤 경감의 말이 이어지기를 기다렸다.

"글쎄, 뭐라 생각해야 할지 모르겠는데요. 니콜 형사가 제시한 기업 명단에는 우리 벨기에의 국익을 상징하는 기업들이 다수 포함되어 있습니다. 상부에서는 프랑스 경찰에게 이들 기업체들을 수사할 수 있는 권리를 부여하는 데 동의하지 않는군요."

"카두 청장님의 생각이십니까?"

"아니요. 그 윗선에서 내린 지침입니다. 무엇보다도 국익이 우선이라는 점. 그리고 프랑스라는 나라에 가지고 있는 벨기에 사람들의 뿌리 깊은 경계심과 악감정도 작용한 듯싶어요. 이해하시리라 믿습니다."

"좋아요. 그럼 수사는 어떻게 하지요? 지금이 가장 중요한 시점이라는 것은 알고 계실 텐데요."

"알고 있습니다. 우리 나름대로 최선을 다해 수사하겠습니다. 그리고 그 결과물은 프랑스 경찰 쪽과 공유하겠습니다."

니콜은 무언가 일이 제대로 되어가고 있지 않다는 것을 깨달았다. 그녀는 프랑스에서는 감자튀김이라는 이름으로 만들어 먹는 음식이 전 세계적으로 프렌치프라이라고 일컬어지는 데에 생각이 닿았다. 바로 이 벨기에에서 붙인 이름이었다. 감자를 프랑스 사람으로 생각해서 껍질을 벗기고 길로 가늘게 썰어

서 기름에 튀겨낸 음식이 벨기에 사람들의 프렌치프라이인 것
이다. 프랑스라는 인접 강대국에게 역사적으로 수도 없이 침략
당해온 벨기에 사람들의 감정을 읽을 수 있는 대목이었다. 21세
기인 지금은 상황이 많이 달라졌지만 국민감정이라는 것은 그
렇게 쉽게 바뀌지 않는 것이었다. 니콜은 혼란스러웠다. 이 상
황에서 벨기에에 남아서 벨기에 경찰과 공조 수사를 해야 하
는지 의문이었다. 니콜은 우선 알랭에게 이 상황을 보고해야겠
다고 생각했다. 니콜은 알랭에게 전화를 걸었다. 니콜의 질문에
대한 그의 답변은 간단했다. 관계없으니까 그대로 머물면서 수
사를 해나가라는 것이었다. 니콜은 전화를 끊고 안톤 경감에게
웃으면서 이야기했다.

"구내식당이 어디지요? 배가 고프네요. 유명한 벨기에의 프
렌치프라이가 먹고 싶어요."

안톤 경감은 쓰게 웃으면서 자리에서 일어났다.

65

프랑스 공화주의를 상징하는 거대한 여신상이 가운데 서 있
는 레피블리크 광장 구석에 자리 잡은 알자스식 브라세리* 식
당에서 세 남자가 막 늦은 점심을 마치고 있었다. 감색 더블 버

지저스 시크릿

튼 양복을 입은 남자는 오랜만의 비번을 맞은 가엘 형사였고 그 앞에 앉은 두 사람 중 한 사람은 가엘 형사와 한때 자주 만나던 〈프랑스 수아르〉의 기자인 미셸이었다. 나머지 한 사람은 가엘 형사에게는 초면인 남자였다. 아랍계로 보이는 얼굴에 곱슬머리인 안토니오였다. 그들이 먹은 시골식 슈크르트 요리는 거의 다 비워진 채 알코올램프 위에서 말라가고 있었다. 미셸 기자는 웨이터를 불러서 식탁을 치우고 디저트 대신 에스프레소 커피를 주문했다. 주문한 커피가 나오자 미셸이 이야기를 계속했다.

"로베르는 계속 묵비권인가요?"

"예, 변화가 없어요. 그 밥맛없게 생긴 변호사가 뻔질나게 드나드는데요. 그들도 계속 묵비권 행사를 권고하고 있어요. 무슨 생각인지 모르겠어요. 현행범으로 체포됐기 때문에 어떤 여지도 없는데요."

그때 묵묵히 앉아 있던 안토니오가 자신의 주머니에서 작은 통을 하나 꺼내 가엘 쪽으로 내밀었다. 가엘은 주위를 살짝 둘러보고는 받아서 테이블 밑으로 숨겼다.

"뭐지요? 현금 아니면 필요 없다고 했잖아요."

미셸 기자가 웃으며 대답했다.

---

* 원래는 맥주 양조장을 뜻하는 단어이며 프랑스 북동부 지역 스타일의 간소한 식사를 제공하는 식당을 지칭.

"이건 이분이 드리는 특별한 선물이에요. 한번 보시지요."

가엘은 고개를 밑으로 숙이고 손안의 작은 상자를 열어보았다. 그러고는 헉 하는 헛바람 빠지는 소리를 냈다. 상자 안에는 두 개의 똑같이 생긴 파란색 사파이어가 들어 있었다.

"마음에 들지 모르겠소. 4캐럿이오. 최상등품의 사파이어니까 하나에 5만 유로쯤은 쉽게 나갈 거요. 그 정도 물건이면 필요할 때 언제든지 현금으로 바꾸기도 쉬울 거고."

가엘은 벌써 반지 상자를 자신의 주머니에 넣고는 안토니오를 보았다.

"대가로 무엇을 원하는 겁니까?"

안토니오는 매력적인 얼굴에 미소를 지으며 식어가는 커피잔을 입에 잠깐 대고는 내려놨다.

"그렇게 큰일은 아닙니다. 로베르 드 레미가 구치소로 호송되는 날짜와 시간 그리고 호송 루트를 알려주십시오."

가엘의 표정은 굳어졌다. 하지만 주머니 속의 반지 상자를 오른손으로 만지작거리면서 서서히 풀어지고 있었다.

"로베르를 탈주시키겠다는 겁니까?"

안토니오는 웃으며 대답했다.

"우리가 그럴 만한 능력이 있다고 생각하십니까? 그저 좀 알려고요."

"좋소. 어쨌든 나는 돈이 필요한 거고 나는 당신들이 필요한 것을 알고 있으니까, 거래를 해보지요. 그런데 이 돌멩이 두 개 가지고는 좀 어렵겠습니다만."

"가엘 형사님, 형사님이 원하신다면 돌멩이 두 개 정도는 더 드릴 수 있습니다. 그 사이즈에 무색투명한 걸로요."

가엘이 안토니오의 그 이야기를 듣고 나서는 더 이상 굳은 얼굴이 아니었다. 어제 저녁에 로베르의 이송 계획이 세워졌던 것이다. 더 이상은 오텔 디외 병원에 있을 이유가 없어져서 파리 시내 남쪽의 상트린 교도소로 이송하게 된 것이다. 이송 일자는 바로 내일이었다. 가엘은 자신이 알고 있는 것을 이야기하기 시작했다. 이송 루트는 직선이 원칙이었기 때문에 소르본 대학 구역을 질러가는 생 자크 거리를 이용할 예정이었다.

"시간은요? 병원에서 출발하는 시간이 몇 시지요?"

"그것은 아직 정해지지 않았습니다. 내일 오후 내지는 저녁때라고 봐야겠지요. 하지만 사전에 시간이 정해지지는 않습니다."

"그게 정해질 때 전화 한번 주실 수 있습니까? 이 미셀 기자한테요. 그래야 돌멩이가 주인을 찾을 것 같습니다."

가엘은 이제 꺼릴 상황이 아니었다. 고개를 끄덕거렸다.

"좋아요. 내일 로베르가 병원에서 나오게 되면 전화하겠습니다. 믿어도 되겠지요?"

그들은 곧 일어서서 악수를 나누고 헤어졌다. 식비를 계산한 것은 미셀 기자였다.

안토니오는 파리에서는 예외적인 현대식 고층 건물인 콩코르드 라파예트 호텔의 16층 주니어 스위트룸에서 전화를 했다. 호텔 전화도 아니었고 핸드폰도 아니었다. 검은색 플라스틱 커버가 있는 가방 안에 설치된 전화기였다. 위성을 직접 이용해서 통신할 수 있는 특수 전화였다. 통화 상대는 드 레미 남작이었다.

"내일 로베르가 이송된다는 정보를 얻었습니다. 조치를 취할 예정입니다."

"잘 부탁하네. 알아서 잘하겠지만."

"최선을 다하겠지만 장담할 수는 없겠지요."

안토니오의 이 말에 남작은 충격을 받은 듯 대꾸가 없었다. 전화를 끊은 후, 드 레미 남작은 자신의 커다란 서재에 앉아 혼자 코냑을 마셨다. 그는 안토니오라는 남자에게 자신의 하나뿐인 아들의 목숨을 맡긴 것이다.

66

알랭의 방에 로마노 경위가 들어왔다.

"오늘 저녁 로베르 호송 작전 때문에 왔습니다. 호위 병력을 차출할 시간이거든요."

"그래야겠지. 경찰 오토바이 두 대가 앞에 서고 자네와 테오가 탄 1호차, 그리고 호송차, 그리고 백차를 뒤따르게 하지 뭐."

"그렇게 하지요. 호송이 끝나면 보고 드리겠습니다."

"아니, 보고는 필요 없을 거야. 나도 갈 거니까. 호송차에 로베르와 같이 탈 거야."

로마노 경위는 깜짝 놀랐다.

"그럴 필요가 있겠습니까? 이미 이 정도면 특급 호송입니다."

"그 친구와 같이 가면서 얘기도 좀 하려고. 돌아올 때는 자네 차를 탈 거야."

로마노는 어깨를 으쓱하고는 알랭의 방을 나섰다.

67

파리 시내에 어둠이 깔리기 시작했다. 가랑비가 조금씩 날리는 가운데 오텔 디외 병원 앞은 삼엄한 분위기였다. 검은색 전투복에 복면을 한 두 명의 경관이 산탄총을 들고 병원 입구를 감시하고 있었고, 중요한 용의자를 태울 죄수 호송 버스가 대기하고 있었다. 푸조 미니버스를 개조한 차량이었다.

이 시간 병원 내부의 복도 구석에 있는 공중전화에서 가엘 형사가 주위를 살피며 어디론가 전화를 하고 있었다.

"지금 출반한 거요."

가엘 형사는 이 한마디만 하고 복도를 거쳐서 병원의 입구 쪽으로 급히 걸었다. 이미 현관 쪽에는 호송 준비를 마친 알랭이 출발 준비를 하고 있었다. 정복을 입은 경관이나 사복을 입은 형사들 모두 방탄조끼를 입고 총을 뽑아 든 상태였다. 심지어 로베르에게는 방탄조끼와 헬멧을 씌운 모습이었다. 지휘를 하는 알랭의 신호에 맞춰 두 명의 정복 경찰과 로마노와 테오 형사가 병원을 나서면서 사주 경계에 나섰고 뒤이어 알랭이 로베르를 끌고 천천히 병원 밖으로 걸어나갔다. 가엘도 권총을 뽑아 들고 알랭의 배후를 엄호하며 걸어나갔다. 알랭이 로베르를 호송차의 뒷문에 태우자 입구에 서 있던 복면을 한 두 명의 경관이 따라 올라서 로베르를 호송차에 앉혔다. 그러고는 차내에 붙은 쇠고리에 로베르의 손 뒤로 묶인 수갑을 연결했다. 두 명의 정복 경찰이 뒤쪽의 백차에 올랐다. 호송 대열의 출발 준비가 끝나고 버스의 뒷문을 닫으려고 할 때였다. 알랭 경사가 로마노를 불렀다.

"이봐, 로마노. 내가 가는데 차석인 자네가 갈 필요는 없을 것 같네. 사무실을 지켜줘. 그리고 가엘 형사."

알랭의 부름에 가엘은 심장이 멎는 듯했다.

"자네가 테오 형사와 1호차에 타. 금방 돌아올 거야."

가엘은 선택의 여지가 없었다. 그는 호송 행렬 제일 선두의 흰색 르노 라구나 승용차의 조수석에 탔다. 운전석에 앉아 출발 준비를 하고 있던 테오 형사가 인사했다. 그러곤 손을 뻗어 차 지붕의 파란색 경광등과 사이렌을 작동시켰다. 그러자 앞의 프랑스 경찰의 BMW 사이드카 두 대가 사이렌을 울리기 시작 했다. 이어서 호송 행렬 전체가 사이렌을 울리며 남쪽으로 질주 했다.

가엘은 손에 식은땀이 차고 현기증이 나기 시작했다. 여기에 서 목적지인 시내 남쪽의 상트린 교도소까지는 약 7킬로미터 거리였다. 길게 잡아서 10분이면 가는 거리였다. 하지만 가엘은 가는 곳 어딘가에 그들을 노리는 함정이 있다는 것을 알고 있 었다. 알랭 경사에게 털어놓을까 하는 생각도 잠깐 들었지만 바 로 포기해버렸다. 차라리 부딪쳐서 그놈들을 보기 좋게 없애버 리는 것이 낫다는 생각이 들었다. 돌멩이만 포기하면 된다는 생각도 들었다. 그러면서 완전히 무장한 열한 명의 경찰이 호송 하는 차량을 파리 시내에서 습격하는 정신 나간 일은 없었다고 스스로를 자위하기도 했다. 그는 손에 든 월터P 99형 권총을 확인하기 시작했다. 비는 조금씩 굵어지기 시작했다.

가엘 형사의 전화를 중계한 미셸 기자의 통보를 받은 안토니 오는 바로 공격 준비를 명령했다. 이미 수없이 도상 훈련을 했 고 차량 배치도 완전히 끝난 상태였다. 비가 굵어지면서 행인들 도 뜸해지고 있었다. 그들이 매복한 곳은 일 텡 일랭의 내상 호송로인 생 자크 거리 175번지 지점에 있는 건축협회 광장이었다. 말이 광장이지 지름 약 30미터 정도의 조그만 반원형의 공터였고 대부분의 공간은 노상 주차장으로 이용되고 있었다. 광장에서 길 쪽을 향해 두 대의 벤츠가 주차되어 있었고, 차 안에는 다섯 명의 남자가 각자 맡은 무기를 들고 신호를 기다리고 있었다.

약속된 시간, 좁은 일방통행 길인 생 자크 거리를 타고 두 대의 오토바이와 세 대의 차량으로 이뤄진 호송대가 달려왔다. 소르본 대학가의 판테온 사원 앞을 지나 게이 뤼삭 거리와의 교차로를 넘어서고 있었다. 사이렌을 울리며 교통 신호와 관계없이 달리던 호송 대열이 뤼삭 교차로를 막 넘어갈 때였다. 도로 한쪽에 있던 흰색 화물용 밴 트럭에서 두 사람의 인부가 내렸다. 위아래로 붙은 하얀색 작업복 차림의 그들은 트럭 옆에 밀어두었던 '공사 중' 표시의 교통 차단 장애물로 길을 막아버렸다. 인부 하나가 야광 표시가 있는 작업복 상의에 달린 워키토키를 들고 송신했다.

"차단했습니다."

일방통행로인 생 자크 거리는 일순간에 완전히 빈 공간이 되었다. 안토니오와 동료들은 얼굴 복면을 쓰고 차에서 뛰어내려 주차된 차량들 사이로 몸을 낮추고 사이렌 소리를 기다렸다. 그들 모두 자동소총을 메고 있었고 그중 두 명은 길쭉하고 앞에 뾰족한 탄두가 붙어 있는 견착식 대전차 로켓 발사기를 어깨에 걸치고 있었다.

사이렌 소리는 금방 다가왔다. 곧이어 두 대의 BMW. 오토바이 그리고 파란색 경광등을 반짝이고 있는 흰색 르노 라구나 승용차와 그 뒤에 검은색 호송 버스, 마지막으로 푸조 차종의 경찰 백차가 광장에 들어섰다. 안토니오는 곧바로 자신의 자동소총을 들어서 전열의 오토바이 경찰에게 조준 발사하기 시작했다. 그리고 거의 동시에 대전차 로켓이 흰색 라구나와 호송 버스 운전석 밑부분 엔진룸을 향해 발사됐다. 자동소총은 제일 뒤쪽의 경찰차를 향해 집중 사격됐다. 철갑탄을 장전한 자동소총들이었다. 안토니오의 사격을 받은 오토바이 경찰은 총탄 세례를 받고 차로 옆에 세워진 가드레일에 부딪힌 후 공중으로 튀어올랐다. 제일 앞 차량에 탑승했던 가엘 형사는 옆에서 오렌지색 불길이 날아오는 것을 느끼자마자 차와 함께 형체도 없이 폭발했다. 호송 버스 역시 앞부분을 대전차 로켓에 맞고는 대파된 채 옆으로 쓰러졌다. 경찰차도 무수한 벌집 모양의 총탄 자국을 남긴 채 앞의 호송 버스를 들이받고는 벽에 부딪혀 폭발하고 말았다. 안토니오 일행은 총을 들고 곧바로 돌진했다. 목표는 부서진 호송차의 뒷부분이었다. 부서진 차체 안에는 네 명의 사람이 고통과 혼란 속에서 신음하고 있었다. 안토니오는 호송차에 접근해서 막 기어나오는 복면 경찰에게 지체 없이 사격을 가했다. 다른 두 명은 로베르에게 접근해 초대형 와이어 절단기를 사용해서 로베르를 묶고 있는 쇠사슬을 끊어내고 수갑마저도 해체시켰다.

차체가 뒤집히면서 많은 상처를 입은 알랭 경사는 얼굴 위로 흐르는 뜨거운 피를 손으로 훔치며 필사적으로 몸을 일으켰다. 그는 자신의 스미스&웨슨 리볼버를 꺼내 들었다. 머리에서 흘러내리는 피 때문에 눈을 제대로 뜰 수가 없었다. 그걸 본 안토니오가 알랭 경사를 발로 걷어찬 다음 손에 들려 있는 리볼버를 빼앗았다. 그리고 알랭의 이마를 권총 손잡이로 가격했다. 알랭은 얼굴 전체가 피에 물들었다. 로베르는 동료의 부축을 받으며 주차장 쪽으로 걷고 있었다. 그들을 향해 안토니오가 외쳤다.

"잠깐 거기 서!"

안토니오는 오른손에 권총을 들고 왼손으로 동료들에게 손짓을 했다. 각자 로베르의 양옆에서 떨어지라는 표시였다. 그들이 어리둥절해하며 로베르에게서 멀어지는 순간, 안토니오는 알랭의 리볼버를 세 번 연속으로 당겼다. 로베르는 머리와 가슴에 안토니오의 총탄을 맞고 그대로 쓰러졌다. 곧이어 안토니오는 알랭을 향해 돌아서서 리볼버의 남아 있는 총탄 모두를 난사했다.

"자네 할 일을 대신 해준 것뿐이야, 경사. 그리고 나는 그 대가를 받은 거고."

일을 마친 안토니오는 출발 준비를 마치고 기다리고 있는 자신의 벤츠로 뛰어갔다. 그가 올라타자 벤츠는 경찰이 사용하는 파란색 경광등을 밖으로 붙이고 사이렌을 울리며 남쪽으로 달리기 시작했다. 불과 3분 만에 모든 상황이 종료되었다.

건축협회 광장 아파트의 주민들은 난데없이 시작된 폭발음과 사격 소리에 너무나 놀란 상태였다. 거의 대부분의 주민들은 창밖을 내다보지도 못하다가 안토니오 일행이 떠난 지 5분 후에야 하나둘씩 머리를 내밀었다. 누군가 신고를 했는지 사이렌 소리가 가까워지고 있었다. 하지만 이미 광장은 전쟁터처럼 처참한 모습이었다. 차량에서는 불길과 연기가 피어오르고 있었다. 아무도 광장으로 나가볼 생각은 하지 않았다.

감색 푸조308 승용차가 파란색 경광등을 올리며 도착했다. 로마노 경위였다. 그는 급히 파손된 호송차의 뒷부분으로 갔다. 그곳에서 온몸에 총탄을 맞고 숨져 있는 알랭을 발견했다. 그를 끌어안은 로마노는 악몽을 꾸고 있는 듯했다. 광장 저만치에는 쓰러진 채 빗물에 젖어 있는 로베르의 시체가 보였다. 상황 파악이 쉽게 되지 않았다. 비는 점점 더 많이 쏟아지고 있었고 현장에는 이제 광장한 숫자의 경찰들과 인파가 모여들고 있었다.

인토니오 일행이 탄 벤츠는 벌써 베르사유를 지나 A13 고속도로에 접어들고 있었다. 작전 개시 후 40분이 지난 시간이었다. 곧 격리된 주차 시설과 화장실이 있는 휴게소에 도착했다. 후미 차단을 맡았던 두 사람의 동료를 기다리면서 그들은 자동차 번호판을 갈아끼우고 옷을 갈아입기 시작했다. 작전이 완벽했다는 것을 증명이라도 하는 듯이 기다리던 그들의 동료가 탄 벤츠가 곧바로 도착했다. 그들도 작업복을 벗고 신사복으로 갈아입었다. 안토니오가 손으로 신호를 하자 세 대의 차량은 차례대로 주차 지역을 벗어나 고속도로로 진입하기 시작했다.

이 시간 파리의 중앙 교통관제 센터는 난장판이었다. 동원 가능한 모든 경찰 병력들이 파리를 빠져나가는 주요 도로를 막고 검문을 시작했다. 특히 A1, A6 고속도로가 포인트였다. 남쪽 리옹의 A6 고속도로는 사건 현장에서 가장 가까운 곳에서 진입할 수 있는 고속도로였고, 북쪽의 A1 고속도로는 벨기에 쪽 봉쇄를 주장하는 로마노 경위의 의견이 받아들여진 결과였다. 긴급히 구성된 특별 수사반이 가동되기 시작했다. 이날 저녁 메인 뉴스에서는 생 자크 거리의 습격 사건이 첫 번째로 다뤄졌다.

68

시우가 텔레비전을 켰을 땐 9시 뉴스가 시작하고 있었다. 프랑스의 국제 방송용 채널인 TV5였다. 냉정하게 생긴 남자 앵커가 첫 번째 뉴스를 전하자 시우의 눈이 예리하게 변했다. 뉴스 화면에 뜬 젊은 남자의 사진에 '로베르 드 레미'라고 적혀 있었고, 또 다른 사진은 대머리 중년 남자로 '알랭 뒤푸르 경사'라고 쓰여 있었다. 이어서 자세한 사건 개요가 전해졌다. 현장을 재현한 컴퓨터 그래픽을 통해 각각의 차량들이 공격을 받은 위치, 사망자들이 쓰러진 위치들이 표시되었다. 전체 열두 명이 사망한 충격적인 뉴스였다. 허망함과 함께 시우는 사망한 경찰들의 명단에 니콜이 빠져 있음을 확인했다. 그리고 다시 화면에 비치고 있는 로베르 드 레미의 사진에 눈길을 보냈다. 시우는 주먹을 꽉 쥐었다. 자신의 손으로 반드시 죽였어야 하는 놈이 이미 죽은 것이다. 현정의 행방은 이제 오리무중이 된 거나 마찬가지였다. 동시에 그는 이해할 수 없었다. 적들은 아주 용의주도하게 공격을 준비했고 정확하게 실행해서 완벽하게 성공했다. 로베르가 쓰러진 위치는 호송차에서 약 10미터 거리였다. 손목의 수갑도 끊어져 있는 상태였다면 그들의 의도대로 로베르를 구출하는 데 성공한 것이었다. 그런데 왜 로베르를 죽인 것인가?

시우가 정신을 차리고 다시 뉴스를 보았을 때 촌스러워 보이는 중년의 신사가 인터뷰를 하고 있었다. 화면 밑 자막으로 '공화국 검사 베르드렁 쇼미에'다는 소개가 나왔다. 그의 밀두는 격렬했다. 프랑스 공권력에 대한 도전은 단호히 응징할 것이고 임무 수행 중 숨진 경관들의 죽음에 관계된 누구라도 체포해서 법의 심판을 가할 것이라는 이야기였다. 순진해 보이는 얼굴이었지만 눈빛은 정말 날카롭게 번득이고 있었다. 시우는 어쩌면 그를 직접 보게 될지도 모른다는 생각이 들었다.

생 자크 거리 죄수 호송차 습격 사건 뉴스가 끝나자 화면은 프랑스 대통령이 참가한 한 정당의 대회 소식이 전해지고 있었다. 시우는 채널을 돌려 벨기에 국영 방송의 뉴스를 보기 시작했다. 짧지 않은 뉴스였지만 시우가 기대했던 파리의 호송차 습격 사건 이야기는 전혀 나오지 않았다. 이 정도 사건이면 별다른 관련이 없는 독일이나 네덜란드의 뉴스에도 다뤄지지 않을까 싶은데 벨기에 언론에서는 언급 자체를 하고 있지 않은 것이다. 더구나 호송 중 사살당한 피의자가 벨기에 사람이라는 것을 감안한다면 이해가 되지 않았다.

69

밤늦은 시간의 파리 경찰국 안 회의실에는 네 명이 앉아 이야기를 하고 있었다. 모두 피곤한 얼굴이었다. 베르트랑 검사와 티볼트 총경 그리고 로마노와 니콜이었다. 니콜은 오후 7시쯤 연락을 받고 브뤼셀을 출발해서 한 시간쯤 전인 10시에 도착했다. 오는 동안 니콜은 죽은 알랭과 그의 아들인 니콜라를 계속 떠올리고 있었다. 너무나 끔찍한 일이었다. 몇 년의 경찰 생활 동안 생각해보지도 못한 일이 그녀에게 벌어진 것이다. 어쩌면 자신이었을지도 모른다는 생각과 또 이런 일이 발생할 수 있을 것이라는 불안한 생각도 들었다. 그녀 옆에 앉아 있는 로마노 경위의 표정은 아주 침울해 보였다. 당연한 일이었다.

"지금까지 소득이 없다면 도로 차단은 이제 거두어야 하지 않을까요?"

티볼트 총경이 베르트랑 검사를 향해 물었다. 들고 있던 싸구려 볼펜으로 책상 위를 툭툭 치고 있던 베르트랑 검사는 고개를 끄덕이면서 대답했다.

"그래야겠지요. 애당초 크게 기대한 것은 아니었으니까요. 자정을 기해서 해제하도록 하십시오. 많이들 피곤할 겁니다. 날씨도 안 좋은데."

그의 말대로 밖에는 여전히 세찬 비가 내리고 있었다. 베르트랑 쇼미에 검사가 이제 사건의 지휘를 맡게 되었다. 프랑스 사법 시스템에서 검사가 직접 수사 단계에 참여하는 것은 예외적인 사건인 경우였다. 이제 이 사건은 그야말로 '공화국에 대한 사건'이 된 것이다. 두 시간 전에는 프랑스 대통령이 직접 전화를 했다. 숨진 경찰들을 애도하고 수사를 독려하는 전화였다.

역시나 예외적인 일이었다.

"우선 놈들의 의도를 파악해서 차단하는 것이 중요하다고 생각합니다."

티볼트 총경이 이야기하자 잠자코 있던 니콜이 질문을 던졌다.

"그들이 어떻게 로베르 호송 계획에 대한 정보를 얻었을까요? 우선 이 부분부터 명확히 해야 될 것 같습니다."

모두 고개를 끄덕였다. 베르트랑 검사는 이야기를 전개했다.

"계획을 알 수 있는 사람은 전멸한 알랭의 팀 외에는 병원의 담당 의사 정도야. 의사도 이송 한 시간 전에야 통보를 받았으니까 그쪽에서 샐 수는 없다고 생각하는데, 어떻습니까? 총경님."

"하지만 우리 쪽 팀도 저를 제외하고 사전에 계획을 알 수 있었던 사람은 죽은 알랭 경사와 가엘 형사. 그리고 로마노 경위 정도였습니다. 죽은 두 사람을 제외하면……"

티볼트 총경은 살짝 웃으며 로마노 경위를 바라보았다. 하지만 로마노는 웃지 않았다.

"물론 저는 아닙니다. 그리고 누가 배반을 하고 이런 스파이 짓을 했는지 알 것 같습니다."

"누구지?"

검사와 총경이 거의 동시에 물었다. 로마노의 앙다문 입술이

실룩거리며 눈자위가 붉어졌다.

"가엘입니다."

"그럴 리가 있나? 그 친구는 공격을 받고 죽었잖아. 자기가 죽을지도 모르는데 계획을 누설할 수가 있을까?"

티볼트 총경의 말에 로마노는 고개를 저었다. 그리고 이야기를 시작했다.

"원래 계획대로면 오늘 저녁에 로켓탄을 맞고 죽었어야 할 사람은 가엘 형사가 아니고 저였습니다. 병원에서 출발하기 직전에 알랭 경사가 저 대신 가엘을 선도차에 태운 겁니다. 무슨 생각으로 그랬는지는 모르지만. 그리고 가엘 형사는 이미 한 번 문제가 있었습니다. 지난번에 있었던 장 뤽 케트너 관련 기사의 내부 제보자가 가엘이었습니다."

"그게 사실인가? 말이 안 되는군. 그렇다면 전보 조치나 뭐 그런 것을 취했어야지. 그냥 두고 봤다는 건가?"

"알랭 경사의 생각이었습니다. 그는 그 사건 이후 우리 팀의 동료들을 그리고 특히 가엘을 친동생처럼 대했습니다. 자신에게 문제가 있다고 생각했고 본인이 노력하면 해결될 거라고 생각한 거지요. 하지만 지금 생각해보면 알랭 경사나 저나 모두 틀렸습니다. 가엘 그 친구는 동료의 목숨보다도 돈이 더 중요했던 겁니다."

"돈 때문에 그런 건가?"

"그런 것 같습니다. 잘생긴 외모에 여자들이 많이 붙었던 모양입니다. 화려한 것을 좋아하는 여자들 말이에요. 제가 그 친구를 처음 의심한 것은 우연히 그가 가지고 있던 포르쉐 자동차 키를 본 다음부터였습니다. 비번인 날에는 숨겨둔 포르쉐 박스터를 타고 다녔습니다. 그리고 카지노도 출입했고요. 아시다시피 우리 경찰 월급으로는 불가능한 일이었죠. 미셸이라는 기자와 어울려 술집에 드나드는 것도 봤습니다."

"그걸 알고는 어떻게 한 거야?"

티볼트 총경은 다그치는 말투로 계속 되묻고 있었다.

"좋게 이야기했지요. 알랭 경사와 함께 가엘을 불러서 술을 마셨습니다. 그러고는 좋은 선배로서 후배에게 여러 이야기를 했습니다. 인생에 대해, 경찰직에 대해, 돈에 대해서두요."

"좋아. 그만합시다. 로마노 경위, 가엘 형사의 계좌나 핸드폰 통화 내역, 그 외에 주변 인물들, 특히 그 미셸이라는 기자 등을 철저히 털어내. 흔적은 반드시 남는 거야. 그런데 가엘이 한 짓이라면 이것으로 끝난 것일까? 그동안 우리가 진행한 수사 기밀 등 모든 정보가 다 전해졌을 텐데."

베르트랑 검사가 로마노의 말을 끊고 회의를 다시 주도하기 시작했다. 그러고는 피곤한 얼굴로 서류를 챙기고 회의실을 나갔다. 티볼트 총경도 곧바로 방을 나서자 니콜은 로마노와 둘만 남았다.

"니콜, 한잔 하지 않겠어? 술이라도 마시지 않으면 미칠 것 같아."

"미안해요, 경위님. 슬퍼하기에는 해야 할 일들이 너무 많아요. 퇴근하세요. 한숨 푹 자고 나면 좀 나아지실 거예요."

"매정하군. 알았어. 자네 말이 옳아. 먼저 가겠네."

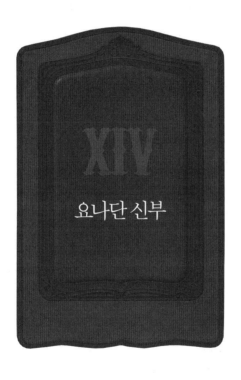

XIV

요나단 신부

70

니콜의 차가 콩코르드 광장을 지나 튀일리 정원 옆의 센 강변을 달리고 있을 때 핸드폰이 울렸다. 그녀는 핸드프리 이어폰을 귀에 끼우고 전화기의 버튼을 눌렀다.

"여보세요. 니콜입니다. 누구시죠?"

상대방은 말을 하지 않다가 이상한 억양의 프랑스어로 대답했다.

"요나단이라고 합니다. 브뤼헤의 요나단 신부요."

그때 마침 니콜의 차가 꽤 긴 거리의 지하 도로에 진입하기 시작했다. 루브르 박물관의 옆을 따라 뚫린 지하 도로였다. 약 3분 정도의 터널 통과 시간 동안 니콜은 조바심이 났다. 핸드폰의 감도가 너무나 떨어져서 서로의 이야기를 거의 알아들을 수 없었기 때문이다.

"내 이야기 들리시오?"

터널을 빠져나오자 밝은 햇살 속에 반짝이고 있는 센 강이 오른쪽으로 넘실거리고 있었고 전면에는 퐁네프 다리가 고색창연한 모습을 드러냈다. 요나단 신부의 목소리도 선명하게 들리기 시작했다.

"예, 니콜입니다. 요나단 신부님이시지요?"

지저스 시크릿

"만나보고 싶습니다. 그동안 몇 번 들르셨는데 뵙지 못해서 미안합니다. 이제 서로 만날 시간이 된 것 같아요."

"이쪽으로 오실 수 있으신가요? 파리로요."

"원하신다면 그렇게 하겠습니다. 곧 출발해서 내려가면 결국 오후 5시는 넘겠군요. 도착해서 전화 드리겠습니다."

"기차로 오실 겁니까?"

"그렇습니다. 브뤼셀에서 갈아타야겠지요."

"표를 끊으시고 전화를 주십시오. 제가 역으로 마중 나가겠습니다."

"그래 주신다면 고맙고요. 이따 전화하지요."

니콜은 전화를 끊고 시테 섬 방향으로 우회전을 했다.

갑자기 차가워진 공기가 파리에 사는 모든 사람들의 옷깃을 단단히 여미게 하고 있었다. 어느덧 브뤼셀에서 출발한 탈리스 고속 열차가 들어왔다. 니콜은 사무실에서 나올 때 미리 써서 들고 나온 '요나단 신부'라는 글씨가 적힌 종이를 머리 위로 들었다. 1등석의 승객들이 먼저 바쁜 걸음으로 빠져나오고 각양각색의 사람들이 니콜의 앞을 지나쳐갔다. 키가 큰 노신사가 니콜의 앞에 선 것은 승객들 대부분이 빠져나가서 주위가 조용해지기 시작할 때였다.

"니콜 형사? 반갑습니다. 날씨가 차가워졌군요."

"요나단 신부님이십니까?"

니콜은 은백색의 머리카락이 반 이상 머리를 덮고 있는 이 훤칠한 미남형의 노신사가 자기가 기다리던 신부라는 것이 곧바로 믿기지 않았다.

"검은색 신부복을 입은 저를 기대하신 모양이군요. 제가 요나단입니다. 여기에는 신부로서 오는 것이 아니라서 편하게 옷을 입었습니다."

니콜은 그의 독특한 프랑스어 발음을 감별해내고서 제대로 인사를 건넸다.

"죄송합니다. 니콜입니다. 만나서 반갑습니다. 가시면서 이야기하시죠."

요나단 신부는 그렇게 크지 않은 낡은 가죽 가방 하나를 들고 니콜을 따라 차에 탔다.

"경찰국으로 먼저 가겠습니다. 이 사건을 맡고 있는 검사님과 같이 이야기를 나누시고 저녁을 드시지요. 참, 숙소는 정하셨습니까?"

"숙소는 파리 외방 전교회 사제관에 부탁했습니다. 그쪽으로 가면 됩니다. 경찰국이나 검사는 그리 내키지 않고요."

그들이 탄 차는 퇴근 시간의 러시아워를 뚫고 남쪽의 세바스토폴 대로에 들어섰다.

"그래도 저희 수사에 도움을 주시려고 오신 것 아닙니까? 우선 그분들과 이야기를 하시고 원하시는 대로 해드리겠습니다."

"내 이야기가 그렇게 짧을 것 같지가 않소. 그리고 경찰이나 검사 앞에서 진술 형태로 얘기하고 싶지도 않아요. 니콜 형사와 부담 없이 시간을 갖고 이야기했으면 좋겠습니다."

니콜은 하는 수 없이 기다리고 있을 베르트랑 검사에게 전화를 했다. 요나단 신부가 원하는 바를 전하자 그는 흔쾌히 승낙했다. 니콜은 전화를 끊고 차를 자신의 집이 있는 15구 방향으로 돌렸다. 옆의 신부는 무심한 눈빛으로 차창 밖의 화려한 파리 풍경을 바라보고 있었다.

집에 가자 기욤 형사가 기다리고 있었다. 그는 니콜을 확인하고 나서야 경계를 풀고 권총을 다시 홀스터에 꽂고는 보고 있던 텔레비전에 다시 눈길을 돌렸다. 니콜은 주방으로 가서 샐러드드레싱을 만들기 시작했다. 겨자와 호두 기름 그리고 사과 식초를 적당히 섞어 만드는 니콜만의 샐러드드레싱이었다. 푸아그라를 접시에 담고 바게트를 썰고 포도주 병을 딴 다음 니콜은 서재의 문을 두드렸다.

"저녁 준비가 됐습니다. 나오시지요."

그들은 전식에 이어 스테이크와 아이스크림까지 식사를 마쳤다. 식사 중에는 그다지 심각하지 않은 소재의 이야기를 주로 나눴다. 기욤 형사가 자기 몫의 커피잔을 들고 다시 텔레비전 앞으로 돌아가자 니콜은 신부에게 물었다.

"커피 하시겠습니까? 아니면 포도주를 계속 하시겠어요?"

"포도주가 좋겠지요. 브뤼헤에서는 맥주라면 몰라도 이렇게 좋은 포도주를 맛보기는 어렵지요."

그들은 연한 붉은색의 와인잔을 두고 마주 앉았다.

"이제 신부님 말씀을 좀 들어볼까요? 저는 신부님 신상에 대해서 전혀 모릅니다. 조회를 안 해봤거든요."

"조회했어도 별로 달라지지는 않았을 겁니다. 나라는 인간은 세상에 존재하지 않았으니까요."

니콜은 신부의 얼굴을 보면서 말이 이어지기를 기다렸다.

"바를랭 교수의 편지를 처음 봤을 때부터 사실은 고민했습니다. 이제 나의 짐을 내려놓을 때가 된 것인가 하고 말입니다. 내가 가르멜파의 수도복을 처음 입은 것이 벌써 30년이 넘어가는군요. 긴 세월이었어요. 하지만 나의 짐은 천주님 안에서도 무거워지기만 했습니다. 아켈마다라는 말을 편지에 썼더군요. 그 바를랭 교수 말입니다. 니콜 형사님은 아켈다마에 대해서 얼마나 알고 계십니까?"

요나단 신부는 꽤 마신 포도주에도 불구하고 예리한 시선으로 니콜의 대답을 요구하고 있었다. 니콜은 그동안의 사건들과 조사를 통해 얻은 내용들을 간략히 정리해서 들려주었다.

"뇌샤텔에서 템플기사단의 붉은 십자가 표식을 한 갑옷을 입은 해골도 봤습니까?"

묵묵히 듣고 있던 요나단 신부가 질문을 하자 니콜은 깜짝 놀랐다.

"그것을 어떻게 아세요?"

"물론 알고 있습니다. 내가 바로 그 아켈다마 기사단의 기사였으니까요."

니콜은 회한 어린 눈으로 자기를 바라보고 있는 요나단 신부를 그저 바라볼 수밖에 없었다.

"내 이야기를 시작하죠. 아켈다마 기사단은 두 가지 부류로 나눠집니다. 우선 고아들 중 선별되어서 본부에서 키워지고 교육받아서 기사가 되어 세상에 나가는 부류와, 각 지역에서 부모와 생활하다 열여덟 살이나 스무 살 정도에 본부에 들어와서 교육을 받고 기사가 되는 부류지요. 나는 이탈리아 피에몬테 출신으로 2차 세계대전 때 부모님을 잃은 고아 출신입니다. 가톨릭 계통의 고아원에서 뜻하지 않게 선발된 경우지요. 물론 후자인 경우 물론 가문 자체가 아켈다마 기사단에 뿌리를 두고 있습니다. 드 레미 가문을 아시지요? 대표적입니다. 벨기에 지부를 맡고 있지요."

"다른 나라의 지부 인사들도 알고 계십니까? 예를 들면 프랑스 말이에요."

"유감이지만 잘 모릅니다. 내가 기사 생활을 계속했더라면 물론 알고 있겠지요. 하지만 나는 거우 민 2년의 경력을 쌓다기 그들을 떠났습니다. 가르멜파 수도원에 투신했고 오랜 수사 생활 후에는 신부도 되었습니다. 내가 지금 하는 이야기는 약 30년쯤 전의 이야기입니다. 하지만 달라진 것은 별로 없을 겁니다."

니콜은 긴장한 채 이야기를 듣고 있다가 거실 구석의 서랍에서 소형 녹음기를 하나 가지고 왔다.

"신부님 말씀을 녹음해도 될까요?"

"그렇게 하시지요. 계속하겠습니다. 대충 감을 잡으셨듯이 아켈다마 기사단의 뿌리는 먼 옛날의 템플기사단입니다. 아시겠지만 1307년 프랑스의 왕 필리프 4세에 의해 프랑스에 위치했던 본부가 끝장납니다. 하지만 템플기사단의 힘이라고 할 재산의 상당 부분은 미리 브뤼헤 지부로 옮겨졌고, 유럽과 지중해에 남아 있던 각 지부의 기사들은 모여 이후의 대책을 모색하게 됩니다. 자크 드 몰레 기사단장이 처형된 해인 1314년의 성탄절이었지요. 그동안 로마 교황청을 통해 프랑스 왕에게 잡혀 있는 동료들을 구해내려고 노력했지만 실패한 다음이었습니다. 필리프 4세는 이미 교황청까지도 유린하고 아비뇽유수를 단행한 상태였으니까 세상에서 그를 움직이거나 능가할 만한 힘은 없었습니다. 결국 모든 노력이 수포로 돌아간 것이지요.

자크 드 몰레 단장이 화형당하고 나서 사르데냐 섬에 위치한 비밀 본부에 모인 템플기사단원들은 회의를 시작합니다. 기사단의 앞날을 상의하기 위한 것이었지요. 우선 첫 번째 할 일은 형제들의 원수를 갚는 일이었고, 둘째는 기사단의 조직을 공식적으로는 해체하지만 비밀 조직으로 남겨서 더욱 강화시키자는 내용이었습니다. 물론 결론이 쉽게 나지는 않았던 모양입니다. 기사단 내에서도 다른 의견들이 상충하고 있었겠지요. 여기서 중요한 질문을 던지겠습니다. 과연 템플기사단의 존재 목적은 무엇이었을까요? 혹시 들어본 바가 있습니까?"

"기본적인 지식뿐입니다. 성지를 회복한 후에 예루살렘 왕국을 지키고 성지순례객들을 보호하기 위해 창설됐다고 들었습니다. 그 외의 존재 목적이 따로 있나요?"

니콜은 호기심 가득한 얼굴로 신부에게 물었다.

"초대 예루살렘 왕이었던 고드프루아 드 부용이 벨기에 영주였다는 사실은 알고 있을 겁니다. 그리고 그가 바로 프랑스 메로빙거 왕조의 후손이라는 것도요."

"그 정도는 알고 있습니다."

"좋아요. 솔로몬의 옛 성전에 자리를 잡은 기사단은 그곳에서 모종의 보물 탐사를 시작합니다. 구세주 예수님의 진실을 증명하는 비밀스러운 보물 말입니다."

"그런 것이 정말 있었나요? 그걸 찾아낸 건가요?"

니콜은 점점 더 요나단 신부의 이야기에 깊이 빠져들었다.

"물론 찾이 있습니다. 그 보물이야말로 기사단의 존재 이유였고 거대한 부와 엄청난 권력을 쥘 수 있는 근거였습니다. 그리고 동시에 몰락의 원인이 되기도 했고요."

"대체 그 보물이라는 것이 뭐죠?"

"바로 요셉 복음서입니다."

니콜은 드디어 요셉 복음서의 정체에 다가서는 느낌이었다.

"그 복음서의 저자는 요셉입니다. 흔히 아리마테아 요셉이라고들 부르죠. 예수님이 십자가에서 운명하신 직후 빌라도 총독에게 달려가 예수님의 시신을 넘겨받아 자기 소유의 동굴 묘지에 안장한 바로 그 사람입니다. 그는 알려진 대로 산헤드린 공회라고 일컬어지는, 당시 유대 왕국 국회에 해당하는 조직의 일원이었습니다. 로마 총독이나 유대 왕에게 언제든지 독대를 청할 수 있는 유력한 사람이었던 것이죠. 동시에 그는 예수님의 생애 거의 처음부터 예수님을 알고 있었고, 예수님이 구세주로서의 공생애를 시작한 후 십자가에 못 박힐 때까지 예수님을 후원한 사람이기도 합니다. 그리고 성모 마리아의 삼촌이면서 예수님의 아버지 요셉의 친구이기도 합니다. 예수님의 어린 시절부터 가장 가까이 있었던 사람이죠. 주석을 취급하는 부유한 무역 상인이라 일찍부터 유대 땅 바깥의 외국에 자주 여행을 했습니다. 예수님이 열다섯 살 때는 영국을 다녀오기도 했습니다. 자, 얼마나 가까운 사이였는지 알 수 있겠죠? 아버지 요셉과 더불어 예수님의 어린 시절부터 돌보고 교육시킨, 거의 아버지와도 같은 사람이었습니다. 예수님의 시신이 무덤에서 사라진 다음 그는 시신을 빼돌린 혐의로 감옥에 갇힙니다. 전설상으로는 40년간 투옥되어 있었다 하지만 그 정도는 아니었습니다. 그는 4년간 솔로몬의 신전에 부속된 감옥에 갇혀 있었고 그동안 침대 밑에 숨긴 열세 장의 주석 판에 예수님의 생애에 대한 이야기를 철필로 눌러서 적었습니다. 탄생과 성장과 공생애와 십자가 사건, 그리고 그 이후에 대한 증언이죠. 그리고 그 내용은 후세에 알려진 다른 네 개의 복음서와는 완전히 다른 내용입니다. 그에게 예수님은 친자식처럼 사랑하는 혈족이었고 당연히 '사람'이었습니다. 요셉의 문서는 '사람 예수'에 대하여 적혀 있습니다. 정말 생생하게요. 이후 요셉은 그 주석 판을 들고 나올 수 없었기 때문에 감옥의 밑바닥을 파서 숨기고 그 위치를 자신의 후예들에게 남겼습니다. 마사다 항전을 마지막으로 유대 왕국은 완전히 세상에서 사라졌고 예루살렘은 '돌 위에 돌 하나도' 남지 않을 만큼 파괴됐습니다. 그로부터 천 년이 넘은 다음에야 십자군 원정으로 예루살렘이 회복되었고 문서의 비밀을 전해받은 템플기사단이 문서를 발굴하게 된 거죠. 그 문서의 내용은 당시 교황인 인노첸시오 2세에게 직접 전달되었습니다. 세상을 완전히 뒤집어놓을 비밀스러운 문서를 담보로 기사단은 교황으로부터 절대적인 권한을 부여받게 됩니다. 어느 나라, 어느 왕에게도 복속되지 않으며 세금도 내지 않을 권리를 얻은 겁니다. 역사상 어느 단체도 얻을 수 없는 특권인 셈이지요. 그 이후의 발자취는 잘 아실 겁니다."

니콜은 전율을 금할 수 없었다. 예수님의 신성을 부정하는 복음서라니. 기독교가 홀로 세상을 지배하는 시대에 그 같은 문서가 노출된다면 그 세계 자체가 무너질 일이었다.

"구체적으로 어떤 내용이지요?"

"도마 복음서라는 것을 들어봤을 겁니다. 이집트의 나그함마디에서 발견된 파피루스에 콥트어*로 쓰인 영지주의† 복음서지요. 초기 기독교의 영지주의가 로만 가톨릭의 공격을 받기 시작하면서 그런 성향을 가진 문서들은 대부분 소멸되었는데 거의 유일하게 완전한 상태로 발굴된 문서입니다. 이 도마 복음서는 예수님의 행적에 대한 언급이 전혀 없이 예수님이 직접 전한 '말씀'만 기록되어 있어요. 그 말씀들은 다른 네 개의 복음서

---

* 콥트 교도들이 16세기까지 일상적으로 사용하던 언어 및 문자. 초기 기독교 관련 문서나 이집트 상형문자를 해석하는 데 중요한 역할을 한다. 콥트교는 알렉산드리아 총주교 관할인 이집트 그리스도교의 일파로 이집트에서 자생적으로 발전한 기독교 교회다. 450년경 예수가 신성(神性)과 인성(人性)을 모두 지니고 있다는 신인양성론을 부정하고, 신성만 인정하는 단성설(單性說)을 신봉하면서 로마 교회로부터 분리되어 나왔다. 콥트교인은 이집트 인구 8천만 명 중 10% 정도가 믿고 있으며 동방정교회에 속해 있다.

† 믿음(Faith)이 아니라 인식(Gnose)을 통하여 구원에 이를 수 있다는 이원론적인 종교 체계. 육신과 현실은 악의 산물이며 오직 세계의 본질과 진리로서 스스로를 구원할 수 있다고 본다. 주로 초기 기독교에서 널리 받아들여졌으나 이후 이단으로 공격받아 사라진다. 알비파 기독교도들에 대한 탄압이 대표적이며 초기 도마, 유다 복음서 등이 영지주의 복음서로 간주되어 존재를 부정당했다.

지저스 시크릿

들과 약간 달라서 구체적인 하느님 나라에 대한 언급 등이 없이 천국은 따로 있는 것이 아니고 우리 모든 사람들 스스로에게 있다고 가르치죠. 지옥이나 종말, 구세주, 스스로의 신성에 대한 언급도 없어요. 예수님은 신성한 어떤 존재로서가 아니고 '사람'으로서 뛰어난 깨달음을 얻은 현자의 모습으로만 존재하며 도마가 그 가르침만을 전하는 복음서입니다. 4대 복음서보다 실질적으로 훨씬 먼저 작성되었으며 나머지 복음서들도 이 도마 복음서를 참조해서 작성되었다고 여겨질 정도로 예수님의 말씀을 정확히 서술하고 있습니다."

"도마 복음서가 요셉 복음서와 무슨 관계가 있는 것이죠?"

"요셉 복음서는 예수님의 말씀이 아니고 행적과 생활에 대해 적힌 복음서입니다. 도마 복음서와 요셉 복음서를 합치면 가장 완벽한 예수님의 본모습이 드러나는 것이죠. 그리고 그런 이유로 이 두 개의 복음서는 당시의 기독교로서는 도저히 인정하거나 존재해서는 안 되는 존재들입니다. 예수님은 오로지 하느님의 아들로서 삼위일체 하느님의 한 모습으로만 존재해야 하며 우리 인간들의 모든 원죄를 대속하셔서 십자가에 못 박혀 돌아가시고 사흘 만에 죽은 자들 가운데 부활하셔야만 하는데 이 모든 것을 부정하는 문서들이니까요."

"예수님의 행적을 대체 어떻게 적은 건데요?"

"그 내용은 대략 이렇습니다. 성모 마리아의 예수님 잉태는 천사의 수태고지를 통한 성령 잉태가 아니고 정혼한 두 사람이 결혼 전에 만나 임신한 것으로 설명합니다. 아기 예수가 태어난 다음 찾아오는 동방 박사들은 성모 마리아의 삼촌이자 나사렛 요셉의 절친한 친구인 아리마테아 요셉의 외국인 손님들로서 아기의 탄생을 축하하기 위해 선물을 들고 방문한 겁니다. 국제적으로 활발한 무역 활동을 하던 아리마테아 요셉에겐 당연한 손님들이었죠. 탄생 이후 아리마테아 요셉은 이집트, 그리스, 로마, 프랑스, 영국 등으로 출장 갈 때 어린 예수를 동행하여 각 나라의 뛰어난 스승들에게 깨달음을 얻을 수 있는 교육의 기회를 제공합니다. 주석을 얻기 위해 방문한 인도에서도 역시 방문해서 상당한 시간을 보낸 것으로 적혀 있습니다. 도마 복음서의 저자 도마 역시 예수님 사후 인도로 여행을 간 것이 확실한 만큼 이 인도 여행과 체류가 의미하는 바가 적지는 않습니다. 2천 년 전 그 당시 일반적인 유대인 젊은이들은 상상도 할 수 없는 여행과 인적 교류를 통해 세상의 다양한 사상과 지혜를 두루 섭렵한 예수님이 어떤 철학과 사고와 통찰력을 지니게 됐는지는 쉽게 이해될 겁니다. 세계주의적인 세계관을 지닌 예수님이 편협한 유일신 신앙인 유대교와 반목하기 시작한 것도 당연합니다. 세상이 얼마나 넓은지도 모르는 무식한 유대교 제사장들이 '여호와'은 오직 자신들만의 여호와이고 자신들만 구원받는다는 얘기를 떠들고 있는 모습을 보면 아마 웃음밖에 나오지 않았을 겁니다.

　이렇게 공생애는 시작되고 고루하고 편협한 당시의 유대인들에게 '진리'를 설파하시기 시작한 것이죠. 그 내용들이야 널리 알려진 것들이니 생략하고 몇 가지 중요한 점만 말씀드리죠. 예수님 공생애 최초로 기적을 보인 가나안 혼인 잔치의 포도주 사건을 예로 보겠습니다. 시금털털하고 맛없는 포도주, 그나마 양도 부족한 것을 어머니 마리아뿐 아니라 손님 모두가 타박하자 예수님이 물을 포도주로 변화시키는 기적을 일으켰다고 다들 알고 있지만 진실은 다릅니다. 예수님이 빈곤한 자의 혼인 잔치에 간 사실을 알고 있는 아리마테아 요셉이 많은 일꾼들을 시켜 포도주를 가져다주게 한 것입니다. 물병에 싣고 온 포도주를 부어서 나눠준 겁니다. 다섯 개의 빵과 두 마리의 생선으로, 혹은 일곱 개의 빵으로 많은 사람들을 먹인 일 역시 아리마테아 요셉의 재력이 행한 기적이었던 것이죠. 그 외에 예수님이 많은 환자를 치료하는 기적은 청소년기의 해외여행 때 배운 다른 나라의 치료법이었습니다. 예수님은 아주 부유한 후원자를 가진 의사이자 철학자였던 거죠. 이 모든 사실이 요셉 복음서에 자세히 기록되어 있습니다."

　"그러면 예수님의 십자가 처형과 부활은요?"

　"십자가 처형은 무척 오래 걸리는 잔인한 형벌입니다. 건장한 30대 남자가 손발에 못이 박힌 채 매달리면 최소 3일, 길면 일주일 정도가 지나야 사망하는 것이 일반적입니다. 출혈은 그렇게 크지 않습니다. 고통과 배고픔과 갈증으로 죽게 되는 것이죠. 그 과정 자체가 형벌인 겁니다. 하지만 예수님은 오전 10시경에 십자가에 못 박힌 다음 오후 3시경에 운명한 것으로 되어 있습니다. 전혀 논리적이지 않죠. 더구나 목이 마르다고 해서 스펀지에 적신 포도주까지 마시게 해줍니다. 일반적이지 않은 엄청난 특혜라는 말이지요. 그 스펀지에 적신 포도주에는 고통을 경감하는 마약 성분의 일종의 마취제가 포함되어 있었습니다. 예수님이 포도주를 마신 직후에 '아버지, 다 이뤘나이다'라고 얘기하신 것은 아버지 요셉과 아리마테아 요셉 두 사람이 사전에 계획하고 예수님께 종용한 계획의 마무리를 뜻하는 말이었습니다. 하느님이 아닌 진짜 아버지가 시키는 대로 다 했다는 얘기지요. 이 말을 마지막으로 예수님이 고개를 떨구자 아리마테아 요셉은 지체 없이 빌라도 총독에게 가서 예수님 시신을 넘겨받습니다. 원래 십자가형을 받은 범죄자들은 백골이 되도록 십자가에 매달아두어 다른 사람들에게 일종의 경고 역할을 하게 되는데 그런 과정도 생략되었고 죽음을 확인하기 위해 팔다리의 관절을 다 꺾어야 하지만 그것 역시 생략되었습니다. 아리마테아 요셉에게 매수당해 이 십자가형을 주재한 론디니라는 로마군 백부장이 창끝으로 예수님의 옆구리를 찔러 피를 냈을 뿐이죠. 하지만 그것은 죽음에 이르게 하는 치명상이 아

지저스 시크릿

니고 단지 창에 찔림에도 불구하고 육체적 반응이 없음으로 예수님의 죽음을 그 주위 사람들에게 납득시키기 위한 트릭에 불과했습니다. 예수님을 십자가에서 내려 동굴로 이송한 아리마테아 요셉은 예수님의 부유한 지지자이자 공모자인 니고데무스가 가져온 대량의 약물과 천으로 예수님을 치료해서 '부활'시켰습니다. 그 이후는 많이 들으셨을 겁니다. 실질적인 부인 막달라 마리아와 더불어 옛 제자들에게 작별 인사를 한 후 이스라엘을 떠나 프랑스로 망명하여 여생을 마칩니다. 아리마테아 요셉과는 망명 이후에도 지속적으로 관계를 이어갔습니다. 요셉 복음서에는 이 모든 이야기가 생생하게 적혀 있습니다."

니콜은 충격에 빠져버렸다.

"무서운 이야기군요. 그것이 진실이면 말이죠."

"진실이 아니라고 판단할 아무런 근거가 없는 문서입니다."

"그럼 필리프 4세가 템플기사단을 해체시키고 탄압한 것도 그 복음서와 관계있는 건가요?"

"아시다시피 필리프 4세는 안팎의 어려움에 처해 있는 상황에서 교황권을 무너뜨리고 자신의 세력권 내에 귀속시키려 합니다. 그런 상황에서 이 무시무시한 비밀을 증언하는 요셉 복음서가 템플기사단의 손에 있다는 것을 안다면 어떻게 했을까요?"

"당연히 그것은 손에 넣으려고 했겠지요. 이 세상의 모든 것을 손에 넣는 것과 마찬가지니까요."

"맞아요. 필리프 4세는 1307년에 템플기사단의 본부를 습격하여 기사들을 체포하고 보물을 확보하려 했습니다. 하지만 보물은 이미 그곳에 없었지요. 1314년까지 진행된 길고도 집요한 고문과 심문은 사실 보물의 행방을 찾으려는 몸부림이었어요."

"그럼 그 보물이 브뤼헤로 간 건가요?"

"바를랭 교수로부터 샤를 드 아말리엥이라는 사람에 대해서 들은 적이 있을 겁니다. 그의 손에 의해 브뤼헤로 간 겁니다."

"지금도 그럼 브뤼헤 어딘가에 보관되고 있을까요? 아니면 다른 곳으로 옮겨진 상황인가요?"

"내가 알기로는 브뤼헤에 그대로 있을 겁니다. 어느 누구도 쉽게 찾을 수 없는 비밀스러운 곳에 보관되어 있다고 들었습니다. 물론 사르데냐의 본부나 각 지부에는 그 주석 판을 원본으로 하는 복사본이 존재합니다. 주석 판에 잉크를 묻혀서 양피지를 그 위에 놓고 눌러서 복사한 것들이지요. 예전에 렌 르 샤토에서 발견된 보물이라는 것도 사실은 그 복사본 중의 하나에 불과합니다. 그리고 소니에르 사제에게 거금을 주고 사본을 회수한 것도 아켈다마 기사단이 한 일입니다. 그 정도만으로도 이 세상에는 엄청난 의혹과 충격을 줬던 거지요."

니콜은 렌 르 샤토의 사제 소니에르가 발견한 보물과 관련한 이야기를 들어본 적이 있었다. 그리고 그가 수리한 렌 르 샤토

지저스 시크릿

성당의 내부 장식들이 일반적인 성당들과는 근본적으로 다르다는 것도 알고 있었다.

"렌 르 샤토에 가보신 적이 있나요?"

"물론 가봤지요. 30년쯤 전에 기사단의 초임으로서 처음 여행이 바로 그곳이었습니다. 그때만 해도 그렇게 유명하지는 않았어요. 하지만 지금도 생생합니다. 우리의 비밀들을 그대로 건축해놓은 곳이었으니까요. 성당의 입구 상단에는 'TERRIBLIS EST LOCUS ISTE(여기는 무서운 곳이다)'라고 쓰여 있고, 성당 안에서 처음 만나게 되는 조각상은 기괴한 악마의 모습을 한 'ASMODEUS(아스모데우스)'의 상이었습니다. 아스모데우스는 비밀과 숨겨진 보물의 수호자이며 솔로몬을 도와 성전을 건설했다고 전승되는 유대교의 전설 속 악마입니다. 아리마테아 요셉이 예수님을 무덤으로 옮기는 장면을 묘사한 부조는 오히려 예수님을 밖으로 빼돌리는 모양으로 표현되어 있고, 성당의 중심에 자리 잡은 '성 가족상'은 부부로 추정되는 남녀가 각각 한 명씩 아기를 품에 안고 마주 보는 모습으로 세워져 있죠. 그들이 성모 마리아와 나사렛 요셉이 아니라는 것은 명백합니다. 누가 봐도 명백하게 예수님의 비밀을 묘사하고 있는 성당이었죠. 확실하게 소니에르 신부가 얻은 비밀 이야기가 정연하게 표현되어 있는 공간이었어요. 지금이야 뭐 새삼스러울 것도 없이 유명해졌지만 말이에요."

니콜은 거의 비워진 요나단 신부의 와인잔에 와인을 따르면서 물었다.

"그런 엄청난 비밀을 왜 공개하지 않고 수호하기만 하는 거죠? 더구나 필리프 4세의 템플기사단 탄압 사건 이후로 로마 가톨릭과의 관계도 끊어졌다고 봐야 하는데요."

"좋은 질문이에요. 하지만 이렇게 생각해보세요. 그 비밀은 비밀로 남겨져 있을 때만 강한 힘을 갖는 겁니다. 만약에 세상에 그것이 밝혀져 엄청난 혼란의 시대가 펼쳐진다 한들 기사단에 무슨 이득이 있겠습니까? 오히려 비밀을 손에 쥐고 그 존재를 간혹 환기시키며 강력한 무기로 자기들이 원하는 바를 지속적으로 추구하는 것이 낫지 않을까요? 실질적으로 1314년 성탄절에 개최된 대책 회의에서도 그 문제가 토론된 듯합니다. 하지만 누구도 그 비밀을 세상에 내놓는 것을 원치 않았어요. 대신 비밀을 보유하고 있다는 사실을 로마 교황청과 프랑스 왕실 등의 세속 권력자들에게 지속적으로 통보했어요. 통보의 방식은 대단히 은유적이었지요. 문자보다는 주로 회화적 방법을 사용했습니다. 가장 효과적인 방법이죠. 후세에 알려진 레오나르도 다 빈치의 그림들, 예를 들어 막달라 마리아에 대한 암시를 강하게 표현한 '최후의 만찬'은 너무나 유명해졌지만 '암굴의 성모'에서 두 아이를 돌보는 두 여인이나 '모나리자'에 묘사된 뒤쪽 배경은 비밀을 강하게 암시하고 있는 작품들이죠. 그리고 니콜라 푸생*의 '아르카디아의 목동들'이나 '성모 마리아와 성 엘리자베스' 역시 대표적이죠. 역사상 헤아릴 수 없는 많은 기호와 은유가 사실 지속적으로 이 '비밀'을 제시해왔어요. 기독교적 정신세계에 기반한 모든 유럽의 사회 체계는 숨어 있는 비밀이 가진 무서움을 너무나 잘 알고 있었고, 기사단은 어둠 속에서 세속의 권력을 지속적으로 견제했던 겁니다. 그리고 세상을 자기들의 뜻대로 조정하고 만들어왔던 거죠. 나는 그들을 악마의 한 형태로 보고 있습니다. 예수님이 십자가에서 실제로 돌아가신 것이 아니라 해도, 그리고 그의 부활이 사실이 아니라고 해도, 프랑스로 이주해서 그곳에서 여생을 보냈다 해도, 그것이 무슨 상관입니까? 진리는 '말씀'으로 존재합니다. 예수님이 설파하신 구원과 사랑의 '말씀'은 어느 누구도 부정할 수 없습니다."

"그들이 어떤 짓을 해온 것이지요?"

니콜은 생각 끝에 한숨을 쉬며 물었다.

"제일 먼저 돈을 벌었지요. 그들은 철저한 배금주의 속성을

---

* 17세기 프랑스 최고의 화가이며 프랑스 근대 회화의 시조. 신화·고대사·성서 등에서 소재를 찾아 로마와 상상의 고대 풍경 속에 균형과 비례가 정확한 고전적 인물을 등장시킨 프랑스 고전주의 대가. 당시 프랑스 재무장관이었던 니콜라 푸케의 사촌 형이자 교황청 주재 대사였던 루이 푸케와 '비밀'에 대해 상의하고 '아르카디아의 목동들'을 그렸다. 이후 니콜라 푸케는 실각하여 철가면의 주인공이 되었다는 설이 있으며 '아르카디아의 목동들'은 루이 14세가 압수하여 절대 세상 밖으로 유출되지 않도록 했다.

갖고 있습니다. 하지만 돈과 재물은 본래 하느님께 속한 것이 아닙니다. 악마의 원형이나 모델로 보고 있는 몇몇 신을 예로 들지요. 첫째 바알세불을 보시지요. 그 신의 속성은 배금주의입니다. 많은 재산을 약속하는 신이지요. 그리고 고대 중근동 지역에서 가장 숭배받았던 신은 이슈타르 여신입니다. 생산과 풍요의 여신이지요. 로마의 고대 신이자 사탄이라는 말의 어원이 되기도 하는 사투르누스는 농업의 신입니다. 모두 인간을 풍요롭게 하는 신들이지요. 악마는 재물을 원하는 인간의 탐욕으로 그의 권세를 넓힙니다. 하지만 예수님의 가르침은 정반대입니다. '부자가 천국에 가는 것은 낙타가 바늘귀로 들어가는 것만큼 어렵다'고 하셨지요. 불가능하다는 말씀이십니다. 하느님이 우리에게, 즉 그분의 자식들에게 주시는 풍요는 결코 물질적인 풍요가 아니고 서로 나누고 베풀어서 생기는 심령의 풍요입니다. 천국의 문을 그렇게 열어주시는 것이지요. 지금 물질적인 풍요를 축복하는 모든 거짓 선지자들은 사실 하느님보다는 악마 쪽에 있는 것으로 봐야 할 겁니다. 템플기사단의 몰락과 변질도 사실은 그들에게 감당하기 어려울 정도로 주어진 재산 때문이었다고 보면 됩니다. 처음처럼 그들이 계속 청빈했다면 필리프 4세의 탄압이 있었겠습니까? 비밀이 그들에게 준 권력과 재물로 인한 욕심으로 그들은 지옥으로 떨어진 겁니다. 결국 살아남은 템플기사들은 재산을 포기하고 하느님 뜻에 순종하기보다는 재산에 이끌려 사실상 악마 쪽에 서게 된 겁니다. 거룩한 성전 대신 저주받은 악마의 땅 아켈다마를 그들의 반석으로 삼은 것이죠. 그들은 금융업에 더욱 매달립니다. 사실 금융업이라기보다는 고리대금업이지요."

"그럼 그들은 금융업으로만 세력을 넓혔습니까?"

"아니지요. 그것은 단지 바탕일 뿐이지요. 그들은 두 번째 사업을 시작합니다. 바로 전쟁 사업이었지요. 파괴와 약탈과 살육의 사업을 시작한 겁니다. 중세 이후 유럽의 역사를 보면 시종일관 전쟁의 역사라는 것을 알 수 있을 겁니다."

니콜은 고개를 끄덕였다. 수도 없이 많은 전쟁을 겪은 유럽의 역사는 익히 알고 있었다.

"역사를 잘 알고 있는 것 같아서 간단히 설명하겠습니다. 그 많은 유럽의 전쟁 중에서 불가피하거나 가치 있는 전쟁이 있었습니까? 없었어요. 탐욕과 이기심과 근거 없는 적개심이 주된 원인이었습니다. 그 바탕에는 역시 주로 돈, 즉 경제적 이해관계가 있었고요. 왕위 계승을 위한 여러 전쟁들과 신·구교도로 나뉘어 벌인 종교전쟁 모두가 이 부류에 속합니다. 겉으로는 어떠한 명분을 내세웠다 해도 본질은 똑같습니다. 아켈다마 기사단은 자신들의 방대한 조직을 이용해서 전쟁을 유발시켰습니다. 이간질하고 욕심을 부추기고 자만심을 불어넣는 등의 그렇게 어렵지 않은 작업을 거치면 전쟁은 의외로 쉽게 시작되곤 했습니다. 이것이 악마가 원하는 방법과 결과지요. 기사단은 전쟁과 관련해서 세 가지 일을 합니다. 참고로 중세 이후 유럽 전쟁의 역사를 들여다보시지요. 처음은 어떻게 전쟁 비용을 조달하느냐 하는 문제가 있습니다. 외적의 침입에 대응하여 무기를 드는 형태의 전쟁이 아니기 때문에 유럽 봉건제에서는 대단히 큰 규모의 비용이 전쟁을 위해 소요됩니다. 공격자나 수비하는 쪽도 마찬가지지요. 그들이 그 돈을 빌려주는 겁니다. 물론 상당한 이자와 채무자가 이겼을 때는 배당금도 보장받습니다. 일반적인 금융거래보다 엄청난 수익을 기대할 수 있는 사업이지요. 두 번째는 무기 제작과 판매였습니다. 전쟁을 하는 이상 갑옷, 투구, 칼, 창, 쇠뇌, 나중에는 대포와 총까지 많은 무기가 필요했겠지요. 이것을 만들어 파는 겁니다. 전쟁이라는 특수한 상황을 이용해서 때로는 아주 비싸게 그리고 좋은 조건으로 팔아먹었습니다. 기사단의 지배하에 있던 무기 제작소가 유럽에 한때는 30군데 이상이었습니다. 이건 지금도 마찬가지입니다. 지금도 유럽의 무기 제작 회사들 중 국영이 아닌 경우는 상당 부분 기사단의 지배하에 있을 겁니다. 물론 직접 지배하는 경우는 없지요. 기사단 소속 인사들과 자본이 보이지 않게 지배하는 겁니다."

니콜은 기사단과 관련해 작성했던 리스트에 무기를 제작해서 판매하는 방위산업체가 둘이나 끼어 있었음을 떠올렸다.

"세 번째는 용병 사업입니다. 사실 중세 이후 근대 초반까지 유럽에서 벌어진 전쟁의 주인공들은 용병들이었습니다. 전 유럽에는 헤아릴 수 없을 만큼의 용병 조직이 있었지요. 독일이나 스위스 쪽 용병들이 유명했지만 그들뿐인 것은 아닙니다. 이탈리아, 프랑스, 덴마크, 노르웨이, 헝가리, 폴란드 등 모든 유럽 나라들은 국가와 상관없이 돈에 따라 전쟁에 뛰어드는 용병 조직이 존재했습니다. 심지어는 이교도 기병대조차도 돈을 주고 데려올 정도였으니까요. 기사단은 때로는 자기들의 전투력을 직접 팔기도 했지만 그것은 큰 의미가 없었고 주로 용병 에이전트 사업을 했습니다. 무기 장사와 결국 같은 것이니까요."

니콜은 고개를 끄덕였다. 실제로 유럽의 전쟁은 자금을 많이 동원해서 유능한 용병들을 얼마나 끌어모으냐에 승패가 달려 있었던 것이다. 자발적으로 참전하는 귀족 중심의 기병대 전력은 한계가 있었다. 그리고 용병 조직이 지금도 여전히 존재한다는 것을 그녀는 알고 있었다.

"무슨 말씀인지 알겠습니다. 전쟁을 유발하고 그것을 통해 돈을 벌고 전쟁의 살육과 약탈과 증오의 본질을 통해 그들이 세력을 확장했다는 것이지요?"

"그렇습니다. 18세기 후반까지는 그런 형태로 자신들의 영역과 권력을 유지, 확대했습니다. 그런데 서서히 문제가 생겼어요. 계몽주의와 합리주의적인 철학으로부터 근대가 열리기 시작한 겁니다. 근대적인 국가 개념이 나타나면서 그들의 사업 여건도 안 좋아지기 시작했어요. 무기 제작이나 용병 사업은 점점 축소되고, 금융업 또한 강대해지는 국가권력으로부터 견제되기 시작합니다. 국가가 대주주가 되는 새로운 형태의 은행들이 생겨나면서 경쟁도 어려워졌고요. 더욱이 계몽주의와 합리주의에 기반을 둔 시민혁명이 시작되면서 유럽은 새롭게 태어납니다. 우선 프랑스가 시작이었지요. 아시다시피 '자유, 평등, 박애'라는 프랑스 대혁명 3대 이념은 사실은 하느님의 인류에 대한 보편적 사랑에 기반을 둔 가치였습니다. 하느님은 신분이나 재산에 따라 은총을 차별하지 않는 분이니까요. 이전의 불합리와 부조리한 세계를 바꾸기 위한 하느님의 계획은 아이러니하게도 기존의 기독교적 가치를 파괴하는 것으로 나타났습니다. 시민혁명이 타파할 대상으로 삼은 세력 중에 기독교 교회 세력이 주가 되었다는 것을 알고 계실 겁니다. 삼위일체 하느님이 우리에게 주신 원래의 복음을 완전히 변질시키고 이용해먹은 거짓 선지자들에 대한 심판이라고 저는 생각합니다. 이러한 체제와 사상 변화 속에서 기사단은 곤혹스러워졌습니다. 자기들이 세상에 발을 붙이려면 거짓과 탐욕과 맹목과 증오가 있어야 하는데, 그 기반이 무너져내린 것이지요. 18세기의 계몽주의적 시민혁명은 사실 기독교적 세계관에 대한 저항이었지만 또한 악마의 세력을 분쇄하기 위한 노력이기도 했던 겁니다. 그리고 그

지저스 시크릿

시절 전후로 활발해지는 여러 자연과학적인 발견과 발전도 영향을 끼쳤습니다. 천동설을 뒤집고 만유인력을 설명하기 시작한 인류는 점점 악마가 발붙이기 힘든 사상의 토양을 넓혀간 것이지요. 결국 궁여지책을 모색하던 기사단이 눈길을 돌린 사업이 바로 식민지 경영이었습니다. 콜럼버스나 바스코 다 가마, 마젤란 등의 선구자들을 통해 유럽은 세계로 세력을 뻗어나가고 있던 시절이었지요. 지리학적인 발견과 항해, 조선 기술의 발전은 유럽인들을 세계의 주인으로 만들기 시작하고 있었습니다. 하지만 경제적 차원에서 의미 있는 식민지 경영이 시작된 것은 18세기 후반부터 발생하는 산업혁명 이후가 되지요. 기사단은 아주 효과적으로 이 사업에 뛰어듭니다. 유럽에 생기고 있는 식민지 사업에 투자하고 여러 회사를 직접 설립합니다. 내가 기사단에 몸담고 있을 때 벨기에 회사들이 우리와 직간접적으로 연결되어 있는 것을 알 수 있었습니다."

니콜은 리스트 중 몇 개의 회사가 떠올랐다. 콘티넨탈 곡물 중개 회사와 중앙아프리카 플랜테이션 회사 그리고 다이아몬드나 사파이어, 에메랄드 등의 원석을 채취하고 가공해서 파는 로렌초 광업 개발 등이었다. 모두 아프리카와 관련된 회사들이었다.

"그 회사들은 저도 알 것 같습니다. 콩고 등 중앙아프리카의 과물 거래를 독점하고 있는 회사와 카카오, 고무, 커피 등의 플랜테이션 사업을 하는 회사 그리고 보석을 다루는 회사들이 아닙니까?"

"맞아요. 거의 100년 이상 그 땅의 백성들을 착취하고 있는 사업들이지요. 제국주의의 발톱과 이빨 노릇을 한 겁니다. 유럽 땅에서는 이미 그들의 영역에 한계가 왔지만 아프리카, 인도, 아시아의 식민지들은 그들에게 모든 것을 안겨주었습니다. 상상도 못한 엄청난 양의 재산을 주었고 무제한의 자유 속에 닥치는 대로 살육의 즐거움을 맛볼 수도 있었지요. 그리고 그들은 증오와 공포라는 악마의 씨앗을 곳곳에 많이 뿌릴 수 있었습니다. 극도의 착취와 탄압과 학살 속에서 식민지인들은 지배자들에 대한 극단적인 증오를 갖게 되지요. 또한 그들끼리도 반목합니다. 상황을 제대로 보고 진실을 깨닫게 해주는 능력을 빼앗아버린 것이지요. 그 폐해는 지금도 계속되고 있습니다. 르완다, 콩고, 우간다 등 중앙아프리카에 위치한 나라들의 실상을 알고 계십니까? 지금 그들끼리 내전을 하고 있는 것처럼 보이지만 사실은 보석과 플랜테이션 사업으로 돈을 벌고 있는 이 악마들에게 조종을 당하고 있는 것이지요. 진정한 악마의 모습이 여기에 있습니다. 자기들도 모르는 이유에 따라 서로 죽고 죽이고 증오하고 복수하는 세상 말이지요. 하지만 그들을 단죄할 방법은 전혀 없소."

니콜은 고개를 끄덕이며 잔을 입으로 가져갔다. 그녀는 요나

　　　　　　　　　　　　　지저스 시크릿

단 신부의 이야기를 들으면서 점점 더 등골이 서늘해지는 느낌이 들었다. 그녀가 수사를 처음 시작하면서 상상한 이 비밀스러운 조직은 그저 기독교에 반감을 가지고 말도 안 되는 주문을 외우며 기괴한 의식을 집전하는 구시대적인 정신적 일탈 세력이었다. 현존하는지 여부도 명확치 않은 문서로 세상을 협박하는 존재 정도 말이다. 하지만 그들은 크기를 짐작할 수 없을 만큼 거대했다. 니콜은 잔을 테이블 위에 올려놓으며 한숨을 쉬었다. 그녀가 맡게 된 이 수사의 대상이 얼마나 큰 덩어리인지 실감나기 시작한 것이다.

"신부님 말씀이 옳군요. 그들은 합법적이네요. 드러난 몇몇 범죄 사실 외에 그들을 어떻게 할 수 있는 방법은 없겠지요. 그나마도 어려운 이야기이고요. 현재로서는."

요나단 신부도 깊게 숨을 내쉬고는 조금 남아 있던 포도주를 한 번에 마셨다. 20세기에 만들어진 현재의 법률로는 개인이나 집단의 종교적인 신념이나 형태를 단죄할 수는 없었다. 폭력이나 살인, 납치, 감금 등의 불법 행위에 대해서만 사법적인 처리가 가능한 것이다. 하지만 기사단과 관련해선 구체적인 증거는 아무것도 가진 것이 없었다. 장 뢱의 사이트에서 찾아낸 몇 건의 영상과 니콜이 뇌샤텔 첨탑에서 찍은 몇 장의 사진이 전부인 것이다. 이유진은 살해당했고 김현정은 실종 상태다. 장뢱과 로베르 드 레미는 아무런 저항도 하지 않고 산채당했다.

벌어진 살인 사건에 대해 수사가 완벽히 진행된다 해도 결국 결과는 같았다. 프랑스 사법 당국이 가지고 있는 것은 요나단 신부의 증언과 니콜이 알아낸 약간의 역사적 추론과 가설밖에 없는 것이다. 이것으로는 아무것도 할 수 없었다. 니콜이 작성한 보고서에 언급된 벨기에의 관련 인사나 기업체 리스트도 최근 발생한 여러 사건과 연관 지을 수 있는 명백한 증거를 얻기전에는 의미 없는 종잇조각에 불과했다. 그 정도만 가지고 이탈리아 사법 당국의 영장 발부나 대규모 병력을 동원하는 수색, 체포 작전을 요구할 수는 없었다. 벨기에 쪽도 물론 마찬가지였다.

"궁금한 점을 좀 더 물어봐도 될까요?"

니콜은 얼마 남지 않은 포도주를 신부의 잔에 마저 따르면서 물었다.

"왜 저를 계속 피하셨던 거지요? 한 달 전에 말이에요."

"그때 니콜 형사를 만났다 한들 뭐가 달라질 것이 있었겠습니까? 사실 지금도 달라질 것은 별로 없지만. 만나야겠다는 생각을 한 것은 어젯밤의 사건 때문입니다."

그는 심각한 표정이었다.

"뉴스를 통해 로베르의 죽음을 보는 순간 이제 큰일이 벌어지겠다는 생각을 했습니다. 분명히 구출될 수 있는 상황에서 그는 살해당했습니다. 그 아이의 아버지인 드 레미 남작이 가만히 있지 않을 겁니다. 무슨 일이든 벌어질 겁니다. 그 일이 비밀을 세상에 유출시키는 쪽이 아니었으면 합니다. 저는 비밀은 비밀로 남아야 한다고 생각하는 사람입니다. 아니 절대적으로 막아야 한다고 생각합니다."

"신부님은 이미 그 비밀에 대해서 저에게 얘기하고 있잖습니까? 어느 면에서는 모순이라고 생각되는데요."

요나단 신부는 의자 등받이에 등을 기대고는 턱을 손으로 쓰다듬었다.

"그렇지 않아요. 예수님의 신성에 대해 부정하는 견해나 주장들은 이 세상에 널리고 널렸습니다. 제가 이렇게 아무리 얘기해도 그것이 예수님의 신성을 손상시키지는 못합니다. 하지만 그것은 다릅니다. 요즘의 연대 측정 기술을 사용하면 제작 연도를 쉽게 측정할 수 있습니다. 다른 것들은 불과 몇백 년 전쯤이죠. 하지만 그 주석 판은 측정 즉시 2천 년 전에 작성된 원본이라는 것이 밝혀집니다. 그리고 그 세세한 내용은 정말 상상을 초월할 정도죠. 어느 누구도 문서에 이의를 제기할 수 없습니다. 이 세상의 모든 기독교는 존재의 이유에 위협을 당할 수밖에 없습니다."

요나단 신부는 말을 마치고 손목시계를 들여다봤다. 그러고는 바로 몸을 일으켰다.

"지, 이제 너무 늦었어요. 이방 선교회의 문이 닫힐 시간이 되어갑니다."

"가시겠어요? 더 하실 말씀이 있으실 것 같은데요. 밤을 여기에서 보내셔도 될 것 같습니다만."

요나단 신부는 벌써 재킷을 걸치고 나갈 준비를 하고 있었다.

"그럴 수는 없지요. 내일 또 들르겠습니다."

그동안 텔레비전만 보고 있던 기욤 형사가 일어났다. 그 역시 퇴근할 시간이 되었던 것이다.

"기욤, 들어가면서 신부님을 좀 바래다드려주세요."

기욤 형사는 기지개를 한 번 켜며 심드렁하게 대꾸했다.

"신부님, 같이 가시지요. 모셔다드리겠습니다."

요나단 신부는 자고 있는 듯 조용한 서재의 문 앞에서 잠시 망설이다가 니콜과 작별 인사를 하고는 밖으로 나갔다. 니콜은 그들이 나가자 거실의 소파에 기대누워 신고 있던 신발을 벗어 떨어뜨렸다. 길고도 피곤한 하루였다.

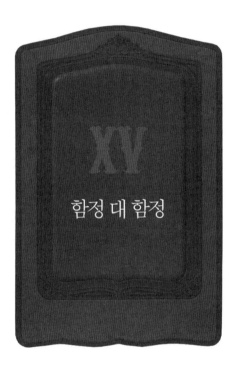

XV

함정 대 함정

71

시우는 집 근처 통닭구이 전문점에서 산 닭과 맥주로 저녁을 때우고 있었다. 그러다 불현듯 과거의 기억이 그를 스쳤다. 현정이는 닭고기를 별로 좋아하지 않았다. 그렇다 보니 같이 닭을 먹었던 기억이 거의 없었다. 시우는 문득 작년 가을 베르사유 궁전의 정원으로 현정과 피크닉을 갔던 기억이 났다. 그녀가 김밥을 말고 그는 오늘 닭을 산 그 집에서 닭을 사서 싸갔었다. 생각해보니 꼭 작년 이맘때였다. 하지만 지금의 그에게는 너무 먼 옛날처럼 느껴졌다. 그들은 광대한 베르사유 궁전의 정원을 산책하고 조용한 장소에서 김밥과 닭고기를 먹었다. 시우는 닭 껍질에는 손도 대지 않고 팍팍한 가슴살만 먹던 현정을 너무 타박했었나 싶은 생각에 잠시 잠겼다. 그때 그들은 식사를 마치고 자전거를 빌려 미로 같은 궁전의 넓은 정원을 누볐었다. 그러고는 대운하 옆의 '작은 베니스'라는 카페에서 커피를 마셨다. 그날 시우는 파리로 돌아오는 한적한 교외선 기차 안에서 처음으로 현정의 입술에 입을 맞추었다. 더없이 달콤한 키스였다. 그녀의 입술에선 희미한 통닭구이의 기름진 향이 느껴졌었다. 시우는 지금 먹고 있는 저녁에서 그날 현정의 입술에서 느꼈던 감촉을 찾고 있었다. 그때, 핸드폰이 울렸다. 뜻밖에도 전화를 한 사람은 브뤼헤의 얀 경사였다.

"오랜만입니다. 브뤼헤 경찰서의 얀 경사입니다."

시우는 그의 전화가 무척 의외라고 느껴졌다. 유진 때문에 브뤼헤에 있을 때는 물론이거니와 그 이후에도 연락 없던 사람이 전화를 해온 것이다.

"정말 오랜만이군요. 무슨 일이시지요? 이렇게 전화를 다 주시고."

"지난번에 사고를 당했다는 소식을 들었습니다. 이유진 씨 사고는 무척 유감스럽군요. 저로서도 괴로운 소식이었습니다. 어쨌든 이쪽으로 한번 오셨으면 합니다. 상의할 일이 생겼습니다."

"상의할 일이라니요?"

"김현정 씨에 대한 우리 쪽 수사는 아직 끝나지 않았습니다. 그동안 불가피한 사정이 있었어요. 이제야 실마리가 잡히고 있습니다. 무슈 강의 도움이 필요한 상황이지요."

"현정이의 행방이 잡힌 겁니까?"

심드렁하던 시우의 목소리가 흥분에 차기 시작했다.

"말 못할 고충이 있었습니다만 우리 나름대로 최선을 다하고 있습니다. 사건이 생각보다 심각하더군요. 전화로 길게 이야기하기 곤란할 것 같습니다. 최대한 빨리 올라오십시오. 이제야 김현정 씨의 흔적을 발견했습니다."

"알겠습니다. 곧 출발하겠습니다. 오후 3시 정도면 도착할 것 같습니다."

"도착하시는 대로 경찰서로 오지 말고 저에게 전화를 주십시오. 밖에서 만나야 할 것 같습니다. 사정은 만나서 이야기해드리지요."

"알겠습니다. 그렇게 하겠습니다."

시우는 전화를 끊고 얀의 이야기를 곰곰이 생각해보았다. 그 나름대로 수사를 했고 이제야 현정의 행방에 대한 단서를 찾았다. 그런데 곤란한 상황에 빠졌다. 나의 도움이 필요하다 등의 말을 종합해보았다. 얀을 온전히 신뢰할 수는 없었지만 못 믿을 이유도 없었다. 더구나 현정이의 흔적을 찾았다는데 주저할 이유는 없었다. 우선 얀의 이야기를 들어보는 것이 중요하다고 결론을 내린 시우는 곧바로 준비해두었던 가방을 챙기고 집을 나섰다. 어차피 오늘 오후 브뤼헤로 올라갈 계획이었던 것이다.

시우는 자신의 차를 운전하여 파리를 벗어났다.

72

시테 섬 파리 경찰국은 오늘도 정신없이 돌아가고 있었다. 혼란의 가운데에 니콜이 있었다. 그녀는 아침에 베르트랑 검사를 만나 요나단 신부의 진술에 대한 대략적인 구두 보고를 마치고 보고서를 작성 중이었다. 그때 팀의 통신 담당 형사가 니콜을 불렀다. 그는 15인치 모니터로 위치 추적 장치를 감시하고 있었다.

"강시우가 움직이고 있어요. 집을 떠난 지 15분 정도 지났고 A1 고속도로에 진입했습니다."

"벨기에 쪽으로 가는 것 같군요. 계속 추적해주시고 30분 후에 다시 보고해주세요."

컬러 모니터의 녹색 배경 화면에는 하얀색으로 길이 표시되어 있었고 그 위를 반짝이며 천천히 움직이고 있는 오렌지색 점은 시우를 가리키는 표시였다. 위치 추적 장치는 알랭이 시우에게 제공한 핸드폰이었다. 그 핸드폰에는 GPS 시스템과 연계된 위치 추적용 발신 장치가 내장되어 있었던 것이다. 니콜은 오렌지색 점을 더 지켜보다가 자리로 돌아갔다. 그러곤 곧바로 시우에게 전화를 걸었다. 세 번 정도 신호가 간 뒤 전화가 연결되었다.

"시우 씨, 니콜이에요. 지금 어디예요?"

"브뤼헤로 가는 중이에요. 안 그래도 전화를 하려고 했어요. 브뤼헤 경찰서의 얀 경사에게서 전화가 왔어요. 만나자고 하더군요. 현정이의 행방을 알 수 있는 단서를 찾았대요."

"이상하군요. 우리 쪽으로는 아무런 연락이 없었는데요. 어쨌든 가서 만나봐야겠네요. 만나서 이야기를 들어보고 전화 주세요. 벨기에 쪽 경찰은 믿음이 가지 않는 상황이에요. 조심하세요."

"그러지요. 그럼 또 연락할게요."

전화를 끊은 니콜은 생각에 빠졌다. 그동안 전혀 수사나 협조의 의지를 보이지 않았던 얀이 시우를 만나자고 한 이유가 뭘까 궁금했다. 나름대로 수사를 진행해오던 그가 이제야 실마리를 잡은 모양일까 생각했다. 상식적인 결론인 것이다. 하지만 이 사건은 상식 수준의 범주를 계속 넘고 있었다. 만약 얀이 다른 의도를 가지고 시우를 불러들이는 것이라는 가정을 해보자 니콜의 머리에 순간 빨간불이 켜졌다. 한 단어가 문득 치고 올라왔다. 그것은 '함정'이었다.

73

북해의 심술궂은 난기류가 잠시 자리를 비웠는지 브뤼헤의 날씨는 맑고 깨끗했다. 구름 한 점 없이 파란 하늘에는 초음속 비행기가 그린 비행운이 하얀 줄무늬를 남기고 있었다. 시우는 이제는 익숙한 브뤼헤 시내의 적당한 곳에 차를 주차시키고 얀에게 전화를 걸었다.

"강시우입니다. 브뤼헤에 막 도착했습니다."

지저스 시크릿

"좋아요. 한 시간 후에 봅시다. 성모 마리아 성당 알지요?"

"예, 알고 있습니다."

"성당 뒤쪽에 자그마한 정원이 있어요. 거기서 봅시다. 정확히 오후 3시까지 가겠습니다."

시우는 전화를 끊고 차에서 내렸다. 그러고는 브뤼헤 시내를 천천히 걷기 시작했다. 날씨 탓인지 거리를 거닐고 있는 사람들의 표정은 밝고 명랑해 보였다. 길에 늘어진 쇼윈도를 기웃거리며 성혈 사원 쪽으로 이동했다. 쇼윈도를 통해 살핀 것은 유리 안의 화려한 물건이 아니라 유리에 반사되고 있는 사람들이었다. 혹시 모를 미행을 염두에 둔 행동이었다. 그는 약속 시간 15분 전에 장소에 도착했다.

시우는 육중한 바실리카 양식의 성당 외벽을 따라 뒤쪽으로 들어갔다. 잔디와 나무, 꽃들 그리고 돌벽에 자리 잡은 이끼들이 뿜어내는 신선한 공기를 한껏 마시자 마음을 내내 누르고 있던 긴장과 고독이 조금 가라앉는 느낌이었다. 사원의 뒤뜰로 들어간 그는 스러져가는 장미 봉오리들 사이를 지나 벤치에 앉았다. 잠시 후 허리 정도 높이의 낮은 담장에 난 낡은 문을 밀고 안이 정원에 들어섰다. 그는 조용히 시우의 옆에 앉았다.

"오랜만이군요. 날씨가 그새 추워졌네요. 오늘은 조금 예외지만 이제 겨울이 그렇게 멀지 않았으니까요."

시우는 진과 틸디 뭔가 김싱격인 이두로 이사기히는 안이

옆모습을 힐끔 보았다. 검은색 정장 바지에 잘 맞는 가죽점퍼를 입은 그는 약간 피곤하게도 보였고 진지해 보이기도 했다. 시우는 본론부터 말했다.

"현정이의 행방을 아셨다면서요. 이야기해주시지요. 이제 어떻게 하실 겁니까?"

얀은 가죽점퍼의 안주머니에서 비닐에 씌워진 종이 한 장을 꺼내 그에게 건넸다.

"이 글씨의 주인을 알아볼 수 있겠지요? 그 내용도요."

시우는 얀이 내미는 종이를 받자 바로 그것이 무엇인지 알 수 있었다. 바로 뇌샤텔에 있던 방명록의 찢어진 한 페이지였다. 거기에는 현정과 유진, 두 사람이 한글로 쓴 메모와 날짜가 적혀 있었다.

아름다운 도시 브뤼헤, 여행의 끝에서 김현정.

질투 나는 여자 이유진. 2014년 8월 24일, 뇌샤텔.

의심의 여지 없이 현정이의 필체였다.

"당신네 나라 글씨를 읽을 수는 없지만 당신의 친구들이 뇌샤텔의 방명록에 남긴 글이라는 것은 쉽게 알 수 있었습니다."

"어디에서 이걸 찾았습니까?"

"뇌샤텔 뒤에 있는 정원 창고의 비밀 지하실에서요. 당신의 말이 옳았습니다. 그들은 뇌샤텔에서 납치되어 감금됐다가 다른 장소로 옮겨진 겁니다. 이전에 보류해두었던 사건 수사 과정의 기록들을 다시 검토해보니까 눈에 들어오기 시작하더군요. 내 수사를 방해하던 세력도 알게 되었고요. 이번에 파리에서 일어난 엄청난 사건 이후로 내 나름대로의 수사를 진행했습니다. 뇌샤텔이 기사단의 비밀과 관련된 조직과 연관되어 있다는 것을 알게 된 것이죠. 하지만 그런 것은 나중 얘기고 우선 김현정 씨를 구출하는 것이 가장 중요하죠. 두 여자를 태우고 출항한 요트를 찾는 것이 최우선이었습니다. 그걸 찾았어요."

시우는 얀의 이야기를 믿지 않을 수가 없었다.

"그 배가 지금 어디 있죠?"

"배는 프랑스 카타나사에서 제작한 50미터 길이의 카타마란 요트입니다. 모델명은 리베로70이고, 벨기에 요트협회에 등록된 선명은 테티스입니다. 사건이 벌어진 날 쩨 브뤼헤의 요트 마리나를 출항하여 지금 지중해를 항해 중입니다. 브뤼헤 요트 협회에 보고된 항해 스케줄은 사르데냐의 북서쪽에 있는 조그마한 항구 보사라고 되어 있어요."

"어떻게 해야 하죠?"

"나랑 같이 사르데냐로 갑시다. 놈들은 벨기에 최상위 권력층을 장악하고 있어요. 정상적인 법적 조치나 수사 방법을 통해 배를 수색하거나 나포일 수는 없습니다. 직접 가서 현정 씨를 구출하자는 얘기예요. 그게 가장 쉬운 길일 겁니다. 현장에서 현정 씨를 구한다면 그걸로 모든 상황은 종결될 테니까요."

시우에게는 선택의 여지가 없었다.

"좋아요. 같이 가죠. 언제 출발할까요?"

"내일부터 일주일간 휴가를 냈어요. 오늘 밤이라도 출발합니다."

"좋아요. 그럼 준비되는 대로 연락해서 출발하죠."

시우는 사르데냐로 가는 길을 머리에 그리며 자리에서 일어났다. 그가 정원 밖으로 사라지자마자 얀은 어딘가로 전화를 걸었다.

성모 마리아 성당을 나온 시우는 여전히 미행을 확인하는 조심스러운 모습으로 마르크트 광장을 향해 걷다가, 알랭에게서 지급받은 핸드폰을 꺼내 니콜에게 전화를 걸었다.

"전화 기다렸어요."

"얀 경사를 만났어요."

"뭐라고 하던가요?"

"뇌샤텔 비밀 지하 공간에서 현정과 유진의 흔적을 찾아냈더군요. 내가 이야기했던 뇌샤텔 방명록 중 찢어진 한 장이었어요. 두 사람의 메모와 날짜가 남겨져 있었어요. 그가 미안하다고 하더군요. 사건의 흐름을 나름대로 재정리했답니다. 우리 측의 주장을 받아들여서 말이지요. 무엇보다 중요한 요지는 현정을 태운 요트의 행적을 찾았답니다. 선박명은 테티스, 카타나사 제작의 리베로70 모델이랍니다. 배는 지금 사르데냐의 보사항으로 항해 중이랍니다."

"그래요? 선박명이나 모델명은 우리가 수배하고 있는 드 레미 남작의 개인 요트가 맞아요. 그런데 우리도 그 배의 항로를 추적하고 있지만 어디에서도 발견할 수가 없었어요. 어떻게 그가 최종 목적지까지 알아낼 수 있던 거죠?"

"브뤼헤 요트협회에 제출된 항해 스케줄에 그렇게 나와 있었답니다."

"그건 믿을 수 없어요. 우리도 이미 브뤼헤 요트협회에 항해 스케줄을 문의해봤지만 그들도 전혀 알 수 없다는 대답이었어요. 정말 모르는 것인지 아니면 거짓말을 하는 것인지 모르겠지만 결국 다 마찬가지예요. 얀 경사를 믿을 수 없어요."

"그럼 어떻게 하지요?"

"일단 얀의 의도대로 움직이세요. 하지만 명심해요, 그는 당신의 편이 아니라 그 반대일 확률이 훨씬 높아요. 사르데냐 방면이라면 분명히 프랑스를 거쳐서 갈 거예요. 무기를 지녀야 할 테니까 비행기를 이용할 리는 없고 승용차로 이동할 텐데, 파리를 거쳐 리옹을 지나 알프스 터널을 통해 제노바로 가서 배를 타든지, 마르세유까지 내려가서 거기서 배를 탈 거예요. 어디든 프랑스 내에서 상당한 시간을 보내야 할 거예요. 우리가 시우 씨를 추적해서 보호할 겁니다. 지금 통화하고 있는 전화기를 반드시 휴대하세요. 우리가 늘 곁에 있을 겁니다."

"좋아요. 오늘 저녁에 출발합니다. 그럼 믿고 움직이겠습니다."

니콜은 전화를 끊고 바로 파리의 베르트랑 검사를 연결했다. 그녀는 시우와의 통화 내용을 보고하고 즉각적인 출동 허가를 요청했다.

시우는 시내 운하 옆에 자리 잡은 브뤼헤 공동 어시장 앞에 있었다. 해는 이미 져서 시내는 오렌지색 나트륨 등불 빛으로 물들어가고 있었고, 어시장 근처에는 이따금씩 늦은 산책을 나온 사람 외에는 인적이 거의 없었다. 시계의 시침이 밤 9시를 막 지나자 어시장 입구의 하얀색 기둥 앞에 은회색의 푸조508 승용차가 다가와 섰다. 시우는 낯익은 그 차로 가서 운전석에 있는 얀을 확인한 다음 조수석의 문을 열고 승차했다.

"저녁은 먹었소?"

얀은 차문이 닫히자마자 출발하며 말했다.

"예, 간단히 먹었습니다. 날씨가 그렇게 좋지는 않군요."

"전형적인 벨기에의 늦가을 날씨죠. 아마 안개비나 가랑비가 내릴 것 같습니다. 목적지까지는 이틀 정도 걸릴 테니까 일단

지저스 시크릿

자두시죠. 운전은 교대로 합시다."

얀은 더 이상 이야기 없이 차를 몰았다.

브뤼헤를 출발한 지 두 시간이 지나 그들은 릴 남쪽 20킬로미터 지점 휴게소에 도착했다. 한국과 달리 어둠 속에 잠긴 휴게소엔 화장실의 불빛만 을씨년스럽게 비치고 있었다. 늦은 시간이라 주위에는 주차된 차량도 보이지 않았다.

"화장실 다녀오고 운전 교대 좀 합시다."

화장실에 다녀온 얀이 차에 타자 운전석으로 옮겨탄 시우가 자동차 열쇠를 꽂고 시동을 걸었다. 그때였다.

"조용히 두 손 핸들 위에 올려."

얀의 손에 들린 권총이 은빛으로 반짝였다.

"무슨 짓입니까?"

"미안하지만 이제 끝내야 할 시간이 왔어. 자네는 이 사건에 너무 깊이 들어온 거야."

"하나만 물읍시다. 현정이는 정말 보사 항으로 가는 요트에 있는 겁니까?"

"그건 나도 몰라. 그 배에 아직 여자가 실려 있는지 아니면 그들이 중간에 바다로 던져버렸는지. 아무튼 요트가 보사 항으로 가고 있는 것은 맞아. 자, 천천히 저 앞 피크닉 공간 쪽으로 운전해가."

휴게소 구석에 위치한 피크닉 공간은 판목으로 되어 있어 차를 한 대씩만 주차하도록 구획된 외진 곳이었다. 이 밤중에 누가 있을 확률은 전혀 없었다. 차가 울타리 안에 정차하자 얀은 시동을 끄게 하고 열쇠를 빼앗았다. 그리고 시우의 양손을 핸들에 올리게 한 뒤 수갑을 꺼내 핸들에 돌려 걸리도록 채웠다. 시우는 꼼짝없이 차에 묶여버렸다. 얀은 천천히 차에서 내려 운전석으로 돌아가 문을 열었다. 그의 손에는 강력한 흡입 마취제인 트리클로로에틸렌이 듬뿍 뿌려진 하얀 거즈가 들려 있었다.

"자, 이제 잠이나 자두는 거야."

완전히 의식을 잃은 시우의 몸을 플라스틱 케이블로 묶어 차의 트렁크에 밀어넣은 얀은 다시 운전석에 앉아 시동을 걸었다. 얀은 아미앵 쪽 고속도로 인터체인지에서 빠져나와 다시 브뤼헤 방면으로 유턴했다. 그리고 그때, 얀의 차량 뒤에는 두 대의 승용차가 따라붙기 시작했다.

74

드 레미 남작의 저택 앞에 조성된 화려한 프랑스식 정원에는 경비원이 도베르만을 데리고 경비 근무를 서고 있었다. 드 레미 남작과 얀 경사 그리고 여섯 명의 남자가 저택 건물을 끼고 돌아 뒤쪽에 별도로 자리 잡은 음산하면서도 고풍스러운 건물 앞에 도착했다. 약 400년쯤 전에 세워진 드 레미 가문의 가족 예배당이었다. 그곳에 들어갈 수 있는 열쇠는 오직 드 레미 남작만이 가지고 있었다. 남작은 주머니에서 열쇠 뭉치를 꺼내 크고 무거운 열쇠 하나를 골라냈다. 일반적으로 볼 수 없는 오래된 형태의 열쇠였다. 남작이 문을 열고 예배당에 들어가자 따라왔던 일행들이 차례로 뒤를 이어 들어갔다. 제일 뒤쪽에는 사람임이 분명한 물체를 두꺼운 리넨 천으로 덮어씌운 채 어깨에 멘 건장한 남자가 따르고 있었다. 남작은 입구에 놓인 촛대에 불을 붙여 들었다. 뒤를 따르던 일행 역시 촛대를 하나씩 들었다. 칠흑같이 어두웠던 예배당의 실내는 불어나는 촛불의 개수에 따라 차츰 밝아지기 시작했다.

건물의 내부는 그리 크지 않았다. 바닥은 갖가지 색깔의 대리석으로 모자이크된 거대한 별 모양으로 깔려 있었다. 정삼각형 두 개가 거꾸로 겹쳐진 형태의 별이었다. 그 옆으로는 역대 드 레미 남작 가문의 남자들이 유골로 묻혀 있었다. 자세히 보면 생몰 일시와 이름이 같이 조각되어 있었다. 예배당 내의 벽면에 둘러져 있는 붙박이 의자들에는 지옥의 광경을 묘사한 갖가지 그림들이 나무 모자이크로 표현되어 있었다. 이곳이 바로 드 레미 가문의 영묘였던 것이다.

남작은 제대 중간에 들고 있던 촛대를 올려놓고는 문으로 가서 열쇠로 다시 문을 단단히 잠갔다. 그의 열쇠 없이는 이제 누구도 들어오거나 나갈 수 없는 것이다.

"뭐 때문에 여기까지 끌고 왔나, 중간에서 처리해도 됐을 텐데."

"이 친구를 통해 들을 얘기가 있을 것 같아서 데리고 왔습니다. 어차피 곧 사라질 목숨이구요."

얀이 리넨 천을 걷어내자 축 늘어진 시우의 모습이 나타났다. 손발은 플라스틱 케이블로 구속되어 있었다. 시우를 메고 온 커다란 체구의 남자가 유리병 하나를 꺼내 시우의 코끝에 대었다. 잠시 후, 시우의 눈꺼풀이 꿈틀거리기 시작했다.

75

니콜은 드 레미 남작의 영지 북쪽에 위치한 시골 사료 창고에 설치된 작전 본부에 도착했다. 그녀는 이미 베르트랑 검사와의 통화를 통해 벨기에 당국의 출동을 알고 있었다. 창고 주위에는 중무장한 벨기에 경찰 특공대인 BBT가 배치되어 있었다. 니콜은 자기가 몰고 온 차를 길에 세우고 창고 안으로 들어갔다. 내부에는 니콜의 예상보다 많은 사람들이 붐비고 있었다. 우선 두 개 분대 규모의 BBT 대원들이 모여서 그들의 장비를 점검하고 있었고 역시 검은색의 전투복을 입은 벨기에 경찰 요원 여러 명이 상황판 아래에 모여서 이야기들을 하고 있었다. 복장이 약간 다른 사람 몇몇도 그들과 섞여 있었다. 벨기에 경찰 본부의 안톤 경감이 니콜을 맞이했다.

"여기는 벨기에 고등검찰청의 골만 검사이시고 여기는 벨기에 경찰 특공대 대장이신 클로드 베링거 총경입니다. 마침 이제 작전 회의를 시작할 참이었어요. 시작하죠."

사료 창고 내의 모든 인원이 상황판 앞으로 모였다. 상황판에는 영지 전체의 지도가 걸려 있었고 감시 카메라와 감시 초소 등의 위치가 상세하게 표시되어 있었다.

드 레미 가문의 영지 정문에 위치한 경비실에서 농담을 주고받던 두 명의 경비원은 천천히 다가와 정문 앞에 서는 아우디 한 대를 발견했다. 두 사람 중 조금 더 젊은 사람이 검은색 모자를 눌러쓰고는 커다란 셰퍼드를 끌고 밖으로 나갔다. 그들의 재킷 상의에는 워키토키가 달려 있고 허리에 두른 두꺼운 가죽 벨트에는 권총과 곤봉 등의 무기가 달려 있었다. 밖으로 나온 경비원이 차 앞에 가서 설 때쯤 살짝 열려 있는 경비실 문을 통해 검은색 그림자가 스며들었다. 경비실에 남아 상황에 집중하고 있는 경비원의 뒤로 소리 없이 다가간 그림자는 손에 든 전기 충격기를 그의 뒤통수에 갖다 댔다. 검은 옷의 침입자는 쓰러져 있는 경비원을 엎어놓고 그의 손을 뒤로 모아 수갑을 채운 뒤 머리에 단 무선 통신 장치에 대고 오케이 신호를 보냈다. 정문 앞에 선 차는 쓸데없는 질문을 하며 다가선 경비원의 주의를 산만하게 하다가 곧 차를 후진시켜 어둠 속으로 사라졌다. 정문으로 나갔던 경비원은 투덜거리면서 경비실로 돌아왔다. 하지만 그는 곧 셰퍼드의 기색이 조금 이상한 것을 느꼈다. 흥분과 긴장의 표시로 약간 으르렁거리는 개를 달래면서 경비실로 들어선 그는 문 뒤에서 검은 그림자가 튀어나오는 것을 보고 깜짝 놀랐다. 그림자는 소음기가 달린 권총을 발사해서 달려들려는 셰퍼드를 쓰러뜨린 후 경비원의 미간을 겨냥했다. 경비원은 대항할 기색도 없이 두 손을 머리 위에 얹었다. 두 번째 경비원 역시 무장해제시키고 수갑으로 묶은 다음 두 번째 오케이 신호를 보내자 잠복하고 있던 두 사람의 요원이 경비실로 들어왔다. 한 사람은 감시용 전자 장비 전문가였고 다른 한 명은 엄호를 맡은 BBT 대원이었다.

경비실에 들어온 전자 장비 전문가는 경비실의 폐쇄 회로의 감시 카메라 시스템으로 다가가 작업을 개시했다. 영지 내부 곳곳에 설치된 감시 카메라의 출력 화면이 모두 정지 화면이 되도록 만들려는 것이다. 그렇게 되면 모든 감시 카메라들은 계속 같은 화면만, 즉 아무 일도 벌어지지 않은 조치 이전의 화면만 보여주게 되는 것이다. 그것으로 저택 내부에 자리 잡은 영지 전체를 관할하는 경비실의 눈을 전부 마비시키려는 것이다. 벨기에 당국의 협조를 통해 드 레미 가문 영지의 감시 시스템을 설치한 회사로부터 모든 정보를 얻은 다음이기 때문에 가능한 일이었다.

잠시 후 작업을 끝낸 전문가는 손을 들어 오케이 신호를 보낸 후 경비실에 있는 버튼을 눌러서 정문을 활짝 열었다. 곧이어 모든 조명을 끈 상태의 차량들이 들어오기 시작했다. 정문에서 목표인 저택이나 창고까지는 거의 3킬로미터나 되는 거리였다. 걸어서 갈 수는 없었던 것이다. 네 대의 차량이 이제 영지 깊숙한 곳으로 조용히 이동하기 시작했다.

잠시 후 작은 크기의 예배당 건물은 검은색 전투복 차림의 특공대원들에 의해 포위되었다. 창문은 전혀 없었고 닫혀 있는 문 하나밖에 없는 예배당의 주위는 조용한 가운데 팽팽한 긴장감이 조성되고 있었다. 극소형 카메라를 단 와이어를 문틈으로 집어넣기 위해 두 사람의 대원이 문 쪽으로 이동했다. 그러나 작업을 개시한 두 사람은 곧 작업을 포기하고 돌아와야만 했다. 와이어를 넣을 만한 조금의 틈도 찾을 수 없었던 것이다.

안톤 경감은 서두르지 않기로 했다. 대원 한 명에게 확성기를 가져오도록 명령했다. 우선은 대화로 상황을 풀어보겠다는 생각이었다. 배속된 폭발물 전문가가 문에 접근해서 폭발물을 설치하기 시작했다. 그리고 저격병을 호출했다. 그에게는 열 적외선 감지 센서를 장착한 특수 조준기가 붙어 있는 대물 저격총이 있었다. 12.7밀리미터 총탄을 발사하는 괴물이었다. 더구나 그의 조준기로는 확실치는 않아도 벽에 붙어 있는 적의 여부와 그 숫자를 파악할 수는 있었다. 곧 확성기가 운반되었고 C4 폭약도 설치가 끝났다. 저격병은 특수 조준경을 통해 문 양옆 벽에 붙어 있는 두 명의 적을 확인했다. 그들의 미세한 체온을 감지한 결과였다. 하지만 그것으로 파악할 수 있는 것은 그것이 전부였다. 안톤 경감은 확성기를 손에 들고 스위치를 켰다. 그리고 이야기를 시작했다.

"안에 들리는가? 안에 있는 것을 알고 있다. 나는 벨기에 경찰 본부 안톤 경감이다. 포기하고 나와라. 물론 안전을 보장하겠다. 나오지 않을 경우 우리가 들어간다. 그때는 여러분들의 안전은 책임질 수 없다. 다시 말한다. 포기하고 나와라."

그때 예배당 문이 아주 조금 열렸다. 안에서 대답이 들렸다.

"우리는 무장하고 있다. 그리고 인질도 있다. 들어올 경우에는 우리 모두 죽는다. 물론 인질이 제일 먼저 죽을 것이다."

건물 안쪽 문 옆에 숨어 있는 두 명의 기사 중 하나가 어색한 이탈리아 악센트의 프랑스어로 대답을 해온 것이다. 그때 드 레미 남작이 들고 있던 MP5 기관총을 발사했다. 투투투 하며 세 발 점사 모드로 발사된 발사음이 바깥으로 크게 울렸다. 그들은 그들의 대답을 실제로 증명해준 것이다. 안톤 경감은 확성기

지저스 시크릿

를 고쳐잡았다.

"좋다. 너희들이 원하는 것이 뭐냐?"

"우리의 요구 사항은 간단하다. 일단 영지 바깥으로 철수하라. 그런 다음에 협상을 하자."

"우리는 공무를 집행하고 있다. 국가를 상대로 거래를 할 생각은 말아라. 우리는 너희들의 안전과 공정한 재판을 보장한다. 이제 나와라. 너희에게 선택의 여지는 없다."

안톤 경감이 막 확성기에서 입을 떼었을 때 후방에서 인기척이 났다. 골만 검사와 니콜이었다. 그들은 창고와 저택의 상황을 둘러보고 이쪽으로 온 것이다. 안톤 경감은 상황을 간략히 그러나 정확하게 설명했다. 보고를 다 들은 골만 검사가 확성기를 요구했다.

"나 벨기에 검찰청의 골만 검사요. 안에 드 레미 남작 계시오? 이야기 좀 합시다."

시우의 옆에 있던 드 레미 남작이 장소를 옮겨서 조금 열린 문 틈으로 자신의 기관총을 무차별 난사했다. 그러고는 고함쳤다.

"골만 검사, 나의 대답은 이것이오. 무조건 영지 바깥으로 철수하시오. 그다음에 이야기합시다."

골만 검사가 고개를 돌려서 니콜과 안톤 경감을 바라보았다. 그들의 동의를 구해야 하는 것이다.

"별수 없습니다. 진압합시다. 우리 쪽 요원들에게 맡겨주시오."

두 사람은 대답이 없었다. 다른 방법이 없음을 그들은 알고 있었기 때문이다.

"진압하게."

안톤 경감은 무선 통신 장비를 통해 지시를 내리기 시작했다. 대원 각자의 위치와 임무를 다시 확인시키고는 공격의 순간을 기다렸다.

시우는 예배당 안의 사람들이 긴박하게 움직이기 시작했음을 파악했다. 드 레미 남작과 얀은 시우를 끌고 가서 예배당 뒤쪽의 제단 뒤에 눕힌 다음 그들도 몸을 숨겼고 나머지 몇 명은 벽면에 붙은 채 자세를 낮추고 사격 준비를 했다. 그중 한 명이 전체에게 이야기했다.

"곧 들어올 겁니다. 문을 폭파시키고 섬광 수류탄이 투척된 다음 돌격해오겠지요. 문이 폭파되면 우선 약 2초간 무조건 눈을 감으십시오. 그다음에 눈을 떠야 합니다."

그때 밖에서 다시 확성기 소리가 들렸다.

"좋다. 조건을 수락하겠다. 우리는 철수하겠다. 잠시 후 전화로 연락하겠다."

이 말을 들은 예배당 안의 사람들은 혼란스러워졌다. 긴장이 조금 풀리고 자세를 이완시키고 있었다. 드 레미 남작이 소리쳤다.

지저스 시크릿

"동요되지 마라. 이건 술책이야!"

그의 말이 끝나기도 전에 폭약이 폭발했다. 그리고 이어 유탄 발사기로 쏘아진 네 발의 섬광탄이 예배당 내에 들어와 터졌다. 동시에 사격 위치에 있던 두 명의 저격수가 12.7밀리미터 구경의 철갑탄을 문 양옆의 벽으로 발사했다. 다음 순간 벽을 따라 문 쪽에 포진해 있던 돌격조가 예배당 내로 달려들었다. FNC 자동소총을 들고 문 양옆에 서 있던 두 명의 남자는 이미 복부와 흉부에 커다란 구멍이 난 채 쓰러져 있었다. 초대형 철갑탄은 두꺼운 벽돌을 뚫고 난 다음에도 충분한 위력을 발휘한 것이다. 지금 쓰러진 사람이 조금 전에 했던 조언은 별로 효과가 없었다. 긴장을 늦춘 사이에 들어와 터진 섬광탄에 의해 실내에 있던 모든 사람들의 시력은 완전히 마비되었다.

네 명의 벨기에 경찰 돌격조는 문을 돌파하고 예배당의 내부에 들어서자마자 HK MP5 기관총을 마구 난사했다. 무장한 채 인질을 잡고 있는 적을 제압하는 방법은 사살뿐이었던 것이다. 순식간에 다섯 명 정도가 사살당했다. 하지만 제단 뒤에 숨어 있던 사람들은 시력을 잃지도 않았고 돌격대의 기관총에도 노출되지 않았다. 드 레미 남작의 오른쪽 옆에 있던 얀의 MP5가 먼저 불을 뿜었다. 3미터 전방의 대원은 전면에 총탄을 맞고 쓰러졌고 그의 뒤에 서 있던 대원의 총은 바로 노출된 얀의 머리를 향해 발사했다. 산산조각 나는 얀의 머리에서 튄 뜨겁고 끈

적끈적한 피와 뇌수가 시우의 몸 위로 떨어졌다. 제단을 우회하던 대원도 뒤에서 자기를 향해 사격하기 위해 일어서는 적의 그림자를 보았지만 그의 대응 사격 속도가 더 빨랐다.

다섯 발 이상의 총탄을 발사하면서 적을 쓰러뜨린 그는 이제 제단 뒤로 돌았다. 그 순간 드 레미 남작이 들고 있는 MP5 기관총이 난사됐다. 대원은 방탄복 위의 가슴 부분에 격심한 고통을 느끼며 뒤로 넘어졌다. 그때 얀을 사살한 대원이 제단 뒤로 돌아 노출된 드 레미 남작의 등을 향해 사격을 가했다. 순간이었다. 시우는 뒤에 앉아 있던 드 레미 남작이 자신에게 기대며 쓰러지는 것을 느꼈다.

XVI

성혈과 복음서

76

간밤에 짙은 안개비를 뿌렸던 구름이 완전히 걷히고 맑고 푸른 하늘이 브뤼헤의 아기자기한 스카이라인 위에 펼쳐져 있었다. 브뤼헤 중심부에서 남쪽으로 빠져나가는 중요한 길 중의 하나인 에젤 거리의 끝자락에는 눈에 쉽게 띄지 않는 수수한 외모의 성당이 자리 잡고 있었다. 14세기 초 흑사병의 비극적인 유행이 일단 잠잠해진 다음 맨발로 상징되는 가르멜파 수도원의 살아남은 수사들이 자신들의 노력만으로 세운 성당이었다. 규모나 화려함에서는 물론 브뤼헤의 다른 유명한 성당이나 교회에 미치지 못했으나 경건한 신자들이 많이 모이는 진실한 성당으로서의 역할을 하고 있었다. 물론 가르멜파 교단 소속이었고 사람들도 그냥 가르멜 성당이라고 불렀다. 그 성당 앞에 검은색 BMW 한 대가 멈췄다.

약간 어둡게 느껴지는 성당 내부에는 인적이 느껴지지 않았다. 구석마다 몇 개의 촛불만이 거의 사그라져가며 일렁이고 있었다. 방금 들어온 두 사람은 성당 안쪽으로 걸어가면서 사람의 흔적을 살폈다. 앞장서서 걷는 사람은 니콜이었다. 그리고 그 뒤에는 바를랭 교수가 있었다. 그리 넓지 않은 실내를 다 돌아본 그들은 고해성사를 위한 칸막이 고해실 앞에 섰다. 칸막이 밑으로 샌들을 신은 남자의 맨발이 보였다.

"요나단 신부를 찾고 있어요. 지금 어디 있습니까?"

니콜의 질문을 받은 신부는 묵묵부답이었다. 바를랭 교수가 다급히 말했다.

"정말 급한 일이오. 이 세상 모든 교회가 다 무너질 일이란 말이오. 요나단을 지금 당장 만나야 되겠소."

신부는 그제야 기다리라는 말과 함께 교회 안쪽으로 사라졌다. 잠시 후 신부가 기거하는 조그만 방에 세 사람이 마주 앉았다. 그들의 앞에는 두꺼운 양피지를 묶어 만든 책자가 하나 놓였고 손으로 황급히 휘갈겨 쓴 노트가 있었다.

"끔찍한 문서요."

바를랭 교수가 요나단 신부를 향해 되뇌었다. 그는 어젯밤에 드 레미 가문의 영묘에서 발견된 '요셉 복음서'의 사본을 니콜에게 전달받고 밤을 새워서 그 내용을 번역한 다음이었다. 복음서의 시작은 다음과 같았다.

나 아리마테아 사람 요셉이 우리가 사랑한 나사렛 사람 예수에 대해 쓰노라. 그 어머니 마리아는 혼인 전에 그를 잉태했으나 이는 무결함을 내가 아노라. 나의 사랑하는 조카 마리아와 내 사랑하는 친구 나사렛 사람 요셉이 이미 만났음을 내가 아는 것임이라.

요나단 신부는 그다지 놀라는 기색 없이 대답했다.

"이 문서가 세상에 나오면 지구상의 모든 기독교는 그 존재의 근거를 잃게 됩니다. 무슨 수를 써서라도 막아야 됩니다."

요나단 신부의 말에 니콜이 동의했다.

"이쪽 벨기에 지역의 아켈다마 조직은 이제 완전히 와해된 상황이에요. 이 복음서를 우리가 손에 넣어야 합니다. 지금이 바로 기회예요. 이것의 원본이 어디 있죠? 신부님은 아마도 아시지 않을까 싶은데요."

"여기 브뤼헤에 있는 것만은 확실합니다. 하지만 정확한 장소는 나도 알지 못해요. 다만 그 실마리가 뇌샤텔에 있다는 정도만 알고 있습니다."

"저는 기독교 신자가 아닙니다만 신부님의 말씀에 동의합니다. 이 문서의 원본이 세상에 나와서 그 진위가 가려진다면 상상을 초월하는 대혼란이 세상을 덮칠 겁니다. 가톨릭은 물론이고 정교, 개신교 할 것 없이 똑같은 상황에 처하겠죠. 각 나라는 극심한 정치적 혼란과 경제공황을 걱정해야 할 거구요. 2천 년간 세상을 지탱해온 기둥이 무너져내리는 셈이니까요."

바를랭 교수가 들고 온 책가방을 열었다.

"자, 생각들을 해봅시다. 우리 세 사람이 힘을 합친다면 그 복음서를 찾을 수 있을 것 같은데."

"혹시 제가 뇌샤텔에서 찍은 사진들에서 힌트를 얻을 수는 없을까요? 지금 뇌샤텔에서 템플기사단과 관계있는 부분은 결국 종루 부분밖에 없거든요."

니콜 역시 들고 온 서류 가방에서 사진들을 꺼냈다. 잠시 후 바를랭 교수와 요나단 신부는 적외선으로 촬영된 연둣빛 사진들 틈에서 별 모양의 바닥 사진을 발견했다.

"분명히 여기에 비밀이 있어. 암호와 상징들로 가득한 데다 별 모양이 완전한 부정형이야. 어떤 장소를 제시하는 것 같아."

바를랭 교수의 혼잣말을 시작으로 세 사람은 암호 풀이에 돌입했다.

77

호텔 방에서 쉬고 있던 시우의 핸드폰이 울렸다. 어젯밤 이후 그는 차가운 미네랄워터를 마시고 충분히 잠을 잤지만, 그럼에도 여전히 머리가 지끈거렸다. 그가 전화를 받자마자 서늘한 목소리가 튀어나왔다.

"여자를 찾고 싶지 않소?"

"당신 누구야?"

"당신이 찾는 여자를 데리고 있는 사람. 그거면 될 텐데."

"원하는 게 뭐지?"

"우린 그저 심부름을 하나 해줬으면 해. 어렵지는 않을 거야."

"현정이가 지금 당신들한테 있다는 것을 증명해주시오."

"어제 저녁 맨체스터 유나이티드와 맨 시티의 맨체스터 더비가 있었지. 그 결과를 가르쳐주지."

그리고 곧바로 시우의 귓가에 현정의 목소리가 들렸다.

"2014년 11월 2일 저녁. 맨체스터 유나이티드, 맨 시티, 1대 0. 맨 시티 승리. 아게로 득점."

시우는 전율했다. 그리고 의자를 당기고 앉아 메모지와 볼펜을 챙겨 들었다.

78

뇌샤텔 종루에 니콜과 안톤 경감, 바를랭 교수 그리고 요나단 신부가 나타난 것은 하루가 다 지난 저녁나절이었다. 붉은 황혼이 브뤼헤 시내의 붉은 벽돌 건물을 완전히 뒤덮은 시간, 그들은 6층 꼭대기에 모여섰다. 니콜의 손에는 2천 분의 1로 축척한 브뤼헤 시내 지도가 있었다.

"우리의 추론이 맞는다면 저 별 모양은 분명히 이 브뤼헤 지도와 맞춰질 거야. 한번 맞춰보게."

바를랭 교수의 말이 떨어지자 니콜이 바닥에 반투명 트레이싱 페이퍼를 덮었다.

"우선 기준점을 잡아보세. 분명히 이곳 뇌샤텔을 기준으로 할 거니까, 우선 그 지도의 뇌샤텔 주소 프린젠호프 8번지가 별 모양의 어느 지점에 해당되는지 맞춰보세."

"별을 구성하는 각 교차점과 꼭짓점에 표시된 문자를 토대로 찾아야 할 텐데요. 가만 보자, 문자와 숫자가 섞여 있는데……"

그들은 상당한 시간이 지나서야 실마리를 찾았다.

"뇌샤텔을 라틴어로 표기했다고 봐야겠지. 새로운 성, 즉 'MURUS NOVUS'. 라틴 알파벳의 이니셜 M, N, N, M은 중용의 문자로 널리 알려져 있다네. 알파벳 순열을 앞에서 뒤에서 매겨도 결국 13과 14가 되거든. 그런데 문제는 XIV, XIII으로 적힌 곳이 두 군데일세. 중용의 지점, 혹은 기준의 지점이 두 군데라고 봐야겠지. 우선 이 지점을 뇌샤텔이라고 보고 진행해보겠네."

바를랭 교수는 별 문양의 북서쪽 모서리에 표기된 라틴 숫자 XIV, XIII이 지시하는 점에 붉은 펜으로 뇌샤텔이라는 표시를 했다.

"다음은 쉬워지겠지. 여기의 숫자는 8과 24. 순열대로라면 H와 X야. 하지만 X에 해당되는 지형물은 없을 테니까 역순으로 해보세. 역순으로 보면 S와 C가 되네. 이건 너무 쉬운 얘기지

'SANTO SALVATORES CATHEDRALIS' 성 살바토레 성당일세."

바를랭 교수는 트레이싱 페이퍼에 비치는 VIII, XXIV가 지시하는 점에 '성 살바토레'라고 적어넣었다. 다음의 숫자는 16과 12였다. 이니셜은 K와 O. 'KRUIZE OSTIUM'을 가리키는 것이었다. 운하에 건설된 브뤼헤에서 가장 오래된 성문인 크루이즈 성문이었다. 그다음 남은 숫자는 22와 26. 알파벳 E, A였다.

"이건 'ECCLESIA SANTA ANNA'로군. 성 안나 교회야. 자, 이제 하나 남았어."

바를랭 교수는 마지막으로 남은 라틴 숫자 XIII, XIV를 바라보았다. N, M 이렇게 표기될 건축물은 브뤼헤에 딱 하나가 있었다. 바로 'NOSTER MARIAE, NOTREDAME' 혹은 'OUR LADY'라고 표기되는 성모 마리아 성당이었다. 만약 트레이싱 페이퍼에 표시된 지형물과 지도가 딱 들어맞지 않는다면 성모 마리아 성당과 뇌샤텔을 바꾸면 될 일이었다.

니콜이 축척 지도를 바닥에 깔고 그 위에 트레이싱 페이퍼를 올렸다. 축척은 달랐지만 장소들의 위치는 놀랍도록 정확했다.

"브라보! 정확히 맞아떨어지네요. 자, 그럼 이제 도대체 어디에 복음서가 숨겨져 있는지 찾아보죠."

"그건 너무나 쉬워 보이는군요. 이 별 문양의 중심이 어디인지 한번 보시오."

요나단 신부가 가리키는 지점은 축척은 다르지만 지도와 트레이싱 페이퍼의 중심이 정확히 일치하는 곳이었다.

"성혈 사원!"

모두가 동시에 외쳤다. 성혈 사원은 브뤼헤의 상징이기도 하며 중세 유럽 성지순례의 중요한 기점 중 하나였다. 12세기 로마네스크 양식의 사원 위에 거대한 고딕 성당을 갖다 붙인 형태의 성당은 겉모양이나 성당의 규모 때문에 유명한 것이 아니었다. 12세기 말 2차 십자군 전쟁에 참가한 이곳 출신 플랑드르 백작 티에리 달사스가 성지 예루살렘에서 가져온 예수님의 성혈을 브뤼헤에 기증했다. 그 성혈은 바로 아리마테아 요셉이 예수님을 십자가에서 내린 후 무덤으로 옮길 때 예수님의 상처를 닦아낸 리넨 천에 묻어 있던 것이었다. 당시 예루살렘 왕국의 왕이었던 보두앵 3세는 플랑드르 백작 티에리 달사스의 의붓형이었다. 물론 두 사람 모두 예수님의 후손이라 전해오는 메로빙거 왕조의 후손들이었다. 그들은 템플기사단을 동원해 아리마테아 요셉의 복음서와 예수님의 성혈을 솔로몬의 성전 터에서 같이 발굴해 이곳에 모셔왔다. 예수님의 성혈을 옮겨온다는 거창한 행사와 건축이 사실은 같이 발굴된 '아리마테아 요셉의 복음서'를 숨기기 위한 장치였던 것이다. 매주 금요일에는 천연수정관에 넣어진 채로 황금과 보석들로 치장된 예수님의 혈흔이 일반 신자들에게 공개되었고, 이를 보려는 성지순례객들이 선 유럽에서 모여들고는 했기만, 성혈이 그림자 밑에 예수님의 진짜 비밀을 간직한 '보물'은 세상에 나온 적이 없었다.

바를랭 교수는 지도와 트레이싱 페이퍼를 치우고 대리석 바닥의 별 문양 중심을 바라보았다. 자세히 보니 A. S. S라고 적혀 있었다.

"저 S자 중 하나는 SANGREAL, 즉 성혈을 뜻하는 것이겠지. 나머지 A. S의 뜻이 뭘까?"

바를랭 교수는 고개를 흔들어가며 몰두했다.

"저 A는 아켈다마일 것 같소만."

요나단 신부가 자기의 의견을 말했다.

"그렇다고 봐야겠지요. 그럼 중간의 S가 문제군요."

"'성혈'과 '아켈다마' 둘 다 고유명사예요. 그럼 S는 전치사나 동사, 혹은 타동사일 확률이 높아요. 이 상징들이 '어떤 것'의 위치를 뜻한다면 말이지요."

니콜의 의견에 다들 동의하는 모양새였다.

"라틴어 전치사나 부사, 동사, 타동사 중에 S로 시작하는 단어는 간단해요. 'SUBTUS', 'SUBSTITUO'라고 봐야지요. '~의 밑에' 혹은 '~의 밑에 있다'지요. 그렇다면 저 ASS의 뜻은 '아켈다마는 성혈 밑에 있다'는 것입니다."

바를랭 교수의 말이 떨어지자마자 그들은 일제히 종루의 계단을 내려가기 시작했다.

성혈 사원은 두 개의 장소로 나뉘어 있었다. 15세기에 장대

지저스 시크릿

한 고딕 양식으로 증축되어 건설된 위층의 성혈 사원과, 아래 층에 위치한 원래의 예배당. 즉, 1137년 성혈과 요셉 복음서가 도착한 시대에 그것들을 위해 건립한 성 바실 예배당 두 군데였다. 천연 수정관에 봉인된 예수님의 성혈은 위층의 성혈 성당의 제대에 있었다.

니콜과 안톤 경감, 바를랭 교수 그리고 요나단 신부가 사원에 도착한 것은 밤 11시가 넘었을 때였다. 뇌샤텔에서 성혈 사원까지는 10분 정도밖에 걸리지 않았다. 그들은 사원 쪽은 거들떠보지도 않고 성 바실 예배당으로 난 거대한 계단을 뛰어내려갔다. 잠자리에 들었다가 불려나온 성당 관리인과, 예배당의 중앙 제대에 도착한 그들은 눈을 의심해야 했다. 제대는 옆으로 밀쳐져 있었고 바닥의 벽돌이 뜯겨 있었기 때문이다. 뜯겨진 밑에는 밀랍으로 봉인된 흔적이 남은 납 상자가 열려 있었다. 그 안에는, 아무것도 없었다.

79

파리 경찰국 특별 수사 본부실. 니콜과 전화 통화를 마친 베르트랑 검사는 복도 옆에 나란히 위치한 다른 사무실로 들어 갔다. 거기에는 여섯 명 정도의 요원이 바쁘게 일을 하고 있었다. 그때 팀의 통신 담당 형사가 베르트랑 검사를 불렀다.

"강시우가 움직이고 있어요. 브뤼혜를 떠난 지 한 시간 정도 지났고 A1 고속도로에 진입했습니다."

"그래? 아마 파리로 오는 중인지도 모르지. 계속 추적하면서 30분마다 보고해주게."

만지고 있던 장비를 내려놓은 통신 담당 형사는 회전의자를 돌려서 벽 쪽에 설치된 대형 컴퓨터 모니터 앞에서 자판과 마우스를 조작했다. 모니터에는 곧 오렌지색 점이 지도 위에 나타났다.

약 세 시간 후, 베르트랑 검사는 모니터를 통해 파리를 지나 남동부 리옹 방향의 A6 고속도로 위에서 움직이고 있는 오렌지색 점을 보았다. 그는 자신의 지시를 받고 출발한 두 사람의 형사가 탄 은회색 푸조407과 승용차도 A6 고속도로를 달리고 있다는 것을 알고 있었다.

XVII

사르데냐

80

오전 내내 지중해와 알프스 산맥 사이의 화려한 풍광 사이를 달리던 시우는 이탈리아 국경에 넘어들고 있었다. 브뤼헤에서 사르데냐까지 가는 방법은 여러 가지였다. 직항 편은 없지만 항공 편을 이용하는 것이 가장 편한 길이었다. 하지만 시우가 소지하고 있는 '비밀스러운 주석 판'을 감추고 여러 번 검색대를 지나야 한다면 곤란한 방법이었다. 브뤼헤에서 이탈리아 제노바 항구까지는 엄청난 거리였다. 브뤼헤를 출발하여 프랑스의 대평원 지대를 지나 중부 산간 지역에 접어들게 되면 두 가지 노선 중 하나를 선택해야만 했다. 리옹에 이르기 전에 A40 고속도로로 빠져서 스위스의 제네바 옆을 지나 샤모니의 몽블랑 터널을 통과하는 산악 노선, 아니면 리옹을 지나 지중해까지 내려간 다음 니스, 모나코 등을 지나는 해안 고속도로를 이용하는 해안 노선이었다. 시우가 선택한 길은 지중해 쪽의 해안 고속도로였다. 도로는 바다와 직접 맞부딪히며 그 위용을 자랑하는 남부 해안 알프스 산맥의 압도적인 산세를 따라 펼쳐져 있었다.

이탈리아 국경을 넘어서자 곧 산레모라고 쓰인 고속도로 출구가 보였다. 유명한 이탈리아의 리구리아 해변이 시작된 것이다. 그 리구리아 해변의 중심 도시가 제노바였다. 이제 불과 100킬로미터 정도였다. 시우는 끔찍스러울 정도로 복잡하고 지저분한 제노바 도심을 지나 동쪽에 위치한 여객선 터미널에 겨우 도착할 수 있었다. 하얀색 선체에 빨간색 글씨로 티레니아라인이라고 도장된 거대한 페리 두 척이 정박되어 있는 것을 볼 수 있었다.

시우는 인터넷으로 예약한 배의 출발 시간이 임박해서야 수속을 마쳤다. 1만 8천 톤급의 거대한 페리의 선수 부분 문이 닫히고 엔진이 육중한 소리를 내자 선체가 진동하기 시작했다. 시우는 함께 실은 차에서 내려 갑판으로 올라갔다. 파리나 브뤼헤의 음습하고 서늘한 공기와는 전혀 다른 건조하고 달콤한 지중해의 공기가 폐부에 가득 차올랐다.

페리는 항구를 떠나 서남쪽으로 선수를 돌렸다. 시우는 천천히 멀어지는 제노바 항구를 바라보았다. 목적지인 사르데냐의 올비아 항은 거의 400킬로미터 거리였다. 열다섯 시간 정도의 항해가 끝나는 내일 아침에서야 시우는 사르데냐 섬에 오를 수 있을 것이다. 어느덧 저물어가는 황혼을 바라보면서 그는 어둠을 기다리고 있었다. 갈매기들도 보이지 않았다. 그는 갑판 뒤쪽에서 주시하고 있는 두 쌍의 눈동자는 전혀 의식하지 못하고 어두워지는 밤바다 풍경에 잠기고 있었다.

날이 저물고 다시 해가 밝아오자 한동안 보이지 않던 갈매기들이 배 근처에서 울기 시작했다. 시우는 아침식사 후 다시 갑판에 나왔다. 전면으로 끝이 보이지 않는 해안선이 모습을 드러내고 있었다. 드디어 긴 시간의 항해가 끝나고 섬에 닿아가고 있는 것이다. 유럽에서 가장 인구밀도가 낮은, 알려지지 않은 땅 사르데냐에 도착한 것이다.

페리는 이제 큰 바다에서 올비아 항으로 이르는 짧고 좁은 협곡 내로 들어서기 시작했다. 잠시 후 안내 방송이 흐른 뒤 선체 전면의 거대한 출입문이 열리고 투명한 아침 햇빛과 항구의 비릿한 냄새가 모두를 반기기 시작했다.

그 시간, 길고 좁은 올비아 항구의 부두 접안 지역에 빨간색 알파 로메오158 승용차가 서 있었다. 알파 로메오의 조수석에 앉아 있는 남자가 조금 전에 도착한 페리에서 내리고 있는 은회색의 아우디A6를 발견했다. 프랑스 파리 번호판을 단 시우의 차였다. 그 차가 그들의 앞을 지나 올비아 외곽으로 빠지자 그 뒤를 따르기 시작했다.

올비아 항구를 떠난 지 두 시간 정도 지나서 시우는 보사라고 하는 사르데냐 섬의 북서부 해안에 위치한 항구에 도착할 수 있었다. 사르데냐의 최고급 휴양지들을 끼고 있는 올비아 항

지저스 시크릿

과 달리 보사 항은 소박하고 한적한 시골 어촌 같았다. 시우는 어선들이 한가하게 정박한 부두 옆 작은 호텔 앞에 차를 세웠다. 리셉션 데스크로 가자 50대로 보이는 구릿빛 피부의 남자가 그를 맞았다.

"어떻게 오셨습니까?"

"방을 하나 얻으려고요. 예약은 하지 않았습니다만."

남자는 무뚝뚝하게 고개를 끄덕이며 시우에게 숙박 카드를 내밀곤 다시 사라져버렸다. 짐을 푼 시우는 호텔 밖으로 나가서 보사 항 여기저기를 돌아다녔다. 퇴색한 마을의 거리 어디에도 아이들과 젊은이들의 모습은 보이지 않았다. 그곳은 시간 밖으로 버려진 또 하나의 공간이었다.

시우가 식사를 위해 들어간 식당은 '카프리스'라는 이름의 해산물 전문 식당이었다. 검정 치마에 하얀 블라우스를 입은 뚱뚱한 중년 여인의 안내를 받아 자리에 앉은 시우는 우선 식전주로 시칠리아 서부의 해안 도시인 마르살라 특산의 와인을 주문했다. 시우로서는 처음으로 맛보는 이 와인이 알코올 함량이 꽤나 높고 맛과 향이 강하다는 것을 알게 되었다. 스페인 남부에서 나는 헤레스 와인과 비슷했으나 조금 더 향이 짙고 깊었다. 시우는 이어서 식초와 올리브 기름에 절인 문어와 아티초크를 전식으로 주문했다. 그리고 본식으로는 황새치 구이를 주문했다. 황새치를 주문하고 난 시우는 주머니에 넣어두었던 선글라스를 꺼내 식탁 위에 올려두었다. 일련의 모든 것은 안토니오가 전화로 지시한 그대로였다. 그날 밤 안토니오의 전화를 받은 후부터 시우는 완벽하게 그의 지시를 수행하면서 여기까지 온 것이다.

얼마 지나지 않아 곧 전식이 나왔다. 시우는 별도로 주문한 백포도주와 함께 식사를 시작했다. 문어와 아티초크는 이루 말할 수 없이 훌륭한 맛이었다. 전식을 비우고 잠시 후 황새치 살을 저며서 숯불에 구워낸 본식이 나왔다. 레몬 조각이 같이 올려 있었다. 시우는 포크와 나이프를 사용해서 고기 한 부분을 입에 넣었다. 역시 훌륭한 맛이었다. 그러나 시우는 포크와 나이프를 바로 내려놓고 음식을 가져다준 중년의 여자를 불렀다. 그리고 그녀에게 황새치의 살이 싱싱하지 않고 이상한 냄새가 난다면서 따지기 시작했다. 당황한 여자는 시우의 앞에 놓였던 접시를 들고 주방으로 들어갔다. 잠시 후 딱 벌어진 어깨의 남자가 음식을 가지고 나타나 시우의 앞에 내려놓았다. 그렇게 크지 않은 키에 하얀 조리복을 입고 있었지만 옷 밖으로 드러난 팔뚝과 얼굴은 구릿빛으로 번득였다.

"손님, 황새치가 마음에 들지 않는다고요?"

"조금 오래된 것 같더군요. 오늘 또 바다에 나가십니까? 황새치 잡으러 말입니다."

"가야겠지요. 같이 가시겠습니까?"

"저야 좋지요. 그렇게 하겠습니다."

"저녁 7시에 부두로 오십시오. 배 이름은 식당 이름과 같습니다."

조리복 차림의 남자는 다시 주방으로 들어갔고 시우는 다시 식사를 시작했다. 새로 구워 나온 황새치 역시 아주 맛있었다. 에스프레소 커피로 식사를 마친 시우는 계산을 끝내고 천천히 식당을 나왔다. 그리고 부두로 내려가서 호텔을 향해 걸었다. 이제 낮잠을 조금 잔 다음 약속한 대로 저녁에 배를 타고 나가면 되는 것이다.

81

보사 항구에서 북쪽으로 약 50킬로미터 정도 떨어진 알게로라는 소도시에는 작은 공항이 있었다. 정규 노선의 항공 편이 취항하지는 않았지만 봄부터 초가을까지의 휴가철에는 유럽 각지에서 출발하는 전세 편 여객기들이 착륙하는 곳이었다. 지금은 이미 휴가철도 지나고 해서 한가한 날들이 계속됐지만 오늘은 조금 달랐다. 작은 관제탑의 관제 장치 우측 끝에 위치한 별도의 군용 통신 장비가 신호를 보내기 시작했기 때문이다. 그들은 조금 놀랐다. 그것은 피사 북부에 자리 잡은 이탈리아 공군기지의 관제탑과 직접 연계된 공군 전용 채널이기 때문이었다. 신호에 응답하자 그쪽에서 약 30분 후에 두 대의 군용기가 착륙할 예정이니 관제 업무를 시작하라는 연락이 왔다. 곧이어 채널을 넘기겠다는 통보가 있은 후 관제사들은 항공기 조종사들과 통신을 시작했다. 군용기의 유도 방법은 민간 항공기의 관제 방법과는 약간 달랐다. 관제사들은 교대자가 출근한 다음에도 결국 자리를 뜰 수 없었다.

잠시 후 두 대의 항공기가 알게로의 작은 공항에 차례로 착륙했다. 그들이 착륙함과 동시에 알게로 공항에는 한시적인 폐쇄 명령이 떨어졌다. 착륙한 비행기는 두 대 모두 C130 수송기였다. 하지만 국적이 달랐다. 한 대는 이탈리아 공군 마크가 도장되어 있었고 다른 한 대에는 삼색의 프랑스 공군 마크가 선명했다. 착륙 후, 지정된 위치에 정지한 수송기들의 뒤쪽 출입구가 크게 열리고 인원들과 차량 등의 장비가 내려지기 시작했다. 한적한 시골 공항 입구에 헌병대 차량과 군용 트럭이 도착하고 있었다. 관제사들은 자신들의 임무가 끝났지만 퇴근할 생각은 하지 못하고 공항 주위에서 벌어지는 일들을 구경하기 시작했다. 뭔가 큰 일이 벌어지고 있다는 생각이 든 것이다.

프랑스 공군 소속 C130 수송기에서 막 내린 베르트랑 검사와 니콜은 전투복 차림이었다. 아열대 지방으로 분류되는 사르

지저스 시크릿

데냐의 가을은 파리의 늦여름과 비슷했다. 더구나 활주로는 낮동안의 강한 햇빛에 달구어져 있어서 덥다고 느껴질 정도였다. 베르트랑 검사는 활주로를 천천히 걸어서 약 70미터 정도 떨어진 곳에 정지한 이탈리아 공군기로 걷기 시작했다. 그쪽에서도 한 사람이 걸어오고 있었다. 두 대의 수송기 중간 지점에서 그들이 만났다. 상대방 역시 검은색 전투복 차림이었다. 그는 바로 밀라노에서 날아온 안젤리코 콜로디 검사였다. 두 사람은 악수 대신 포옹을 했다. 그리고 서로의 어깨를 두드리며 농담 섞인 인사를 나누었다.

"이 친구야, 꼭 이런 식으로 이탈리아를 와야겠나?"

"비행기 값이 공짜잖아. 뭐 스튜어디스는 없었지만 말이야."

두 사람은 포옹을 풀고 서로 상대방의 항공기를 바라보았다. 무척 분주한 모습이었다. 프랑스 수송기에서는 푸조사에서 제작되어 납품된 소형의 전투 차량이 내려지고 있었다. 모두 다섯 대였다. C130형 수송기로 수송할 수 있는 최대치였다. 그리고 두 개 분대의 GIGN 대원들이 사용하기에 알맞은 숫자이기도 했다. 반면에 이탈리아 공군기에서는 완전 무장한 군인들이 내렸다. 멀리 공항 건물 옆의 활주로 출입문이 열리고 군용 차량들이 들어서는 것도 보였다.

"이제 모여서 인사도 나누어야겠지? 우리 쪽 병력을 데리고 오겠네."

베르트랑 검사는 자신이 타고 온 수송기 쪽으로 돌아갔다. 잠시 후 이탈리아 공군기 옆의 넓은 활주로 공간에 두 나라의 부대가 합쳐져서 정렬했다. 한 개 중대의 이탈리아 카라비니에리 공정 대원들과 두 개 분대 규모의 프랑스 GIGN 대원들이었다. 양측의 인사와 소개가 있은 후 작전 브리핑이 시작되었다. 브리핑이 끝나고 프랑스에서 벌어진 경찰 호송차 습격 사건에 대한 혐의를 확인한 프랑스 검찰의 수색·체포 영장과 작전 명령서가 낭독되고 바로 전원에게 차량 탑승 명령이 떨어졌다. 프랑스 측은 자기들이 공수해온 차량에 탑승했고, 이탈리아 카라비니에리 공정 부대는 조금 전에 도착한 사르데냐 지역 헌병대 소속의 차량들에 올라탔다. 지역 헌병대의 소형 차량 두 대가 각각 행렬의 선두와 후미를 맡았다. 차량 행렬의 마지막에서 두 번째에 위치한 지휘용 전투 차량의 뒷좌석에 나란히 앉은 두 사람의 검사는 굳은 얼굴로 이야기를 나누고 있었다. 그들은 이제 알게로 외곽에 위치한 아켈다마 기사단의 본거지를 습격할 예정이었다.

올리비에 경사와 그의 파트너인 이탈리아 형사는 시우가 투숙한 호텔에서 부두 쪽으로 약 50미터 정도 떨어진 선술집에서 맥주를 마시고 있었다. 그리고 저녁노을이 바다 전체를 붉게 물들이고 있는 시간이 돼서야 호텔에서 나오는 시우를 볼 수 있었다. 간편한 복장에 꽤 무거워 보이는 배낭을 메고 나온 시우는 부둣가를 천천히 걷다가 비교적 깨끗해 보이는 어선 한 척에 올랐다. 올리비에 경사는 무전기를 꺼내서 송신 준비를 하고 상대를 불렀다.

"목표가 나왔습니다. 지금 배에 탔습니다. '카프리스'라는 이름의 어선입니다. 바다로 나갈 모양입니다."

무전기에서는 베르트랑 검사의 목소리가 흘러나왔다.

"좋아. 대기 중인 이탈리아 해안 경비정이 곧 부두에 도착할 걸세. 자네 팀은 그걸 타고 추적을 계속하게."

"알겠습니다."

올리비에 경사와 그의 파트너인 자코모 형사는 부두로 나갔다. 시우가 올라탄 어선이 출항하고 잠시 후 150톤급의 이탈리아 해안 경비정이 나타나 부두에 선체를 기대기 시작했다. 두 사람은 급히 배로 뛰어올랐고 경비정은 바로 엔진의 출력을 높여서 카프리스호가 떠난 방향을 향해 출발했다.

82

붉게 이글거리는 태양이 천천히 서쪽 바다 밑으로 내려앉으며 온 바다가 붉게 물들고 있었다. 빈면에 그든이 주금 전에 떠나온 동쪽 해안 쪽은 서서히 어둠에 덮이고 있었다. 시우가 탄 어선은 북쪽으로 계속 이동하고 있었다. 뒤쪽에서 멀리 이탈리아 해양 경비대의 경비정이 뒤따르고 있다는 사실은 전혀 모르는 상태였다. 시우는 뱃전에서 뒤로 고개를 돌려 조타륜을 잡고 서 있는 남자를 바라보았다. 그는 바로 점심 때 두 번째 황새치 구이를 들고 왔던 남자였다.

잠시 후 완전히 어두워진 바다 한 곳에 배가 멈추어섰다. 엔진을 끄고 나자 세상이 고요했다. 배는 잔잔한 물결에 맞춰 천천히 흔들리고 있었다.

어둠 속 멀리 희미한 불빛이 보이기 시작하더니 이내 가까워졌다. 그것은 거대한 돛을 달고 있는 흰색의 대형 카타마란 요트였다. 배가 접근하자 카프리스호의 사내가 굵은 밧줄을 정리해서 요트로 던져올리고 그쪽에 올라타 요트의 선체에 밧줄을 묶었다. 카프리스호의 사내는 돌아오지 않고 요트의 선미로 그대로 사라졌다. 카프리스호 선체 후미에 앉아 있던 시우는 내려놓았던 배낭을 어깨에 걸치고 허리 뒤춤에 숨겨뒀던 월터 22형 권총을 꺼내 들었다. 상당한 돈을 들여 파리의 암시장에서 구입해둔 물건이었다. 주위는 마치 무엇을 기다리고 있는 듯 어떠한 소리도 들리지 않았다. 잠시 후 동쪽의 사르데냐 방향에서 헬기가 내는 소음이 들리기 시작했다. 그리고 빠른 속도로 가까이 다가왔다. 배의 상공에 도달한 헬기의 문이 열리고 밧줄 사다리가 내려오더니 곧 한 남자가 요트의 전방 갑판에 내렸다. 헬기는 사람을 내려놓은 즉시 상승하여 주위를 크게 선회하기 시작했다. 시우는 권총을 움켜쥐고 선실의 뒷부분에 몸을 숨긴 채 그 남자를 주시했다. 헬기가 어느 정도 떨어져 주위가 충분히 조용해졌을 때 남자가 시우 쪽으로 걸어와 말했다.

"잘 왔소. 이제 서로 필요한 물건을 나누고 헤어집시다."

"현정이를 먼저 봐야겠소."

"그래야겠지."

그는 시우에게 요셉 복음서를 찾아와 현정과 바꾸자는 제안을 한 안토니오였다. 그가 손짓하자 요트의 후미 갑판으로 두 명의 실루엣이 나타났다. 그중 한 명이 여자라는 것은 바로 알 수 있었다.

"당신의 물건도 보여줘야지."

시우는 등 뒤의 배낭을 가리키면서 외쳤다.

"여기 있소. 여자가 이 배로 넘어오면 던져주겠소."

"내용을 봐야지. 천천히 그 물건을 꺼내 보여주시오. 확인도 않고 여자를 돌려줄 수는 없지."

시우는 한 손을 사용하여 천천히 배낭을 벗었고 지퍼를 연 다음 두꺼운 양피지 묶음에 싸인 넓적한 판을 꺼내 들었다.

"묶음을 풀어본 적이 없소. 무슨 물건인지도 관심 없소. 시키는 대로, 가르쳐준 내도 싱헐 시 인의 지차 제대 밑에서 들고 왔소. 이제 여자를 넘겨주시오. 이상한 일이 생기면 난 바로 이것을 바다에 던져버릴 것 같소.”

“일을 잘 처리했더군. 좋소. 여자를 넘기겠소.”

안토니오가 다시 손짓을 하자 다른 두 사람이 천천히 카프리스호 쪽으로 다가왔다. 앞에는 여자가 섰고 뒤에는 건장한 남자였다. 카프리스호의 갑판에 밝혀진 등불이 여자를 비추었다. 그녀는 분명 현정이었다. 현정은 카프리스호의 선수 부분으로 남자의 부축을 받아 내려섰다. 그녀에게서 서서히 물러서는 남자의 손에는 권총이 들려 있었다.

“현정아. 천천히 이쪽으로 와.”

“잠깐. 이제 물건을 이쪽으로 던져줘.”

시우는 양피지로 싼 묶음을 배낭에 다시 넣은 다음 지퍼를 닫고 한 손에 들었다. 그때 안토니오가 재킷 안에서 짧은 총신의 자동화기를 꺼내 들었다. 시우가 급히 말했다.

“여자가 나에게 완전히 넘어오면 던지겠다. 조금만 기다려줘.”

“좋다. 조금만 더 기다리지.”

현정이 위태로운 걸음으로 시우에게 다가와 카프리스호의 선실 입구에 거의 다다랐을 때였다. 시우는 선실 앞으로 빠르게 달려가 배낭을 요트로 집어던지며 현정을 감싸안았다. 그리고 동시에 선실 안쪽으로 몸을 던졌다. 그 순간 안토니오의 자동화기가 무차별적으로 발사되었다. 현정을 넘긴 남자는 요트

지저스 시크릿

앞에 떨어진 배낭을 주워든 다음 역시 권총을 난사하기 시작했다. 시우는 현정을 선실에 내려놓고 손에 든 월터 22형으로 응사하기 시작했다. 역시 이럴 수밖에 없었던 것이다. 시우는 그들이 두 사람을 그대로 돌려보낼 리가 절대 없다는 것을 이미 알고 있었다. 목숨을 걸고 싸우는 것 외엔 방법이 없었다. 몇 차례의 총격이 오고갔을 때 현정의 뒤에 섰던 남자가 안토니오의 엄호 속에 카프리스호에 올라탔다. 그의 손에 있던 배낭은 이미 사라지고 권총만 들려 있었다. 시우는 그를 향해 전력으로 조준 사격을 가했다. 그때였다. 맹렬한 사이렌 소리를 울리며 빠른 속도로 접근하는 배가 있었다. 바로 올리비에 형사가 탄 이탈리아 해안 경비정이었다. 조명을 끄고 대기하던 경비정이 총성과 섬광이 난무하기 시작하자 즉각 행동에 나선 것이다. 경비정이 뜨자 상공에 선회하던 헬기가 고도를 낮추며 요트로 다가왔다. 카프리스호에 올랐던 남자가 선실 쪽으로 다가왔다. 시우의 권총에 실탄이 떨어진 틈이었다. 시우는 탄창을 갈기 위해 선실의 안쪽으로 몸을 돌리는 순간 엎드려 있는 현정의 몸 아래로 피가 흥건한 것을 보았다. 시우는 급히 현정의 몸을 뒤집었지만 옆구리에 피가 흥건한 현정의 맥박은 이미 멈춘 뒤였다.

안토니오는 이탈리아 경비선이 다가오는 것을 보면서 헬기에서 내려오는 빗줄 사다리를 기다렸다. 그의 어깨에는 시우가 던진 배낭이 걸려 있었다. 카프리스호에 오른 남자가 선실 쪽으로 다가갔을 때 시우는 선실 밖으로 뛰쳐나왔다. 그리고 비명과도 같은 고함과 함께 남자를 향해 권총을 난사했다. 남자가 발사한 총탄이 시우의 왼쪽 어깨에 박힘과 동시에 시우의 총탄은 남자의 상반신과 안면에 박혀 들어갔다. 안토니오는 헬기에서 내려준 밧줄 사다리를 올라가고 있었다. 이탈리아 경비정은 거의 근처에 도달한 상황이었다. 시우는 실탄이 떨어진 권총을 집어던지고 카프리스호의 선실에 걸린 구조 신호용 조명탄 발사기를 꺼내 들었다. 그리고 불과 15미터 상공에서 돌고 있는 헬기의 로터 밑의 제트엔진 흡입구를 향해 발사했다.

오렌지색 불꽃이 완만한 사선으로 헬기로 향했고 헬기의 엔진 부분이 순식간에 화염에 휩싸였다. 안토니오를 매단 채 헬기는 그대로 카프리스호의 선체 후미에 충돌했다. 헬기와 배는 항공 연료로 인한 2차 폭발을 일으켰다.

엄청나게 큰 폭발에 놀란 이탈리아 해안 경비정이 엔진을 최대 출력으로 올려서 배를 뒤로 후진시켰다. 경비정이 후진하면서 생긴 물거품 위로 시우의 몸이 떨어졌다. 경비정 갑판의 올리비에 형사가 곧바로 바다로 몸을 날려 시우가 떨어진 곳으로 헤엄쳐갔다. 그리고 잠시 후 경비정에서 구명용 고무보트가 내려졌다.

에필로그

파리의 겨울답지 않게 하루 종일 해가 비쳤다. 남쪽에 자리 잡은 오를리 공항의 관제탑이 황금색 노을로 물들고 있었다. 조금 전 착륙한 항공기는 서서히 계류장으로 이동하고 있었다. 지중해 섬 코르시카의 아작시오 공항을 두 시간 전에 출발한 에어 리베르테 항공기였다. 절반 이상 비어 있는 기내에는 한 쌍의 남녀가 타고 있었다. 짧은 머리의 동양 남자와 갈색의 단발머리가 찰랑이는 서양 여자, 시우와 니콜이었다.

그날 바다에서 구조된 시우는 응급조치 후 해군 헬기에 실려 사고 지점에서 가까운 프랑스 영토인 아작시오로 이송되었다. 부상은 심각했다. 왼쪽 가슴 위를 관통한 총상은 한때 그의 생명을 위협하기도 했다. 바다에 빠지면서 너무나 많은 출혈을 했던 것이다.

여객기의 문이 열리고 두 사람은 밖으로 나왔다. 시우의 복장은 청바지에 스웨터로 간소했다. 들고 있는 가방도 가벼웠다. 그는 오늘에서야 병원에서 퇴원했다. 옆에서 걷는 니콜은 전형적인 파리 여자처럼 검은색 부츠와 롱코트, 머플러를 매고 있었다. 그녀는 아침 비행기 편으로 코르시카에 내려가서 시우의 퇴원 수속을 도와주었다.

국내선 항공이었기 때문에 별다른 수속 절차 없이 공항을 빠져나온 그들은 니콜의 검은색 BMW를 탔다. 니콜은 공항을 벗어나 파리 시내로 향하는 고속도로에 진입했다. 퇴근 시간임에도 교통량은 많지 않았다. 차는 도심 순환 도로를 거쳐 시우의 아파트가 있는 쿠르셀 거리에 들어섰다.

그들은 단 한 마디의 대화도 나누지 않았다. 니콜이 여러 번 말을 붙여보았지만 그는 전혀 반응하지 않았다. 어느새 차는 쿠르셀 거리 80번지인 시우의 집 앞에서 멈췄다. 그 순간, 그의 입이 처음으로 움직였다.

"브뤼헤 중앙역 물품 보관대 388번. 비밀번호 7070."

그리고 곧 시우의 뒷모습은 어두운 아파트 현관 안으로 사라졌다.

〈끝〉